MARY BURTON

Dunkles Leid

Über das Buch:

»Die Wartezeit ist vorbei, Junge.« Er hielt ihm die Schaufel hin. »Jetzt oder nie. Bist du ein Mann, ja oder nein?«
Robbie schüttelte den Kopf.
»Du enttäuschst mich also schon wieder?«
»Es tut mir leid.«
Ein paar lange, angespannte Sekunden schwieg Harvey, dann sagte er ruhig: »Wenn du das jetzt nicht durchziehst, dann war's das mit uns.«
Robbie zuckte zusammen. »Harvey, ich kann es ein anderes Mal versuchen.«
»Wenn du das hier jetzt nicht über die Bühne bringst, will ich dich nie wiedersehen.«
Tränen stiegen Robbie in die Augen, während er rückwärtsging. Er liebte seinen Vater. Den Mann, der ihn aus einem elenden Leben befreit hatte. Aber er konnte es einfach nicht tun.
Harvey schaufelte noch mehr Erde auf das Mädchen. Sie schrie, laut und durchdringend. Er warf Erde auf ihr Gesicht. Sie bemühte sich, die Augen freizubekommen, während er immer mehr Erde auf sie häufte. Sie blinzelte und versuchte den Kopf zu drehen, doch sie war gefangen.
Robbie warf zögernd einen letzten Blick auf ihre blasse Haut. Bei Gott, er konnte es einfach nicht tun.

Über die Autorin:

Mary Burton ist im Süden der USA aufgewachsen. Sie hat an der Universität von Virginia Englisch studiert. Nach einer Karriere im Bereich Marketing begann sie äußerst erfolgreich, Thriller zu schreiben. Burton lebt und arbeitet in Virginia. Weitere Informationen unter: www.maryburton.com

Die Romane von Mary Burton bei LYX:

1. Mein Wille sei dein Wille
2. Niemand hört dich schreien
3. Das Flüstern der Albträume
4. So still die Toten
5. Der Preis der Sünde
6. Das siebte Opfer
7. Dunkles Leid

Weitere Romane der Autorin sind bei LYX in Vorbereitung.

MARY BURTON

Dunkles Leid

Ins Deutsche übertragen
von Karin Will

LYX

LYX in der Bastei Lübbe AG
Dieser Titel ist auch als E-Book erschienen.

MIX
Papier aus verantwortungsvollen Quellen
FSC
www.fsc.org
FSC® C083411

Die Originalausgabe erschien 2013 unter dem Titel
»No Escape« bei Zebra Books als Teil der Kensington Publishing Corp.,
New York, NY, USA.

Published by arrangement with Kensington Publishing Corp.,
New York, NY, USA.
Dieses Werk wurde vermittelt durch die Literarische Agentur
Thomas Schlück GmbH, 30827 Garbsen.

Redaktion: Corinna Winter
Satz: Greiner & Reichel, Köln
Umschlaggestaltung: © bürosüd, München
Gesetzt aus der New Caledonia LT
Druck und Verarbeitung: CPI books GmbH, Leck – Germany
Printed in Germany
ISBN 978-3-7363-0326-3

1 3 5 7 6 4 2

Sie finden uns im Internet unter www.lyx-verlag.de
Bitte beachten Sie auch: www.luebbe.de und www.lesejury.de

Prolog

Zentral-Texas
Zehn Jahre zuvor

Sanftes Mondlicht tröpfelte auf den verrosteten blauen Chevy Impala, Baujahr neunundsiebzig, der quer am Ende einer staubigen Landstraße geparkt war. Mehrere Meter davon entfernt zweigte ein gewundener Fußweg ab und verschwand in einem verkümmerten Wäldchen. Irgendwo heulte ein Kojote.

Robbie war noch nie hier gewesen, doch sein Vater, Harvey Lee Smith, war in der Nähe dieses Grundstücks aufgewachsen. Er hatte oft davon gesprochen und geschworen, sich noch an jeden Stein, jede Erhebung und jeden Baum auf dem Gelände erinnern zu können, das jetzt im Frühling von Bluebonnets, den texanischen blauen Wiesenlupinen, übersät war.

Harvey sagte, dass die Bluebonnets immer seinen gehetzten Geist beruhigten und die Dämonen verscheuchten. Doch das Meer der zarten violetten Blüten konnte Robbies Furcht kaum verringern.

Harvey zog die Handbremse, beugte sich über das Lenkrad und sah zu dem Pfad hinüber, der sich auf die geliebten Blumen zuschlängelte. »Jede Wette, dass meinem kleinen Mädchen die Blumen gefallen würden. Oh ja, die würden ihr gefallen.«

»Sie ist kein kleines Mädchen mehr, Harvey«, sagte Robbie. »Sie ist zweiundzwanzig. Ein Jahr jünger als ich.«

Das Lächeln des Älteren verblasste, und ein Schatten legte sich über seine Züge. »Nein, ich schätze, sie ist wohl kein kleines Mädchen mehr, Robbie. Sie hat die Uni abgeschlossen. Hat ihren Bachelor und macht jetzt ihren Doktor. Kluges Mädchen. Ganz der Papa.«

Jähe Eifersucht durchzuckte Robbie, als er Harvey ansah. »Du solltest sie mal besuchen. Ihr sagen, wie stolz du auf sie bist.«

Harvey schüttelte den Kopf und schaute auf seine glatten Hände, die das Lenkrad umfassten. »Hab schon daran gedacht. Oft sogar. Aber wie schon gesagt, es ist keine gute Idee.«

»Vielleicht wüsste sie ja gerne, dass du da draußen bist und an sie denkst.« Robbie war klar, dass er an eine alte Wunde rührte, die sein Vater mit sich herumtrug. Aber das war ihm egal. Er hatte es satt, ständig mit dem von Harvey idealisierten Mädchen verglichen zu werden und sich minderwertig zu fühlen.

Mit finsterer Miene zog sein Vater am Türgriff und drückte mit der Schulter gegen die Tür. Ächzend ging sie auf. »Na los, Junge. Die Nacht dauert nicht ewig.«

Harvey warf die Tür zu und ging um den Impala herum.

Robbie wischte sich die verschwitzten Handflächen an den Jeans ab und beobachtete im Rückspiegel, wie Harvey einen Schlüssel in das Kofferraumschloss steckte.

Robbie drehte sich der Magen um, und wieder hoffte er, dass ihm nicht vor Furcht schlecht werden würde. Er wäre lieber nicht hier gewesen. Er öffnete die Beifahrertür, stieg schwerfällig aus und versteifte sich angesichts der kühlen Nachtluft. Neben der Wagentür blieb er stehen.

Den Schlüssel immer noch in der Hand, schaute Harvey hinauf in das helle Mondlicht, als wollte er auskosten, wie gut die Sterne hier im Texas Hill Country zu sehen waren, fern von den hellen Lichtern von Austin. Er atmete tief ein und genoss die weiche, kühle Frühlingsluft. »Gott, hab ich es vermisst, hier raufzukommen.«

Robbie steckte die zitternden Hände in seine Jeanstaschen. »Wieso kommst du nicht öfter her?«

Harvey schüttelte den Kopf und drehte den Schlüssel, worauf das Schloss sich öffnete. »Letztes Mal ist es hier oben nicht so gut gelaufen, deshalb bin ich nicht mehr hergekommen. Inzwischen ist mir klar, dass der Ausflug damals ein Fehler war.«

»War das hier denn nicht das Haus deiner Familie?«

»Nee. Nur ein Ort, wo ich gerne hingegangen bin.«

Mit wachsender Nervosität näherte Robbie sich dem Kofferraum und schaute hinein. Bei dem Anblick der Frau, die geknebelt und verschnürt darin lag, wie ein Spanferkel, bevor es aufgespießt wurde, unterdrückte er ein Schaudern.

Mit von Wimperntusche verschmierten Augen, die vom Weinen gerötet waren, sah sie zu ihm hoch. Der Knebel erstickte ihr Flehen.

Harvey schob die Schlüssel in die Jackentasche und ergötzte sich daran, wie sie wimmerte und sich wand. »Diesmal habe ich uns eine Hübsche ausgesucht, was, Junge?«

Robbie klimperte mit dem Wechselgeld in seinen Hosentaschen. »Sie ist dünn.«

»Ein oder zwei Pfund mehr könnten nicht schaden, aber sie ist gesund und hübsch. Sie würde bestimmt einmal eine tolle Frau werden.« Harvey ließ eine Hand an ihrem Bein entlanggleiten und lächelte, als sie heftig zurückzuckte. »Schönheit ist was Oberflächliches, Junge. Merk dir das. Eine Frau muss Verstand haben. Die hier hat sich nicht wie die anderen mit einem Fünfzig-Dollar-Schein ins Auto locken lassen. Nein, Sir, die hier ist von Natur aus misstrauisch. Hat sich nicht von schönen Worten einlullen lassen. Vorsichtig, zurückhaltend. Das sind die besten.«

Für diese Frau hatte Harvey sich eine komplizierte Vorgeschichte ausgedacht, einen neueren Volvo-Kombi gestohlen, mit Babysitz auf der Rückbank, und eine Kakihose und ein sportliches, hellblaues Hemd angezogen. »So ein Hemd, wie anständige Männer es tragen«, hatte er gesagt.

Schlussendlich war sie auf Harveys Trick hereingefallen, weil sie irrigerweise geglaubt hatte, die äußeren Merkmale würden die wahre Natur eines Menschen widerspiegeln.

Nachdem sie eingestiegen war und ihren Irrtum erkannt hatte, hatte sie laut Harvey gekämpft und ihm heftig ins Gesicht geschlagen. Der Schmerz hatte ihn ausflippen lassen, er hatte ausgeholt und ihr hart mit dem Handrücken auf den Mund geschlagen. Das Blut war über die Windschutzscheibe gespritzt, und sie war ohnmächtig geworden.

Wie geplant war Harvey mit dem Volvo zu dem leeren Parkplatz gefahren, wo Robbie mit dem Impala wartete. Während Harvey das Mädchen fesselte und in den Kofferraum verfrachtete, blieb Robbie wie befohlen im Wagen, doch er hatte seine ganze Selbstbeherrschung aufwenden müssen. Am liebsten wäre er weggelaufen und hätte sich versteckt.

Harvey dagegen war ganz in seinem Element. Er hatte dafür gesorgt, dass sie aufwachte. Er wollte, dass sie wach und sich der Gefahr bewusst war. Sie hatte sich heftig gegen ihre Fesseln gewehrt, aber die Knoten saßen sicher. Lächelnd hatte Harvey sich die schmerzende Stelle am Kinn gerieben und dann den Kofferraum zugeschlagen. Auf der Fahrt von Austin bis hierher hatte Harvey keinerlei Notiz davon genommen, wie sie im Kofferraum schrie und um sich trat. Er hatte über das Wetter geplaudert, über das Lokal, in dem es die besten Pancakes gab, und sogar über die Stelle als Lehrer, die er demnächst antreten würde. Für Harvey war es ein Tag so wie immer gewesen.

Doch jeder Tritt und jeder Schrei hatte an Robbies Nerven gezerrt, und als er es nicht mehr ertrug, hatte er das Radio eingeschaltet und nach einem Sender mit Country-Musik gesucht.

Als Harvey jetzt beobachtete, wie sie sich in ihren Fesseln wand, lächelte er. »Schön, dass dein Kampfgeist dir unterwegs nicht abhandengekommen ist, Mädel. Es gibt nichts Schlimmeres als einen gebrochenen Geist.«

Sie verengte die dunklen Augen, und er wusste, die hier würde nicht kampflos in den Tod gehen.

»Robbie«, sagte er und klatschte in die Hände, »es wird Zeit, die Sache anzugehen.«

Robbie packte das Mädchen um die Taille, zerrte es wie einen Kartoffelsack aus dem Kofferraum und hievte es sich über die Schulter. Sie roch nach Schweiß, Urin und ein wenig nach billigem Parfüm. Sie wehrte sich und versuchte, ihm die Knie in den Bauch zu rammen, doch dank der Fesseln wurde er leicht mit ihr fertig.

Robbie schaute zu der dunklen Straße, auf der sie gerade gefahren waren. »Harvey, ich will das nicht. Ich bin noch nicht so weit. Lass mich im Auto bleiben.« Nervös ließ er das Mädchen zu Boden gleiten.

»Komm schon, Sohn, wir reden jetzt schon seit Wochen darüber. Du bist dreiundzwanzig. Manns genug. Wir haben die Sache lange genug aufgeschoben.«

Vor lauter Angst fühlten Robbies Füße sich schwer wie Blei an. »Ich weiß ja, ich habe gesagt, dass ich es will, aber ich glaube, ich kann nicht. Noch nicht.«

»Blödsinn, Junge. Ist wie Fahrradfahren. Sobald du den Dreh raus hast, ist es ein Kinderspiel.«

Mühelos warf Harvey sich das Mädchen über die Schulter und ging auf dem vertrauten Fußweg in den Wald. Es war über zwanzig Jahre her, seit er zum letzten Mal hier gewesen war, aber Harvey kannte jede hervorstehende Wurzel, jeden Stein und jede Wegbiegung. Das hier war sein Wald. Sein Zuhause.

Robbie trottete hinter ihm her. Ein paarmal stolperte er und fluchte unterdrückt, ohne jedoch stehen zu bleiben. Seit zehn Jahren war Harvey jetzt schon sein Vater. Und in Robbies Augen konnte Harvey es mit jedem anderen Vater aufnehmen. Harvey hatte ihn von einer cracksüchtigen Mutter weggeholt und sich um sein Essen, seine Kleidung und seine Bildung gekümmert. Er war der perfekte Vater – wenn man von der Tatsache absah, dass Harvey gerne Frauen umbrachte. Zwar nicht die ganze Zeit, aber hin und wieder. Robbie hatte die Obsession seines Vaters nie gefürchtet oder infrage gestellt und war immer davon ausgegangen, dass er eines Tages in seine Fußstapfen treten würde. Aber jetzt, konfrontiert mit der zweiten Gelegenheit zu morden, geriet sein Mut ins Wanken.

Bei der Lichtung angekommen, blieb Harvey stehen und betrachtete die Bluebonnets. »Die beste Jahreszeit hier oben«, sagte er, mehr zu sich selbst. »Bei so einem Anblick ist man froh, am Leben zu sein.«

Robbie verschränkte die Arme vor der Brust. Mit den Fingerspitzen massierte er sich den schmalen Bizeps, um sich zu beruhigen.

»Kein Grund, nervös zu sein, Junge. Ich weiß ja, dass du aufgeregt bist, aber wenn wir heute Abend hier fertig sind, wirst du froh sein, es durchgezogen zu haben.« Die Frau stöhnte, und Harvey spürte, wie sich ihr Magen an seiner Schulter zusammenzog. »Lieber nicht kotzen, Mädchen. Mit dem Knebel im Mund läuft das Zeug gleich wieder in die andere Richtung. Mit ein bisschen Pech erstickst du.«

Sie versteifte sich, wie um gegen die eigene Übelkeit anzukämpfen, dann erschlaffte sie wieder, stöhnend vor Angst und Verzweiflung.

Harvey gab ihr einen Klaps auf das Hinterteil, und sie zuckte zusammen. »Ich glaube, unser Mädel hier hat endlich kapiert, dass sie nicht viel machen kann. Wir haben hier das Sagen, nicht wahr, Robbie?«

Sie würde sterben.

Ganz gleich, was passierte.

»Ja, stimmt wohl.«

Vorsichtig bahnte Robbie sich einen Weg durch das Feld aus Bluebonnets, die sanft seine Knöchel streiften. Am Rand der Lichtung sah er die Grube, die Harvey vor ein paar Tagen ausgehoben und mit einer Plane bedeckt hatte.

»Junge, lauf rüber und zieh die Plane weg.«

Im Stillen betend, seinen Vater nicht zu enttäuschen, zog er die Plane von der Grube herunter und faltete sie fein säuberlich zu einem Quadrat. Dann legte er sie beiseite und spähte in die Grube. Knapp zwei Meter lang, einen guten Meter tief und sechzig Zentimeter breit. Harvey hatte erzählt, sie auszuheben habe ein paar Stunden gedauert, und sich darüber beschwert, dass die Arbeit für den eingeklemmten Nerv in seinem Rücken nicht gut gewesen war.

Jetzt packte er die Frau an den zusammengebundenen Händen, zog sie von seiner Schulter herab und ließ sie neben der Grube auf den Boden fallen. Ein wenig damenhaftes Stöhnen entfuhr ihr.

Durch die Fesselung bog sich ihr Rücken durch, und sie blieb auf der Seite liegen. Sie sah zu Robbie hoch, ein stummes Flehen im Blick.

Harvey zog ein Messer aus der Tasche und ließ es aufschnappen. Im Mondlicht glitzerte die Klinge. Das Mädchen zuckte zurück, Furcht flammte in ihren Augen auf und mischte sich mit der mitleiderregenden Bitte, die ihren Blick trübte. Zappelnd versuchte sie wegzukriechen, doch die Fesseln behinderten ihre Bewegungen.

Er durchschnitt die Seile, wegen der ihr Rücken sich durchbog, ohne diejenigen anzurühren, die ihre Hände und Füße fesselten. Mit einem Stöhnen streckte sie sich langsam und wimmerte dabei, als würden ihre Muskeln und Knochen protestieren.

Sie rollte sich auf den Rücken, sodass ihre kleinen Brüste zu ihm aufragten, und starrte mit dem wissenden Blick einer Frau zu ihm hoch, die auf der Straße zu Hause war.

Robbie kniete sich hin und entfernte den Knebel. Vorsichtig strich er ihr über das Haar. »Schrei nur, wenn du willst. Kein Mensch wird dich hören.«

Die aufgestaute Furcht und Wut entlud sich in einem lauten, durchdringenden Heulen.

Harvey lachte.

Robbie zuckte zurück und beobachtete sie, während sie brüllte, bis sie schließlich erschöpft verstummte.

Sie befeuchtete sich die ausgetrockneten Lippen. »Warum tut ihr das? Ich kenne euch doch gar nicht.«

»Die hier wird weder bitten noch betteln«, sagte Harvey. »Da habe ich dir ein verdammtes Prachtstück besorgt, Junge.«

Das Mädchen sah Robbie an, was ein seltsames Ziehen in seinem Magen auslöste, das gar nicht so übel war.

»Nicht schlecht, was, Junge?« Aufmerksam beobachtete Harvey ihn.

»Warum tust du das, Harvey? Das hat doch keinen Sinn«, sagte Robbie.

»Genau. Einfach ein unerklärlicher Drang, den ich schon lange nicht mehr infrage stelle.« Er zwinkerte Robbie zu und klatschte in die Hände. »Zeit für das große Finale.«

Die Schatten ließen die Wangenknochen der Frau stärker hervortreten. »Ihr müsst das nicht tun. Lasst mich laufen. Ich werde es keiner Menschenseele erzählen.«

»Spar dir deinen Atem, Mädchen.« Harvey schnalzte abschätzig mit der Zunge und zerrte sie zur Grube. »Ich weiß sowieso, dass du nichts weitererzählst.«

Sie warf einen panischen Blick zu der Grube, spannte ihre Muskeln an und stemmte die Absätze gegen das harte Erdreich. »Bitte, lasst mich gehen.«

»Robbie, hol die Schaufel. Sie liegt da drüben auf dem Boden.«

Mit mürrischem Gesicht kam Robbie der Bitte nach und hielt Harvey die Schaufel hin.

Harvey schüttelte den Kopf. »Wir haben gesagt, dass du es diesmal machst. Ich helfe dir nicht dabei. Wird Zeit, dass du zu dem Mann wirst, der in dir steckt.«

Robbie stieß einen Seufzer aus. Die Vorstellung, seinen Vater zu enttäuschen, zerriss ihm das Herz. Er würde alles für Harvey tun. Alles. Nur das nicht. »Heute Abend nicht, Harvey.«

Harvey sah den Jungen an, als versuche er, seine Angst zu verstehen. »Als ich die erste Frau begrub, hatte ich eine Scheißangst. Verdammt, beinahe hätte ich einen Rückzieher gemacht. Ich war mir ganz sicher, dass sie mich schnappen würden. Aber sie haben mich nicht geschnappt. Und dich werden sie auch nicht schnappen.«

Robbie schüttelte den Kopf. Langsam öffnete er die Faust und ließ die Schaufel fallen. »Ich kann nicht.«

Harvey wahrte einen ruhigen Tonfall. »Robbie, strapazier jetzt nicht meine Geduld. Ich hab es dir schon letztes Mal durchgehen lassen. Diesmal wirst du es durchziehen.«

»Robbie«, sagte das Mädchen. »Du brauchst das nicht zu tun.«

»Jetzt reicht's mit deinem Gesabbel, Mädel.« Harvey riss den Oberkörper des Mädchens hoch und ließ sie in die Grube fallen. Sie blieb flach auf dem Rücken liegen. Auf ihrer blassen, von Hämatomen übersäten Haut schimmerte das Mondlicht.

»Bitte, lasst mich gehen!« Sie richtete sich auf.

Harvey stieß sie wieder zurück. »Nimm die Schaufel, Junge.«

»Nein.«

»Du brauchst das nicht zu tun, Robbie.« Wieder mühte das Mädchen sich ab, um sich aufzusetzen.

»Wenn du dich noch einmal hinsetzt, zieh ich dir eins mit der Schaufel über.« Harvey hob die Stimme nicht, doch seine Worte waren eindrücklicher als das Gezeter eines Wahnsinnigen. Mit dem Stiefelabsatz drückte er das Mädchen zurück in die Grube.

Sie biss die Zähne zusammen, ignorierte ihn, schrie und versuchte erneut, sich aufzusetzen. Ohne ein Wort nahm Harvey die Schaufel und ließ sie seitlich gegen ihren Schädel donnern. Der Schlag genügte, dass sie wieder auf den Rücken fiel, halb betäubt, ohne jedoch das Bewusstsein zu verlieren.

Robbie verzog das Gesicht und trat einen Schritt nach hinten.

Harvey stieß die Schaufel in das weiche Erdreich. »Siehst du, wozu du mich getrieben hast, Junge? Wenn du es durchgezogen hättest, dann wäre sie jetzt nicht halb bewusstlos.« Er schaufelte Erde auf ihren Bauch. Das Gewicht ließ die Luft aus ihrer Lunge entweichen. Er lud noch mehr Erde auf die Schaufel. »Komm rüber zu mir, Junge.«

Robbie wich noch einen Schritt zurück. »Nein.«

»Enttäusch mich jetzt nicht, Junge.«

»Tut mir leid, Harvey.« Seine Hände zitterten. »Ich weiß, dass ich gesagt habe, ich könnte es tun, aber es geht nicht. Nicht jetzt.«

Harvey legte den Kopf schief. »Ich höre wohl nicht richtig.«

Tränen standen in den Augen des Jungen. »Ich schaffe das nicht.«

»Die Wartezeit ist vorbei, Junge.« Er hielt ihm die Schaufel hin. »Jetzt oder nie. Bist du ein Mann, ja oder nein?«

Robbie schüttelte den Kopf.

»Du enttäuschst mich also schon wieder?«

»Es tut mir leid.«

Ein paar lange, angespannte Sekunden schwieg Harvey, dann sagte er ruhig: »Wenn du das jetzt nicht durchziehst, dann war's das mit uns.«

Robbie zuckte zusammen. »Harvey, ich kann es ein anderes Mal versuchen.«

»Wenn du das hier jetzt nicht über die Bühne bringst, will ich dich nie wiedersehen.«

Tränen stiegen Robbie in die Augen, während er rückwärtsging. Er liebte seinen Vater. Den Mann, der ihn aus einem elenden Leben befreit hatte. Aber er konnte es einfach nicht tun.

Harvey schaufelte noch mehr Erde auf das Mädchen. Sie schrie, laut und durchdringend. Er warf Erde auf ihr Gesicht. Sie bemühte sich, die Augen freizubekommen, während er immer mehr Erde auf sie häufte. Sie blinzelte und versuchte den Kopf zu drehen, doch sie war gefangen.

Robbie warf zögernd einen letzten Blick auf ihre blasse Haut. Bei Gott, er konnte es einfach nicht tun.

Die Tränen liefen ihm über das Gesicht, als er sich umdrehte und davonlief.

1

Samstag, 6. April, 11:00 Uhr
Austin, Texas

Hätte Texas Ranger Brody Winchester Dr. Jolene Granger in einer persönlichen Angelegenheit sprechen wollen, dann wäre er als Bittsteller gekommen. Er hätte ausgiebig Asche auf sein Haupt gestreut und wäre zu Kreuze gekrochen.

Aber die Angelegenheit war nicht persönlich. Er war nicht hier, um sich zu entschuldigen oder etwas wiedergutzumachen. Er hatte nicht die Absicht, die Vergangenheit wieder auszugraben und Salz in alte Wunden zu streuen. Das. War. Dienstlich.

Er parkte den schwarzen SUV auf dem Parkplatz des Sportcenters und stieß einen Seufzer aus. Dann griff er nach dem weißen Stetson, der auf dem Beifahrersitz lag, und zog kurz das Hutband mit den silbernen Conchos gerade, bevor er aus dem Wagen stieg, die Schultern straffte und das große Gebäude mit dem Flachdach in Augenschein nahm. Auf dem Schild über der doppelten Glastür stand: KLETTERHALLE AUSTIN.

Während er mit dem Hut in der Hand das Schild betrachtete, überlegte er, ob die Jungs drüben im Hauptquartier ihm wohl die falsche Adresse gegeben hatten und sich gerade auf Kosten des Neuen kaputtlachten. Die Jo Granger, die er kannte, hasste Höhen, und wenn jemand mit ihm gewettet hätte, dass sie sich an einem solchen Ort herumtrieb, dann hätte er die Wette angenommen und wäre sich dabei verflucht sicher gewesen, sie zu gewinnen.

Allerdings hatte er Jo seit vierzehn Jahren nicht mehr gesehen. Und mit der Zeit änderte sich so manches.

Dr. Jolene Granger war keine naive Collegestudentin mehr, sondern war jetzt eine Psychologin, die mit den Texas Ranger zusammenarbeitete. Ihre Expertise für gewalttätiges Verhalten hatte ihr letztes Jahr sogar zu mehreren Fernsehauftritten verholfen, als ein Reporter nach den möglichen Motiven eines Serienmörders recherchiert hatte, der an mehreren Orten entlang der I-35 getötet hatte.

In der Fernsehsendung hatte er gesehen, dass sie die Bauernröcke und die Flipflops gegen dunkle Kostüme mit engen Röcken, eine Hochsteckfrisur und eine Perlenkette eingetauscht hatte. Sie erinnerte ihn an eine Bibliothekarin, die in seiner früheren Schule gearbeitet hatte. Kühl. Beherrscht. Sexy.

Ja, sie hatte sich in den vierzehn Jahren verändert. Vielleicht machte ihr Höhe ja nichts mehr aus.

Zwei lachende Teenager in Shorts und mit Sporttaschen in der Hand rannten am Eingang an ihm vorbei. Er ging gemächlich hinter ihnen her und gelangte in einen fabrikhallenähnlichen Eingangsbereich, der mit Zementfußboden, stabilen Kastenmöbeln und Getränkeautomaten ausgestattet war. Er näherte sich einer langen, schmalen Rezeption, wo ein junger Kerl auf seinem Handy herumtippte. Das dunkle Haar fiel ihm in das schmale, blasse Gesicht, und jeder Quadratzentimeter Haut unterhalb der Ärmel seines weißen T-Shirts war tätowiert.

Wäre Brody in großzügigerer Stimmung gewesen, hätte er den Jungen erst sein Getippe beenden lassen, bei dem es wahrscheinlich um Klatsch oder eine Party ging. Aber er hatte miserable Laune, die an seiner Geduld zerrte.

Mit der flachen Hand schlug er auf den Empfangstisch. »Ich möchte zu Dr. Jolene Granger.«

Der Junge fuhr zusammen, und sein Gesicht verfinsterte sich, bis er den Stetson, den Stern der Texas Ranger an Brodys ausladender Brust und seine Körpergröße von eins dreiundneunzig registriert hatte. Der Unmut wich erschrockener Beflissenheit. »Sie ist in der großen Halle. Soll ich ihr sagen, dass Sie hier sind?«

»Das mache ich schon selbst.«

Eilig kam der Junge um den Tresen herum und trat einen Schritt vor, als wollte er Brody folgen. »Steckt sie in irgendwelchen Schwierigkeiten?«

Brody blieb stehen und musterte den Jungen. »Mal angenommen, es ist so, was geht Sie das an?«

Der Junge schluckte, und sein Adamsapfel geriet in Bewegung. »Ich mag sie. Und wenn sie in Schwierigkeiten ist …«

Brodys eigene Sorgen ließen seinen Tonfall schärfer werden. »Was würden Sie denn machen, wenn sie in Schwierigkeiten wäre?«

Der Junge zog die schmalen Schultern hoch, ohne den Blick abzuwenden. »Weiß ich nicht.«

»So ist es. Sie wissen es nicht.«

»Sie ist eine nette Lady.«

Jo hatte schon immer diese Art von Loyalität aus den Leuten herausgekitzelt. Liebenswürdig und blitzgescheit, zog sie Menschen an wie ein Magnet. Dieser Junge bildete keine Ausnahme, und Brody musste ihm zugutehalten, dass er ihm die Stirn bot.

Er ließ seine Miene etwas weniger finster wirken. »Dr. Granger ist nicht in Schwierigkeiten. Aber es geht um etwas Dienstliches. Darf ich Sie bitten, zurück hinter ihren Tresen zu gehen und sich um ihre eigenen Angelegenheiten zu kümmern.« Er trat einen Schritt auf den Jungen zu, der eilig hinter dem Tresen verschwand.

Brody ging auf die große Halle zu. Wahrscheinlich saß der Junge schon wieder vor seinem Handy und tippte mit seinen schmalen Fingern Nachrichten an seine Freunde, so schnell seine Finger ihm gehorchten.

In der Halle schlug Brody der Geruch nach Schweiß und neuem Fußbodenbelag aus Polyurethan entgegen. Die Wände waren mit einer Oberfläche verkleidet, die wie Gestein aussah und mit ihren Vorsprüngen und Kurven wie eine Bergwand geformt war. Überall an der Wand waren bunte Haltegriffe und Fußstützen angebracht, manche davon groß, andere so klein, dass er sich fragte, wie er sich mit seinen großen Händen daran festhalten sollte.

Mehrere Kletterer stiegen gerade die Wände hinauf. Unten standen die Sicherungsleute, die die Seile der Kletternden hielten. Ein junges blondes Mädchen kletterte an der Wand hoch wie ein Affe. Zwei Mittzwanziger bewegten sich mit so viel Kraft und Geschmeidigkeit zwischen den Felsvorsprüngen, dass Brody voller Bewunderung war. Vierzehn Jahre konnten Jo doch wohl kaum so sehr verändert haben, dass sie jetzt an solchen Dummheiten Spaß hatte.

Das Rufen und Kichern einer Gruppe von Mädchen, die in einer Seitenhalle standen, erregte seine Aufmerksamkeit. Die zehn Mädchen, dem Aussehen nach zwischen vierzehn und sechzehn Jahren alt, standen am Fuß einer großen Felswand. Mehrere von ihnen waren schwanger, und die meisten waren tätowiert und gepierct. Jung, aber wahrscheinlich hatten sie schon eine ganze Menge Lebenserfahrung gesammelt.

Keinerlei Zorn oder Kummer ging von ihnen aus. Sie waren ausgelassen, wie es sich für Mädchen in diesem Alter gehörte. Sein Blick folgte ihren zu einer Frau, die mit einem Mann um die Wette kletterte, auf eine Glocke zu, die ganz oben an der künstlichen Felswand hing.

Die hellen jungen Stimmen skandierten: »Jo! Jo! Jo! Jo! Jo! Jo!«

Jo.

Brody blieb hinter den Schülerinnen stehen, legte die Hände an die Hüften und ließ den Blick von dem Kletterer zu der Frau gleiten. Ihre magnesiaweißen Finger umklammerten die künstlichen Felsbrocken, während sie gleichzeitig die Füße auf Vorsprünge setzte. Die schmale, schwarze Sporthose und das weiße, hautenge Spandex-Top schmiegten sich um einen schlanken, athletischen Körper. Das lange, rote Haar war zum Pferdeschwanz gebunden, der ihren muskulösen Rücken streifte, während sie scheinbar willkürlich von einem Felsvorsprung zum nächsten kletterte. Jo? Er schaute genauer hin.

Verdammt, wenn das mal nicht Jo war.

Die Jugendlichen jubelten, als sie oben ankam und an der Glocke zog. Sie hielt sich an je einem Hand- und Fußgriff fest, schaute über die Schulter und lächelte zu den Mädchen herunter. »Na, wer von euch Mädels hat gegen mich gewettet?«

Lachend schüttelten die Mädchen die Köpfe und bezichtigten sich gegenseitig. Keine wollte zugeben, an ihr gezweifelt zu haben.

Jo sah auf die Mädchen herab. »Und nachdem ich jetzt gewonnen habe, Ladys, werdet ihr den Rest des Halbjahrs alle richtig fleißig sein, stimmt's?«

Von den Mädchen war Raunen und Gelächter zu hören. »Ja!«, riefen sie.

Der männliche Kletterer betätigte die Glocke. Er sah Jo an und nickte ihr gutmütig und mit sichtlicher Anerkennung zu.

Brody musterte den Mann und überlegte, ob Jo ihn wohl wirklich besiegt hatte oder ob er sie hatte gewinnen lassen, um bei ihr zu punkten. Brody tippte auf Letzteres.

»Doug lädt uns alle zu einem Eis ein!«, sagte Jo.

Die Mädchen jubelten.

Doug grinste. »Revanche!«

Jo lachte hell auf, drehte das Gesicht von der Wand weg und schaute liebevoll zu den Mädchen hinunter. Doch sie wandte den Blick sofort wieder ab, als würde die Höhe sie nervös machen. »Damit ich noch mal hier hinaufsteige, werden eine ganze Menge As und Bs nötig sein.«

Brody verschränkte die Arme vor der Brust und nahm den Anblick ihrer hohen Wangenknochen, der blassen Haut und der vollen Lippen in sich auf. Sie war relaxter und verflucht noch mal sehr viel heißer als die verbissene Frau, die er letztes Jahr im Fernsehen gesehen hatte.

Als hätte sie seine Gedanken gelesen, sah sie von den Jugendlichen zu ihm hinüber. Einen Moment lang starrte sie ihn an, als würde sie ihren Augen nicht trauen. Er gab sich Mühe, keine Miene zu verziehen und sich nicht die geringste Neugier an dieser neuen Version von Dr. Granger anmerken zu lassen.

Sie riss sich aus ihrer Verblüffung und begann, die Wand hinunterzuklettern, griff jedoch an einem Vorsprung vorbei und stürzte ab. Die Mädchen kreischten. Erschrocken machte Brody eine Bewegung zu der Gruppe hin, bereit, sich zum Fuß der Kletterwand zu drängen. Doch das Seil spannte sich und bewahrte Jo vor dem Sturz. Der Sicherungsmann hielt es fest.

Sofort griff Jo wieder nach einem Felsvorsprung und schwang sich an die Wand. Einen Moment lang rührte sie sich nicht.

»Alles okay, Jo?«, fragte Doug.

»Alles bestens.« Sie streckte die Hand nach einem größeren Felsvorsprung aus. Innerhalb weniger Sekunden war sie hinuntergeklettert. Sie blickte die Mädchen an und wischte sich eine Schweißperle von der Stirn. »Aus genau diesem Grund reite ich immer darauf herum, wie wichtig Vorbereitung ist. Begebt euch nie in eine Lage, ohne zu überlegen, was alles schiefgehen könnte. Wer aufpasst, wird ein längeres, glücklicheres Leben haben.«

Die Mädchen kicherten nervös, und Doug stieg die Wand herunter. Er ging auf Jo zu und legte ihr die Hand auf die Schulter. »Ist wirklich alles in Ordnung?«

Sie musterte Brody kurz und senkte dann den Blick. »Ja, mir geht es gut. Würdest du mich entschuldigen?«

Sie drängte sich durch die Mädchengruppe. Ein paar von ihnen hielten sie auf und wollten erneut wissen, ob es ihr gut ging, und sie beschwichtigte sie. Sie hielt sich kerzengerade und sah ihn direkt an, als sie die Gruppe schließlich hinter sich ließ und zu ihm herüberkam.

Lose Haarsträhnen umrahmten ihr Gesicht, das mit den Jahren kantiger geworden war. Sie war zwar schon immer schlank gewesen, aber jetzt war ihr Körper straff und durchtrainiert. Nicht das leiseste Bedauern milderte den durchdringenden Blick der smaragdgrünen Augen. Die Jahre waren gut zu ihr gewesen. Und darüber war er froh. Als er sie das letzte Mal gesehen hatte, war sie … verletzt gewesen.

Kaum einen halben Meter vor ihm blieb Jo stehen. Ihre Miene war streng, kontrolliert, und ein vages Interesse lag darin. »Ich nehme mal an, du bist dienstlich hier. Wegen eines Falles.«

»So ist es.« Er nahm den Hut ab und schaute zu den Mädchen und Doug hinüber, die ihn mit unverhohlener Neugier musterten. »Könnten wir uns vielleicht irgendwo ungestört unterhalten?«

»Natürlich. Lass mich nur schnell meine Tasche holen.« Sie nahm eine Sporttasche von einer Holzbank. »Ich bin gleich wieder da«, sagte sie zu den Mädchen.

»Sind Sie verhaftet?«, rief eins.

Jo sah zu Brody auf. »Stecke ich in Schwierigkeiten, Ranger Winchester?«

»Nein, Ma'am.« Er sprach so laut, dass alle ihn verstehen konnten.

Sie folgte ihm nach draußen. Auf ihrer Haut glänzte Schweiß, dessen Geruch sich mit einem zarten Parfüm mischte, das ihn an Rosen erinnerte. Es hatte sich zwar viel bei Jo verändert, doch ihr Duft war gleich geblieben. »Was gibt es?«

»Hast du schon mal von Harvey Lee Smith gehört?«

»Klar.« Sie zog eine Kapuzenjacke aus ihrer Tasche und schlüpfte hinein. »Ein verurteilter Serienmörder. Ich habe in meiner Dissertation ›Psychologie des Serienmordes‹ über ihn geschrieben. Wenn ich mich recht erinnere, warst du der DPS-Polizist, der ihn verhaftet hat.«

Als er Smith gefasst hatte, war er beim Texas Department of Public Security, dem DPS, beschäftigt gewesen. Doch die Verhaftung war der Coup gewesen, der ihm seinen Ranger-Stern eingebracht hatte. Die Texas Ranger waren eine Elitetruppe von 144 Männern und Frauen innerhalb des DPS.

»Stimmt. Und wenn du dich mit Smith beschäftigt hast, weißt du bestimmt auch, dass er für den Mord an zehn Frauen verurteilt wurde. Allerdings geht man davon aus, dass die Zahl seiner Opfer bei mehr als dreizehn liegt.«

Sie zog den Reißverschluss ihrer Jacke zu und schob die Hände in die Taschen. »Beim Verhör hat er die Morde an den Frauen gestanden. Drei der zehn Opfer, die man mit ihm in Verbindung bringt, sind nie gefunden worden. Auch unter Druck hat er nichts preisgegeben.«

»In den letzten drei Jahren habe ich ihn oft verhört. Aber er hat seine Geschichte immer wieder abgeändert und ›vergessen‹, wo die anderen Leichen begraben sind. Für ihn war das alles nichts als ein Spiel.«

Sie runzelte die Stirn. »Ich habe gehört, dass er Krebs im Endstadium hat. Er hat nicht mehr lange zu leben.«

»Die Ärzte sagen, dass die Erkrankung auf seine Leber übergegriffen hat. Er hat nur noch ein paar Monate.«

Sie schwieg mehrere Sekunden. »Er wird seine Geheimnisse mit ins Grab nehmen, ohne dass die Familien der Opfer damit abschließen können. Es ist das letzte bissschen Kontrolle, das ihm geblieben ist.«

Brodys Gesicht verfinsterte sich. Er hatte sämtliche Register gezogen, um Smith zu knacken, aber die stundenlangen Verhöre waren umsonst gewesen. Smith hatte seinen Spaß daran gehabt, ihn an der Nase herumzuführen.

»Gestern am späten Nachmittag hat Smith der Gefängnisbehörde mitgeteilt, dass er reden will. Er weiß, dass die Uhr tickt, und will seine Seele läutern. Er hat sich bereit erklärt, uns die Begräbnisstellen der Leichen zu verraten.«

Jo seufzte. »Er hat früher schon Ähnliches versprochen. Du hast es doch selbst gesagt. Für ihn ist das alles nur ein Spiel.«

»Ich weiß. Und am liebsten würde ich ihm sagen, er soll in der Hölle verfaulen. Aber das ist möglicherweise die letzte Chance, mit ihm zu reden und diese Leichen zu finden.«

Sie nickte. »Und die kannst du nicht einfach verstreichen lassen. Das kann ich verstehen.«

»So ist es.«

Sie sah ihn an. »Wieso ich?«

Brody atmete tief ein und ließ den Atem dann langsam entweichen. »Weil es Smiths Wunsch ist, dass du dir sein letztes Geständnis anhörst.«

Kopfschüttelnd zog sie die Brauen hoch. »Ausgerechnet ich? Das kann ich kaum glauben.«

»Er hat ausdrücklich gesagt, dass er nur mit dir reden will und mit sonst niemandem.«

»Ich habe zwar ein paarmal für die Texas Ranger gearbeitet und über den Mann eine wissenschaftliche Arbeit geschrieben, aber ich bin bei Weitem nicht die erfahrenste Psychologin. Da gibt es andere, die mehr über ihn veröffentlicht haben und bedeutend mehr vorzuweisen haben.«

In der klaren Selbsteinschätzung lag keinerlei falsche Bescheidenheit. »Dein Lebenslauf ist durchaus eindrucksvoll.«

Ihre grünen Augen verengten sich. »Ich bin dabei, mir einen Ruf aufzubauen, aber noch mal, wieso ich? Eigentlich sollte dieser Mann gar nichts über mich wissen.«

Brody legte die rechte Hand neben seiner Pistole auf den Gürtel. »Dieser Kerl ist verteufelt schlau. Er hatte alle Zeit der Welt, um zu recherchieren.«

Um ihre Mundwinkel zuckte ein humorloses Lächeln. »Und er hat herausgefunden, dass wir beide früher mal verheiratet waren.«

»Ja, davon gehe ich aus. Ich habe ihn öfter verhört als jeder andere, und jedes Mal hat er sich alle Mühe gegeben, um mir persönliche Details zu entlocken.«

»Ich kann mir kaum vorstellen, dass du über persönliche Angelegenheiten redest.«

Der Unterton der Bemerkung entging ihm keineswegs. »Habe ich auch nicht. Aber wie gesagt, meiner Vermutung nach hat er recherchiert.«

»Und irgendwie von mir erfahren.«

»Irgendwie.«

Einen Augenblick lang herrschte Schweigen. »Vielleicht hat er ja von meiner Dissertation gehört. Die Universität hat sie online veröffentlicht. Vielleicht ist das alles ja nur ein seltsamer Zufall.«

Das Leder seines Pistolengürtels knarrte, als Brody das Standbein wechselte. »Kann sein, dass die Erklärung wirklich so einfach ist. Aber ich habe noch nie viel auf Zufälle gegeben. Die sind meiner Meinung nach so selten wie Schnee in der Wüste.«

Sie verstärkte den Griff um ihre Tasche. »Du hast dir Gedanken gemacht.«

»Seit dem Anruf aus dem Gefängnis heute Morgen. ›Mir den Kopf zerbrochen‹ kommt der Sache schon näher.«

Sie blickte zu Boden und schüttelte den Kopf.

»Wenn du nicht willst, geht das in Ordnung. Dann fahre ich noch mal zu Smith und warte ab, ob er doch mit mir redet. Vielleicht wird er ja weich, jetzt, wo der Tod nahe ist.«

»Und wenn nicht?«

Brody zuckte mit den Schultern. »Dann ist die letzte Chance, diese drei Leichen zu finden, dahin.«

Sie atmete ruhig und kontrolliert ein und ließ die Luft dann wieder entweichen. »Ich mache es. Ich komme mit. Das ist das Mindeste, was ich für diese Familien tun kann.«

Jo mochte zwar nichts mehr für ihn übrig haben, aber sie würde ihren Samstag opfern, um mit einem Killer zu sprechen und damit den trauernden Familien zu helfen. »Bist du sicher?«

»Soweit ich mich erinnere, ist Smith ein Kontrollfreak, der nur kooperiert, wenn man auf alle seine Forderungen eingeht. Wann will er mit mir reden?«

»Heute.«

Sie zog eine Augenbraue hoch. »Jetzt gleich?«

»Mein Flugzeug steht fix und fertig vollgetankt am Flughafen. Ich kann dich in zwei Stunden nach West Livingston bringen.« In West Livingston, Texas, befand sich das Gefängnis, in dem der Todestrakt für die männlichen Insassen untergebracht war.

»Ich habe keine Kleidung zum Wechseln dabei. Ich müsste bei mir zu Hause vorbeifahren.«

»Ich fahre dir hinterher.«

Sie fischte die Schlüssel aus ihrer Tasche und sagte ohne große Begeisterung: »Na schön. Ich sage nur schnell Doug und den Mädchen Bescheid.«

Ohne weitere Worte zu verlieren, lief sie wieder in die Halle. Ein paar Augenblicke später kehrte sie zurück, überquerte den Parkplatz und stieg in einen eleganten schwarzen BMW. Es wunderte ihn nicht, dass es ihr finanziell gut ging. Er hatte immer gewusst, dass sie für Höheres bestimmt war. Nach allem, was er gehört hatte – und er hörte immer gut zu, wenn ihr Name fiel –, hatte sie mit ihrem entspannten Stil großen Erfolg.

Brody setzte sich hinter das Steuer seines Broncos und beobachtete, wie sie langsam aus der Parklücke und über den Parkplatz fuhr. Am Stoppschild hielt sie an, setzte den rechten Blinker und bog ab.

»Hältst dich wohl immer noch an sämtliche Regeln«, murmelte er.

Die Fahrt vom Kletterzentrum zu ihrem kleinen erdfarbenen Bungalow in Hyde Park, einem zentralen Stadtviertel von Austin, dauerte nur wenige Minuten. Hyde Park war in den Zwanzigerjahren entstanden und beherbergte inzwischen hauptsächlich Universitätsdozenten, Studenten und Akademiker.

Als sie in die Auffahrt einbog, bemerkte er, dass der Garten irgendwann einmal ordentlich angelegt worden war, aber wie alle, die unter der texanischen Dürre der letzten Jahre zu leiden gehabt hatten, hatte sie sich nach Inkrafttreten der Bewässerungsvorschriften von ihrem Rasen verabschieden müssen. Doch auch ohne Gras war es ihr gelungen, alles nett aussehen zu lassen.

Da er bei den Rangern in den letzten drei Jahren mehrmals versetzt worden war, hatte er ein Vagabundenleben geführt und in übergangsweise gemieteten, gesichtslosen Apartments gewohnt. Früher war er immer davon ausgegangen, ein Zuhause mit Frau und Kindern zu haben, wenn er so alt war wie jetzt. Doch die Arbeit und vielleicht auch die eigenen Fehler hatten ihn Single bleiben lassen.

Sie stieg aus, holte die Post aus einem weißen Briefkasten und winkte ihm, ihr zu folgen. »Du kannst ebenso gut mit reinkommen. Ich werde etwa eine halbe Stunde brauchen.«

Er wäre zwar lieber im Wagen geblieben, aber es war nicht der Zeitpunkt, Umstände zu machen. Immerhin tat sie ihm einen Gefallen, obwohl sie ihm genauso gut hätte sagen können, er solle verschwinden.

»Ist gut.« Er stellte den Motor ab und folgte ihr über den Gehweg, der von der letzten sommerlichen Hitzewelle an manchen Stellen rissig war.

Er betrachtete die leeren Blumenkästen, die einen neuen türkisfarbenen Anstrich hatten, und die schwarze Eingangstür, die ebenfalls frisch gestrichen war. Akkurat. Ordentlich. Vorne stand ein bestimmt hundert Jahre alter Pecannussbaum, der so hoch war, dass die Krone die Veranda überschattete und die Wurzeln in das Fundament hineinwuchsen.

Als hätte sie seine Gedanken gelesen, sagte Jo: »Die Veranda werde ich diesen Sommer renovieren. In den letzten Jahren habe ich mich auf das Hausinnere konzentriert.«

»Gute Entscheidung, angesichts der Dürre.«

Jo hatte schon immer alles im Griff gehabt. Früher war er sich neben ihr wie ein Trottel vorgekommen, ohne dass sie es darauf angelegt hätte. Er hatte sich über sie geärgert. Mit den Jahren war ihm klar geworden, dass die Probleme bei ihm und nicht bei ihr lagen.

Sie öffnete die Fliegenschutztür, und er hielt sie ihr auf, während sie mit ihren Schlüsseln hantierte.

»Ich habe drei Katzen«, sagte sie. »Sie sind harmlos, aber erschrick nicht, wenn du sie siehst. Es sind ehemalige Streuner, die ein bisschen wild aussehen.«

»Mit drei Katzen werde ich schon fertig.«

»Wunderbar.« Sie öffnete die Tür, schaltete das Licht ein und legte Handtasche und Schlüssel neben dem Eingang ab, wie wahrscheinlich jeden Tag, seit sie hier eingezogen war. Das Wohnzimmer war gemütlich – ein Polstersessel vor einem Kamin, der den kalten Nächten in Austin vorbehalten war. Die Fußböden bestanden aus hellem Kiefernholz, die Decke war hoch und gewölbt. Ein langer Bauerntisch stand mitten im Esszimmer, das mit der Küche verbunden war.

»Setz dich doch aufs Sofa. Im Kühlschrank ist Wasser. Sogar ein oder zwei Flaschen Cola. Ich beeile mich.«

»Eine Cola wäre toll«, sagte er. »Ich bin direkt von der Arbeit gekommen.«

»Es ist Dosenfleisch und Brot da, falls du Hunger hast. Bedien dich.« Ihr Lächeln war beinahe herzlich.

Sie verschwand im Schlafzimmer, und er schlenderte an mehreren Schwarz-Weiß-Fotografien vorbei, die im Esszimmer an der Wand hingen. Man musste kein Experte sein, um zu erkennen, dass sie wertvoll waren. Die Küche aus schimmerndem Edelstahl und Granit sah aus wie frisch geputzt. Verdammt, wenn bei ihm überraschender Besuch käme … nun ja, es würde mit Sicherheit nicht so ordentlich aussehen. Er nahm sich eine Cola aus dem Kühlschrank und öffnete sie. Er ließ die kühle Flüssigkeit durch seine ausgedörrte Kehle rinnen und fragte sich, wie zum Teufel er im Haus seiner Ex gelandet war.

Jo stellte die Dusche an und schleuderte Schuhe und Strümpfe von sich. Dann beugte sie sich über das Waschbecken und starrte in den beschlagenen Spiegel. Sie war froh, dass ihr Gesicht ruhig wirkte und ihre Wangen vom Schock nicht gerötet waren. Brody Winchester. Sie hatte zwar gehört, dass er zurück in die Stadt gezogen war, jedoch gehofft, dass Austin groß genug war, um ihm aus dem Weg zu gehen.

Sekundenlang starrte sie vor sich hin, bis der Dampf jede Spur von ihr verdeckte.

»Heilige Scheiße«, flüsterte sie, drehte sich um und zog das Kapuzenshirt, das Trainingsoberteil und die Hose aus. Sie trat in die Dusche, hielt den Kopf unter den heißen Strahl und spürte kaum, wie das Wasser über ihren Körper strömte und den salzigen Schweiß von ihrer Haut wusch.

Verdammt noch mal, Brody Winchester war bei ihr zu Hause. Und holte sich eine Cola aus ihrem Kühlschrank. Brody Winchester saß auf ihrem Sofa, als wäre er auf Besuch in der alten Heimat.

Brody Winchester, verdammmt.

Ihr Exmann.

Vierzehn Jahre war es her, seit sie einander zum letzten Mal gesehen hatten. Nach ihrer Scheidung hatte sie jahrelang davon geträumt, ihn zu konfrontieren und eine Entschuldigung zu verlangen. Sie hatte sich ausgemalt, wie er seine Fehler einsehen und ehrliche Reue zeigen würde. Eine Zeit lang hatte der Traum sie am Leben erhalten, aber nach ein paar Jahren war sie das Zornigsein einfach leid geworden. Und so hatte sie Winchester ziehen lassen und aufrichtig geglaubt, ihn los zu sein.

Und dann hatte er dort im Kletterzentrum gestanden und sie angestarrt, als wäre sie eine seltsame Spezies. Sie war erschrocken, hatte den Halt verloren und die einstudierten, nach der Scheidung allzu oft wiederholten Ansprachen waren vergessen.

Sie stöhnte. Sie hatte ihn hereingebeten. Ihm eine Erfrischung angeboten. Und ein Sandwich. *Du bist schon immer schnell schwach geworden, wenn er in der Nähe war.*

Sie stellte sich vor, wie das Wasser ihre Gedanken und Enttäuschungen wegspülte. *Lass los. Lass los.* Das vertraute Mantra plätscherte über ihren Körper und nahm ein paar der Gefühle mit.

Brodys Besuch war keine persönliche Angelegenheit. Er betraf die Arbeit. Und Brody verhielt sich erwachsen, ganz wie ein Profi. Er war nicht mehr der frisch angeworbene, zweiundzwanzigjährige Marine-Soldat, der auf alles eine Antwort hatte, und er behandelte sie auch nicht, als wäre sie ihm etwas schuldig. Und sie war keine linkische Achtzehnjährige, die für jedes bisschen Liebe und Aufmerksamkeit dankbar war. Sie brauchte ihn nicht – nicht so, wie sie es damals geglaubt hatte.

Das heiße Wasser perlte über ihre Stirn. Sie war zweiunddreißig. Er sechsunddreißig. Wenn sie sich jetzt nicht erwachsen verhalten konnten, wann dann? Die Vergangenheit war vorbei. *Lass sie los und zieh einen Schlussstrich.*

Morgen um diese Zeit würde ihr Gespräch mit Harvey Lee Smith vorbei sein, und Brody würde wieder aus ihrem Leben verschwinden. Fall geschlossen – hoffentlich.

Sie stellte das Wasser ab, frottierte sich, föhnte sich rasch die Haare und zog einen dunklen, engen Rock, eine weiße Bluse und eine dazu passende Jacke an. Sie legte ihre Perlenkette und die Perlenohrringe an und war, wie sie es versprochen hatte, nach einer halben Stunde abfahrtbereit.

Als sie aus dem Schlafzimmer trat, hatten ihre Katzen sich um Brody versammelt. Atticus, ein sieben Kilo schwerer, orangefarbener Kater, saß am Sofaende und starrte Brody an, als wollte er sich auf ihn stürzen. Shakespeare, ein drahtiger, schwarzer Kater mit kurzem Schwanz, saß außerhalb seiner Reichweite auf dem Fußboden, und Mrs Ramsey, eine kleine, graue Tigerkatze, lag auf seinem Schoß und schnurrte, während er sie zwischen den Ohren kraulte.

Gott, was musste er nur von ihr denken. All die Jahre, und sie war nicht nur immer noch dieselbe in ihre Arbeit vergrabene Eigenbrötlerin, sondern außerdem auch eine alleinstehende Frau mit einem Haus voller Katzen.

Sie nahm ihre Handtasche und öffnete sie. »Fertig?«

Er trank seine Cola aus und schubste Mrs Ramsey sanft zurück auf die Couch. Als er aufstand, ließ er den Blick kurz auf ihr ruhen, dann hob er die Dose. »Ja. Wo kann ich das wegwerfen?«

Ihr erster Reflex war, ihm die Dose abzunehmen und sie für ihn zu entsorgen. Bei jedem anderen hätte sie es getan. »In der Küche, unter der Spüle.«

Während er die Dose wegwarf, überprüfte sie ihre Geldbörse, um sicherzugehen, dass sie genug Geld und ihren Ausweis bei sich hatte. Sie steckte einen Notizblock, zusätzliche Kugelschreiber und eine Kompaktkamera ein. »Ich fahre dir zum Flughafen hinterher.«

Mit dem Hut in der Hand kam er auf sie zu, jeder Schritt wohl abgemessen.

Wann hatte sie vergessen, wie groß und breitschultrig er war? Schon auf dem College war er so gewesen, hatte jeden Raum beherrscht, den er betrat. Mit den Jahren war sein Muskeltonus ganz gewiss nicht geringer geworden. Seine Schultern waren breiter, seine Beine und Unterarme muskulöser.

Er war nie im klassischen Sinne gut aussehend oder hübsch gewesen. »Sehr männlich« wurde ihm als Beschreibung noch am ehesten gerecht. Mit den Jahren waren nicht nur die jugendlichen Züge verschwunden, er hatte auch ein schmales, markantes Gesicht bekommen, dessen Aussehen ans Bedrohliche grenzte.

»Es könnte spät werden«, sagte er. »Wir sollten lieber keinen zusätzlichen Wagen am Flughafen stehen lassen.«

Ohne Zweifel würde er den vorderen Teil des Broncos nahezu allein ausfüllen. »Das macht mir nichts aus.«

»Es wird einfacher sein, wenn ich fahre.«

Ihr lag ein Widerspruch auf der Zunge, doch dann schluckte sie ihn hinunter. Je mehr sie widersprach, desto mehr Bedeutung gab sie dem Ganzen. Und das hier war nicht weiter bedeutsam. Es war rein beruflich.

»Na gut.« Atticus miaute und sprang von der Sofalehne herunter. »Lass mich noch schnell die Katzen füttern.«

Er streckte den Arm aus und deutete mit dem Hut zur Küche. »Da hast du dir ja eine ganz schöne Meute ins Haus geholt.«

»Die haben mich irgendwie gefunden.«

»Du hast eben ein weiches Herz.«

»Kann schon sein.« Sie öffnete die Speisekammer, holte eine Tüte Trockenfutter heraus und schüttete es in drei verschiedene Näpfe, die in Küche und Arbeitszimmer verteilt standen. Atticus wählte den Napf neben dem Mülleimer. Shakespeare ging zu seinem Napf unter dem Küchentisch und Mrs Ramsey fraß hinter dem Sessel.

»Der große Rote da ist wohl der Chef«, sagte Brody.

Sie füllte einen Wassernapf und stellte ihn neben Atticus. »Ich habe ihn jetzt seit einem Jahr. Aber er hat gleich nach seiner Ankunft das Kommando übernommen.«

»Knurrt er etwa?«

»Ja, immer, wenn er frisst. Wahrscheinlich ein Verteidigungsmechanismus. Der Tierarzt meint, dass er sich eine ganze Weile allein durchschlagen musste. Als er zu mir kam, war er halb verhungert und ziemlich heruntergekommen.«

»Man muss dem alten Jungen zugutehalten, dass er überlebt hat.«

»Ich schaue schnell bei meinem Nachbarn vorbei und sage ihm Bescheid, dass ich wegfahre. Heute Abend beträgt die Regenwahrscheinlichkeit fünfzig Prozent, und jemand muss die Katzen füttern, falls wir dort nicht wegkommen.«

Er folgte ihr aus dem Haus. »Schaust du immer noch jeden Morgen den Wetterbericht?«

Isst du morgens immer noch Frosties? Die unerwartete Erinnerung ließ sie die Haustür ein wenig zu fest zuschlagen. Sie drehte den Schlüssel im Schloss, bis es einrastete. »Die erste Anspielung auf unsere kurze Ehe – das heikle Thema.«

Er stand am Treppenabsatz und hatte einen Fuß auf der untersten Stufe abgestellt. »Ich war noch nie gut darin, mich zu verstellen.«

»Durch und durch ehrlich, ich erinnere mich.«

Er setzte sich den Hut auf, und ganz kurz wurde sein Gesicht grimmig. »Gibt es da etwas zwischen uns, worüber wir reden sollten, bevor es losgeht?«

»Nein.« Einen Augenblick wurde sie von ihren Gefühlen überwältigt, dann war es vorbei. Sie nickte zu dem Haus auf der rechten Seite hinüber. »Ich bin gleich wieder da.«

Er musterte sie kurz. »Ich warte im Wagen.«

Ohne recht zu wissen, weshalb sie wegen des Wetters und Erinnerungen an Frühstücksflocken so kratzbürstig reagierte, lief sie zur Haustür ihres Nachbarn Ted Rucker, wobei ihre hohen Absätze auf dem Asphalt klapperten. Nach raschem zweimaligen Klopfen ging die Tür auf, und ein großer, schlanker Mann mit blondem Haar und Hornbrille stand vor ihr.

»Rucker«, sagte sie. »Ich muss eine Weile weg. Könntest du vielleicht nach den Katzen sehen, falls du nichts von mir hörst? Wahrscheinlich bin ich heute Abend wieder da, aber man weiß ja nie.«

Er blickte an ihr vorbei zu Brody hinüber, der mit vor der

Brust verschränkten Armen neben seinem Bronco stand. »Die Ranger?«

»Ranger Brody Winchester.« Sie redete niemals über ihre Fälle. »Ich müsste am späten Abend wieder da sein, aber falls das Wetter nicht hält, könnten wir aufgehalten werden.«

Rucker grinste. »Ich füttere die drei Musketiere schon. Wie steht's mit diesem Abszess an Atticus' Seite?«

»Die Antibiotika, die du verschrieben hast, haben gewirkt. Hoffentlich lernt er daraus, dass er sich nicht mit dem Streuner am Ende der Straße anlegen sollte.«

»Mal sehen. Er hat ja seinen eigenen Kopf.« Er zog die Brauen zusammen. »Gute Fahrt.«

»Noch mal danke.«

»Hey, wenn du zurückkommst, wollen wir da nicht mal Kaffee trinken gehen? Wir haben schon einige Male darüber geredet, aber irgendwie ist es nie dazu gekommen. Ein kleines Schwätzchen unter Nachbarn.«

Sie lachte, während sie bereits rückwärtsging. »Gute Idee.«

Als sie zum Wagen kam, öffnete Brody ihr die Tür, und sie blieb stehen. »Das hast du noch nie gemacht.«

»Doch, schon. Nur nicht für dich.«

Kein Zorn. Keine Verstimmung. Nur eine sachliche Feststellung. Nicht ganz sicher, was sie davon halten sollte, schlüpfte sie in den Wagen und rückte sorgfältig ihre Tasche zurecht, während er die Tür schloss. Als er sich hinter das Steuer setzte, schrumpfte die große Fahrerkabine des Broncos tatsächlich zusammen. Eine seiner großen, wettergegerbten Hände schob den Schlüssel ins Zündschloss. Diese Hand hatte einen Baseballschläger umfasst, als wäre er eine Rettungsleine. Diese Hand hatte sich einst um ihre Brust gelegt und ein Feuer in ihr entfacht, das ihr den Atem geraubt hatte.

»Es ist hilfreich, dass du mit Smith vertraut bist«, sagte er, als er den Motor anließ und auf die Straße fuhr.

Sie schluckte und blickte auf die Straße, die vor ihnen lag. »Er war einer von vier Serienmördern, auf denen ich meine Dissertation aufgebaut habe. Natürlich habe ich nie mit ihm gesprochen. Meine Quellen bestanden aus Polizeiakten und ein paar Verhören.« Als sie erfahren hatte, dass es Brody gewesen war, der ihn verhaftet hatte, hätte sie Smith beinahe ganz aus ihrer Arbeit gestrichen. Ihr Stolz hatte es nicht zugelassen, Brody um ein Interview zu bitten, doch aus Sturheit hatte sie Smith in ihrer Dissertation behalten. »Gibt es noch mehr, was ich wissen sollte?«

»Er war ein Aushilfslehrer, der sich für einen Romanschriftsteller hielt. Für den nächsten Poe. Er hat immer in seinem Garten gesessen, beziehungsweise auf seinem Friedhof, und stundenlang an seinen Kurzgeschichten und Büchern gearbeitet.

Geboren in Texas, Abschluss an der Universität von Oklahoma mit Bestnote. Seine Dozenten und viele der Schulleiter und Lehrer, für die er gearbeitet hat, respektierten ihn. Als er einmal einen längerfristigen Job hatte, schwärmten viele Eltern von ihm und verlangten, man solle ihn dauerhaft einstellen. Aber er lehnte alle Angebote ab. Er zog mehrere Jahre lang durch Oklahoma und Kansas und ist dann vor zwanzig Jahren endgültig nach Texas zurückgekehrt.«

Brody fädelte den Wagen durch den Verkehr, und bald fuhren sie nach Austin auf den städtischen Flughafen zu. »Ich habe ihn gefragt, wieso er wieder zurück nach Austin gezogen ist, aber er hat die Frage nie beantwortet. Meiner Theorie zufolge wünschte er sich mehr Platz, mehr Land und besseres Wetter, weil die Mordsaison damit länger dauert.«

»Als er wieder nach Texas gezogen ist, war er Ende vierzig.«

»Stimmt.«

Sie blickte durch die Windschutzscheibe und ging im Geist durch, was sie über Smith wusste. »Seine Hauptbegräbnisstätte war sein Garten, aber man vermutet, dass es noch eine weitere gab.«

»Als er vor drei Jahren wegen der mutmaßlichen Verwicklung in das Verschwinden von Tammy Lynn Myers verhaftet wurde, haben wir uns einen Durchsuchungsbefehl für sein Haus und sein Grundstück besorgt. Wir mussten uns im Garten nur kurz umsehen, um zu sehen, dass die Erde viele Male aufgeworfen worden war. Wir haben Wochen in diesem Garten verbracht und zehn Leichen ausgegraben. Aber Tammy Lynn Myers haben wir nie gefunden. Außerdem sind wir in seinem Haus auf Hinweise gestoßen, die auf mindestens zwei weitere Opfer hindeuten. Auch sie wurden nie gefunden.«

»Der Gerichtsmediziner glaubte, dass die Opfer lebendig begraben wurden.«

»Die meisten Leichen waren so stark verwest, dass es kein weiches Gewebe mehr zu untersuchen gab. Dann haben wir eine Leiche ausgegraben, von der wir glauben, dass sie sein vorletztes Opfer war, eine Frau, die er ein paar Wochen vor Tammy umgebracht hatte. Der Gerichtsmediziner fand Erde in ihrer Lunge und ihrem Magen, ein klarer Hinweis darauf, dass sie bei dem Versuch, Luft zu holen, Erde eingeatmet hat.«

Eine Gänsehaut lief ihr über den Rücken bei dem Gedanken an diese Frauen, die panisch nach Luft geschnappt hatten. »Er hat die Vorwürfe nie bestritten.«

»Nein. Mitunter war er sogar hilfsbereit.«

»Er ist zum Tode verurteilt worden.«

»Und hat während der letzten beiden Jahre sämtliche Gnadengesuche aufgesetzt, die nur möglich waren.«

»Erst gesteht er, dann kämpft er«, sagte sie. »Bei ihm geht es immer um Kontrolle.«

Brody biss die Zähne zusammen, was einen Muskel neben dem Kiefergelenk zucken ließ. »Sieht so aus, als würde der Krebs jetzt wieder alles umwerfen. Er wird ihn umbringen, bevor es der Henker tut.«

»Das Karma hat seine eigene Gerechtigkeit.«

Ohne Kommentar fuhr Brody durch das Tor des kleinen städtischen Flughafens und folgte der geschwungenen Straße am Hauptgebäude mit dem Kontrollturm vorbei und dann zu den Flugzeughallen an der nördlichen Seite des Geländes. Er parkte neben einem Hangar. »Bevor ich heute Morgen losgefahren bin, habe ich angeordnet, das Flugzeug vollzutanken, die Vorflugkontrolle sollte also nicht zu lange dauern.«

»Kann ich irgendwie helfen?«

»Nein, ich mach das schon.« Sie stiegen aus, und er schloss eine kleine Tür auf, die in die Flugzeughalle führte, und schloss sie hinter sich. Sekunden später hörte sie die Scharniere der großen Tür des Hangars ächzen, als das Metall nach oben und hinten glitt. In der Flugzeughalle stand eine Cessna 150. Die zweisitzige Einpropellermaschine war weiß gestrichen und hatte rote und schwarze Streifen. Brody nahm seinen weißen Hut und die Jacke und warf beides hinten in den Gepäckraum. Er befestigte einen Haken am Vorderrad des Flugzeugs und zog es mit Leichtigkeit aus dem Hangar heraus. Innerhalb weniger Minuten hatte er das Flugzeug von außen überprüft, als hätte er schon Tausende von Vorflugkontrollen durchgeführt.

Er öffnete Jo die Tür und wartete, bis sie die hohe Stufe erklommen hatte, die in das Flugzeug führte. Nachdem er die Hangartür geschlossen hatte, setzte er sich hinter den Steuerknüppel. Seine Schulter streifte ihre, als er sich vorbeugte und nach einer weiteren Vorflugliste griff, die neben dem Sitz klemmte. Gegen das Cockpit war sein Bronco geradezu geräumig.

Er setzte einen Kopfhörer auf und gab ihr ebenfalls einen, bevor er den Antrieb mit der Starterklappe zündete und dann den Schlüssel drehte. Der Propeller machte eine Drehung und blieb dann stehen, doch als Brody den Schlüssel ein zweites Mal drehte, kam der Propeller in Gang und rotierte bald so schnell, dass er kaum noch zu sehen war.

Froh über den Lärm der Triebwerke, die jedes Gespräch unmöglich machen würden, lehnte sie sich auf ihrem Sitz zurück, setzte die Sonnenbrille auf und gestattete ihrem Geist zum ersten Mal, seit sie Brody unten an der Kletterwand gesehen hatte, zur Ruhe zu kommen.

Während er mit dem Tower sprach, manövrierte er zur Startbahn und wendete das Flugzeug, bis es auf den Startbahnziffern stand und mit der Schnauze nach Osten zeigte. Ohne einen Blick in ihre Richtung warf er die Triebwerke an, und sie schossen über die Startbahn. Auf halbem Weg legte er den Steuerknüppel zurück, und mühelos hoben sich die vorderen Räder vom Boden. Ihr Magen vollführte einen kleinen Salto, und sie war froh, dass sie nur wenig gefrühstückt hatte.

Durch das Seitenfenster sah sie, wie die quadratischen, zweckmäßigen Flughafengebäude schnell immer kleiner wurden. Sie gewannen an Höhe, und der strahlend blaue Horizont hob sich gegen das braune, von der Dürre rissige Erdreich ab. Sie warf einen Blick auf den Tacho und berechnete schnell, dass sie in einer Stunde in West Livingston ankommen würden.

Damit blieben ihr sechzig Minuten, um sich auf die Begegnung mit einem der bösartigsten Serienmörder der texanischen Geschichte vorzubereiten.

2

Samstag, 6. April, fünfzehn Uhr

Die grauen Mauern des Staatsgefängnisses Livingston ragten hoch auf, als Jo auf der Rückbank des DPS-Polizeiwagens aus dem Fenster blickte. Brody hatte noch vom Flugzeug aus angerufen und dafür gesorgt, dass sie von einem Polizeiwagen abgeholt wurden. Jetzt saß er vorne neben dem Officer und sie auf dem Rücksitz.

Ein hoher Stacheldrahtzaun zog sich um das Gefängnis. Jetzt schlugen Regentropfen gegen das Fenster und verwandelten den kühlen Tag in einen vollends ungemütlichen. Sie war schon früher in Gefängnissen gewesen und hatte Verdächtige befragt. Sie war keine Anfängerin. Sie kannte sich aus. Und doch hatte eine Beklommenheit von ihr Besitz ergriffen, die sie gereizt und nervös machte.

Brody fing ihren Blick im Rückspiegel auf. Hoch aufgerichtet saß er da. Stark. Und wäre er jemand anders gewesen, hätte sie vielleicht einen Witz gemacht, um die spannungsgeladene Atmosphäre aufzulockern. Ein bisschen Lachen hätte jetzt sehr geholfen. Aber sie wollte nicht mit Brody lachen. Sie wollte überhaupt keine Verbindung mit ihm. Ihre letzte Begegnung war vierzehn Jahre her, und bis heute Morgen hatte sie geglaubt, die Gefühle, die mit ihrer Beziehung zusammenhingen, wären längst tot und begraben. Doch wie ein Ungeheuer, das sich nach einem langen Schlummer regte, wurden gerade viel zu viele unerwünschte Emotionen wach.

Verdammt.

Ihren ersten echten freien Tag seit zwei Wochen hatte sie nicht mit Grübeleien über ihre Gefühle für Brody Winchester verbringen wollen.

»Alles in Ordnung?«, fragte Brody.

»Alles bestens.« Sie schenkte ihm ein gleichgültiges Lächeln, wie sie es oft bei den halbwüchsigen Mädchen in ihrer Selbsthilfegruppe gesehen hatte, merkte jedoch, dass es ihre Beunruhigung nicht verbergen konnte. Sie erwog einen kurzen, knackigen Kommentar, verzichtete dann jedoch darauf, weil sie wusste, dass ihre Witzeleien oft eher bissig als scherzhaft klangen. »Ich versuche immer noch, zu verstehen, wieso Smith mich hat kommen lassen. Und kann nicht glauben, dass es nur an meiner Verbindung zu dir liegt.«

Der Officer auf dem Fahrersitz, ein großer, stämmiger Mann mit Bürstenhaarschnitt und einem dichten schwarzen Schnurrbart sagte nichts dazu, aber bei den Worten »meine Verbindung zu dir« spannten seine Schultern sich ein wenig an. Sie konnte sich lebhaft ausmalen, was in seinem Kopf vorging.

Sie passierten den ersten Kontrollpunkt, dann einen zweiten, bevor sie und Brody ausstiegen. Von Westen wehte eine steife Brise, die durch ihre Jacke drang und sie frösteln ließ.

Brody bedankte sich bei dem Polizisten und betrat dann zusammen mit ihr das Gebäude, wo sie einen weiteren Metalldetektor passieren mussten. Eine Polizistin durchsuchte ihre Handtasche, während die Wachen Brodys Pistole überprüften. Eine Viertelstunde später kamen sie im Büro des Gefängnisdirektors an.

Ein mittelgroßer, stämmiger Mann erhob sich, als sie das karge Büro betraten. Er hatte schütteres, rotes Haar, das aus dem runden, geröteten Gesicht zurückgekämmt war. Er kam um seinen Schreibtisch herum und wischte sich die Hand an seinem blau karierten Schlips ab, bevor er sie Brody hinstreckte. »Brody. Hab schon gehört, dass du kommst.«

»Der Teufel schläft nie«, sagte Brody.

»Damit meinst du wohl dich«, sagte der Direktor lächelnd. Sein Blick glitt zu Jo hinüber. »Ich bin Larry Maddox, der Direktor hier in Livingston. Dr. Granger?«

Sie lächelte und ergriff seine schwielige Hand. »Freut mich, Sie kennenzulernen, Herr Direktor. Und bitte nennen Sie mich Jo.«

Er nickte. »Dann also Jo. Und ich bin Larry.« Er hakte die Daumen in seinen dicken Ledergürtel. »Wie ich höre, möchte Mr Smith mit ihnen plaudern?«

Sie zog die Brauen zusammen. »Ja, und das überrascht mich sehr.«

»Mich überrascht nicht mehr besonders viel.« Er schüttelte den Kopf. »Tut mir leid, dass Sie für nichts und wieder nichts so weit gefahren sind.«

»Sie halten diese Reise für Zeitverschwendung?«

»Mr Smith ist einer unserer verschlageneren Insassen. Bekannt dafür, dass er einen gern aufs Glatteis führt, wie Brody Ihnen bestimmt erzählt hat. Wahrscheinlich wird er genau das bei Ihnen versuchen.«

Diese Möglichkeit hatte sie schon in Betracht gezogen. »Na ja, jetzt bin ich schon mal hier, also kann ich ebenso gut mit ihm reden. Wie geht es ihm gesundheitlich?«

»Nicht allzu gut in den letzten Wochen. Gestern hatte er einen Energieschub, bei dem er dann nach diesem Treffen verlangt hat. Laut dem Krankenhausarzt kommt so ein Schub kurz vor dem Ende öfter vor.« Sein Gesicht verfinsterte sich noch mehr. »Ein Tipp von mir: Lassen Sie sich nicht von ihm manipulieren. Darin ist er gut, und er wird es versuchen. Wahrscheinlich will er ein letztes Mal jemandem wehtun, bevor er abtritt.«

Sie hob die Augenbrauen. »Es ist nicht das erste Mal, dass ich jemanden wie ihn befrage.«

Direktor Maddox schüttelte den Kopf. »Ich bezweifle nicht, dass Sie mit jeder Menge Verbrechern zu tun hatten, Dr. Granger. Aber dieser hier ist richtig gefährlich. Eine ganz neue Liga des Bösen.«

Ein unerwarteter Schauer überlief ihren Körper. »Ich werde schon mit ihm klarkommen.«

Larry sah Brody an, als wollte er sagen: *Ich hab dich gewarnt*. »Dann wollen wir mal.«

Mit Brody im Schlepptau folgte Jo dem Direktor durch den langen, schmalen, grauen Korridor zum Verhörraum.

Vor dem Eingang blieb der Direktor stehen. »Smith hat klargestellt, dass er nur Sie und Winchester im Zimmer sehen will.«

»Uns beide?«, fragte Jo.

Der Direktor zuckte mit den Schultern. »Ich will nicht so tun, als würde ich verstehen, was in Smiths Kopf vorgeht. Wahrscheinlich geht es ihm darum, dass der Polizist, der ihn verhaftet hat, bei seiner letzten großen Ansprache einen Logenplatz haben soll.«

Brody wechselte das Standbein, schwieg jedoch.

Jo ballte die Fäuste. »Je eher wir anfangen, desto früher werden wir es erfahren.«

Brody öffnete die Tür, und diesmal betrat er den Raum vor ihr. Er ließ den Blick durch das kleine Zimmer und über die Glasscheibe schweifen, die die Gefangenen von den Besuchern trennte. Auf ihrer Seite stand ein Stuhl vor einem kleinen Tisch und einem Telefon, das an der Wand hing. Sein Gesicht verfinsterte sich. »Setzen Sie sich, Dr. Granger.«

Dr. Granger. Es klang seltsam, übertrieben förmlich, sogar ein bisschen aufgesetzt, wie Brody es sagte. Aber dann wurde ihr klar, dass er seit ihrem Wiedersehen vor anderen Leuten die offizielle Anrede verwendete und wenn sie miteinander allein waren seine Worte auf ein Minimum beschränkte.

Sie ging an ihm vorbei und nahm vor der Glasscheibe Platz. Im Spiegelbild der Scheibe sah sie, wie Brody sich neben der Tür postierte. Er lehnte sich nicht an, sondern stand kerzengerade da, die Hände ineinander verschränkt. Schon bei ihr zu Hause war er angespannt gewesen, aber jetzt vibrierte er innerlich vor Unruhe. Brody wusste Schlimmes über Smith und hatte einiges mitangesehen, das er ihr höchstwahrscheinlich nicht erzählen würde, schließlich war sie genau genommen Zivilistin. Wahrscheinlich quälte sein Wissen ihn jetzt.

Jo fokussierte ihren Blick wieder auf den anderen Raum und auf die schlichte Tür, die auf der anderen Seite der Glasscheibe lag. Sekundenlang starrte sie die Tür an und bekam kaum Luft, während ihr Herz heftig klopfte. Diese unvermittelten Nervenkrisen wurden langsam lästig. Smith konnte ihr nichts anhaben, und je früher sie diesen albernen Panikanfällen Einhalt gebot, desto besser.

Langsam rückte der Minutenzeiger der Wanduhr vor. Sie spürte ihren Puls in der Kehle und in den Handgelenken. Als sie schon glaubte, der Türknauf würde sich nie bewegen, drehte er sich plötzlich, und die Tür ging auf. Sie fuhr zusammen, fasste sich jedoch sofort, als der gefesselte Smith im Rollstuhl von einem Wachmann hereingeschoben wurde.

Auf sämtlichen Fotos, die sie von Smith gesehen hatte, war er ein kräftiger, muskulöser Mann mit dichtem, dunklem Haar, durchdringenden grünen Augen, dessen verschlagenes Lächeln nahelegte, dass er viele Geheimnisse kannte. Der Krebs hatte ihn jedoch gebrechlich gemacht und ihn gut dreißig Kilo verlieren lassen, und sein einst pechschwarzes Haar war jetzt grau und schütter. Das ehemals attraktive Gesicht war schmal und faltig, doch obwohl die grünen Augen eingesunken waren, spiegelte sich Neugier in ihnen. Und dann erschien sein berühmtes Lächeln, das dunkle Geheimnisse anzudeuten schien.

Smiths Blick glitt kurz zu Brody, dann wieder zu Jo, bevor er sich darauf konzentrierte, sich zurechtzusetzen. Der Wachmann blieb wartend hinter ihm stehen, während er seine Ketten zurechtrückte und sorgfältig die von dicken Adern überzogenen Hände auf dem Tisch faltete.

Jo hatte mit einer ganzen Reihe hartgesottener Krimineller zu tun gehabt, von denen die meisten von Tattoos, Narben und Piercings übersät waren. Smiths Erscheinung konnte man hingegen nur als angenehm und freundlich bezeichnen. Auch ohne seine Erkrankung hätte wohl kaum jemand die Straßenseite gewechselt, um ihm aus dem Weg zu gehen, und die meisten Frauen hätten bedenkenlos eine schallsichere Aufzugkabine mit ihm betreten. Wahrscheinlich hatten seine Opfer erst gemerkt, in welcher Gefahr sie sich befanden, wenn es viel zu spät war.

Er nahm den Hörer auf seiner Seite auf und sagte mit tiefer Stimme und einem gedehnten Texasakzent: »Danke, dass Sie gekommen sind, Dr. Granger.«

»Mr Smith.« Sie hätte sagen können, dass sein Wunsch sie überrascht hatte. Sie hätte fragen können, wieso er gewollt hatte, dass sie zu ihm kam. Sie hätte sich nach seinem Befinden erkundigen können. Aber sie hatte gelernt, in Gegenwart von Häftlingen nur das Allernötigste zu sprechen. Die hatten fast den ganzen Tag zur Verfügung, um jedes gehörte Wort zu zerpflücken und es auf tausend Arten zu verdrehen. Je weniger sie sagte, desto besser.

Er lächelte und ließ dabei gleichmäßige, weiße Zähne sehen. »Sie fragen sich bestimmt, wieso ich Sie gebeten habe, mich heute hier zu besuchen.«

»Man hat mir gesagt, Sie hätten mir etwas mitzuteilen.«

»Das stimmt.« Ein leichtes Neigen des Kopfes. »Hätten Sie etwas dagegen, wenn ich kurz mit einem alten Freund spreche? Ich habe Ranger Winchester eine ganze Weile nicht gesehen.«

»Bitte, lassen Sie sich so viel Zeit, wie sie möchten.«

»Danke für Ihre Geduld, Dr. Granger.«

Dass er den Blick von ihr abwandte, gab ihr einen Moment Zeit, um ihre Gedanken zu sammeln und ihn und die Situation einzuschätzen.

»Ranger, es dürfte wohl mindestens ein Jahr her sein?«, sagte Smith.

Brody nahm eine entspanntere Haltung ein, und aller Groll, den er gegen Smith gehegt haben mochte, schien wie Eis in der heißen Sonne zu schmelzen. »Es sind elf Monate, Mr Smith. Letztes Mal war ich gleich nach ihrer Verurteilung hier.«

»Das stimmt. Ein heißer Frühlingstag, soweit ich mich erinnere. Erst vergeht die Zeit im Schneckentempo, und dann ist auf einmal viel zu viel davon vorbei.«

»So ist es, Mr Smith. So ist es.«

Jo dachte an die vierzehn Jahre, die vergangen waren, seit sie Brody zum letzten Mal gesehen hatte. Die waren in der Tat wie im Nu verflogen.

»Man hält Sie ganz schön auf Trab, Ranger. Ich habe Sie in den Nachrichten gesehen. Sie stehen immer hinter dem Sprecher auf der Tribüne, aber ich weiß, dass Ihre Rolle nie untergeordnet ist.«

»Ich hoffe, man behandelt Sie hier gut«, sagte Brody.

»Man behandelt mich gut, und ich danke Ihnen, dass Sie sich beim Direktor für mich eingesetzt haben. Ich weiß es wirklich zu schätzen, mehr Zeit in der Bibliothek verbringen zu dürfen. Ich liebe es, Bücher und Zeitungen zu lesen.«

»Freut mich, dass ich behilflich sein konnte. Ich habe gehört, dass es Ihnen gesundheitlich nicht gut geht.«

»Nein, ich fürchte, es geht mir nicht gut. Gar nicht gut. Die Ärzte sagen, ich hätte nur noch ein paar Wochen zu leben.« Keine Spur von Selbstmitleid lag in den Worten.

»Ich habe mir schon gedacht, dass Ihnen die Zeit knapp wird. Es kommt nicht oft vor, dass Sie nach Besuch verlangen.«

Jo hatte sich immer für eine Expertin gehalten, wenn es darum ging, Emotionen zu verbergen. Doch angesichts von Brodys entspanntem Tonfall, in dem keine Spur des Zorns lag, den sie kurz zuvor noch im Gang gespürt hatte, begriff sie, dass sie es hier mit einem Meister der Manipulation zu tun hatte. Wäre das ihre erste Begegnung mit den beiden Männern gewesen, hätte sie darauf gewettet, dass es sich um gute Freunde handelte.

»Nun, es freut mich, dass es Ihnen gut geht«, sagte Smith, ohne auf Brodys Bemerkung einzugehen. »Wenn Sie nichts dagegen haben, Sergeant Winchester, würde ich gerne ein paar Worte mit Dr. Granger sprechen.«

»Nur zu.«

Smith richtete seinen Blick wieder auf Jo. »Ich habe in der Zeitung über Sie gelesen. Sie hatten mit jenem Fall im letzten Jahr zu tun. Wie nannten die Zeitungen den Killer noch gleich?«

Sie schwieg, da sie wusste, dass er keine Antwort von ihr erwartete.

»Der Interstate-Mörder. Ja, richtig. Hat die Leichen entlang der Interstate 35 abgelegt. Interessanter Bursche.«

Jo hatte nicht vor, über einen vergangenen Fall zu sprechen. »Mr Smith, meines Wissens haben Sie mich hierher gebeten, um über die Lage von drei Leichen zu sprechen.«

Er lächelte und atmete mühsam ein. »Sie kommen gleich zur Sache. Direkt. Das gefällt mir an Ihnen, Dr. Jo Granger.«

Sie widerstand dem Bedürfnis, auf ihrem Stuhl herumzuzappeln. »Meiner Erfahrung nach funktioniert Direktheit am besten.«

Er beugte sich ein wenig vor. »Das sehe ich auch so. Aber so gern ich gleich zum Punkt kommen würde – ich möchte nicht, dass dieses Gespräch vorbei ist, bevor es richtig angefangen hat. Ich bekomme nicht sehr oft Besuch.«

Er ballte die knochige rechte Hand, und sie dachte daran, dass diese Hände eine Schaufel gehalten und seine Opfer lebendig begraben hatten. Sie malte sich das Grauen aus, entführt und gefangen gehalten zu werden und später in einem flachen Grab zu liegen, während dieser Mann einem Erde auf den Körper und schließlich das Gesicht schaufelte. Wie war es wohl, wenn man nach Luft rang, während jede Zelle des Körpers nach Sauerstoff schrie?

Smith war charmant, aber er war durch und durch böse. Auch wenn sie ihm gern ins Gedächtnis gerufen hätte, dass sie sich keinen Deut um ihn oder dieses Gespräch scherte, dachte sie an die drei Familien, die geliebte Menschen verloren hatten, ohne dass deren Leichen je gefunden wurden. Seit Jahren war es ihnen verwehrt worden, mit der Sache abzuschließen, und wenn Jo dieses Spiel noch ein bisschen länger spielen konnte, würde sie ihnen vielleicht ein wenig Frieden schenken können.

Sie nahm sich ein Beispiel an Brody, stützte die Ellbogen auf und drückte den Hörer ans Ohr. »Worüber möchten Sie mit mir sprechen, Mr Smith?«

»Über Sie.«

»Über mich?« Sie behielt ihr höfliches Lächeln bei, doch ihre Rückenmuskeln verkrampften sich. »Inwiefern könnte ich für Sie von Interesse sein?«

Sein Blick wurde schärfer. »Meine Direktheit ist Ihnen unangenehm.«

»Nein, gar nicht. Aber ihr Interesse an mir ist überraschend.«

»Ganz im Gegenteil. Sie sind eine intelligente Frau, Dr. Granger. Sie haben Ihr Studium an der Universität von Tennessee als Jahrgangsbeste abgeschlossen, ein Jahr schneller als die Regelstudienzeit, und das, wofür die Stipendien nicht ausreichten, haben Sie durch einen Job in einem Friseursalon bezahlt.«

Unbehagen kroch in ihr hoch. »Sie wissen eine ganze Menge über mich. Woher dieses Interesse?«

»Ich bewundere ihre Intelligenz. In der Welt ist immer weniger davon zu finden, und wo ich welche sehe, weiß ich sie zu schätzen.«

»Danke.«

»Ihre Eltern sollten stolz auf Sie sein.«

Über ihren Lebenslauf zu reden war schön und gut, aber ihre Eltern ins Spiel zu bringen war etwas anderes. Ihr Vater, ein Elektriker, war vor fünf Jahren gestorben. Er war nicht sehr begeistert von ihrem Psychologiestudium gewesen, weil er fürchtete, mit solchen Kinkerlitzchen werde sie sich nie ihren Lebensunterhalt verdienen können. Ihre Mutter war Friseurin und besaß in Austin einen eigenen Salon. Candace Granger hatte nie den Highschoolabschluss gemacht und wollte für Jo zwar nur das Beste, konnte mit ihrem Interesse an akademischen Dingen jedoch nichts anfangen.

»Sie haben mich immer unterstützt.«

Die scharfen Augen verengten sich ein wenig. »War es schwierig für Sie, die einzige Intellektuelle in einer Arbeiterfamilie zu sein?«

Sie umfasste den Telefonhörer fester. »Ich weiß nicht recht, worauf Sie mit alldem hinauswollen, Mr Smith.«

»Ich erkenne Parallelen zwischen uns. Wissen Sie, ich war der Einzige aus meiner Familie, der aufs College gegangen ist und einen Abschluss gemacht hat. Mein Vater war Lastwagenfahrer, und es gefiel ihm gar nicht, dass sein Sohn sich mehr für Bücher als für Fußball interessierte. Ich musste mich oft auf den Feldern hinter unserer Farm verstecken, wenn ich lesen wollte.«

Wieso lag ihm daran, Ähnlichkeiten zwischen ihnen zu finden? Wollte er sein Ego polieren oder sie durcheinanderbringen? »Ihre akademischen Leistungen waren herausragend.« Seine anschließende Laufbahn war weniger beeindruckend gewesen. Sein unstetes Leben war teilweise der Grund dafür gewesen, dass die Polizei ihm so lange nicht auf die Spur gekommen war.

»Lernen ist mir immer leichtgefallen, genau wie Ihnen. Ich kann immer noch Stunden damit zubringen, zum wiederholten Mal die Klassiker zu lesen.«

Sie dachte an die halb gelesene Ausgabe von *Huckleberry Finn*, die auf ihrem Nachttisch lag. Wie viele Male hatte sie das Buch gelesen? Aber sie war nicht hier, um ihr Herz auszuschütten oder zu äußern, was sie wirklich dachte. Sie war hier, um herauszufinden, wo die vermissten Leichen lagen.

»Wie sieht es mit Ihrem Schreiben aus, Mr Smith? Wie läuft es? Ich habe gehört, dass Sie einmal einen Roman schreiben wollten.«

Er zuckte die Schultern. »Ohne die Musen bin ich weniger produktiv, als ich es sein könnte, aber ich schaffe es tatsächlich, täglich etwas zu Papier zu bringen.«

»Bin ich hier, damit Sie mir etwas über die vermissten Musen erzählen können?«

»Teilweise ja.«

Er würde das hier stundenlang ausdehnen, wenn sie ihn ließ. »Ich verstehe ja, dass Sie reden möchten, wirklich. Zweifellos ist Zeit Ihnen teuer. Aber ich muss unbedingt wissen, wo diese drei Frauen liegen. Es wird Zeit, dass ihre Familien Frieden finden.«

»Frieden für die Familien?« Das belustigte ihn. »Diese

Frauen hatten weder richtige Familien noch ein gefestigtes Leben, und sie dachten, beides könnten sie von mir bekommen.«

Das entsprach nicht ganz der Wahrheit. Zwei der Mädchen hatten auf der Straße gelebt, aber Tammy, die Letzte, die verschwunden war, hatte in einem Übergangsheim gelebt. Sie hatte zwar eine schwere Zeit hinter sich gehabt, bekam ihr Leben jedoch gerade wieder in den Griff. »Mr Smith.«

Lebhaftes Interesse glomm in seinen Augen auf. »Sie sind hartnäckig. Das gefällt mir. Wissen Sie, dass Ihre Augen in etwas hellerem Grün aufleuchten, wenn Sie wütend oder zornig sind? Wenn Sie gerade Poker spielen würden, hätte ich in dieser Gefühlsregung ihr Tell ausgemacht. Sie wissen doch, was ein Tell ist, nicht wahr, Dr. Granger?«

Ein Tell war eine Verhaltensänderung, die den Gegner eine Gefühlsregung erkennen ließ. »Sie kennen mich nicht so gut.«

»Ich kenne Sie ebenso gut wie mich selbst.« Seufzend lehnte er sich zurück. »Aber Sie haben recht. Ich habe Sie aus einem anderen Grund hierher bestellt.« Ohne den Blick von ihr zu wenden, sagte er zu Brody: »Haben Sie etwas zu schreiben dabei, Sergeant?«

»Wird alles aufgezeichnet«, sagte Brody. Seine Stimme klang ruhig und gelassen.

Vorübergehend hatte Jo sich von Smith einwickeln lassen und Brody völlig vergessen. Als sie jedoch seine Stimme hörte, beruhigte sich ihr Herzschlag. Sie wusste, dass er sie trotz all der Probleme zwischen ihnen beschützen würde, ganz gleich, was passierte.

»Wenn Sie auspacken«, sagte Brody leichthin, »wird uns nicht das kleinste Detail entgehen, das verspreche ich.«

Smith lächelte, begann jedoch zu husten, ehe er etwas sagen konnte. Eine Minute verging, bevor er wieder zu Atem kam. »Der Teufel liegt im Detail.«

»Das ist ein Falschzitat«, sagte Jo. »In Wirklichkeit heißt es: ›Gott liegt im Detail.‹«

Smith lachte. »Sehr richtig, Dr. Granger. Sehr richtig. Das Einzige, was ich bedaure, ist, dass wir beide nicht mehr Zeit miteinander haben werden. Ich hätte liebend gerne mit Ihnen über Politik gesprochen oder Schach gespielt. Sind Sie eine gute Schachspielerin?«

»Ich schlage mich wacker.«

»Sie sind sehr bescheiden. Unsere Schachpartien und unsere Gespräche wären interessant gewesen. Ich hätte Ihnen genug Einblicke gewährt, um ein Buch aus Ihrer Dissertation zu machen.«

Einen kurzen Augenblick glaubte sie, einen Anflug von Wehmut in seinem Gesicht zu erkennen.

»Die Leichen liegen abseits der Route 12, genau fünfundzwanzig Kilometer westlich von Austin. Es gibt dort eine alte Farm. Ich bin seit etlichen Jahren nicht mehr dort gewesen, aber damals stand ein großer Baum an der Stelle, wo von der Route 12 eine unbefestigte Straße abzweigt. Wenn Sie dieser Straße fünf Kilometer folgen, kommen Sie zu einem alten Schuppen, beziehungsweise zu dem, was noch davon übrig ist. Die Leichen sind fünfunddreißig Meter östlich von dem Gebäude begraben. Sie liegen in einer Reihe nebeneinander. Wenn Sie eine finden, finden Sie auch die anderen.«

Sein beiläufiger Tonfall nahm den Worten nichts von ihrem Grauen. Drei Frauen. Brutal misshandelt. Lebendig begraben. Und er redete über sie, als wären sie völlig bedeutungslos.

»Danke für die ausführlichen Informationen, Mr Smith«, sagte Jo. Sie dachte an das, was er über ihre Augen gesagt hatte. Hoffentlich waren sie nicht aufgeflammt und hatten ihren Zorn verraten. »Darf ich fragen, wieso Sie sich entschlossen haben, die Position der Leichen preiszugeben? Bisher haben

Sie jede Antwort verweigert und es niemandem erzählen wollen.«

»Die Frage ist berechtigt.« Mit dem Finger fuhr er eine tiefblaue Ader entlang, die sich unter seiner papierdünnen Haut abzeichnete. »Die Entscheidung ist mir nicht leichtgefallen.«

»Warum also, nachdem Ihnen nur noch ein paar Wochen bleiben? Ist es, weil Sie Ihr Wissen nicht mit ins Grab nehmen wollten?«

»Zum Teil ist das tatsächlich der Grund, Dr. Granger. Da mein Leben schwindet, wird es mir wichtiger, die Fakten richtigzustellen.«

Sie betrachtete ihn genau. »Die genaue Zahl ist Ihnen so wichtig?«

»Die ganze Zeit über hat es mir genügt, selbst zu wissen, was ich getan habe und wo die Leichen lagen. Ich war zufrieden damit, mein Wissen mit ins Grab zu nehmen. Dass die Welt oder die Medien davon erfuhren, war mir nicht wichtig. Die meisten Menschen besitzen nicht einmal genug Geduld oder Intelligenz, um einer ganzen Nachrichtensendung folgen zu können, was schert mich also ihre Meinung?«

Eine leichte Schärfe war in seine Stimme getreten, die selten gezeigte Gefühle verriet. Trotz seiner Worte war ihm anzumerken, dass ihm die Meinung anderer Leute durchaus etwas bedeutete.

»Aber jetzt kümmert es Sie.« Sie beugte sich zu der Scheibe und betrachtete forschend seine verhärmten Züge. Zum ersten Mal nahm sie Risse in der aalglatten Fassade wahr. »Warum gerade jetzt?«

Er betrachtete lange seine Hände, dann hob er langsam den Blick. »Weil es, Dr. Granger, hier nicht mehr nur um mich geht.«

»Geht es um die Familien der Opfer?«

»Die könnten mir nicht gleichgültiger sein.«
»Worum geht es dann?«
»Um einen weiteren Mörder.«
»Ich verstehe nicht.«
»Da draußen läuft noch ein weiterer Mörder herum.«

3

Samstag, 6. April, 16:15 Uhr

Einen Augenblick saß Jo schweigend da, dann sah sie hoch und fing Brodys Spiegelbild in der Scheibe auf. Seine Lässigkeit war verschwunden, und er schien unter Strom zu stehen.

Sie stieß einen Seufzer aus und konzentrierte sich auf Smith. »Ein weiterer Mörder? Ein Nachahmungstäter?«

»Nein, nein.« Seine Stimme klang ernst und schien keine Spur von Manipulation oder Gerissenheit zu enthalten. Aber bei einem meisterhaften Drahtzieher wirkte schließlich immer alles ganz mühelos.

»Er war mein Lehrling. Ich habe ihn bei mir aufgenommen, als er zwölf war. Ich habe ihn wie meinen eigenen Sohn großgezogen und zum Killer ausgebildet.«

Im Geist ging Jo alles durch, was über Smith bekannt war. Wie hatten sie einen Pflegesohn übersehen können? »Bei den Rangern war nie von einem Lehrling oder einem Kind die Rede.«

»Zum Zeitpunkt meiner Verhaftung war er kein Kind mehr. Er ging auf die dreißig zu, und wir hatten schon jahrelang nicht mehr miteinander geredet.«

Ein Dutzend Fragen fielen ihr ein. Aber auch wenn sie sie liebend gerne alle gleichzeitig gestellt hätte, hielt sie sich zurück. Man wusste nie genau, wann jemand wie Smith aufhören würde, auf Fragen zu antworten, deshalb war es wichtig, mit der wichtigsten anzufangen. »Wie heißt er?«

»Robbie Bradford. Zumindest war das damals sein Name.«

»Wie heißt er jetzt?«

Ein Anflug von Traurigkeit überschattete sein Gesicht. »Ich weiß es nicht. Ich habe ihn seit zehn Jahren nicht mehr gesehen.«

Bei Smiths Verhaftung war Robbie fast dreißig gewesen. Demnach war er jetzt Anfang dreißig.

»Wie sieht er aus?«

»Mittelgroß. Schlank. Hellbraunes Haar.«

»Das ist keine besonders genaue Beschreibung.«

»Ich habe ihm beigebracht, unauffällig zu sein, genau wie ich es gewesen bin. Die besten Jäger verschmelzen mit ihrer Umgebung. Er war gut darin, in verschiedene Rollen zu schlüpfen.«

»Woher wissen Sie, dass Robbie getötet hat?«

»Er hat mit mir Verbindung aufgenommen.«

Sie hörte, wie Brody seine Haltung veränderte. »Ihre gesamte Kommunikation wird von den Gefängnisbehörden überwacht.«

»Er ist schlau und gerissen. Genau wie Sie ist Robbie intelligent, Dr. Granger, was der Grund ist, weshalb ich ihn als meinen Lehrling angenommen habe. Dummköpfe haben zwar ihre Daseinsberechtigung, und hin und wieder ist es ganz lustig, mit ihnen zu spielen, aber bei ernsthaften Angelegenheiten verschwendet man mit ihnen nur seine Zeit.«

»Wie hat er Ihnen seine Botschaften übermittelt?«

»Über Kleinanzeigen in der Zeitung. Die Wärter werden Ihnen bestätigen, dass ich täglich Zeitung lese. Heutzutage lesen nur noch so wenige Menschen wirklich die Zeitung.«

»Wann ist die Anzeige erschienen?«

»Letzte Woche. Vielleicht auch die Woche davor. Mein Zeitgefühl ist mittlerweile nicht mehr so gut. Vermutlich ist das ein Nebeneffekt des Sterbens – es schwächt das Gedächtnis.«

»Welche Zeitung?«

»Der *Austin Chronicle*.«

»Und was hat Robbie Ihnen in dieser Anzeige mitgeteilt?«

»Dass er die Prüfung bestanden hat. Die Grenze überschritten. Dass er zum Mann geworden ist, der bereit ist, das Spiel des Lebens zu spielen.«

»Spiel? Das Leben ist ein Spiel?«

Smith lächelte. »Aber natürlich. Ein paar von uns sind klug genug, das zu erkennen, und die übrigen irren verwirrt und freudlos durchs Leben.«

»Frauen umzubringen hat Ihnen Freude gemacht?«

»Nun ja, mir ist durchaus klar, dass Sie meine Taten nicht gutheißen, Dr. Granger. Und das tut mir leid.«

Jo fragte sich, ob er wohl jemals in der Lage gewesen war, echte Emotionen zu erleben.

Als würde er ihren Zorn spüren, sagte er: »Könnten wir unsere Meinungsverschiedenheiten für die Dauer dieses Gesprächs vielleicht zurückstellen?«

Sie zügelte ihren Zorn. »Natürlich. Was hat Robbie in der Anzeige geschrieben? Hat er Ihnen mitgeteilt oder angedeutet, wen er getötet hat? Wo er die Leiche begraben hat?«

Er zögerte und überlegte, dann schüttelte er den Kopf. »Wenn ich Ihnen alle meine Geheimnisse verrate, Dr. Granger, was bleibt für Sie da noch herauszufinden?«

Todkrank, wie er war, wollte er immer noch die Strippen ziehen. Es wäre leicht gewesen, in Zorn zu geraten, doch sie widerstand der Versuchung. »Da haben Sie wohl recht, Mr Smith. Ein gutes Rätsel hat etwas für sich.«

Er nickte. »Ich wusste, dass Sie das auch so sehen.«

Um seine Zugänglichkeit zu erhalten, veränderte Jo ihre

Taktik. »Woher wissen Sie, dass Robbie die Wahrheit sagt? Vielleicht spielt er ja mit Ihnen.«

Ein Lächelte spielte um Smiths Mundwinkel. »Nun, ich werde ihn wohl beim Wort nehmen müssen, nicht wahr?« Er massierte sich die Handrücken, als hätte er Schmerzen. »Ich habe Ihnen heute so einiges erzählt. Aber wenn ich darf, würde ich Ihnen gern eine Frage stellen.«

Jo versteifte sich. »Sie können gerne fragen, aber ich kann nicht garantieren, dass ich die Frage beantworten werde.«

»Nun, ich hätte zwar noch einiges zu erzählen, aber zuerst möchte ich etwas von Ihnen hören.«

Sie bewegte sich auf einem schmalen Grat. Jede Antwort würde zu einer weiteren Frage führen. Menschen wie Smith liebten Informationen, weil sie ihnen die Möglichkeit zur Manipulation gaben. Aber wenn sie ihm nichts gab, würde er das Gespräch beenden. »Stellen Sie Ihre Frage, Mr Smith, dann entscheide ich, ob ich sie beantworten kann.«

Er beugte sich in seinem Rollstuhl vor, das Interesse belebte seine müden Augen. »Hatten Sie ein schönes Leben?«

Sie hatte mit einer weniger allgemeinen Frage gerechnet. »Ich verstehe nicht.«

»Es ist eine ganz einfache Frage. Und ich möchte, dass Sie sie ehrlich beantworten. Hatten Sie ein schönes Leben?«

Sie lehnte sich zurück. »Diese Frage haben Sie sich in letzter Zeit oft selbst gestellt, nicht wahr?«

Ihr Versuch, die Frage zurückzuspielen, verärgerte ihn. »Ja ich habe mir die Frage gestellt, und ich kenne die Antwort. Sie sind es, der meine Neugier gilt.«

»Wieso ich?«

Sein Vergnügen an ihrer Direktheit wich etwas Bedrohlicherem. »Nein, nein, nein. Jetzt sind Sie dran, und Sie wissen vermutlich, wie es sonst weitergeht. Ich beende das hier.«

Sie richtete sich auf.

»Du musst seine Fragen nicht beantworten«, sagte Brody.

Beim Klang von Brodys Bariton fuhr Jo zusammen. Wieder hatte sie vergessen, dass er hinter ihr stand und dass sie nicht allein war. Brody war jemand, den man auch unter den besten Umständen kaum ignorieren konnte, und doch hatte Smith sie zweimal dazu gebracht, ihn zu vergessen.

Mr Smith musterte Brody. »Das klingt, als wollten Sie sie beschützen, Sergeant Winchester. Angesichts Ihrer gemeinsamen Geschichte ist das wohl nur verständlich.«

Smith wusste tatsächlich von ihrer Ehe mit Brody.

Brody verschränkte die Arme vor der Brust. »Ich glaube, das ist ein weiteres Spielchen von Ihnen. Die Grabstelle, von der Sie uns so bereitwillig erzählt haben, ist Blödsinn, und es gibt gar keinen Robbie. Ihnen geht es nur darum, Dr. Granger aufs Glatteis zu führen, weil das Ihre letzte Chance ist, noch mal jemandem eins auszuwischen.«

Wieder wirkte Smith amüsiert, jede Spur von Düsternis war verflogen. »Sie sind sonst doch so beherrscht, Sergeant. Interessant, dass meine einfache Frage an Dr. Granger Sie so aufregt. Unterschwellige Gefühle?«

»Sie spielen mit ihr«, sagte Brody.

Jo setzte sich aufrechter hin, sie spürte, dass ein längerer Aufschub Smith vertreiben würde. »Ja, ich hatte ein schönes Leben, Mr Smith.«

Smith wandte den Blick von Brody ab und richtete ihn wieder auf sie. Einen Moment betrachtete er sie. »Sie würden sich also als glücklich bezeichnen?«

»Ja.«

»Sie sind eine Intellektuelle, und Sie sind in einer Arbeiterfamilie aufgewachsen.«

Sie verkrampfte sich und erinnerte sich selbst daran, dass er alles las, was im Internet stand. »Ich hatte gute Eltern.«

»Ihre Eltern haben Sie nicht verstanden.«

»Ich habe sie nicht verstanden, aber wir haben einander geliebt und unterstützt.«

»Bestenfalls halbherzig, würde ich annehmen.«

Sie ballte die linke Hand zur Faust. »Das wird langsam ein bisschen persönlich.«

»Wir alle brauchen eine Familie, Dr. Granger. Robbie war viele Jahre lang meine. Ich konnte nicht verstehen, wie er sich am Ende entschieden hat, und zwischen uns ist es nicht gut ausgegangen. Das ist die eine Sache, die ich bedaure.«

Ein Serienmörder, der dem verlorenen Sohn hinterhertrauerte – ein seltsames Szenario, aber kein unmögliches. Männer wie Smith brachten zwar kaum Achtung für ihre Opfer auf, doch manchmal gab es bei ihnen einen besonderen Menschen. »Sie haben Robbie geliebt.«

»Er war ein guter Sohn. Klug. Loyal.«

»War er glücklich, solange er bei Ihnen lebte?«

»Ja. Ich habe ihn vor einer schlimmen Zukunft gerettet.«

»Worum ging es bei Ihrer Auseinandersetzung?«

»Darüber kann ich nicht sprechen.«

»Wir könnten Robbie aufspüren. Ihm eine Nachricht zukommen lassen.«

Smith lächelte. »Sie würden ihn niemals finden, und er würde Ihnen niemals glauben. Taten zählen, nicht Worte, Dr. Granger.«

»Wieso haben Sie mir von ihm erzählt?«

»Das ist meine einzige Möglichkeit, ihn zu erreichen.« Er schloss die Augen, und für einen Augenblick glaubte sie, er wäre eingeschlafen.

»Was soll das heißen?«

Anstatt auf ihre Frage zu antworten, sagte er: »Danke, dass Sie heute gekommen sind, Dr. Granger. Aber ich bin müde.« Smith hob die Hand, um dem Wachmann einen Wink zu geben.

Jo umklammerte den Hörer. Sie wusste, dass sich gerade ein Fenster für immer schloss. »Erzählen Sie mir noch mehr über Robbie.«

Er lächelte, als hätte sie gar nichts gesagt. »Ich bin Ihnen dankbar, dass sie gekommen sind, Dr. Granger. Wirklich. Aber es wird langsam spät, und Sie verstehen sicher, dass ich nur noch wenig Energie zur Verfügung habe.«

Sie beugte sich näher an das Fenster und widerstand dem Drang, die Scheibe zu berühren. »Es muss doch noch mehr über Robbie zu erzählen geben.«

»Ich habe Ihnen alles gesagt, was ich weiß.« Vorsichtig lehnte er sich in seinem Rollstuhl zurück und zuckte vor Schmerz zusammen. »Es war schön, Sie kennenzulernen, Dr. Granger. Und ich bin froh, dass es Ihnen gut geht.«

Sie stand auf und umklammerte dabei weiter den Hörer. »Wieso ich, Mr Smith? Es ergibt keinen Sinn, dass Sie mich für dieses Gespräch ausgesucht haben.«

Er saß reglos da, als wollte er keine Antwort geben, doch dann sagte er: »Sie sind eine kluge Frau. Wenn Sie tief in sich hineinschauen, werden Sie das Rätsel lösen.«

»Welches Rätsel?« Die Frustration über seine Ausflüchte ließ ihren Zorn aufflammen. »Das ist völlig unlogisch.«

»Wenn Sie sich selbst verstehen, werden Sie Robbie finden.« Er legte auf.

Jo presste den Hörer ans Ohr, als könnte sie ihn dadurch zwingen, zurückzukommen. Doch er verließ den Verhörraum, ohne sich noch einmal umzusehen.

Mehrere Sekunden lang blieb Jo stehen, ohne recht zu begreifen, was geschehen war. Sie legte auf und strich sorgfältig ihren Rock glatt, als könnte das ihr tief sitzendes Unbehagen vertreiben.

»Er liebt es, Menschen aus dem Konzept zu bringen.« Brody ging auf sie zu und blieb hinter ihr stehen. »Lass ihn nicht an dich heran.«

Sie drehte sich zu ihm um. »Ich habe schon einige Verbrecher befragt. Mit Smith komme ich schon klar.«

»Tatsächlich? Und wie viele Verbrecher haben dir gesagt, du sollst die Antworten tief in deinem Inneren suchen?«

Kein einziger. Smiths Frage war möglicherweise nur eine billige Manipulation gewesen, aber aus unerklärlichen Gründen machte sie ihr immer noch zu schaffen. Was hatte er gesehen? Mit vorgetäuschter Gelassenheit sagte sie: »Du würdest staunen, was meine Gesprächspartner mich alles gefragt haben. Sei versichert, manchmal können sie ziemlich deutlich sein.«

Brody runzelte die Stirn.

»Solltest du wegen dem, was Smith uns gesagt hat, nicht jemanden anrufen? Teilweise könnte es wahr sein.«

Er öffnete die Tür des Verhörraums und ließ sie hindurchgehen. »Ein Telefonat ist der nächste Punkt auf meiner Liste, Dr. Granger.«

Sie blickte den grauen Korridor entlang und konnte es auf einmal kaum erwarten, diesen bedrückenden Ort zu verlassen. Smith hatte an eine verborgene Befürchtung gerührt, die sie schon seit Jahren mit sich herumtrug. »Klar, natürlich.«

Er legte den Kopf schief. »Ist auch wirklich alles in Ordnung?«

Sie schenkte ihm ein kühles, höfliches Lächeln. »Wieso sollte es nicht so sein?«

Hätte er sie nicht genau beobachtet, wäre ihm die fast unmerkliche Versteifung ihrer Wirbelsäule entgangen, wie auch das Funkeln in ihren grünen Augen, das Smith ihr *Tell* genannt hatte. Smith hatte sie durcheinandergebracht.

Es irritierte Brody, dass sie ihre Gedanken vor ihm genauso sorgfältig verbarg wie vor Smith. Als sie vor vierzehn Jahren ein Paar gewesen waren, war sie offener gewesen. Sie hatte es genossen, mit ihm zu lachen und zu scherzen. Bei einer Nachhilfestunde hatte er sie geneckt, weil sie so viel redete. Sie war errötet und hatte lachend eine verirrte Locke zurückgestrichen. Ihre Offenheit hatte ihm gefallen, und er hatte ihr gerne beim Reden zugehört.

Jetzt war ihr Verhalten eisig. Jo stand zwar im Ruf, professionell zu sein, aber seine Ranger-Kollegen hatten oft von ihrer Freundlichkeit und Zugänglichkeit gesprochen. Wahrscheinlich würde sie ihm gegenüber nie wieder so offen und freimütig sein.

Eigentlich hätte es ihm nichts ausmachen dürfen. Aber das tat es.

Er wählte die Nummer der Ranger in Austin und fragte nach Sergeant James Beck. Brody war vor drei Wochen zurück nach Austin versetzt worden. Er kannte zwar nicht alle Ranger persönlich, aber die Ranger standen füreinander ein, und wenn man jemanden um Hilfe bat, bekam man sie unbesehen.

Das Telefon klingelte zweimal. »Sergeant James Beck.«

»Jim, hier spricht Brody Winchester.«

»Brody. Bist du gerade in West Livingston?« Brody hatte Jim über Smiths Anfrage informiert, sobald diese auf seinem Schreibtisch gelandet war.

Brody setzte Jim über die Lage in Kenntnis, einschließlich Smiths Erwähnung einer neuen Begräbnisstätte und Jos Anwesenheit.

»Geht es Jo gut?«

»Ihr geht es bestens.«

»Kann ich mit ihr sprechen?«, fragte Jim.

Brody zögerte, ähnlich wie ein Tier, das jemanden in seinem Revier wittert. »Klar.« Er hielt Jo das Telefon hin. »Jim Beck will mit dir reden.«

Sie nahm das Handy entgegen und achtete dabei darauf, dass ihre Finger seine nicht berührten. »Jim.« Sekundenlang schwieg sie und hörte nur zu. Ihre Miene wurde sanft, und diesmal reichte ihr Lächeln bis zu den Augen. »Danke. Prima. Nein. Nein. Mir geht es gut. Ja, ich freue mich schon darauf. Bis dann.«

Brody nahm das Telefon zurück und sah sie an, als sie sich von ihm wegdrehte.

»Wie ist das Wetter in Austin?«

»Es regnet wie aus Eimern«, sagte Beck. »Keiner beschwert sich darüber. Wir hatten es weiß Gott nötig. Der Regen soll bereits in einer Stunde nachlassen, aber es ist überall schlammig. Heute können wir auf keinen Fall mehr einen Trupp zu Smiths Grabstelle schicken. Zu ländlich. Gibt nicht viele befestigte Straßen da oben.«

Die Ungeduld zerrte an ihm. »Jetzt haben wir schon so lange gewartet, da spielt ein Tag mehr oder weniger keine Rolle.«

»Seid ihr mit dem Flugzeug in West Livingston?«

»Ja.«

»In einer Stunde dürfte der Himmel in unserer Richtung aufklaren.«

»Bis wir hier draußen und am Flughafen sind, wird es zumindest so weit sein, wenn nicht noch besser.«

»Morgen früh haben wir ein Team zusammengestellt, das an Smiths Grabstelle loslegt.«

»Bis dann.«

Brody beendete den Anruf und sah zu Jo hinüber, die in Gedanken versunken zu sein schien. »Wir müssen dem Direktor Bescheid sagen.«

»Glaubst du, Smith hat die Wahrheit gesagt? Ich weiß, dass er gerne spielt.«

»Diesmal war er verflucht entgegenkommend. Er hat dir heute mehr erzählt als sämtlichen Ermittlern in all den Jahren.«

»Er schien dich zu mögen oder zumindest zu respektieren«, sagte sie.

»Wahrscheinlich weil ich derjenige war, der ihn verhaftet hat. Ich habe ihn in seinem eigenen Spiel geschlagen, und dafür kriege ich Extrapunkte.«

»Du hast deine Emotionen in seiner Gegenwart gut unter Kontrolle.«

Er verhakte die Daumen in seinem Gürtel und spürte, dass sie versuchte, aus ihm schlau zu werden. »Ich habe keinen Moment lang vergessen, dass ich es mit einem Ungeheuer zu tun habe.«

Sie schürzte die Lippen, und er konnte beinahe hören, wie die Rädchen in ihrem Gehirn arbeiteten. »Ich verstehe nicht, was er mit der letzten Bemerkung gemeint hat. Die Antwort, um einen Killer zu finden, liegt in mir selbst? Spricht er über meine Forschungsarbeit? Meine Arbeit für die Ranger?«

Brody gab dem Wachmann einen Wink, der daraufhin die schwere Tür des Zellenblocks öffnete. »Ich weiß es nicht, aber vergiss nicht, dass Smith ein meisterhafter Betrüger ist.«

»Falls es seine Absicht war, mich aus dem Gleichgewicht zu bringen, ist ihm das gelungen.«

»Aus einem Gespräch mit ihm geht keiner unversehrt hervor. Lass uns hier verschwinden.«

Er nahm sie beim Arm und führte sie vom Verhörraum weg.

Ein paar Minuten später befanden sie sich in Direktor Maddox' Büro.

Maddox machte eine Handbewegung zu den Stühlen, die vor seinem Tisch standen, und sie setzten sich. »Wie ist es gelaufen?«

»Er hat uns tatsächlich ganz neue Informationen geliefert«, sagte Brody. Er gab Maddox einen vollständigen Bericht. »Ob etwas dran ist, wissen wir allerdings erst, wenn wir der Sache nachgehen.«

»Seit er hier ist, hat niemand auch nur das kleinste bisschen aus ihm rausbekommen.«

»Hat er sich in den letzten Wochen irgendwie anders verhalten?«, fragte Jo. »Gibt es irgendeine Erklärung dafür, dass er jetzt reden wollte?«

Maddox lehnte sich zurück. »Seit er hier ist, hat er einen strikten Tagesablauf eingehalten, bis seine Krankheit vor Kurzem schlimmer wurde. Die meiste Zeit verbringt er im Gefängnishospital.«

»Aber er liest immer noch die Zeitung«, sagte Brody.

»Allerdings. Als wäre es die Bibel.«

»Und er hat weder Besuch noch Briefe bekommen?«, fragte Brody.

»Er bekommt Fanpost. Natürlich überprüfen wir sämtliche Briefe, bevor sie ihm ausgehändigt werden, aber er hat keinen davon beantwortet. Wenn er nicht im Krankenhaus behandelt wird, sitzt er in seiner Zelle und liest Bücher. Wir könnten sie noch mal durchsuchen.«

»Würde nicht schaden. Lass mich wissen, was ihr findet.«

»Mach ich.«

Die Atmosphäre während Jos und Brodys Rückfahrt zum Flughafen war bedrückt und angespannt. Brody machte Smalltalk mit dem Officer, der sie chauffierte, doch Jo beteiligte sich kaum an dem Gespräch und zog es vor, aus dem Fenster zu schauen.

Als Brody die Vorflugkontrolle durchgeführt hatte und sie ins Flugzeug gestiegen waren, war der Regen vorbei. Jetzt stand die Sonne tief am Horizont und tauchte die Landschaft in ein glutrotes Licht.

»Ich würde morgen gerne mitkommen«, sagte sie, als er in Austin kurz nach sieben die Hangartür hinter dem Flugzeug schloss. »Ich will wissen, ob Smith die Wahrheit gesagt hat.«

Der Regen hatte aufgehört, aber die Luft war schwer und feucht. In den Pfützen spiegelte sich das Mondlicht. »Es gibt keinen Grund, weshalb du mitfahren solltest. Es wird ein langer Tag werden, bei dem womöglich nichts herauskommt. Kein Grund, deine Zeit zu verschwenden.«

»Das ist meine Sache. Ich will es mit eigenen Augen sehen. Ich kann auch gerne selbst fahren.«

Brody schüttelte den Kopf. »Keine gute Idee.«

»Du kannst mich nicht daran hindern.«

Er zog die Augenbrauen hoch. »Natürlich kann ich das, verdammt.«

Sein unnachgiebiger Tonfall ließ sie zurückrudern. »Der Mann hat mich aus einem ganz bestimmten Grund dorthin bestellt. Irgendwie bin ich in diese Sache verwickelt, und ich muss herausbekommen, wie.« Sie biss die Zähne zusammen. »Komm schon, Brody, bitte.«

Das *Bitte* klang, als hätte sie es ihrer Kehle mit Gewalt entreißen müssen, aber es erfüllte seinen Zweck. »Wenn du schon dort rausfahren musst, dann zumindest nicht allein. Ich hole dich ab.«

»Nicht nötig. In der Gegend, die er beschrieben hat, kenne ich mich einigermaßen aus. Ich finde selbst hin.«

»Ohne mich wird man dich nicht durch die Absperrung lassen, jedenfalls nicht morgen. Jim Beck schickt sämtliche Leute dorthin. Entweder fährst du mit mir, oder du lässt es bleiben.«

Ihr Gesicht verfinsterte sich, und er merkte, dass sie sich am liebsten widersetzt hätte. »Wann holst du mich ab?«

»Um sieben.«

Nachdem Brody Jo zu Hause abgesetzt hatte, rief sie ihren Nachbarn, Rucker, an, um ihm Bescheid zu geben, dass sie wieder da war, und fütterte dann schnell drei hungrige, lautstark miauende Katzen. Im Schlafzimmer schlüpfte sie aus ihrem Kostüm und löste ihre Frisur. Dann drehte sie das heiße Wasser in der Dusche auf und ließ den Dampf aufsteigen, bevor sie unter den heißen Strahl trat. Sie hatte zwar schon am Morgen geduscht, doch sie konnte es nicht erwarten, den Gefängnisgeruch abzuwaschen. Sie wusch sich zweimal die Haare und schrubbte sich, bis ihre Haut rosa war, bevor sie sich abtrocknete und in ein übergroßes T-Shirt und einen dicken, blauen Bademantel schlüpfte.

In der Küche wärmte sie sich eine Dosensuppe, bereitete sich ein Käsesandwich zu und machte es sich mit beidem auf dem Sofa gemütlich. Sie schaltete den Fernseher ein und wechselte zu einem Nachrichtensender.

Während sie aß, versammelten sich ihre Katzen um sie, in der Hoffnung auf ein Bröckchen Käse. Atticus stupste sie an, und sie lächelte. »Du hast schon gefressen. Und ich habe dem Tierarzt versprochen, dich nicht zu überfüttern.« Sie senkte ihre Stimme zu einem Flüstern. »Du wirst zu dick.«

Atticus schaute sie beleidigt an und maunzte ein paarmal laut. Kopfschüttelnd gab sie ihm und den anderen ein paar Stückchen Käse.

Jo betrachtete ein Foto auf dem Couchtisch, das sie, ihre Schwester und ihre Eltern zeigte. Das Bild war vor fünf Jahren entstanden, als sie ihren Doktortitel bekommen hatte. Es war das letzte Foto, auf dem alle Grangers zu sehen waren. Einige Monate später war ihr Vater an einem Herzinfarkt gestorben.

Jo betrachtete das lächelnde Gesicht ihres Vaters. Wie oft hatte er ihr an jenem Tag gesagt, dass er stolz auf sie war. Sie war die erste Granger gewesen, die nicht nur aufs College gegangen war, sondern auch den Abschluss gemacht hatte. Ihre Schwester Ellie, die drei Jahre jünger war als sie, hatte das College mit Anfang zwanzig sausen lassen, war auf die Kosmetikschule gegangen und arbeitete jetzt im Friseursalon ihrer Mutter.

An jenem Tag war sie glücklich über ihre Leistung gewesen, zugleich jedoch gereizt und nervös wegen ihrer Eltern, die sie ansahen, als wäre sie abnormal. Sie konnten nicht verstehen, warum sie unbedingt promovieren musste und warum der Salon ihr nicht genügt hatte. Sie passte einfach nicht in ihre Familie.

Schauen Sie tief in sich hinein.

Die Erinnerung an Smiths Worte ließ sie zum Gesicht ihrer Mutter sehen. Groß, blond und bildhübsch, hatte Candace Granger Jos Entscheidung, die weiterführenden Kurse in der Highschool zu belegen, oft infrage gestellt. Jedes Mal, wenn Jo es auf die Liste der besten Schüler geschafft hatte, hatte Candace sich zum Abendessen einen Extradrink gegönnt. Ständig hatte sie Jo zu Strähnchen für ihre roten Haare überreden wollen. Und als man Jo das Stipendium für die Universität von Texas gewährt hatte, war ihre Mutter richtig unglücklich darüber gewesen. Jo liebte ihre Mutter, aber wenn sie versuchten, miteinander zu reden, kam nie ein richtiges Gespräch dabei heraus.

»Du solltest versuchen, mehr wie Ellie zu sein«, hatte Candace immer wieder gesagt. »Du könntest diese Schönheitswettbewerbe durchaus gewinnen, wenn du dir ein bisschen mehr Mühe geben würdest. Schließlich bist eine ganz passable Klavierspielerin, und wenn man dich etwas fragt, bist du auch nicht auf den Mund gefallen.«

»Ich hasse diese Wettbewerbe, Mom. Ich passe da nicht hin.«

Vorsichtig stellte Jo das Foto auf den Tisch zurück. »Warum war ich dir nicht gut genug, Mom?«

Sie erwog, ihre Freundin Lara Church anzurufen, aber sie kannte sie erst seit einem Jahr, und Lara war mit den letzten Planungen für ihre Hochzeit mit Jim Beck beschäftigt. Dann überlegte Jo, ihre Schwester Ellie anzurufen, verwarf die Idee jedoch. Dieses Drama konnte sie jetzt wirklich nicht gebrauchen.

Schließlich nahm sie den Hörer ab und wählte die Nummer ihrer Mutter. Es klingelte einmal, zweimal, und beim vierten Mal sprang der Anrufbeantworter an. »Hier spricht Candace. Im Moment kann ich deinen Anruf nicht annehmen, Schätzchen, aber wenn du mir deine Nummer hinterlässt, melde ich mich bei dir.«

Jo schloss die Augen und fragte sich kurz, was sie ihrer Mutter sagen wollte. *Ein Serienmörder hat gesagt, ich soll tief in mich hineinschauen. Doch, wirklich. Ein Serienmörder. Aber die Sache ist die, wenn ich in mich hineinschaue, dann sehe ich nur deine Enttäuschung.*

»Mom, hier ist Jo. Du bist bestimmt bei deinem Bibelkreis. Ich wollte mich nur mal wieder bei dir melden. Ruf mich an, wenn du Zeit hast.«

Sie legte auf und tappte barfuß in die Küche. Dort spülte sie die Schüssel und ihren Teller ab und stellte beides ordentlich in die Spülmaschine. Die Wanduhr schlug zehnmal, als sie ihr Spiegelbild in dem glänzenden Kühlschrank aus Edelstahl betrachtete. Die roten Locken umrahmten ihr Gesicht, und ohne die Schminke war ihr blasser Teint voller Sommersprossen. »Woher wusste er, dass ich nie das Gefühl habe, dazuzupassen? Woher wusste er das?«

Brody hängte seine Jacke an die Tür und warf den Hut auf den Sessel. Während er die Ärmel hochkrempelte und seine Krawatte lockerte, schaute er auf die staubigen Kisten, die die Fallakten über Harvey Lee Smith enthielten.

Nach Smiths Verurteilung hatte er die Akten weggepackt und sich dem nächsten Fall zugewandt. Manche Fragen waren zwar unbeantwortet geblieben, aber es gab andere Fälle, die seine Aufmerksamkeit erforderten. So gerne er auch alle Rätsel gelöst hätte, hatte er doch akzeptieren müssen, dass ein Fall nur selten komplett aufgeklärt wurde.

Er nahm sich die Kiste vor, die mit »Nr. 1« beschriftet war. Als er die Akten nach Smiths Prozess eingepackt hatte, hatte er das unbestimmte Gefühl gehabt, dass er sie sich eines Tages wieder vornehmen würde. Es gab zwar keinen Grund für diese Vermutung, aber er hatte gespürt, dass Smith nicht stillschweigend in den Tod gehen würde.

Und Smith hatte ihn nicht enttäuscht.

Brody stellte die Schachtel auf seinen Schreibtisch und legte den Deckel beiseite. Die erste Akte enthielt alle biografischen Daten, die er zu Smith gesammelt hatte.

Smith war in Texas zur Welt gekommen, als Sohn eines Vaters, der Fernfahrer war, und einer Mutter, die in Teilzeit als Kellnerin arbeitete. Ursprünglich stammten seine Eltern aus West-Texas, sie hatten sich jedoch in der Gegend von Austin niedergelassen, als Harvey, ihr einziges Kind, noch sehr klein war. Allen Berichten zufolge war seine Kindheit normal verlaufen. Er war ein guter Schüler gewesen. Hatte Baseball gespielt.

Seine Eltern hatten feste Jobs gehabt und offenbar eine glückliche Ehe geführt.

Als Smith fünfzehn war, war sein Vater bei einem Autounfall gestorben. Der plötzliche Tod des Vaters hatte Mutter und Sohn in den finanziellen Ruin gestürzt. Sie waren von ihrer Farm in eine Stadtwohnung gezogen. Harvey war gezwungen gewesen, die Schule zu verlassen und eine Arbeit anzunehmen, also hatte er Lkws gefahren. Er hatte ganz gut verdient, und die beiden waren zurechtgekommen. Smith hatte auf der Abendschule seinen Highschoolabschluss gemacht. Außerdem hatte er sich an der Universität von Oklahoma beworben und war dort angenommen worden. Die Mutter des Jungen war überraschend gestorben, sodass er die Möglichkeit gehabt hatte, in Vollzeit zu studieren.

Der frühe Tod der Mutter hatte Brody stutzig gemacht, und er hatte ziemlich viel Zeit mit der Recherche ihrer Todesursache verbracht. Aber der Befund des Pathologen war eindeutig. Mae Smith war einem Herzinfarkt erlegen.

Nach seinem Diplom hatte Smith eine Stelle als Aushilfslehrer angetreten. Mehrere Schulen hatten ihn fest einstellen wollen, doch er hatte alle Angebote abgelehnt. Er hatte nie geheiratet und völlig normal gewirkt.

Bis vor Kurzem Smiths erster Mord aufgedeckt wurde. Sein erstes bekanntes Opfer war Sandra Day gewesen, eine einundzwanzigjährige Kellnerin aus Houston. Smith späterer Aussage zufolge war er mit Day ausgegangen und hatte sie, anstatt sie am Ende des Abends heimzubringen, während der nächsten drei Monate in seinem Haus gefangen gehalten, bevor er sie lebendig begraben hatte. Sie zu begraben, war nicht seine Absicht gewesen. Doch sie hatte sich heftig gewehrt und einen Faustschlag auf seiner Nase gelandet. Er hatte zurückgeschlagen und sie dabei ausreichend bewusstlos geschlagen, um sie ins Grab zu schaffen. Sie war bereits mit Erdreich bedeckt gewesen, als sie hochschreckte und begriff, was vor sich ging. Erregt von ihrer Panik, hatte er ihr Gesicht hastig mit Erde bedeckt.

Brody ging die Profile der Opfer durch und fertigte eine Liste der Kinder an. Zu den fünf Frauen hatten neun Kinder gehört. Fünf Jungen und vier Mädchen. Er recherchierte die Namen der Jungen. Zwei saßen im Gefängnis. Einer war tot. Einer lebte in Seattle und arbeitete als Polizist. Und der Letzte … von dem fehlte jede Spur. Der Junge hatte Nathanial Boykin geheißen. Nathanial, nicht Robbie. Nach dem Tod seiner Mutter war er zu einer Pflegefamilie gekommen, danach wurde er nirgends mehr erwähnt. Inzwischen musste er Anfang dreißig sein.

Brody formulierte eine Anfrage an den Sozialdienst und schickte sie los. Vielleicht hatte er ja Glück. Vielleicht trieb Robbie sich noch irgendwo im System herum.

4

Sonntag, 7. April, 4:00 Uhr

Als Jo aufwachte, war es pechschwarze Nacht. Mindestens eine halbe Stunde lang versuchte sie, wieder in den Schlaf zu finden, warf sich jedoch ruhelos hin und her. Ihr hellwaches Gehirn ließ sich nicht zum Schweigen bringen. So schnell würde sie nicht wieder einschlafen.

Sie stand auf, zog eine dunkle Jeans und einen dunklen Rollkragenpullover an und bürstete sich energisch das Haar, um es wenigstens ein bisschen zu entwirren. Als ihr Haar sich nicht einsichtig zeigen wollte, schlang sie es zu ihrem üblichen Knoten und steckte es fest. Obwohl sie wusste, dass sie zum Tatort fahren würde, schminkte sie sich so sorgfältig wie an einem normalen Arbeitstag. Von klein auf hatte ihre Mutter ihr eingetrichtert, wie wichtig Make-up war. *»Eine kluge Frau sieht immer so gut wie möglich aus.«*

Jo hatte zwar nicht die schimmernden, blonden Locken ihrer Mutter geerbt, aber geschminkt wirkte sie eher wie eine Businessfrau und weniger wie Pippi Langstrumpf.

Nach dem Kaffee und einem Frühstück aus Eiern und Toast sah sie auf ihrem Handy nach, ob ihre Mutter ihr geschrieben hatte. Keine Nachricht.

Bis zu Brodys Ankunft blieb Jo noch eine Stunde, sie hatte also noch Zeit, um zum Salon ihrer Mutter zu fahren. Trotz all ihrer Differenzen konnte sie guten Gewissens von sich behaupten, die Arbeitsethik ihrer Mutter geerbt zu haben. Candace arbeitete sieben Tage in der Woche, oft zehn bis zwölf Stunden am Tag, und Jo war in diesem Punkt nicht anders.

Sie nahm ihre Handtasche und einen Rucksack, der für den Tag gepackt war, und lief hinaus in die morgendliche Kühle, um die viereinhalb Kilometer bis zum Salon ihrer Mutter zurückzulegen. Wie erwartet brannte Licht, und im Inneren des Salons strich Candace gerade eine violette Wand mit blauer Farbe.

Jo klopfte an der Tür, und Candace fuhr zusammen. Als sie Jo sah, lächelte sie, stieg von ihrer Trittleiter herunter und kam zur Eingangstür.

Sie öffnete die Tür mit einer Hand und hielt dabei den mit blauer Wandfarbe getränkten Pinsel von ihrer makellosen Bluse und der gebügelten Hose weg. Ihr blondes Haar war glatt geföhnt, und sie trug Make-up und Parfüm.

»Hallo, meine Kleine. Was machst du denn hier?«

»Ich habe dich gestern Abend angerufen.«

»Ich hab die Nachricht gesehen, aber ich wollte dich ein bisschen später anrufen. Bist du hergekommen, um deiner alten Mama beim Streichen zu helfen?«

»Nein, tut mir leid.« Jo küsste ihre Mutter auf die Wange. »Wie schaffst du das nur, nie einen Fleck abzubekommen?«

»Sorgfalt zahlt sich eben aus, meine Kleine.« Sie gab Jo einen Kuss auf die Wange. »Ich bin gestern Nachmittag bei dir vorbeigefahren, um dir das Neueste von deiner Schwester zu erzählen.«

»Das Neueste? Hat der Typ, mit dem sie ausgeht, ihr endlich einen Heiratsantrag gemacht?«

»Nein. Sie haben Schluss gemacht. Ellie hat die Sache beendet.«

Ellie war mit einer ganzen Reihe von Verlierern zusammen gewesen, doch Jo hatte gelernt, solche Gedanken für sich zu behalten. »Ich dachte, er wollte ihr einen Antrag machen?«

»Nein. Er hat gesagt, er sei noch nicht bereit für etwas Festes. Also hat sie die Beziehung beendet.«

»Eins muss man Ellie lassen, sie weiß, was sie will.«

»Mir bricht es nicht gerade das Herz. Die Tinte auf den Scheidungspapieren war noch nicht mal trocken, und sie war schon wieder verliebt. Zu schnell bringt so etwas nur Kummer.«

Jo und Brody hatten sich schnell und heftig ineinander verliebt. Damals war ihnen die gegenseitige Anziehung vollkommen selbstverständlich erschienen. Aber ihre Mutter hatte recht. Zu schnell war nicht von Dauer.

»Solange sie nicht schwanger ist, wird sie schon klarkommen.«

Jo verzog das Gesicht.

Ihre Mutter zog eine Augenbraue hoch. »Da müsstest du mir als Allererste zustimmen.«

Jo antwortete nicht, sie wollte keinen Streit anfangen.

»Ellie war immer diejenige von euch beiden, die wie ein offenes Buch für mich war. Ganz anders als du. Das Mädchen mit den Geheimnissen. Manchmal glaube ich fast, die Zigeuner haben dich da hinten auf den Treppenabsatz gelegt.«

Ein Anflug von Schärfe war in die Stimme ihrer Mutter getreten. »Was soll das denn jetzt?«

»Ich habe gestern mit deinem Nachbarn gesprochen. Mr Rucker.«

»Wieso denn das?«

Vorsichtig tauchte Candace den Pinsel in den Farbeimer. »Weil ich dich besuchen wollte. Ab und zu schaut man als Mutter bei seiner Tochter vorbei.«

»Seit wann? Ist alles in Ordnung bei dir?«

Die Falten um ihre Augen waren tiefer geworden, und ihr Teint war blass. »Mir geht es gut.«

»Wirklich? Und du arbeitest auch nicht zu hart?«

»Lenk nicht ab. Wir reden hier über dich.«

»Und über meine Geheimnisse?«

»Genau. Mr Rucker hat mir erzählt, dass du den Nachmittag mit einem Mann verbracht hast.« Die Sorgenfalten um den Mund ihrer Mutter vertieften sich. »Er hat gesagt, dass du mit einem großen Mann namens Winchester zusammen warst.« Ihre Mutter holte tief Luft. »Bitte sag mir, dass es nicht Brody Winchester war.«

Jo seufzte auf.

Ihre Mutter presste die Lippen zusammen. »Es ist also tatsächlich Brody Winchester.«

»Es ist nicht so, wie du denkst.«

Die grünen Augen verengten sich. »Wie dann, Jo? Hat dieser Mann in deinem Leben nicht schon genug Schaden angerichtet?«

»Meiner Erinnerung nach haben wir das zum großen Teil gemeinsam getan. Und wir sind kein Paar. Wir sind ganz bestimmt nicht zusammen. Wir arbeiten gemeinsam an einem Fall.«

»An einem Fall? Als du letztes Mal Zeit mit Brody Winchester verbracht hast, hast du gesagt, es ginge um Nachhilfe und Hausaufgaben. Und dabei ist nichts Gutes herausgekommen.«

»Ich bin keine achtzehn mehr, Mom. Und auch kein naives kleines Mädchen.« Sie bremste sich. »Das ist nicht der Grund, weswegen ich so früh hergekommen bin.«

Candace nahm einen Lappen und wischte sich die Hände ab. »Ich will mich nicht mit dir streiten, Jo. Wirklich nicht. Aber es würde mich krank machen, wenn du wieder mit Brody Winchester zusammen wärst.«

»Wir sind nicht zusammen. Ich habe gestern zum ersten Mal seit vierzehn Jahren mit ihm gesprochen.«

Candace senkte die Stimme, wie immer, wenn sie aufgebracht war. »Vierzehn Jahre sind nicht genug, um mich vergessen zu lassen, Liebes.«

»Ich habe es auch nicht vergessen, Mom. Können wir das Thema jetzt abhaken? Bitte. Brody und ich sind mit einem Fall beschäftigt.«

»Dann bist du also nicht wegen ihm vorbeigekommen?«

Seit gestern war Jo innerlich aufgewühlt, und jetzt fragte sie sich, ob Brody oder Smith oder womöglich beide dieses Gefühl verursacht hatten. »Nein, ich wollte dich besuchen.«

Ihre Mutter zog die Augenbrauen hoch. »Es sieht dir gar nicht ähnlich, einfach nur zum Reden vorbeizukommen, Liebes. Du bist genauso unabhängig wie ich. Ellie ist eine Plaudertasche, genau wie dein Vater. Du nicht. Was ist das für ein Fall, mit dem du beschäftigt bist?«

»Wir sind gestern nach West Livingston geflogen.«

»Ins Gefängnis.«

»Genau. Wir waren dort, um Harvey Lee Smith zu befragen.«

Das Gesicht ihrer Mutter wurde ernster. »Ist das der Mörder, der todkrank ist?«

»So ist es.« Wieder wischte sich ihre Mutter die Hände an dem Lappen ab. »Warum hat er dich so verstört?«

»Am Ende des Gesprächs habe ich ihn gefragt, warum er sein letztes Geständnis mir gegenüber machen wollte. Er hat gesagt: ›Schauen Sie tief in sich hinein.‹ Das hat überhaupt keinen Sinn ergeben. Wieso sagt er so etwas?«

Candace stemmte die Hand in die Hüfte. »Liebes, woher soll ich wissen, wieso ein Verrückter irgendwas sagt?«

»Ich weiß nicht, Mom. Es erschien mir einfach seltsam, und wahrscheinlich kennt mich niemand besser als du.«

Candace entspannte sich ein wenig. »Er ist wahnsinnig. Er sagt und tut das, worauf er Lust hat. Und ich vermute, er wollte dich einfach verunsichern und sehen, wie du reagierst.«

»Genau dasselbe hat Brody mit mehr Worten auch gesagt.«

Candace schaute auf ihre manikürten, rot lackierten Fingernägel, dann sah sie Jo an. »Mach dir wegen Smith keine Gedanken. Nach allem, was ich gelesen habe, ist er ein Eierkopf, der nicht mehr lange zu leben hat.«

»Eierkopf. Genau das hat Daddy immer zu mir gesagt.«

Ein angespannter Ausdruck trat in das Gesicht ihrer Mutter. »Liebes, dein Dad war ein guter, fleißiger Mann, aber kein großer Denker. Er hat nicht verstanden, wieso ich diesen Salon haben und selbstständig sein wollte. Ihm hätte es gereicht, wenn ich in der Garage Haare geschnitten und Dauerwellen gemacht hätte, so wie früher, als ihr beide noch klein wart. Du wolltest mehr, genau wie ich. Daddy hatte dafür kein Verständnis.«

»Deine Vorstellung von ›mehr‹ für mich war, Schönheitswettbewerbe zu gewinnen und bei dir ins Geschäft einzusteigen.«

Candace hob trotzig das Kinn. »Beides sind ehrliche Wege in ein gutes Leben.«

»Ich habe mir etwas anderes gewünscht.«

»Jo, was ist nur los mit dir?« Sie schüttelte den Kopf. »Dieser Harvey Lee Smith hat dich wirklich durcheinandergebracht.«

Jo seufzte. »Vielleicht hast du recht. Ich stehe ein bisschen neben mir.«

»Liebes, ich will mich nicht mit dir streiten. Wenn ich könnte, würde ich dir helfen. Und es tut mir leid, dass ich dir wegen Brody Winchester die Hölle heißgemacht habe. Ich kann mich für den Kerl einfach nicht erwärmen.« Sie schüttelte den Kopf. »Als du die Fehlgeburt hattest und er mit seinen Freunden unterwegs war, um sich zu betrinken …«

»Bitte, Mom, er wusste doch nicht, dass ich eine Fehlgeburt hatte … Schau, ich will die alten Geschichten nicht aufwärmen.«

»Solange es alte Geschichten bleiben, werde ich nicht wieder davon anfangen, Liebes.«

Jo sah auf die Uhr. »Mom, ich hab noch einen Termin.«

»Was für einen Termin hast du denn an einem Sonntagvormittag?«

»Polizeiarbeit.«

»Doch nicht mit Brody?«

Jo umarmte ihre Mutter. »Wegen Brody musst du dir keine Sorgen machen. Das ist vorbei.«

Brody war einen halben Straßenblock von Jos Haus entfernt, als er sah, wie sie aus der Gegenrichtung kam und in ihre Auffahrt einbog. So früh am Sonntagmorgen war sie schon unterwegs. Und wider Willen fragte er sich unwillkürlich, wo und mit wem sie wohl die Nacht verbracht hatte.

Gereizt parkte er seinen Bronco hinter ihr und beobachtete, wie sie aus ihrem Wagen stieg, einen Rucksack vom Rücksitz nahm und rasch zu ihm herüberkam. Sie ließ sich auf den Beifahrersitz gleiten, stellte den Rucksack vor ihre Füße und ließ den Gurt einrasten.

Sie strich ihre Jacke glatt. »Danke fürs Mitnehmen.«

»Keine Ursache.« Er legte den Rückwärtsgang ein und fuhr aus der Auffahrt heraus. »Wo kommst du gerade her?«

Jo zögerte. »Ich war bei meiner Mutter.«

Unerwartete Erleichterung hob seine Laune. Eine seltsame Reaktion, wenn man bedachte, dass seine Ex-Schwiegermutter ihn, als sie sich nach Jos Fehlgeburt das letzte Mal gesehen hatten, gegen eine Krankenhauswand gedrückt und gedroht hatte, ihm die Eier abzuschneiden, wenn er sich Jo noch einmal näherte. »Wie geht es deiner Mutter?«

Sie verwendete besondere Sorgfalt darauf, ihre Kostümjacke glatt zu streichen. »Gut. Allerdings hat sie rein zufällig gestern bei mir vorbeigeschaut und war nicht sehr erfreut, als sie gehört hat, dass ich mit dir unterwegs war.«

Brody schüttelte den Kopf. »Ich kann mir lebhaft vorstellen, dass sie mich am liebsten ausweiden würde.«

»Sie hat zwar nichts Genaues gesagt, aber ich habe das unbestimmte Gefühl, dass sie heute Nachmittag schon mal die Messer wetzt.«

Brody lächelte und hielt den Blick auf die Straße gerichtet. »Dann werde ich mich auf alle Fälle vor einer durchgeknallten Blondine mit einer Vorliebe für Strass in Acht nehmen. Sie ist doch immer noch blond, oder?«

»Das schon, aber auf Strass steht sie nicht mehr so sehr.«

»Gut zu wissen.« Er fädelte sich durch die Stadt, bog bald auf die I-35 nach Süden ab und überlegte dabei, wie er es geschafft hatte, den Sonntagmorgen mit einem Gespräch über seine ehemalige Schwiegermutter zu beginnen.

Jo schürzte die Lippen. »Ich habe mit Mom über Smith gesprochen.«

»Redest du oft mit deiner Mutter über deine Fälle?«

»Nein, nie. Aber er hat mich gestern verunsichert. Obwohl es dafür eigentlich keinen Anlass gab. Ich wollte diesen Gefühlen auf den Grund gehen, und ich dachte, Mom könnte mir helfen.«

Brody runzelte die Stirn. »Und, konnte sie helfen?«

»Nein.«

Nach kurzem Schweigen sagte er: »Ich habe fast die ganze Nacht versucht, dein Gespräch mit Smith zu verstehen.«

Sie sah zu ihm herüber. »Es könnte alles ein Spiel gewesen sein. Wir wissen nicht, ob Smith die Wahrheit gesagt hat, was die Leichen angeht.«

Er neigte den Kopf. »Würdest du darauf wetten?«

Stirnrunzelnd sah sie ihn eine Sekunde lang an, dann schaute sie wieder auf die Straße. »Nein.«

»Klug von dir.«

Zehn Minuten nach acht kamen sie am Tatort an. Am Ende der langen, gewundenen Landstraße stand ein Dutzend Polizeiwagen der DPS mit blinkenden Blaulichtern sowie mehrere schwarze Broncos der Ranger. Der nächtliche Regen hatte aufgehört, aber der Boden war schlammig und durchweicht. Jo holte Gummistiefel aus ihrem Rucksack und zog sie über ihre flachen Schuhe.

Brody sagte zwar nichts, aber sie bemerkte durchaus seinen Seitenblick. Auf dem College hatte er sie immer damit aufgezogen, dass sie stets auf alles vorbereitet war. »Du hättest Pfadfinderin werden sollen«, hatte er zu sagen gepflegt.

Mit einem schmatzenden Geräusch versanken ihre Stiefel in dem weichen Schlamm, und ein kleiner boshafter Teil von ihr hoffte, dass Brody jetzt bis zu den Knöcheln im Morast steckte. Sie schlug die Wagentür zu, hievte sich ihren Rucksack auf die Schulter und ging um den Wagen herum, um die Ranger Jim Beck und Rick Santos zu begrüßen.

Jim Beck war groß, muskulös und dunkelhaarig. Santos war ebenso groß, aber drahtiger. Wie Brody trugen die beiden Männer die üblichen Kakihosen, dazu Sportjacketts, Krawatte, Cowboystiefel und ihre weißen Stetsons.

Mit einem aufrichtigen Lächeln reichte Jo Jim und Santos nacheinander die Hand. »Keine besonders schöne Art und Weise, den Tag zu beginnen.«

Jim zuckte mit den Schultern und nahm einen Schluck aus seinem schwarzen Thermosbecher. »Wenn Smith die Wahrheit gesagt hat, ist es die Sache wert.«

Santos gähnte und hielt sich die Hand vor den Mund. »Ein bisschen mehr Schlaf wäre mir sehr recht gewesen. Aber es wird schon gehen.«

Brody blieb neben Jo stehen und schüttelte den Rangern die Hand. Bis vor ein paar Wochen hatten die drei nicht in derselben Abteilung gearbeitet, aber der Zuständigkeitsbereich eines Ranger überschritt oft die Countygrenzen. Sie alle hatten bei mehreren Fällen zusammengearbeitet, zuletzt bei einer Entführung in Austin, die mit der Verhaftung des Tatverdächtigen in Houston geendet hatte.

»Smith ist nirgendwo als Grundstückseigentümer registriert. Der eingetragene ›Eigentümer‹ ist eine Gesellschaft, die nach einiger Recherche zu dem Namen Tate Jones geführt hat. Wenn wir noch weiter nachforschen, werden wir auf eine Verbindung zu Smith stoßen, da bin ich sicher. Aber das erklärt jedenfalls, wieso wir bei der Ermittlung nie auf dieses Grundstück aufmerksam geworden sind.«

Beck machte ein finsteres Gesicht. »Ich frage mich, welche Scheinfirmen er noch gegründet und zum Grundstückskauf benutzt hat.«

Brody betrachtete das offene Gelände, das sie umgab. »Ich will gar nicht dran denken.« Er wandte sich wieder den Rangern zu. »Laut Smith sind die Leichen neben den Überresten dieser Scheune begraben. Sind die Typen mit dem Bodenradar schon da?«

Über die lange Straße kam ein Lastwagen auf sie zu und spritzte dabei Erde in die Höhe. Das Fahrzeug hielt hinter Brodys Wagen, und zwei Männer in Overalls stiegen aus.

»Wenn man vom Teufel spricht«, sagte Jim. »Sollte nicht mehr lange dauern, bis sie so weit sind und loslegen können.«

Ein kräftiger Wind wehte über das flache, karge Land, und Jo zog die Jacke fester um sich. Eigentlich hatte sie sich eine Thermoskanne Kaffee mitnehmen wollen, doch sie hatte nicht erwartet, dass Brody schon so früh bei ihr sein würde.

Sie rieb die Hände aneinander. »Und, seid ihr bereit für den großen Tag, du und Lara? Heute in sechs Tagen ist es so weit.«

Jim grinste. »So bereit, wie man nur sein kann. Sie war so

sehr mit den Fotos für eine neue Ausstellung im Sommer beschäftigt, dass sie kaum Zeit für die Anprobe hatte.«

»Ich habe das Kleid gesehen, und es steht ihr wunderbar. Sie wird toll aussehen.«

Jims Augen leuchteten stolz auf. »Da habe ich nicht den geringsten Zweifel. Ich habe gehört, dass du dich heute Abend mit ihr und Cassidy triffst.«

Das hatte sie vollkommen vergessen. Mist. »Stimmt. Um sieben. In einer vegetarischen Bar in Austin.«

»Lasst es nicht allzu sehr krachen bei diesem Junggesellinnenabschied.«

»Wegen mir musst du dir keine Gedanken machen«, sagte Jo. »Eher wegen Cassidy.«

»Ich zähle darauf, dass du die Vernünftige bist, die Nein sagt. Lara ist zu nett dazu.«

»Versprochen.«

Die Kriminaltechniker luden den Bodenradar aus, der einem Rasenmäher mit besonders großen Rädern und einem Display am Griff ähnelte. Zuerst kamen sie nur langsam voran, als sie das Gerät durch den Morast schoben, doch schon bald hatten die Techniker mit der Maschine die Schlange der Polizeiwagen passiert und arbeiteten sich zu dem vor, was von der Scheune noch übrig war.

Brody und die Ranger näherten sich dem Gelände. Jo dehnte sich, um die Verspannungen in ihrem Rücken loszuwerden. Sie wünschte den Familien der Opfer zwar, Frieden zu finden, doch ein Teil von ihr hoffte, dass Smith gelogen hatte. Es schien einleuchtend, dass er mit seiner Aufforderung an sie, nach West Livingston zu kommen, den Lügen über die Gräber und den Psychospielchen einfach nur Unruhe hatte stiften wollen.

Die langsame, akribische Prozedur, mit der der Bodenradar in bestimmten Abständen über den Boden gezogen wurde, nahm ihren Anfang, und Jo blieb mit den Rangern stehen und sah zu.

Die Scheune war beinahe gänzlich eingestürzt, doch widerspenstige Stücke abgeblätterter roter Farbe hingen immer noch an den grauen, verwitterten Brettern, die aufgetürmt auf dem Boden lagen. Hohes Unkraut überwucherte das Gelände und hatte sich auch einen Weg durch die Bretter gebahnt. In fünf Jahren würde nichts mehr von dem Gebäude zu sehen sein.

Am anderen Ende des Grundstückes stand Brody, die Hände in die Hüften gestemmt, und beobachtete die Arbeit der Techniker. Auch wenn ihre Mutter sie eine Närrin gescholten hätte, konnte sie erkennen, dass er sich in den vierzehn Jahren verändert hatte. Er war nicht mehr der großspurige Baseballspieler, der immer einen flotten Spruch oder einen Witz auf Lager hatte. Jetzt war er ein ernster Mann. Wahrscheinlich konnte man kaum ein Marine oder Ranger sein und sehen, was diese Leute sahen, ohne erwachsen zu werden.

Im letzten Jahr hatte er den Fall der Mädchenhändler geleitet. Jo hatte einen Fernsehbericht darüber gesehen, in dem die Kameras kurz gezeigt hatten, wie Brody ein zwölfjähriges Mädchen aus einem Lagerschuppen führte. Das Mädchen hatte geweint und war völlig verwahrlost gewesen, vom Schmutz vieler Wochen bedeckt. Und sie hatte Brodys Jacke getragen. Er hatte ihr schützend den Arm um die schmalen Schultern gelegt, wie es ein Vater bei seinem eigenen Kind getan hätte.

Sie fragte sich, ob er inzwischen wohl verheiratet war. Er trug zwar keinen Ehering, aber das galt für viele Cops. Je weniger die Verbrecher über einen wussten, desto besser. Bei der Vorstellung, dass er Frau und Kinder hatte, rötete sich ihr Gesicht vor Verlegenheit. Für sie war er in den letzten vierzehn Jahren in der Zeit stehen geblieben. In ihrer Vorstellung war er immer von Cheerleadern umgeben oder büffelte mit ihr, auf der Suche nach einem Grund, Shakespeare zu mögen. Oder Kinder. Aber dass sie es sich nicht vorstellen konnte, hieß noch lange nicht, dass es nicht sein konnte.

Unerwartete und unerwünschte Gefühle stiegen in ihr auf und schnürten ihr die Kehle zu. Es war nur logisch, dass er mit der Vergangenheit abgeschlossen hatte. Fast alle hatten das getan. Außer ihr.

»Ich glaube, wir haben etwas«, rief der Techniker.

Sie schüttelte den Stich ab, der sie durchzuckt hatte, und sah zu, wie Brody, Jim und Santos auf das Radargerät zugingen. Der Techniker deutete auf den Bildschirm und dann auf den Boden und schüttelte den Kopf, als wäre er ebenso überrascht wie alle anderen.

Der Techniker steckte eine orangefarbene Fahne in den Boden und schob den Bodenradar weiter über das aufgeweichte Erdreich. Zehn Minuten später hob er die Hand, als er erneut etwas gefunden hatte. Nach weiteren zehn Minuten hatte er wieder einen Treffer. Drei Leichen. Genau wie Smith gesagt hatte.

Ein tiefes inneres Unbehagen verstärkte sich und legte sich um ihre Eingeweide.

Brody sprach mit den Technikern. Sie konnte zwar nichts verstehen, aber seiner Miene war deutlich anzusehen, dass er noch nicht zufrieden war. Er wollte, dass das Land nördlich der Scheune ebenfalls abgesucht wurde.

Der Techniker machte ein finsteres Gesicht, schob die Maschine jedoch weiter durch den Morast.

Brody stand in der Mitte der ersten Fundstelle, drei orangefarbene Fahnen um sich herum. Mehr als drei Jahre lang hatte er den Fall für die drei Familien aufklären wollen, und jetzt war das Ende nahe.

Trotzdem zeigte sein finsteres Gesicht keinerlei Anzeichen

von Zufriedenheit. Er schien traurig, und den tiefen Linien um seine Schläfen und den dunklen Ringen unter seinen Augen nach zu urteilen war er todmüde.

»Winchester!«, rief der Techniker. »Ich hab hier noch eine gefunden.«

Sämtliche Gespräche kamen zum Erliegen, und alle sahen zu Brody, Jim und Santos hinüber, als sie auf die Stelle zugingen.

Vier Leichen. Nicht drei.

Alle hatten erwartet, dass Smith gelogen hatte.

Und so war es.

Robbie starrte auf den kleinen Fernseher, auf dem das Bild einer Jägerkamera zu sehen war, die hoch oben in den Bäumen über seiner Grabstätte hing. Das Grundstück wimmelte jetzt nur so von Streifenwagen und Texas Ranger. Sie hatten Smiths Leichen gefunden. Und seine.

Er lehnte sich zurück und verschränkte lächelnd die Arme vor der Brust. Wenn die Cops dort waren, musste Harvey sie geschickt haben. Ohne Harvey hätten sie diesen Ort niemals gefunden.

Sein Lächeln wurde breiter. Harvey hatte seine Nachricht in den Kleinanzeigen gelesen und die Cops hergeschickt. Nicht, um ihn zu bestrafen, sondern um ihm zu sagen: *Ich weiß, Junge. Ich weiß*.

Er seufzte zufrieden, unfähig, den Blick von den Bildern loszureißen. Tagelang hatte er sich gefragt, ob Harvey seine Nachricht gesehen hatte. Er hatte gefürchtet, sein Vater werde in den Tod gehen, ohne zu erfahren, dass seine Schöpfung erwachsen und zu dem Mann geworden war, den Harvey aus ihm hatte machen wollen.

Er beobachtete die Cops, die mit der Schaufel in der Hand

um Smiths und seine Gräber herumstanden, berührte den Bildschirm und wünschte sich, Harvey und er könnten diesen Augenblick gemeinsam erleben. Der alte Mann war krank, todkrank, und ihm blieb nicht mehr viel Zeit.

Lächelnd legte Robbie den Kopf nach hinten und schloss die Augen. *Danke, Harvey.*

Vor vielen Jahren hatte Smith einen Mann aus ihm machen wollen, und er hatte versagt. Zehn Jahre später hatte er sich nun endlich bewährt.

Harvey hatte gesagt, kein Rausch sei so süß wie der des Tötens. Robbie hatte zwar keinen Rausch erlebt, aber bei den letzten Erdbrocken, die er auf das Grab geschaufelt hatte, hatte ihn tiefe Zufriedenheit erfüllt.

Bis auf wenige letzte, kostbare Tage war Harveys Zeit abgelaufen. Ihm blieben höchstens noch ein paar Wochen.

Wenn er sich beeilte, konnte er vielleicht noch ein paarmal töten, bevor Harvey starb. Der Alte würde von seinen Taten in den Nachrichten lesen und vielleicht noch einmal die Erregung durchleben, die ihn so glücklich gemacht hatte.

Für Harvey würde er weiter morden.

5

Sonntag, 7. April, 15:00 Uhr

»Wir haben drei skelettierte menschliche Leichen«, sagte Marissa Reardon, die Assistentin des Gerichtsmediziners.

Brody stellte seinen schlammigen Stiefel auf die Stoßstange des Transporters der Gerichtsmedizin, während Marissa einen heißen Kaffeebecher in beide Hände nahm. Sie war zierlich, Anfang dreißig und hatte das lange, dunkle Haar zu einem Pferdeschwanz hochgebunden. Als einzige Technikerin, die er kannte, trug sie immer Make-up, Parfüm und Perlenohrringe, unabhängig von der Tageszeit oder den Wetterbedingungen. Scherze, in denen sie als aufgetakelte Balldame bezeichnet wurde, brachte sie zwar zum Lachen, bei der Arbeit war sie jedoch strikt professionell.

Brody beugte sich vor. »Genau wie erwartet.«

»Es werden zwar etliche Untersuchungen erforderlich sein, sobald die Leichen im Labor sind, aber sie waren lange unter der Erde. Smith ist vor drei Jahren verhaftet worden, oder?«

»Richtig.«

Sie nippte an ihrem Kaffee. »Das würde mit den ersten drei Funden übereinstimmen.«

»Können Sie sie identifizieren?«

»Da drei Opfer nie gefunden wurden, wird es nicht allzu schwer sein, den Zahnstatus zuzuordnen. Und für den Fall, dass es keine Unterlagen gibt, können wir aus Zähnen oder Knochen DNA entnehmen.«

»Eines der Opfer hat sich im Alter von acht Jahren den Oberschenkel gebrochen.«

Marissa zuckte die Schultern. »Auch ein Röntgenbild kann bei der Identifizierung helfen.«

Ein grimmiges Gefühl der Befriedigung durchflutete seine angespannten Muskeln, als hätte er ein aufreibendes Work-out hinter sich. »Über das vierte Opfer haben Sie noch gar nichts gesagt.«

Sie stieß einen Seufzer aus und blickte zu dem Grab hinüber, das sie noch ausheben musste. »Deswegen wollte ich kurz eine Pause einlegen. Ich bin müde, und bei dem vierten Opfer will ich auf der Höhe sein.«

»Was meinen Sie damit?«

»Dem Bodenradar zufolge ist das kein altes Skelett. Der Radar zeigt Weichgewebe an.«

»Weichgewebe. Das kann nicht sein.«

»Ich habe den Schädel teilweise ausgegraben.« Sie legte die Hände um den Kaffeebecher und trank einen Schluck. »Meiner Meinung nach ist die Verstorbene kaum mehr als eine Woche unter der Erde gewesen.«

»Was?«

»Ihr viertes Opfer kann nicht von Smith getötet worden sein. Es sei denn, er hat eine Möglichkeit gefunden, sich zwischendurch unbemerkt aus dem Gefängnis zu schleichen.«

Brodys Gesicht verfinsterte sich noch mehr. Smith hatte von einem Lehrling gesprochen. Robbie. »Wann können Sie diese Leiche exhumieren?«

Marissa blickte in ihren Kaffeebecher, als könnte er ihr Kraft geben. »Geben Sie mir noch eine Minute. Meine Leute und ich werden bald wieder anfangen.«

»Danke.«

Während der letzten sieben Stunden hatte der Tatort Brody

derart in Anspruch genommen, dass er sich gar nicht um Jo gekümmert hatte. Als er sich jetzt von Marissa entfernte, sah er ihr blasses Gesicht. Allein und in ihre Jacke gekuschelt stand sie da. Jetzt tat es ihm leid, dass er sich nicht die Zeit genommen hatte, sich um sie zu kümmern.

»Jo«, sagte er.

Sie hob den Kopf, blickte ihn an, aber da war keine Spur eines Lächelns. »Wie läuft es?«

»Die Kriminaltechniker graben gerade die ersten drei Leichen aus.«

»Und die vierte?«

Er machte ein finsteres Gesicht. »Die ist anders als die anderen.«

»Und das bedeutet?«

»Dieses letzte Opfer wurde innerhalb der letzten Woche umgebracht.«

Sie legte den Kopf schief, wie früher, als sie noch ein Teenager gewesen war. Die unauffällige Bewegung war ein Zeichen dafür, dass sie sich von ihren Gefühlen distanziert hatte und begann, den vorliegenden Sachverhalt gedanklich zu verarbeiten. »Smith hat doch den Lehrling erwähnt. Robbie.«

»Ich weiß. Ich wusste nicht genau, was ich damit anfangen sollte.«

»Hast du die Zeitungsanzeigen überprüft?«

»Ja. Die meisten waren ganz normal, aber ein paar scheinen Botschaften zu enthalten. ›Der Sieg ist mein‹ war eine. Eine zweite lautete ›Bluebonnets‹ und die dritte ›Ruf Rave an‹. Robbie und Harvey sind natürlich nicht die Einzigen, die mittels Kleinanzeigen kommunizieren. Wir versuchen gerade, die Auftraggeber der Annoncen zu finden. Aber sie haben alle bar bezahlt.«

Die zarte Haut zwischen ihren Augen furchte sich. »Ich sollte noch einmal hinfahren und mit Smith reden. Herausfinden, was er sonst noch über Robbie weiß.«

»Dafür ist noch Zeit genug. Erst mal führen wir das hier zu Ende.« Nie im Leben würde er sie allein zu diesem Gefängnis zurückfahren lassen. Es hatte ihm gar nicht gefallen, wie dieses Ungeheuer sie durch die Scheibe angestarrt hatte. Wie es sich ihrer Gedanken bemächtigt hatte. Bei früheren Gelegenheiten hatte er in Smiths Gegenwart immer ruhig bleiben können. Er konnte der Bestie durchaus freundlich begegnen, wenn das Antworten in Aussicht stellte. Am Vortag war er hingegen kurz davor gewesen, die Beherrschung zu verlieren.

Sie hob den Kopf ein wenig. »Das ist deine Ermittlung, ich richte mich also ganz nach dir. Aber ich bin kein Kind. Ich weiß, was ich tue, und mit Smith werde ich schon fertig.«

»Das hat nichts mit deiner Kompetenz zu tun.«

An ihrem Intellekt hatte er nie gezweifelt. Ihm war von Anfang an klar gewesen, dass sie klüger war als die meisten, einschließlich ihm, und dass sie alles erreichen konnte, was sie wollte. »Vertrau mir in diesem Punkt.«

»Natürlich.«

Es klang steif und förmlich, und er begriff, dass ihr Vertrauen über berufliche Dinge nicht hinausging.

Marissa, die jetzt mit dem vierten Opfer beschäftigt war, winkte ihnen, zu ihr zu kommen.

»Ich komme wieder zu dir, sobald ich kann«, sagte er.

»Lass mich einen Blick auf die Leiche werfen. Vielleicht fällt mir ja etwas auf.«

Er runzelte die Stirn. »Wie du willst.«

Sie kamen bei der Grabstelle an, die mit gelbem Plastikband abgesperrt war, und Brody holte Gummihandschuhe aus der Jackentasche. Er gab Jo ein Paar und rief Marissa zu: »Und?«

»Ich habe Gesicht und Oberkörper freigelegt.« Sie machte Platz, während ein Kriminaltechniker Digitalfotos schoss. »Sie war jung. Blond, glaube ich. Im Moment sind die Haare völlig verdreckt.« Sie zögerte. »Ich werde ihre Säuberung dem Gerichtsmediziner überlassen. Ich will keine Beweise vernichten.«

Brody hob das Absperrband für Jo an, und beide tauchten darunter durch. Sofort stieg ihnen der schwere, faulige Gestank der Verwesung in die Nase. Brody hatte ihn oft genug gerochen und wusste, dass er damit umgehen konnte.

Er kniete sich neben die Tote und betrachtete das von Schmutz starrende Gesicht des Opfers. Eine Frau. Nicht älter als dreißig. Wahrscheinlich blonde Haare. Hohe, eingesunkene Wangenknochen. Ihr eingefrorener Gesichtsausdruck drückte Panik aus. Aus dieser Nähe war der Gestank übermächtig.

»Smith hat seine Opfer lebendig begraben«, sagte Brody. »War das bei ihr so?«

Marissa schüttelte den Kopf. »Ich weiß es nicht. In Nase und Mund befinden sich beträchtliche Mengen Erde, aber der Gerichtsmediziner wird sie obduzieren müssen.«

»Dr. Granger«, sagte Brody, ohne sich umzusehen. »Fällt Ihnen etwas dazu ein?«

Langsam ging Jo neben ihm in die Hocke und räusperte sich. Sie hob eine Hand an die Nase. »Können Sie noch mehr von dem Schmutz entfernen?« Marissa nickte und strich mit einem kleinen Pinsel behutsam die Erde weg. Eine halbe Stunde später hatte sie den bekleideten Oberkörper der Toten freigelegt.

Jo hüstelte und hielt sich die Nase zu. »Smith hat seine Opfer körperlich misshandelt und ihre Hände an den Seiten gefesselt, damit sie sich nicht aus der Grube befreien konnten. Die Fesselung bei diesem Opfer passt zu der von Smith, aber in ihrem Gesicht sind keine Blutergüsse zu sehen.« Sie schluckte.

Marissa legte den Kopf schief. »Dr. Granger, ist das Ihr erster Tatort?«

Sie befeuchtete sich die Lippen. »Ich habe zwar eine Menge Tatortfotos gesehen, aber das hier ist mein erster richtiger Tatort.«

Jos Gesicht war so blass, dass es kalkweiß wirkte. Sie hatte die Lippen nach innen gezogen und sah aus, als würde sie sich gleich übergeben.

Mist. Er hatte geglaubt, dass sie schon an Tatorten gewesen war. »Alles in Ordnung?«

Ihre Augen sprühten Feuer. »Mir geht es gut.«

Marissa zog die Augenbrauen hoch und wirkte ein wenig belustigt. »Der erste Mordtatort ist immer der schlimmste. Als ich meine erste Leiche gesehen habe, ist mir schlecht geworden.«

Wieder leckte Jo sich die Lippen und stand auf, als würde sie die Erwähnung von Übelkeit noch mehr verstören. Sie trat zurück, um Abstand zwischen sich und der Leiche zu schaffen. »Mir geht es gut.«

Der starke, faulige Gestank des Todes stieg auf, als Brody sich erhob und Jos Ellbogen ergriff. »Gehen wir ein Stück weit weg und lassen Marissa ihre Arbeit beenden.«

Jo widersetzte sich. »Ich muss mir das ansehen. Wenn ich nicht hierbleibe, übersehe ich womöglich etwas Wichtiges.«

»Es wird alles auf Video aufgenommen. Wir können es uns später ansehen.«

»Wirklich, Jo«, sagte Marissa. »Übergeben Sie sich bloß nicht an meinem Tatort.«

Jo war überzeugt und duckte sich unter dem Absperrband hindurch, um sich mit staksigen Schritten zu entfernen.

»Sie wird sich übergeben müssen«, sagte Marissa.

Brody drehte sich bereits um, um Jo zu folgen. »Ich weiß.«

Einen Schritt nach dem anderen. Eins. Zwei. Drei. Jo zählte die Schritte, dankbar für jeden, der zusätzlichen Abstand zwischen sie, die Leiche, den wabernden Gestank und die Cops brachte, die bis in alle Ewigkeit darauf herumreiten würden, wenn sie sich vor ihnen übergab.

Sie schaffte es bis hinter die parkenden Autos und einen Busch, bevor sie die Kontrolle über sich verlor und sich erbrach. Zum Glück hatte sie heute nur wenig gegessen. Trotzdem empfand sie tiefe Beschämung, als ihr Körper die Kontrolle übernahm, ohne dass sie etwas dagegen ausrichten konnte. Als ihr Magen schließlich leer war, wischte sie sich den Mund ab und richtete sich auf.

»Verdammt.« Zumindest war es ihr gelungen, bei dieser Demütigung allein zu sein.

Als sie sich umdrehte, sah sie Brody ein paar Meter hinter ihr, eine Flasche Wasser in der Hand. Die Hitze stieg ihr ins Gesicht. Scheiße. Scheiße. Scheiße. Wieso konnte er sie nicht in Ruhe lassen? Er wusste doch, dass ihr schlecht war. Das sah ihm ähnlich, sie zu bedrängen.

Er hielt ihr die Flasche hin. »Nicht trinken. Spül dir den Mund aus.«

Sie nahm die Flasche entgegen. »Danke.«

Vorsichtig schraubte sie den Deckel ab und nahm einen kleinen Schluck in den Mund. Doch die Vorstellung, vor Brody auszuspucken, war schlimmer als ihr rebellierender Magen, also schluckte sie das Wasser. Sofort bereute sie es, drehte sich um und übergab sich erneut.

Zittrig und gereizt holte sie Luft und richtete sich auf. Diesmal nahm sie das Wasser nur in den Mund und spuckte es aus, nachdem sie sich den Mund ausgespült hatte.

»Du warst schon immer stur«, sagte er.

»Dickköpfig war deine Bezeichnung dafür.«

Er lächelte, als würde er sich vage erinnern. »Du wolltest mir etwas über ein Gedicht beibringen.«

»Über den thematischen Aufbau.«

Er zog die dunklen Brauen zusammen. »Ich wollte nicht mitarbeiten, und solange ich nicht gelernt hatte, wolltest du das Formular nicht unterschreiben, mit dem ich weiter in der Mannschaft mitspielen durfte.«

Sie befeuchtete sich die Lippen und überlegte, ob sie wohl irgendwo ein Ginger Ale bekommen konnte. »Du hast es dir dann eingeprägt.«

»Und gleich nach dem Test wieder vergessen.«

»Aber für den Test hast du ein C minus bekommen.«

»Für die Mannschaft hat es gereicht. Ich bin überrascht, dass du das noch weißt.«

»Das müsste ich eigentlich zu dir sagen. Ich bin diejenige mit dem guten Gedächtnis. Den ganzen Kopf voll mit belanglosem Zeug, hast du mal gesagt.« Sie waren beide drauf und dran, in Erinnerungen zu schwelgen. Innerlich ging sie auf Distanz, hob die Wasserflasche und deutete in Richtung Tatort. »Das von gerade eben tut mir leid. Ich dachte, ich könnte damit umgehen.«

»Ich hätte dich fragen sollen, ob du schon mal an einem Tatort gewesen bist. Ich bin einfach davon ausgegangen.«

Sie hatte törichterweise angenommen, durch die Hunderte grässlicher Tatortfotos, die sie gesehen hatte, ausreichend auf die Realität vorbereitet zu sein. »Wie ich schon Marissa erzählt habe, ich habe viele Fotos gesehen.«

Mit einem Finger schob Brody den Hut nach hinten. »Bei meinem ersten Mal war es der Geruch, der mich fertiggemacht hat.«

»Du hast dich übergeben?«

»Gott, nein.«

»Oh.«

Er lachte. »Mach dir nichts draus. Nicht jeder hat einen solchen Rossmagen wie ich.«

»Stimmt.« Verdammt, wieso nur hatte sie nicht die Fassung behalten können?

»Soll ich dich nicht lieber nach Hause fahren?«

Ihre Finger verkrampften sich um die Flasche. »Auf keinen Fall. Du hast hier doch zu tun.«

Er schüttelte den Kopf. »Du bist jetzt schon über sieben Stunden hier draußen.«

»Genau wie du und alle anderen.«

»Wir sind daran gewöhnt. Du nicht. Mach Schluss für heute, Jo.«

Brodys Freundlichkeit passte so gar nicht zu den bösen Erinnerungen, die sie so viele Jahre mit sich herumgetragen hatte. Aber wenn sie ihr Gedächtnis anstrengte, wusste sie durchaus noch, dass Brody nett sein konnte, wenn es ihm nützte. Als es darum ging, die Englischprüfung zu bestehen, hatte er ihre Sommersprossen als süß bezeichnet. Als er wollte, dass sie seine Hausarbeit durchsah, hatte er sie genial genannt. Wenn er Sex wollte, hatte er davon geredet, wie toll ihr Körper war.

Die Hausarbeiten und die Tests waren mittlerweile Geschichte, und nachdem er gesehen hatte, wie sie sich übergab, bezweifelte sie, dass er auf Sex aus war. Aber er wollte mehr über diesen Mörder erfahren. Und sie hatte zwar einen schwachen Magen, dafür aber eine ausgeprägte Fähigkeit, Menschen zu durchschauen.

Sie schabte mit dem Fingernagel an dem Etikett der Wasserflasche. »Ich bin Überstunden gewöhnt.«

Belustigung erhellte sein Gesicht und nahm ihm ein wenig von der steifen Förmlichkeit. »Drinnen. Hinter einem Schreibtisch. Wenn es kalt ist und nach Tod riecht, ist es etwas anderes.«

Sie hob die Wasserflasche an die Lippen, überlegte es sich dann anders und schraubte sie wieder zu. »Da ist wahrscheinlich was dran. Hör zu, mir geht es gut. Mach du jetzt mit dem weiter, was du tun wolltest. Ich fahre erst hier weg, wenn ihr mit dem Tatort fertig seid.«

»Dickköpfig.«

»Das Thema hatten wir schon abgehakt, glaube ich.«

Er sah aus, als wollte er etwas sagen, verzichtete dann jedoch darauf. »Lass es langsam angehen.«

Allmählich beruhigte sich ihr Magen. »Ich würde außerdem gerne noch mal einen Blick auf die Leiche werfen.«

Brody zog eine Augenbraue hoch. »Hältst du das wirklich für eine gute Idee?«

Jo ging es nicht darum, Brody zu gefallen, wie früher, als sie achtzehn gewesen war, sondern darum, sich selbst etwas zu beweisen. »Ich verspreche, Marissas Tatort nicht zu ruinieren. Bevor mein Magen das Kommando übernommen hat, ist mir da etwas ins Auge gestochen.«

Zweifel verdunkelte seinen Blick. »Bist du sicher?«

»Ja.«

Er rückte den Hut über der Stirn zurecht und deutete zu dem Pfad, der zum Tatort zurückführte. »Geh du vor.«

Als sie diesmal bei der Leiche ankamen, waren die Techniker der Gerichtsmedizin gerade dabei, den Körper aus der Grube zu heben. Auf Gesicht und Haaren klebte immer noch eine dicke Schmutzschicht, durch die ihre Züge nicht zu erkennen waren. Diesmal atmete Jo durch den Mund, um den Geruch auszublenden.

Eine ihrer besten Fähigkeiten war, dass sie sich innerlich von grausigen Bildern oder heftigen Emotionen eines Patienten distanzieren konnte. Irgendwann hatte sie begriffen, dass sie ohne Emotionen die Fakten klarer sehen und besser analysieren konnte. Wenige Augenblicke zuvor hatte sie sich von dem Gestank überwältigen lassen, aber jetzt hatte sie sich gewappnet, konnte ihre persönliche Betroffenheit zurücknehmen und Objektivität walten lassen.

Die Wasserflasche gegen die Brust gedrückt, betrachtete sie die Tote und den Tatort. Aber diesmal war Jo sich darüber im Klaren, dass sie hier Beweismaterial sah. Diesmal konzentrierte sie sich nicht darauf, dass das Mädchen ein Mensch war, sondern auf die zu erfassenden Details.

Die Tote war bekleidet. Eine Bauernbluse aus hauchdünnem grünem Synthetik-Stoff, die wahrscheinlich aus einem exklusiven Geschäft stammte. Zerrissene Stone-washed-Designerjeans, die sich eng um die schmalen Hüften schmiegten und alt aussehen sollten, aber in Wahrheit teuer gewesen waren. Reich verzierte, schwarze Cowboystiefel, die mindestens fünfhundert Dollar gekostet hatten. An den langen Fingernägeln abblätternder rosa Nagellack.

»Sie stammt aus einer wohlhabenden Familie«, sagte Jo. »Dieses Mädchen hat nicht auf der Straße gelebt.« Sie beugte sich vor und betrachtete ein Tattoo an der Innenseite des linken Handgelenks. »Könnte ich mir dieses Tattoo vielleicht einmal näher ansehen?«

Marissa winkte einer Assistentin mit einer Videokamera. »Film das hier.« Während die Kamera surrte, durchtrennte sie langsam die Fesseln, bis das Handgelenk freigelegt war. Die Totenstarre war schon vor langer Zeit eingetreten und hatte sich wieder gelöst, sodass der Arm sich einigermaßen leicht bewegen ließ. Obwohl die Haut dunkler geworden war und sich ablöste, war ein Schmetterlingstattoo zu erkennen.

Jo kniff die Augen zusammen. Wegen der Verwesung war

sie sich zuerst nicht sicher gewesen, doch je länger sie das Bild betrachtete, desto mehr wuchs ihre Gewissheit. »Ich habe das schon mal gesehen.«

»Wo?«, fragte Brody.

»Als ich mich als freiwillige Helferin bei der Suche nach einem vermissten Mädchen gemeldet habe.«

Forschend betrachtete sie das blasse Gesicht der Frau, in dem der Ausdruck von Panik und Angst für alle Zeit erstarrt war. Sie mochte sich nicht vorstellen, wie es sich anfühlte, wenn die Erde einem die Luft abdrückte. »Wir haben nach einem Mädchen namens Christa Bogart gesucht. Zweiundzwanzig Jahre alt. Sie ist vor etwa einem Monat verschwunden. Ein hiesiger Geschäftsmann hat die *Wo-ist-Christa?*-Kampagne gestartet.«

Brody runzelte die Stirn. »Bist du sicher?«

»Ich weiß genau, dass Christa ein Schmetterlingstattoo hatte. Wenn ihr sie säubert und Fingerabdrücke abnehmen könnt, werdet ihr vielleicht feststellen, dass es sich um Christa handelt.«

»Wir gehen der Sache so schnell wie möglich auf den Grund.«

Sie beugte sich noch weiter vor. »Was hat sie da in ihrer Hand?«

Marissa beugte sich ebenfalls vor. »Sieht wie eine Seidenblume aus.«

»Eine texanische Bluebonnet«, sagte Jo.

Brodys Gesicht verfinsterte sich. »In der Kleinanzeige stand *Bluebonnets*.«

»Woher wusste Smith, dass sie hier war?«, fragte Marissa.

Jo nahm einen Schluck aus der Wasserflasche. »Ich glaube nicht, dass er es mit absoluter Gewissheit wusste. Eher hat er vermutet, sein Lehrling würde, falls er wirklich tötete, in seine Fußstapfen treten und für das Grab eine Stelle nutzen, an der die beiden schon früher gewesen waren. Einen Ort, an dem dieser Killer sich auskannte und sich deshalb sicher fühlte.«

»Aber wenn er einen anderen Ort ausgesucht hätte«, widersprach Marissa, »wäre man ihm womöglich nie auf die Schliche gekommen.«

Brody rieb sich den Nacken. »Er hat Smith über die Zeitung eine Nachricht übermittelt, und Smith hat ihm seine Antwort gegeben, indem er uns hierhergeschickt hat.«

»Vermutlich kennt Smith Robbie genauso gut wie Robbie sich selbst.«

»Sie haben einander seit zehn Jahren nicht gesehen«, sagte Brody.

»Das bringt vielleicht ein paar zusätzliche Variablen in die Gleichung, aber Smith hat Robbie erschaffen. Ihn programmiert. Wenn wir Robbie finden wollen, müssen wir noch einmal mit Smith reden.«

»Ich werde sehen, was sich einrichten lässt.«

Als der DPS-Officer Jo vor ihrem Haus aussteigen ließ, war es zehn vor sieben am Sonntagabend. Brody war noch am Tatort geblieben, aber sie war heimgefahren, weil sie wusste, dass sie fürs Erste alles getan hatte, was sie konnte. Ihr blieb gerade noch genug Zeit, um rasch zu duschen und dann ins Stadtzentrum zu sausen, um einigermaßen rechtzeitig zu dem Abendessen mit Lara und Cassidy zu kommen.

Mit nassen Haaren und abgesehen von der Wimperntusche ungeschminkt, kam sie mit zehn Minuten Verspätung am Restaurant an. Ein Wunder.

»Du siehst verboten aus«, sagte Cassidy zu Jo.

Jo ließ sich auf die Bank des vegetarischen Restaurants gleiten und gab sich alle Mühe, fröhlich zu wirken und nicht so, als hätte sie hastig geduscht, nachdem sie an einem Tatort gewesen war. Ihr gegenüber saß Cassidy Roberts, eine große Brünette. Elegant, gut angezogen und mit dem Türkisarmreif und dazu passenden Ohrringen sah Cassidy ganz wie die erfolgreiche Galeristin aus, die sie war. Neben ihr saß Lara Church, eine zierliche Blondine, die ein weites Top und Jeans trug und ungeschminkt war. Sie wirkte ganz wie eine Künstlerin. In Jos Haus hingen mehrere ihrer Fotografien. Cassidy und Lara waren Cousinen.

Jo hatte die beiden im Vorjahr kennengelernt, als man sie bei einem Fall um ihren Rat gebeten hatte. Und irgendwie hatten die drei sich trotz ihrer Verschiedenheit angefreundet. Heute Abend feierten sie Laras bevorstehende Hochzeit mit Texas Ranger Jim Beck.

Jo ließ sich von Lara ein Glas Wein einschenken. »Cassidy, sei froh, dass ich mir die Zeit zum Duschen genommen habe.«

Lara zog die Brauen zusammen. »Jim hat mir erzählt, dass du am Tatort warst.«

Jo trank einen kräftigen Schluck Wein. »Ja.«

Cassidy beugte sich vor. »Du warst an einem Tatort?«

»Allerdings.«

»Nicht zu fassen, dass du hinter deinem Schreibtisch hervorgekommen bist«, neckte Cassidy sie.

»Das soll hin und wieder schon vorgekommen sein«, sagte Jo.

»Darf ich um pikante Details bitten?«, fragte Cassidy.

Lara lehnte sich in der Nische zurück und nippte an ihrem Wein. »Nein, das darfst du nicht, Cassidy. Ich wette, was sie gesehen hat, war alles andere als schön.«

Laras spröder Tonfall rief den beiden ins Gedächtnis, dass sie im vergangenen Jahr einen furchtbaren Überfall überlebt hatte. Mit Tatorten hatte sie schon hautnah Bekanntschaft gemacht.

Cassidys Gesicht verdüsterte sich. »Tut mir leid, Lara. Das war gefühllos von mir.«

Jo lächelte. »Ich würde lieber über etwas Schönes reden. Zum Beispiel über Laras Hochzeit.«

Laras Lächeln erwärmte sich. »Also, dem Thema kann ich schon eher was abgewinnen.«

Sie redeten über das bevorstehende Fest, das ganz zwanglosen Charakter haben sollte und in Laras und Jims Farmhaus stattfinden würde. Lara hatte von Beginn an Wert darauf gelegt, dass es eine stressfreie Hochzeit werden sollte.

Cassidy nippte an ihrem Wein. »Jo, hast du schon dein Kleid?«

So viel zum Thema stressfrei. »Bis jetzt nicht.«

»Was?«, fragte Cassidy. »Herr im Himmel, Frau, die Hochzeit ist doch schon in sechs Tagen.«

»Das reicht doch noch.« Jo sah flehend zu Lara hinüber. »Oder?«

Lara zeigte auf ihre eigenen verblichenen Jeans und das weiße Bauerntop. »Mich musst du nicht fragen. Cassidy ist hier der Modefreak.«

»Ich habe meins schon vor Wochen bestellt und abändern lassen.«

Jo nahm sich eine Handvoll Nüsse aus der Schale, die auf dem Tisch stand. Ihr Magen hatte sich wieder beruhigt, und jetzt hatte sie Hunger. »Keine Sorge, nächsten Samstag habe ich etwas anzuziehen.«

Lara war die Sache unangenehm. »Jo, mach dir bloß keine Gedanken wegen des Kleides. Ich will nicht, dass du dir deswegen Stress machst. Das wird eine ganz entspannte Hochzeit. Du musst dich nicht verrückt machen. Ich finde ja, dass du in

Grün toll aussehen würdest, aber zieh an, wozu du Lust hast, wirklich.«

Cassidy verschränkte die Arme vor der Brust und lehnte sich zurück. »Und ich habe keine Ahnung, wie du auf die Idee kommst, dass Hochzeiten stressfrei sein könnten. Sie sind darauf angelegt, einen in den Wahnsinn zu treiben.«

»Davon will ich nichts hören«, sagte Lara. »Wirklich nicht.«

Cassidy fuhr sich mit den langen Fingern durch das dunkle Haar. »Na, Jo wird das noch früh genug merken, wenn sie glaubt, sie könnte in weniger als einer Woche ein Kleid finden.«

»Sie kann anziehen, was sie will. Können wir jetzt mal vom Essen reden? Ich habe seit dem Frühstück nichts mehr gegessen und verhungere gleich.«

Jo studierte die vegetarische Speisekarte. »Ich habe solchen Hunger, dass ich sogar Tofu essen könnte.«

Die Frauen lachten, und Cassidy schaffte es, die Aufmerksamkeit der Kellnerin auf sich zu ziehen. Das junge Mädchen kam zum Tisch, während Jo noch die Speisekarte überflog. Lara und Cassidy bestellten, ehe sie aufsah. Beim Anblick der Kellnerin erstarrte sie innerlich. Sie trug Jeans und ein grünes T-Shirt mit dem Aufdruck: *Wo ist Christa?*

Es war nach elf, als Jo die Treppe zu ihrer Haustür hochstieg, in Gedanken bei der Arbeit, die morgen im Büro auf sie wartete. Sie erwog, noch ein bisschen zu arbeiten, sich eine Kanne Kaffee zu kochen und sich die ungelesenen Akten vorzunehmen.

Als sie gerade aufschließen wollte, hörte sie die Stimme ihres Nachbarn Ted Rucker. »Arbeitest du jetzt wieder sieben Tage die Woche? Ich dachte, du wolltest kürzertreten.«

Sie rang sich ein Lächeln ab, schob den Schlüssel ins Schloss und öffnete die Tür. »Ich weiß ja, dass es nicht danach aussieht, aber ich trete wirklich kürzer. Dieses Wochenende war eine Ausnahme.«

Er schob eine Strähne seines blonden Haares zurück und kam lächelnd auf sie zu, einen großen, schokoladenbraunen Labrador an seiner Seite. »Hast du das nicht schon letztes Jahr andauernd gesagt?«

Jo ging die zwei Verandastufen hinunter und kraulte den Labrador zwischen den Ohren. »Hallo, Greta. Und ich habe es wirklich so gemeint. Eigentlich wollte ich mir dieses Wochenende freinehmen, aber die Arbeit hat mich eingeholt.«

»Du hättest Nein sagen können.«

»Stimmt.« Sie wäre nie auf die Idee gekommen, Brodys Bitte auszuschlagen. Er hatte sie gefragt, und sie war beflissen gewesen wie eine naive Achtzehnjährige. Gar nicht gut.

Sein Blick verdüsterte sich ein wenig vor Besorgnis. »Du siehst fix und fertig aus. Wo zum Teufel bist du gewesen?«

Verglichen mit dem Tatort roch die abendliche Luft hier draußen so süß. »Ich kann nicht ins Detail gehen. Aber es war ein Tatort.«

»Du an einem Tatort? Das kann ich mir gar nicht vorstellen.«

»Wieso nicht?«

»Ich weiß noch genau, was für ein Gesicht du letzten Herbst gemacht hast, als ich den toten Hund begraben habe. Ich dachte, du müsstest dich übergeben.«

Sie verzog ihre Lippen zu einem ironischen Lächeln. »Du kannst davon ausgehen, dass ich es überlebt habe und den Verantwortlichen meine Meinung zu der Sache mitgeteilt habe.« Sie kraulte Greta ein letztes Mal. »Übrigens, wenn bei mir mal wieder ein kleiner blonder Tornado vor der Tür steht, dann tu so, als wüsstest du keinerlei Einzelheiten aus meinem Leben.«

Er verzog das Gesicht. »Das war deine Mutter, bei der ich mich verplappert habe, was? Ich hätte es wissen müssen. Als ich Winchester erwähnt habe, ist sie beinahe an die Decke gegangen. Deswegen sind Greta und ich auch hier. Wir wollten uns entschuldigen.«

»Wir?« Jo lächelte zu der schwanzwedelnden Greta hinunter. »Eigentlich hatte ich immer gedacht, Greta wäre eher ein stiller Typ.«

Rucker schüttelte den Kopf und kraulte den Hund zwischen den Ohren. »Manchmal kann sie ein richtiges Plappermaul sein.«

Jo lachte. »Hat Greta sonst noch etwas zu meiner Mutter gesagt?«

»Nur, dass du ein bisschen gestresst wirkst.« Er schnitt ein Gesicht. »Das hätte sie auch nicht sagen sollen.«

»Ist nicht weiter schlimm. Du und Greta, ihr müsst euch keine Sorgen machen. Meine Mutter mag zwar auf hundertachtzig gewesen sein, aber inzwischen hat sie wahrscheinlich alles längst wieder vergessen.«

»Wieso hat die Erwähnung von Winchester sie so auf die Palme gebracht? Ein Exfreund?«

Exfreund. Sie und Brody waren von starker sexueller Anziehung übergangslos in die Ehe gewechselt. Sie waren nie wirklich miteinander ausgegangen. Und ganz bestimmt hatte sie ihn nie ihren festen Freund genannt. »Ja, so was in der Art.«

Er beugte sich so weit zu ihr vor, als wären sie zwei Verschwörer. »Ihr beide habt also keine Beziehung?«

»Himmel, nein.«

»Heißt das, du hörst endlich auf, Greta das Herz zu brechen, und gehst mit mir aus?«

»Letztes Mal ging es noch um einen Kaffee.«

»Greta hat gesagt, ich soll ein Mann sein und dich fragen, ob du mit mir essen gehst. Sie meint, es muss doch mal einen

Abend geben, an dem du nicht arbeitest oder diese Teenagermeute herumscheuchst.«

Monatelang war sie einer Verabredung mit Rucker aus dem Weg gegangen und hatte sich mit ihrer Arbeit herausgeredet. Jetzt fragte sie sich, wieso sie ihn vertröstet hatte. Ihre Mutter gab Brody die Schuld an ihrem nonnenhaften Leben. Wie oft hatte sie schon gehört: »Er hat dich für alle anderen Männer verdorben.« Das war natürlich Quatsch. Sie war sehr wohl mit anderen Männern ausgegangen. Aber in den letzten beiden Jahren hatte sie so viel zu tun gehabt, dass keine Zeit für Verabredungen gewesen war. Und Brody war bestenfalls ein Kollege.

Sie betrachtete Ruckers lächelndes Gesicht und stellte fest, dass es eine nette Abwechslung von Brodys finsterer Miene war, von der sie in den letzten vierundzwanzig Stunden reichlich viel zu sehen bekommen hatte. »Rucker, diese Woche habe ich schrecklich viel zu tun, und am Samstag muss ich auf eine Hochzeit, aber übernächstes Wochenende habe ich Zeit. Wir können in der Stadt essen gehen.«

Er grinste. »Abgemacht.«

6

Montag, 8. April, 5:00 Uhr

Brody erwachte früh, der Wecker auf dem Nachttisch leuchtete ihn in grellem Rot an. Er fuhr sich mit der Hand durch die Haare und ließ seinen Blick von den nicht ausgepackten Kisten zu dem Haufen schmutziger Wäsche auf dem Fußboden und der Bildersammlung schweifen, die als ordentlicher Stapel an der Wand lehnte. Er war vor drei Wochen von Houston nach Austin gezogen, als ihm eine unerwartete Versetzung auf den Schreibtisch geflattert war. In den letzten drei Jahren hatten ihn die Ranger von El Paso bis nach Brownsville geschickt. Meistens packte er sofort aus, wenn er eine neue Bleibe bezog. Er mochte es ordentlich. Aber bei dieser letzten Station hatte er noch nicht die Zeit gefunden, seine Wohnung einzurichten. Das Chaos ging ihm auf die Nerven, aber die pausenlose Arbeit im Büro hatte seine ganze Zeit aufgefressen.

Er wälzte sich von der Matratze herunter, die neben dem noch immer nicht zusammengebauten Bettgestell lag, und griff nach den Kleidern, die er am Samstagvormittag in der Reinigung abgeholt hatte. Eine ausführliche heiße Dusche half dabei, dass er sich wieder wie ein Mensch fühlte. Dann zog er sich an. Von der Kommode nahm er seine Waffe, das Handy und die Dienstmarke und ging dann in die Küche. Viel zu essen war nicht da, aber immerhin hatte er es geschafft, Kaffee und Bagels zu besorgen. Er spülte den gestern benutzten Thermosbecher aus, nahm sich einen Bagel und ging zu seinem Wagen.

Die Fahrt nach Austin dauerte weniger als zwanzig Minuten. Aber heute fuhr er nicht ins Büro, sondern zur Gerichtsmedizin, und war froh, dem morgendlichen Berufsverkehr zu entgehen.

An einer Ampel ließ er die Schultern kreisen, um die Verspannungen in Hals und Rücken loszuwerden. Sobald er eine Minute Zeit hatte, würde er als Allererstes das verdammte Bett montieren. Als Ranger hatte er schon genug Zeit in schlechten Hotelbetten, Autos und auf Isomatten unter freiem Himmel verbracht. In jüngeren Jahren hatte sein Körper ihm das noch verziehen und hingenommen, was er ihm an Misshandlungen zumutete. Jetzt nicht mehr. Er musste das Bett zusammenbauen und wieder zu seiner üblichen Routine finden.

Seine Familie lebte in Austin und hatte ihm angeboten, beim Einzug zu helfen oder ihn in ihrem Gästezimmer schlafen zu lassen, aber er hatte abgelehnt. Sie würden ihn nie im Stich lassen. Verdammt, sie hatten einiges auf sich genommen, um ihn großzuziehen und ihm seine Ausbildung zu ermöglichen. Aber wieder dorthin zurückzugehen kam nicht infrage.

Bei seinem Besuch bei Jo war er von ihrem gemütlichen Zuhause beeindruckt gewesen. Die Möbel waren weder teuer noch sonderlich elegant, aber es war sauber und behaglich. Regale voller zerlesener Bücher, die die Wände ausfüllten. Jo war schon immer ein Bücherwurm gewesen, auch auf dem College. Als er das erste Mal ins Nachhilfezentrum gekommen war, hatte sie in einem Sessel gesessen, die Füße auf einen anderen Sessel gelegt, und gelesen. Ein Buch über mathematische Theorien. Er hatte sofort gewusst, dass er ihr nicht das Wasser reichen konnte.

Bei seinem Schwanz war diese Botschaft allerdings nicht angekommen. Von dem Augenblick, in dem sie ihm zum ersten Mal dieses Literatur-Blabla erklärte, hatte sein Ding mächtig pulsiert. Sie war zwar hübsch, aber nicht atemberaubend schön. Nicht wie die Cheerleader und Mädchen in den Studentenverbindungen, die mit der Mannschaft herumhingen. Sie war ungeschminkt gewesen und hatte ein hauchdünnes Baumwolltop getragen, unter dem sich ihre vollen Brüste abzeichneten und das gleichzeitig ihre schmale Taille verbarg, dazu scheußliche Schuhe, wie alte Frauen sie gern anhatten. Und trotzdem hatte er wegen seiner Erektion kaum denken können.

Eigentlich hätte der ganze Mist, der vor vierzehn Jahren zwischen ihnen gelaufen war, seine Reaktion doch dämpfen müssen, aber als sie diese verdammte Wand hochgeklettert war, hatte ihn das direkt in die Vergangenheit zurückversetzt – sprachlos und mit einer ausgebeulten Hose.

Scheiße.

Schlag dir das aus dem Kopf, mein Lieber. Das hast du dir schon vor langer Zeit verbaut.

Es hupte. Brody merkte, dass die Ampel grün war, und trat aufs Gas. Wenige Minuten später kam er bei der Gerichtsmedizin an.

Als er durch die metallenen Schwingtüren in den Autopsieraum trat, traf er den Pathologen, Dr. Hank Watterson, im Gespräch mit seiner Assistentin an. Beide trugen Chirurgenkleidung und standen vor einem OP-Tisch, auf dem eine mit einem Tuch zugedeckte Leiche lag. Watterson war Ende dreißig und im letzten Jahr zur Gerichtsmedizin gekommen. Er stammte aus Colorado und hatte mithilfe eines Stipendiums der Air Force Medizin studiert.

»Ranger Winchester«, begrüßte ihn Watterson. Er trug eine dicke Hornbrille und hatte die dunkelblonden Haare nach hinten gekämmt. In seinem schmalen Gesicht zeigten sich um den Mund und auf der Stirn tiefe Lachfalten.

Brody reichte ihm die Hand. »Dr. Watterson.«

Dr. Watterson sah auf die Uhr. »Beck hat Santos hergeschickt, damit er den Fall mit Ihnen bearbeitet. Und der hat angerufen und gesagt, dass er später kommt. Starker Verkehr auf der I-35.«

»Auf diesem Streckenabschnitt passieren ständig Unfälle.« Er sah zu dem weißen Tuch über der Leiche des vierten Opfers, das sie gestern gefunden hatten. »Ein paar Minuten mehr oder weniger werden wohl keinen Unterschied machen.«

Dr. Watterson griff nach einer Mappe, die auf einem Edelstahltisch lag. »Bei Becks Anruf heute Morgen habe ich ihm vorab schon mal eine Zusammenfassung durchgegeben. Wollen Sie sie hören?«

»Schießen Sie los.«

»Die skelettierten Leichen haben wir noch nicht untersucht. Wir warten noch auf die zahnärztlichen Unterlagen und die Röntgenbilder. Aber die werde ich hoffentlich in ein oder zwei Tagen bekommen.«

»Das ist schnell.«

»Wenn ein Fall eine Verbindung mit Harvey Lee Smith hat, wird er sofort vorgezogen.« Watterson trat an den Stahltisch, auf dem die zugedeckten Überreste der jüngsten Leiche lagen, und überflog die Daten.

»Sie war Anfang zwanzig, eins achtundsechzig groß und wog etwa fünfundfünfzig Kilo. Ich konnte zwei Tätowierungen ausmachen – einmal den Schmetterling auf der Innenseite ihres linken Handgelenks, den meines Wissens Dr. Granger entdeckt hat. Außerdem hat sie ein Tattoo auf dem rechten Schulterblatt. Es handelt sich um die Initialen CTB. Piercings in Ohren und Bauchnabel. Eine alte Narbe an der rechten Hand, die genäht worden ist. Blonde Haare, allerdings war ihr Haar von Natur aus dunkler. Keine Implantate oder irgendwelche sichtbaren Operationen.«

»Jo ist der Meinung, dass wir es mit Christa Bogart zu tun haben.«

»Ich konnte Teilabdrücke von ihrem rechten Daumen und dem Zeigefinger abnehmen. Die habe ich zur Analyse geschickt.« Der Arzt griff nach dem Tuch und zog es von dem Gesicht der Toten. »In einer Stunde sollten wir die Identifizierung haben. In Nase und Mund befand sich eine beträchtliche Menge Erdreich – was damit übereinstimmen würde, dass sie lebendig begraben wurde. Unter ihren Fingernägeln war Dreck, und die Haut war aufgeschürft von den Seilen, als hätte sie mit aller Macht versucht, die Erde über sich loszuwerden. Wenn ich sie aufschneide, werde ich Lunge und Magen auf Erde untersuchen.«

Brody schüttelte den Kopf. »Was für eine beschissene Art zu sterben.«

»Sexuell missbraucht wurde sie nicht. Keine vaginalen Verletzungen. Keine Samenflüssigkeit. Keine fremde DNA auf ihrem Körper.«

»Bevor sie gestorben ist, galt sie wochenlang als vermisst.«

»Ja. Aber der Täter hat sie nicht körperlich misshandelt.«

Die Tür zum Autopsieraum öffnete sich, und ein mürrischer Santos tauchte auf. »Der Verkehr ist heute Morgen grausam.«

»Das hast du davon, dass du in San Antonio wohnst«, sagte Brody.

»Ich würde ja nach Austin ziehen, aber meine Schwester Maria geht in die Abschlussklasse der Highschool. Ich will sie da nicht rausreißen.«

»Sie lebt bei dir?«

»Ja, seit unsere Eltern vor fünf Jahren gestorben sind. Meine grauen Haare kannst du alle darauf zurückführen, dass ich eine halbwüchsige Schwester großziehe.«

In den vergangenen Jahren hatte Brody manchmal versucht, sich Jos und sein gemeinsames Kind vorzustellen. Die Gedanken kamen immer um den Termin im Mai, zu dem ihre Entbindung fällig gewesen wäre. Wenn ihre Tochter überlebt hätte, wäre sie jetzt dreizehn. »Ich kann mir schlecht vorstellen, wie das ist.«

»An manchen Tagen die Hölle, an anderen der Himmel.«

Brody fragte sich, wie es wohl war, der Vater eines halbwüchsigen Mädchens zu sein. Schwer vorstellbar, wie anders sein Leben verlaufen wäre. »Klingt ganz so, als hätte sie Glück, dich zu haben.«

»Wir haben beide Glück miteinander.«

Die Ranger konzentrierten sich auf die Leiche. Innerhalb weniger Minuten machte Watterson den Y-Einschnitt in der Brust der Toten. Der Arzt fügte dem Opferprofil weitere Einzelheiten hinzu. Sie hatte keine Kinder zur Welt gebracht. Die Organe waren gesund und normal. Alles passte zu Christas Beschreibung.

Santos betrachtete das Gesicht der Toten. »Jetzt, nachdem sie gesäubert worden ist, sieht sie trotz der Verwesung ganz nach Christa aus.«

Brody griff nach seinem Handy und wählte die Nummer der Polizei in Austin. »Mal sehen, wie weit man dort mit den Fingerabdrücken ist.« Sekunden später stand die Verbindung. »Detective Royals, hier spricht Sergeant Winchester von den Texas Rangern. Der Gerichtsmediziner hat Ihnen heute Morgen Fingerabdrücke und Röntgenbilder einer Unbekannten im Leichenschauhaus geschickt. Hatten Sie schon Gelegenheit, sie sich anzusehen?«

»Gerade eben. Scheint, als hätten wir einen Treffer. Sie haben Christa Bogart gefunden.«

Brody nickte. »Danke, Detective. Sobald ich in der Pathologie fertig bin, würde ich gerne mit Ihnen über die Befunde sprechen.«

»Jederzeit. Tut mir leid, dass man sie nicht lebendig gefunden hat. Die Gemeinde hat bei der Suche nach ihr einen Riesenaufwand getrieben.«

»Ich halte Sie auf dem Laufenden.« Er klappte sein Handy zu und gab die Nachricht an die anderen weiter.

Santos legte den Kopf in den Nacken und presste die Finger gegen die Schläfen. »Christa Bogart ist vor einem Monat spurlos verschwunden.«

Brody sah den Arzt an. »Haben Sie einen ungefähren Todeszeitpunkt?«

»Der Verwesung nach zu urteilen, würde ich sagen, vor etwa einer Woche. Einen genauen Zeitpunkt kann ich Ihnen nicht nennen.«

»Vor einer Woche also«, sagte Santos. »Was ist in den anderen drei Wochen passiert?«

»Der Mörder hat sie gefangen gehalten. Aber laut dem Doc hat er sie nicht sexuell missbraucht«, sagte Brody.

»Während Smith einige seiner Opfer sehr wohl missbraucht hat.«

»Seinem Geständnis zufolge, ja.«

»Könnten wir es mit einem Nachahmungstäter zu tun haben?«, fragte Santos.

»Wäre da nicht die Art und Weise ihrer Fesselung, würde ich auch darauf tippen. Aber wir haben hier Knoten, die denen von Smith aufs Haar gleichen. Und diese Details sind nie an die Presse gegangen.«

Dr. Watterson sah auf die Leiche hinunter. »Sie weist keinerlei Anzeichen von Mangelernährung auf. Kein Zahnverfall. Die einzigen Spuren ihrer Gefangenschaft finden sich an ihren Handgelenken.«

»Er hält sie gefangen, gibt ihr zu essen. Er missbraucht sie zwar nicht, tötet sie aber schlussendlich. Warum?«

Vorerst hatte darauf niemand eine Antwort.

»Und Smith hat diesen Robbie bis jetzt nie erwähnt?«, fragte Santos.

Brody dachte an Smiths stundenlange Aussage zurück. Der alte Mann hatte die Aufmerksamkeit nach seiner Verhaftung ausgekostet und es genossen, von seinen Taten zu erzählen. »Smith hat Robbie bei seinem Geständnis kein einziges Mal erwähnt.«

Santos schüttelte den Kopf. »Nach dem, was er erzählt hat, hat er den Jungen mit zwölf in die Finger bekommen. Kannst du dir vorstellen, wie dieser alte Bastard den Geist eines Kindes versauen kann?«

»Gut möglich, dass der Junge es irgendwann für eine kranke Art von Normalität gehalten hat.«

Dr. Watterson beendete seine innere Untersuchung und verschloss Christa Bogarts Leiche. »Ich werde noch eine Gewebeuntersuchung durchführen. Aber die Erde in Lunge und Magen spricht eine deutliche Sprache. Sie ist lebendig begraben worden.«

Nach der Pathologie war Winchesters und Santos' erster Halt die Polizei von Austin. Dort suchten sie Detective Tom Royals auf, der als Erster mit der Ermittlung im Fall Christa Bogart zu tun gehabt hatte. Sie trafen Royals in einem kleinen Besprechungszimmer mit rundem Tisch und Metallstühlen an. Royals, ein stämmiger Mann mit Brille und dichtem Schnurrbart, legte eine dicke Akte auf den Tisch.

Er schlug die Mappe auf. »Wo haben Sie sie gefunden?« Er schob Brody die Akte hin.

Brody blätterte in dem umfangreichen Schriftstück. »Begraben auf einer Farm, etwa fünfundzwanzig Kilometer westlich von Austin.« Er fasste die Ereignisse zusammen.

Royals lehnte sich zurück und schüttelte den Kopf. »Scheiße. Und am selben Ort haben sie noch drei weitere Leichen gefunden?«

»Diese Morde sind viel älter, und wir glauben, dass sie auf Smiths Kappe gehen. Der Fund von Christas Leiche war eine Überraschung für uns. Was können Sie uns über sie erzählen?«

»Sekretärin in einer Investmentagentur. Verlobt. Keine Vorstrafen. Viele Freunde. Beliebt bei den Kollegen. In der Nacht ihres Verschwindens war sie noch von einer Firmenfeier nach Hause gekommen. Sie hat bei ihrer Mitbewohnerin hereingeschaut, ist in ihr Zimmer gegangen und verschwunden. Ich habe die Mitbewohnerin stundenlang verhört, aber sie konnte uns keine wirklichen Anhaltspunkte liefern. In der Nähe von Christas Fenster wurden Fußspuren gefunden, aber bisher konnten wir sie mit niemandem in Verbindung bringen.«

»Was ist mit dem Verlobten?«

»Bodenständiger Typ. In derselben Investmentfirma angestellt. Dort haben sie sich kennengelernt. Von den Kollegen respektiert und beliebt. Wir haben seine Vergangenheit unter die Lupe genommen. Und nichts gefunden.«

»Hat er ein Alibi für die Nacht, in der Christa verschwunden ist?«

»Er und Christa waren beide auf der Feier, und als sie ging, ist er geblieben und hat mit ein paar Kollegen weitergetrunken. Nach Aussage des Barkeepers war er bis zwei Uhr morgens im Lokal.«

Nachdem sie noch eine weitere halbe Stunde mit Royals über den Fall gesprochen hatten, brachen Brody und Santos auf und nahmen sich zunächst Christas Wohnung vor, in der noch immer ihre Mitbewohnerin lebte.

Winchester klopfte an der Wohnungstür. Mehrere Sekunden vergingen, bevor das Scharren von Füßen erklang und mehrere Schlösser quietschten. Eine kleine, stämmige junge Frau mit blauschwarzem, schulterlangem Haar öffnete ihnen die Tür.

Die Ranger zeigten ihre Dienstmarken vor, wozu das Mädchen nickte, als hätte sie solche Besuche in den letzten vier Wochen schon hundertmal durchexerziert.

»Miss Brittany Long?«

Das Mädchen sah sich die beiden Männer genau an. »Sie sind die Ranger. Die Polizei hat angerufen und mir gesagt, dass sie vorbeikommen würden. Kommen Sie rein.«

Nachdem sie sich vorgestellt hatten, betraten die Ranger ein kleines Wohnzimmer, in dem sich etliche halb gepackte Kisten stapelten. Ein Schlafzimmer stand offen, das andere war abgeschlossen und mit gelbem Absperrband versiegelt.

»Ziehen Sie um?«, fragte Winchester.

»Ja«, erwiderte Brittany. »Ich wollte gleich nach Christas Verschwinden ausziehen, aber der Vermieter wollte mich nicht aus dem Vertrag entlassen. Wissen Sie, ich habe für uns beide unterschrieben und musste deswegen für die gesamte Miete geradestehen. Ich habe alles getan, um da rauszukommen, aber er blieb hart, und die ganze Miete zusätzlich zu einer weiteren Wohnung konnte ich mir nicht leisten. Jetzt läuft mein Mietvertrag Ende der Woche aus, und ich ziehe um. Ich habe eine Wohnung am anderen Ende der Stadt gemietet, die ich mir mit ein paar Mädchen teile.«

»Was können Sie uns über die Nacht erzählen, in der Christa verschwunden ist?«, fragte Santos.

Brittany fuhr sich mit den Händen durchs Haar. »Haben Ihnen das nicht schon die anderen Cops erzählt?«

»Doch, Ma'am. Aber es würde nicht schaden, es noch einmal von Ihnen zu hören.«

Brittany zuckte mit den Schultern. »Ich bin es so leid, diese Geschichte zu erzählen.«

Brody dachte an Christas Leiche, die in der Pathologie auf dem OP-Tisch lag. Seine Stimme klang ein wenig scharf, als er das Wort ergriff. »Bitte erzählen Sie es noch einmal.«

»Es war ein ganz normaler Abend. Sie war mit Scott auf einer Party – das ist der Typ, den sie heiraten wollte. Die Feier hatte mit ihrer Arbeit zu tun. Ich glaube, es war ein Jubiläum. Zehn Jahre Betriebszugehörigkeit. Jedenfalls, als das Fest sich auflöste, kam sie nach Hause, und ihr Verlobter hat noch mit ein paar Typen aus der Firma weitergefeiert.«

»Wann ist sie nach Hause gekommen?«, fragte Winchester.

»Um Mitternacht. Und ich weiß deshalb, wie spät es war, weil ich noch auf war und gelesen habe. Ich habe gehört, wie sie in die Wohnung gekommen ist, und habe auf die Uhr gesehen. Sie hat bei mir hereingeschaut, Gute Nacht gesagt und ist schlafen gegangen. Ich habe das Licht ausgemacht und bin eingeschlafen. Das war das letzte Mal, dass ich sie gesehen habe.«

»Irgendwelche ungewöhnlichen Geräusche in jener Nacht?«, fragte Santos.

»Nein. Aber ich muss an jenem Abend besonders müde gewesen sein. Ich habe geschlafen wie ein Stein.«

»Was dagegen, wenn wir mal einen Blick in ihr Zimmer werfen?« Brodys Frage klang wie ein Befehl.

»Gar nicht. Die Cops haben alles schon so oft durchsucht, dass es sowieso nicht mehr so wie bei Christa aussieht.«

»Wollte niemand von ihrer Familie oder ihren Freunden ihre Sachen abholen?«, fragte Santos.

»Nein. Ihre Schwester Ester hat klar gesagt, dass niemand das Zimmer anrühren sollte. Sie hat mir Geld für die Miete gegeben und mich gebeten, es so zu lassen. Ich habe das Geld genommen und war froh, dass ich das Zimmer nicht betreten musste.«

»Ich dachte, Sie hätten gesagt, dass sie nicht ausziehen konnten, weil Sie zweimal Miete zahlen mussten«, sagte Brody.

»Ich hab das Geld einfach für neue Kleider ausgegeben, weil ich dachte, der Vermieter würde mich aus dem Vertrag entlassen. Aber er ließ sich nicht erweichen.« Sie schüttelte den Kopf. »Ich hätte ihm einfach das Geld geben und gehen sollen. Das Absperrband vor ihrer Tür macht mir eine Gänsehaut.«

Brody zog das Band zur Seite und öffnete die Tür, hinter der ein kleines, schmales Zimmer lag. An der gegenüberliegenden Wand stand neben dem Fenster ein Doppelbett, rechts ein Schreibtisch und links Bücherregale. Christa hatte in einer Erdgeschosswohnung in einem Flachbau gewohnt, mit Blick auf einen Hinterhof. Dünne graue Vorhänge, die zu dem Bettüberwurf mit dem Blumenmuster passten, verdeckten das Doppelfenster.

Er schob die Vorhänge zurück und schaute aus dem Fenster, von dem man auf den Parkplatz im Hof blickte. Er sah sich den Fensterriegel an, schob ihn hoch und stellte fest, dass er sich leicht bewegen ließ.

»Hat sie bei offenem Fenster geschlafen?«

»Normalerweise nicht«, sagte Brittany von der Tür aus. »Aber an jenem Abend lief die Heizung übermäßig stark, und wir waren kurz davor zu ersticken. Ich habe mein Fenster aufgemacht und ihr vorgeschlagen, das Gleiche zu tun. Draußen war es eiskalt, und keine von uns kam auf die Idee, dass es ein Problem geben könnte. Ich meine, welcher Irre läuft denn bei minus zwanzig Grad draußen in der Kälte rum?« Sie presste die vollen Lippen zusammen, als würde sie sich ewig an diesen letzten Ratschlag erinnern, den sie Christa gegeben hatte. »Sie wollte in zwei Wochen heiraten.«

Brody überprüfte seine Notizen. »Was halten Sie von dem Mann, den sie heiraten wollte?«

»Ich mochte ihn nicht besonders. Er war irgendwie besitzergreifend, was Christa anging. Aber seit das alles passiert ist, hat er sich toll verhalten. Als ein hiesiger Immobilienmakler die *Wo-ist-Christa?*-Kampagne organisierte, hat er sich gemeinsam mit Christas Schwester beteiligt. Ein paarmal hat er mich angerufen und wollte wissen, wie es mir ging. Ist wohl doch nicht der Blödmann, für den ich ihn zuerst gehalten habe.«

»Was genau mochten Sie nicht an ihm?«, fragte Santos und betrachtete eine Pinnwand, die voller Fotos, abgerissenen Eintrittskarten und Speisekarten von Schnellrestaurants hing. »Sie sagten ›besitzergreifend‹.«

»Er wollte sie mit niemandem teilen. Als wir hier eingezogen sind, haben wir anfangs zusammen die Stadt unsicher gemacht und hatten viel Spaß. Nachdem sie ihn kennengelernt hatte, hatte sie keine Zeit mehr. Aber so läuft das manchmal, oder? Ein Mädchen lernt einen Typ kennen, verknallt sich in ihn und lässt ihre anderen Freunde links liegen.«

»Gab es sonst noch etwas, was Sie an ihm störte?«

»Er hat sie zwar nicht geschlagen oder angeschrien, aber wenn sie miteinander ausgingen, hat er sie ziemlich oft bezahlen lassen. Er hatte nie seine Brieftasche oder genug Bargeld dabei.«

»Er war Finanzberater in der Firma?«

»Ja. Hat mächtig gut verdient. War aber wohl von der vergesslichen Sorte. Sie kam aus einer reichen Familie und hätte am Tag ihrer Hochzeit ihr Erbe angetreten.«

»Und er hat sich an der Suche beteiligt?«, fragte Brody.

Brittany verschränkte die Arme vor der Brust. »Ja. Er schien völlig fertig zu sein.«

»Ist er seit Christas Verschwinden mit irgendjemandem ausgegangen?«, fragte Santos.

Sie schüttelte den Kopf. »Nein. Ich meine, es ist ja erst einen Monat her. Aber na ja, kann schon sein, dass nicht alle Männer so lange warten würden.« Sie zog die Brauen zusammen. »Soviel ich weiß, ist er mit niemandem zusammen.«

»Hat sich hier auf dem Gelände sonst jemand herumgetrieben, der Ihnen komisch vorkam?«, fragte Brody.

»Nein. Und Christa ist auch nicht gestalkt worden. Keine seltsamen Nachrichten oder Anrufe. Sie hat nie etwas erzählt, worüber ich mir Sorgen gemacht hätte. Den einen Tag plant sie noch ihre Hochzeit und ist gut drauf, und am nächsten ist sie verschwunden. Wer auch immer sie entführt hat, ist aus dem Nichts gekommen. Keiner von uns hatte mit ihm gerechnet.«

7

Montag, 8. April, 9:00 Uhr

Normalerweise kam Jo vor sieben Uhr zur Arbeit, aber heute hatte sie verschlafen, was ihr nicht mehr passiert war, seit sie in der achten Woche schwanger gewesen war und mit der Morgenübelkeit kämpfte.

So viele Jahre waren vergangen, doch sie konnte sich immer noch an die Morgenübelkeit erinnern. Sie hatte sich über die Bezeichnung gewundert. Ihr war vom Aufwachen bis zum Schlafengehen schlecht gewesen.

An dem Tag, an dem sie und Brody geheiratet hatten, hatte sie sich dreimal übergeben müssen und nur Ginger Ale bei sich behalten können. Und als er sie nach der Trauungszeremonie zum Studentenwohnheim zurückgebracht hatte, war sie froh gewesen, wieder in ihr Bett kriechen zu dürfen. Er hatte ihr angeboten zu bleiben, aber sie hatte allein sein wollen.

Am Aufzug drückte Jo den Knopf zur siebten Etage. Als die Türen sich öffneten, blickte die Empfangsdame erleichtert auf.

»Ein Glück, dass Sie hier sind«, sagte Sammy. Sammy war Ende dreißig, groß, blond und schlank. »Dr. Anderson hat schon nach Ihnen gefragt.«

Ihr Chef war ein anerkannter Experte in forensischer Psychologie und lehrte außerdem an der Universität. Er war bei der Verteidigung ihrer Dissertation anwesend und von Jo beeindruckt gewesen. Eine Woche später hatte er ihr eine Stelle in seiner Praxis angeboten.

Dr. Anderson war ein brillanter Psychologe, doch seine fehlende Begabung für organisatorische Dinge führte oft zu unnötigem Chaos. Nach Jos Eintritt in die Praxis hatte sie binnen weniger Wochen gelernt, nicht alarmiert zu sein, bevor sie die Situation einschätzen konnte. »In meinem Kalender ist nichts eingetragen.«

»Dr. Anderson hatte heute früh einen Anruf von einem Anwalt, der möchte, dass Sie mit einem seiner Mandanten sprechen.«

»Worum geht es?« In der Praxis geschah nichts, ohne dass Sammy davon erfuhr.

»Der Anwalt ist ein alter Freund von Dr. Anderson. Er will ein psychologisches Gutachten für einen seiner Mandanten. Er befürchtet, dass die Verteidigung dieses Mannes brisant werden könnte.«

»Wieso lehnt er nicht ab?«

Sammy grinste. »Soweit ich gehört habe, geht es um viel Geld. Und wenn er den Mann verteidigt und einen Freispruch erwirkt, wäre das eine tolle Publicity für ihn.«

Gereiztheit stieg in Jo auf. »Und wenn mein Gutachten nicht positiv ist?«

»Wahrscheinlich geht er davon aus, dass es das sein wird.«

»Es wird ein ehrliches Gutachten sein.«

»Das ist Dr. Anderson bewusst. Und er hat seinen Freund davor gewarnt, wie brutal offen Sie sein können. Wahrscheinlich hofft er auf ein positives Ergebnis.«

»Was wird dem Mandanten vorgeworfen?«

»Seine Frau ist verschwunden, und er ist verdächtig.«

»Wie heißt er?«

»Dr. Aaron Dayton.«

Bei dem Namen regte sich eine Erinnerung. »Seine Frau gilt seit ein paar Monaten als vermisst.«

»Er hat zwar ein Alibi für die Zeit ihres Verschwindens, aber die Cops sind noch nicht überzeugt.«

»Wo sind sie?«

»Im Besprechungszimmer.«

»Sagen Sie ihnen, dass ich jeden Moment so weit bin.« Jo stellte Aktentasche und Handtasche in ihrem Büro ab, zog eilig ihren Lippenstift nach und ging mit Block und Kugelschreiber bewaffnet Richtung Besprechungszimmer. Nach einmaligem Klopfen hörte sie bereits Dr. Andersons nachdrückliches »Herein«.

Als sie die Tür öffnete, sah sie am Tisch zwei Männer, die sich sofort erhoben. Ihr Chef, Dr. Anderson, trug eine dunkle Hose und einen schwarzen Rollkragenpullover, was sein weißes Haar und den weißen Bart noch mehr hervorhob. Ihm gegenüber saß ein großer, schlanker Mann in einem grauen Anzug. Er war Mitte fünfzig, besaß ein angenehmes Äußeres und schütteres braunes Haar.

»Dr. Granger.« Der vertraute texanische Akzent gehörte Dr. Anderson. »Ich freue mich, dass Sie kommen konnten. Ich hatte Sie schon vor einer Stunde erwartet.«

Sie sah ihren Chef an. »Ich habe fast das ganze Wochenende gearbeitet. Heute Morgen habe ich mich verspätet.« Von dem Tatort würde sie ihm später erzählen.

Er lächelte, sichtlich nicht besonders überrascht. »Dr. Granger ist meine fleißigste Mitarbeiterin. Dr. Granger, das ist Mike Black. Er ist Anwalt.«

Sie ging auf Dr. Andersons Tischseite hinüber. »Wie kann ich behilflich sein?«

»Ich habe Sammy in Ihrem Kalender nachsehen lassen, und offenbar haben Sie heute Vormittag noch Zeit. Mr Black möchte, dass Sie sich mit seinem Mandanten, Aaron Dayton, unterhalten«, sagte Dr. Anderson.

Sie sah Black an. »Sie möchten ein Gutachten. Wollen Sie auf Unzurechnungsfähigkeit plädieren?«

»Im Moment sind noch alle Optionen offen, Dr. Granger. Aber bevor ich über den nächsten Schritt entscheide, brauche ich ein vollständiges Gutachten.«

»Verstehe. Wo ist Dr. Dayton?«

»Er sitzt im anderen Büro«, sagte Dr. Anderson. »Wenn es Ihnen recht ist, hole ich ihn.«

»Normalerweise habe ich mehr Zeit, um mich auf eine Evaluation vorzubereiten.«

»Ich möchte, dass Sie sich ihre Meinung aufgrund dessen bilden, was Sie heute hier sehen. Sie sollen nicht von Polizeiberichten oder Zeitungsartikeln beeinflusst werden.«

»Ich habe die Nachrichten gesehen, den Fall aber nicht genau verfolgt. Und ich habe mir noch keine Meinung gebildet.«

»Ich bezweifle, dass es irgendjemanden gibt, der noch nicht von Sheila Dayton gehört hat«, erwiderte Black. »Mehr als Ihre Neutralität kann ich mir im Moment nicht erhoffen.«

»Holen Sie ihn herein«, sagte Jo.

Ihr Chef öffnete eine Tür, die zu einem Privatzimmer führte, und bat einen dritten Mann herein. Er war jünger, Anfang dreißig, hatte dichtes, blondes Haar, war muskulös gebaut und mittelgroß. Er trug einen teuren schwarzen Anzug, ein weißes Hemd und eine rote Krawatte. An seinen Handgelenken blitzten goldene Manschettenknöpfe. Sie erkannte Dr. Aaron Dayton aus den Fernsehnachrichten.

»Dr. Dayton, das hier ist eine meiner besten Mitarbeiterinnen, Dr. Granger.«

Dayton hielt ihr die manikürte Hand hin. »Freut mich sehr, Dr. Granger.«

»Dr. Dayton.«

»Dr. Granger«, sagte Dayton, »es geht hier um mein Leben.

Meine Frau wird vermisst, und die Polizei glaubt, dass ich dahinterstecke.«

Vom ersten Augenblick maß er sich mehr Bedeutung zu als seiner Frau.

»Dr. Anderson und Mr Black, wenn Sie uns entschuldigen würden. Und könnten Sie Sammy bitten, uns Kaffee und Bagels zu bringen? Ich habe seit gestern keinen Bissen mehr gegessen und wette, Dr. Dayton hätte nichts gegen eine Tasse Kaffee einzuwenden.«

Dayton zupfte an seinen blendend weißen Manschetten. »Das wäre schön.«

»Sehr gut.« Dr. Anderson war klar, dass es Jo weniger um das Essen ging, als darum, Dayton zu entwaffnen. »Dann legen Sie los, Dr. Granger.«

Jo wartete, bis sie mit Dayton allein war, bevor sie um den Besprechungstisch herumkam und sich den Stuhl neben ihm heranzog. Der Tisch sollte keine Barriere zwischen ihnen bilden. Sie setzte sich und gab ihm ein Zeichen, dasselbe zu tun. »Das waren zwei harte Monate für Sie, nicht wahr, Dr. Dayton?«

Er lehnte sich entspannt zurück und zog ein Päckchen Kaugummi aus der Jackentasche. Er bot ihr einen davon an, aber sie schüttelte den Kopf. »Sie haben ja keine Vorstellung, Dr. Granger. Es war ein Martyrium.«

Sie schlug die Beine übereinander, ohne Anstalten zu machen, nach ihrem Block zu greifen. Mitschriften machten die Leute oft so nervös, dass sie sich ihre Worte genau überlegten. »Sie machen sich bestimmt Sorgen um Ihre Frau.«

»Zunächst nicht. Wie ich schon der Polizei gesagt habe, ist sie schon früher manchmal tagelang weggefahren. Das tut sie immer nach einem Streit.«

»Sie beide hatten Streit?«

Sorgfältig wickelte er einen Kaugummi aus. »Ja.«

»Worüber?«

»Über Geld. Sie neigt dazu, mehr auszugeben, als wir haben. Ich möchte, dass wir sparen, um ein Ferienhaus kaufen zu können.«

»Und ist Geld der übliche Grund für ihre Auseinandersetzungen?«

»Beinahe immer.« Er steckte sich den Kaugummi in den Mund.

»Beinahe?«

Er ließ den Blick auf ihr ruhen und seufzte dann. »Letztes Jahr hatte sie eine Affäre. Es gab sehr viel Streit deswegen.«

»Und wegen der Affäre streiten Sie sich jetzt nicht mehr?«

Er faltete das gelbe Kaugummipapier in der Mitte zusammen. »Wir sind zu einer Einigung gekommen.«

»Sie sind noch zusammen?«

»Sie hat mich angefleht, ihr zu verzeihen. Und ich liebe sie.« Er knickte die Kanten des Kaugummipapiers mit den Fingerspitzen nach oben.

»Wann haben Sie Ihre Frau zum letzten Mal gesehen?«

»Sie wissen doch, dass ich das schon ein paarmal mit der Polizei durchgegangen bin.«

Es klang ungeduldig. »Ja, und ich weiß Ihre Geduld wirklich zu schätzen. Aber bitte, erzählen Sie es mir noch einmal.«

»Das letzte Mal habe ich sie vor zwei Monaten gesehen. Ich wollte zur Arbeit gehen. Ich bin Zahnarzt. Sie hatte sich zum Yoga umgezogen. Ich habe ihr einen Abschiedskuss gegeben und bin zur Arbeit gefahren. Als ich nach Hause kam, lag eine Nachricht von ihr da, in der stand, dass sie in drei oder vier Tagen wieder zurück sein werde. Dass sie nachdenken müsse. Ich war nicht weiter besorgt.«

»Wann haben Sie angefangen, sich Sorgen zu machen?«

»Eine Woche später.« Er faltete das Einwickelpapier ein zweites und dann ein drittes Mal.

Er hatte sich reichlich Zeit gelassen, bis er Alarm geschlagen hatte. »Und dann haben Sie bei der Polizei angerufen.«

»Ja.«

Es klopfte an der Tür, und Jo drehte sich um. »Herein.«

Es war Sammy, die einen Wagen mit Kaffee und Bagels hereinschob. Jo bedankte sich bei ihr und stand auf. »Darf ich Ihnen eine Tasse anbieten?«

»Ja. Schwarz, bitte.«

Sie reichte ihm eine randvolle Tasse und schenkte sich ebenfalls eine ein. Dann fügte sie drei Würfel Zucker hinzu und rührte Milch hinein, bevor sie sich setzte und einen Schluck trank.

Er lächelte. »Sie trinken ihren Kaffee gern süß.«

Sie mochte ihn lieber schwarz. Aber Süße suggerierte Weichheit. »Ich mag das Bittere nicht.«

Er trank einen Schluck. »Der Kaffee ist gut.«

»Das sagen alle. Ich bin keine große Kaffeetrinkerin, aber er weckt die Lebensgeister.«

»Langes Wochenende?«

»Und ob.«

Sie stellte die Tasse weg, lehnte sich zurück und tat so, als müsste sie ein Gähnen unterdrücken, weil sie nicht recht in Form war. »Wenn ich mich recht erinnere, hat die Polizei keine Spur.«

»Richtig.«

»Wenn sie verreist wäre, würde sie da nicht ihre Kreditkarten benutzen?«

»Genau das habe ich auch gesagt. Als ich hörte, dass seit ihrem Verschwinden keinerlei Aktivität auf ihrem Kreditkartenkonto stattgefunden hat, wusste ich, dass sie in Schwierigkeiten steckt.«

Sie griff nach einem Bagel und einer Serviette. »Haben Sie keinen Hunger?«

Er betrachtete die Auswahl. »Wenn Sie nichts dagegen haben?«

»Natürlich nicht. Bitte bedienen Sie sich.«

Er nahm sich eine Serviette, spuckte den Kaugummi hinein und wählte den größten Bagel aus. Rosinen und Zimt. In aller Ruhe bestrich er ihn mit einer dicken Schicht Frischkäse und biss mehrmals davon ab. Ob sie wohl etwas essen könnte, wenn ihr Ehemann vermisst würde?

»Ihre Frau ist hübsch. In den Nachrichten wurden Bilder von ihr gezeigt.«

»Sheila war immer stolz auf ihr Äußeres.«

War, nicht ist. »Treibt sie Sport? Sie hatten Yoga erwähnt.«

»Yoga, Pilates, Cardio. Sie hatte zugenommen und wollte die überflüssigen Pfunde loswerden. Sie hatte sich zu einer richtigen Fitnessfanatikerin entwickelt.«

»Haben Sie Fotos von ihr dabei?«

»Ja.« Er griff in seine Jackentasche, entnahm ihr eine dünne Geldbörse, holte ein Foto heraus und reichte es ihr.

Jo betrachtete das Bild der lebenssprühenden blonden Frau mit dem breiten Lächeln. Sie war stark geschminkt und trug Goldschmuck, der ihr üppiges Dekolleté betonte. »Sehr attraktiv.«

»Das war sie.«

War.

»Erzählen Sie mir von der Affäre im letzten Jahr. Das muss sehr schmerzhaft für Sie gewesen sein.«

Er legte den Bagel hin. »Es hat schrecklich wehgetan.«

»Sie fühlten sich betrogen?«

»Ja. Es war, als hätte man mir ein Messer in den Bauch gerammt.«

»Wer war der Mann?«

»Ich habe nicht gefragt.«

»Das ist schwer zu glauben.«

»Genau das haben die Cops auch gesagt.«

»Können Sie ihnen einen Vorwurf daraus machen?«

»Ja, allerdings. Ich würde doch nicht lügen, wenn meine Frau vermisst wird. Ich bin immer noch der Meinung, dass dieser Liebhaber dahinterstecken könnte.«

»Sie haben keinerlei Anhaltspunkte, was ihn angeht, nicht einmal seinen Namen. Woher wollen Sie wissen, dass er mit ihrem Verschwinden zu tun hat?«

»Es ist die einzige logische Erklärung.«

Es sei denn, du hast sie umgebracht. »Wieso sind Sie nach der Affäre bei Ihrer Frau geblieben?«

»Sie hat mir leidgetan.«

In sämtlichen Berichten über Dayton hatte er die Kontrolle gehabt. Er war es, dem Unrecht angetan wurde, der verziehen hatte, der Nachsicht geübt hatte.

Jo unterhielt sich weiter mit ihm über seine Frau. Wie sie sich kennengelernt hatten. Wie lange sie verheiratet gewesen waren. Ihre Kaufgewohnheiten.

Daytons Antworten waren flüssig, entspannt, einstudiert, und nichts brachte ihn aus der Fassung. Nichts. Seine Frau wurde vermisst, und er war vollkommen ruhig.

»Ich wünschte, sie wäre mehr wie Sie gewesen, Dr. Granger.«

»Wieso?«

»Sie wirken auf mich wie eine Frau, die immer die Beherrschung behält. Das gefällt mir.«

Jo wahrte einen neutralen Gesichtsausdruck, aber seine Einschätzung gefiel ihr gar nicht. »Dann war Ihre Frau also unbeherrscht.«

Er veränderte seine Sitzhaltung. »Meistens, ja.«

»Wie äußerte sich das?«

»Die Kleidung, die sie trug. Ihre Einkäufe. Zu laut. Sie trank gerne Alkohol.«

»Und jetzt steckt sie in schlimmeren Schwierigkeiten denn je.« Sie stellte noch mehr Fragen, und er antwortete.

»Kein leiser Abgang für Sheila.«

Er lächelte schwach. »Nein, das wäre zu einfach für sie.« Er blickte auf die Armbanduhr. »Wir haben jetzt mindestens dreimal dieselben Fragen durchexerziert, Dr. Granger.«

Sie musterte ihn kurz. »Sie haben recht. Danke, dass Sie sich die Zeit genommen haben, Dr. Dayton.«

Sie begleitete ihn zum Empfang, wo Dr. Anderson und Mr Black bereits warteten. Höfliche Floskeln wurden ausgetauscht.

Dayton reichte Jo die Hand. Sie ergriff sie und registrierte seinen Händedruck, nicht schmerzhaft, aber fest. Er hielt ihre Hand kurz in seiner. »Es war mir ein Vergnügen.«

Sie entzog ihm die Hand. »Es war schön, Sie kennenzulernen.«

Jo und Dr. Anderson blickten Dayton und Black hinterher, während sie zum Aufzug gingen. Als die Türen sich schlossen, schwand Dr. Andersons Lächeln. »In mein Büro.«

Sie folgte ihm, und als die Tür geschlossen war, sagte er: »Was denken Sie?«

Sie verschränkte die Arme vor der Brust. »Er weiß mehr, als er sagt.«

»Glauben Sie, dass er sie getötet hat?«

»Zu diesem Zeitpunkt wäre es reines Rätselraten. Dafür brauchen wir ein vollständiges Gutachten.«

»Ich würde gern Ihre Meinung hören, Jo.«

Sie ballte eine Faust. »Ich glaube, er hat sie umgebracht.«

Dr. Anderson schüttelte den Kopf. »Wieso kommt er dann hierher und nimmt all das auf sich?«

Sie zog die Augenbrauen hoch. »Das wissen Sie doch genauso gut wie ich. Ihm gefallen die Dramatik und die Aufmerksamkeit. Das hier ist für ihn ein großes Theater, und er ist der Hauptdarsteller. Er glaubt, dass ihm kein Fehler unterlaufen wird. Er hat die Kontrolle.«

»Hat er Ihnen irgendetwas erzählt, was sich polizeilich verwenden lässt?«

»Ich dachte, wir arbeiten für ihn.«

»Das tun wir auch. Aber es wäre gut zu wissen.«

»Er hat sich nicht selbst belastet. Aber wenn die Cops an ihm dranbleiben, wird er das tun. Er ist stolz auf sein Geheimnis, und es wird ihm schwerfallen, es ewig für sich zu behalten.«

»Scott Connors, zweiundzwanzig Jahre alt«, las Brody aus der Akte vor. »Sämtlichen Berichten zufolge war er nach dem Verschwinden seiner Verlobten völlig verzweifelt.«

Santos parkte vor dem alten Mietshaus. »Warten wir mal ab, wie er auf die Nachricht von ihrem Tod reagiert.«

Sie stiegen aus und näherten sich über einen rissigen Gehweg der Eingangstür. Auf den Namensschildern an den Briefkästen fanden sie seine Wohnung und stiegen in den dritten Stock hinauf.

Brody klopfte an der Tür. Sekunden vergingen, ohne dass etwas zu hören war. »Sein Chef hat gesagt, dass er sich heute krankgemeldet hat.«

Santos zuckte mit den Schultern. »Er wäre nicht der Erste, der mal blaumacht.«

Brody klopfte erneut, und diesmal hörten sie Schritte. Die Tür ging auf, und ein großer, schlanker Mann in Jeans und mit nacktem Oberkörper stand vor ihnen. Seine Haare waren wirr, als wäre er gerade aus dem Bett aufgestanden.

»Mr Scott Connors«, sagte Brody.

»Hören Sie, es passt gerade gar nicht.« Er wollte die Tür schließen.

Brody stellte den Fuß dazwischen. »Wir sind Texas Ranger, und wir sind hergekommen, um mit Ihnen über Christa zu reden.«

Scott seufzte. »Ich will nicht mit noch mehr Cops sprechen. Es reicht. Ich kann Ihnen nicht mehr weiterhelfen. Wenn Sie Fragen haben, rufen Sie meinen Anwalt an.«

Brody legte seine Hand an die Tür und drückte sie etwas weiter auf. »Jemand, der so verzweifelt nach seiner Freundin gesucht hat, sollte eigentlich schon noch etwas zu sagen haben.«

Durch die dunklen Ringe sahen die Augen des Mannes aus wie eingesunken. »Soll das ein Witz sein? Es ist vier Wochen her, seit sie verschwunden ist.«

Brody wollte Scott reizen, ihn sogar wütend machen, um eine Reaktion zu provozieren. »Ist das das Verfallsdatum für wahre Liebe, Scott?«

Scott ballte die Fäuste. »Was zum Teufel soll das heißen?«

»Das soll heißen, wenn ich eine Frau wirklich liebe, dann würde ich vermutlich länger als vier Wochen brauchen, um die Sache aufzugeben.«

»Ich habe die Sache nie aufgegeben. Aber verdammt, ich kann nicht ewig in diesem Schwebezustand bleiben. Selbst die Cops sagen inzwischen, dass sie wahrscheinlich tot ist.«

Brody warf Santos einen Blick zu. »Wann ist aus ewig bloß vier Wochen geworden?«

Santos zuckte mit den Schultern. »Heutzutage muss eben alles schnell gehen.«

Scott presste die Lippen zusammen. »Sie wissen doch, dass

die Chance, sie lebend zu finden, immer kleiner wird. Das sagen alle.«

»Alle?« Brody hörte, wie sich hinter Scott Schritte näherten, und augenblicklich glitt seine Hand zur Waffe. »Ist außer ihnen noch jemand in der Wohnung, Scott?«

Nervös warf Scott einen Blick über die Schulter. »Niemand von Bedeutung.«

»Wer?«

»Eine Freundin.«

»Scott. Wer ist denn da an der Tür, Baby?«, gurrte eine Frauenstimme.

Brody atmete auf. »Sagen Sie Ihrer Freundin, sie soll sich anziehen und verschwinden. Wir müssen uns unterhalten.«

»Worum geht es denn?«

Hinter Scott erspähte Brody eine Brünette in einem weißen Männerhemd. »Sagen Sie Ihrer Freundin, dass sie gehen soll.«

Scott zögerte, drehte sich um und sagte dann: »Zieh dich an, Dee. Die Cops sind hier, und ich muss mit ihnen reden.«

»Über Christa? Schon wieder?« Es klang gereizt.

»Ja.«

Sie machte ein gekränktes Gesicht. »Immer geht es nur um Christa.«

»Dee. Zieh dich an.« Scott trat zu ihr hinüber, flüsterte ihr etwas ins Ohr und küsste sie auf die Wange. Sie zog einen Schmollmund und verschwand im Schlafzimmer.

»Sie heißt also Dee?«, fragte Brody.

Scott stieß einen Seufzer aus. »Dee. Dee Anders. Sie arbeitet in der gleichen Firma wie ich.«

»Wie lange sind Sie beide schon zusammen?«

Scott fuhr sich mit der Hand durchs Haar. »Letzte Nacht war das erste Mal.«

Brody hätte darauf eher nicht gewettet. »Ich verstehe.«

Als Dee herauskam, trug sie Jeans, ein *Wo-ist-Christa?*-T-Shirt und eine Lederjacke. Sie sah Scott an, als wollte sie etwas sagen, überlegte es sich dann jedoch anders und ging.

Brody hakte die Daumen in seinen Gürtel. »Dee war bei der Suchaktion dabei?«

»Das ist richtig.«

»Hat Dee oft dieses T-Shirt an?«, fragte Santos.

»Nein. Nein, natürlich nicht. Sie hat es gestern angezogen, weil es Christas Geburtstag war. Wir haben uns mit ein paar Leuten getroffen und gefeiert. Sie wollte mich aufheitern. Mir zeigen, dass Christa unvergessen ist.«

Brody ließ den Blick durch die Wohnung schweifen. Sie war ordentlich, aufgeräumt und roch nach frischer Farbe. »Wann haben Sie Christa zum letzten Mal gesehen?«

Scott griff nach einem T-Shirt, das über dem Sofa hing, und zog es sich über den Kopf. »Das steht alles in der Akte.«

»Seien Sie so nett, und erzählen Sie es noch einmal.«

Scotts Widerspruchsgeist fiel in sich zusammen, als er zu Brody hochsah. »Das letzte Mal habe ich sie an dem Abend gesehen, als sie verschwunden ist. Wir waren auf einer Firmenfeier. So etwas wie eine St.-Patricks-Party und eine Firmenfeier in einem. Nachdem ich sie um etwa halb zwölf zu ihrem Wagen gebracht hatte, bin ich zurück in die Bar gegangen und habe mit meinen Freunden weitergefeiert. Fragen Sie Christas Mitbewohnerin, wenn Sie mir nicht glauben.«

»Die haben wir schon gefragt.«

Scott fuhr sich mit den langen Fingern durch das blonde Haar. »Hören Sie, wenn Sie nur noch einmal das durchkauen wollen, was ich schon erzählt habe …«

»Es geht um etwas Neues, Scott.«

»Was meinen Sie damit?«

Brody beobachtete Scotts Gesicht genau. »Wir haben Christa gefunden. Sie ist tot. Ermordet.«

Ein paar lange, angespannte Sekunden starrte Scott die Ranger an. »Wo haben Sie sie gefunden?«

»Dazu kommen wir später. Wo waren Sie vor einer Woche?«

»Letzten Montag? Bei der Arbeit und danach zu Hause.«

»Allein?«

Scott machte ein finsteres Gesicht. »Ja, allein.«

»Wie lange sind Sie und die Blonde … Dee … schon zusammen?«

»Ich habe Ihnen doch gesagt, dass letzte Nacht das erste Mal war.«

Brody grinste. »Wirklich? Irgendwie will mir das nicht ganz einleuchten. Sie sind ein gut aussehender Typ. Mädels wie Dee sehen, dass es Ihnen schlecht geht, und möchten Sie gern trösten.«

»Nein. Ich war Christa treu.« Tränen standen in seinen Augen. »Sind Sie sicher, dass sie tot ist? Sind Sie sicher, dass Sie sich nicht irren? Nach vier Wochen ist es doch schwierig, eine Leiche zu identifizieren.«

»Christa wurde vor einer Woche ermordet.«

»Was? Das ist doch völlig unlogisch. Sie ist vor einem Monat verschwunden.« Sein Gesicht wurde blass, als er die Information verdaute. »Wo ist sie die ganze Zeit gewesen?«

Brody ging nicht auf die Frage ein. »Wie war sie?«

Scott schluckte. »Sie war lieb und nett. Alle mochten sie.«

»Keine Stalker oder sonst irgendwelche Typen um sie herum, die sie nicht kannte?«

»Wenn, dann hat sie es nie erzählt.« Er setzte sich auf die Couch und vergrub das Gesicht in den Händen. »Ihre Schwester Ester wird völlig am Ende sein.«

»Wir haben bei ihr angerufen, aber sie ist nicht in der Stadt.«

»Sie war fix und fertig und brauchte eine Pause. Sie hat davon gesprochen, nach Galveston zu fahren.«

»Und Christas und Esters Eltern sind tot.«

»Ja. Sie sind gestorben, als Christa noch in der Highschool war. Autounfall. Ester ist nach Austin zurückgekehrt und wieder ins Haus ihrer Eltern gezogen. Christa war fünfzehn, als ihre Eltern gestorben sind, und Ester hat sie großgezogen. Sie standen sich sehr nahe.« Er ließ sich auf der Couch nach hinten fallen.

Brody wurde aus Scott einfach nicht schlau. Er sagte zwar genau das Richtige, aber irgendwo fehlte ein Stück des Puzzles. »Waren Sie es, der die Suche nach Christa organisiert hat?«

»Nein, das war Tim Neumann. Er hat gehört, dass sie vermisst wurde, und hat die *Wo-ist-Christa?*-Kampagne organisiert. Er war großartig. Hat so viele Leute mobilisiert.«

»Arbeitet er mit Ihnen bei First Financial?«

»Nein, er ist Immobilienmakler. Hat ein kleines Büro in unserem Geschäftsgebäude. Bevor er auf mich zukam, um zu helfen, kannte ich den Mann gar nicht. Man weiß nie, wer einem im Unglück beistehen wird.«

»Ist Tim heute in seinem Büro anzutreffen?«

»Möglich. Er arbeitet sehr viel und ist oft außer Haus. Aber er nimmt immer sein Handy mit und wird sich schnell bei Ihnen melden.« Scott gab ihnen die Handynummer.

Brody zog seinen Notizblock aus der Tasche und machte sich eine Notiz. »Sehr gut.«

»Warum wollen Sie denn mit Tim reden? Er kannte Christa kaum.«

»Wir sprechen mit allen Leuten, die uns etwas über Christa und die Zeit ihres Verschwindens erzählen können.«

»Sie sollten mit den hiesigen Cops reden. Die sind schon seit einem Monat an diesem Fall dran und sitzen mir im Nacken.«

»Wir stehen mit ihnen in Verbindung. Im Moment verfolgen wir einen neuen Hinweis.«

Scott stand auf. »Sie werden bestimmt mit den Leuten reden, mit denen ich zusammenarbeite.«

»So ist es.«

»Es wäre mir lieber, Sie würden Ihnen nicht erzählen, dass Sie Dee bei mir angetroffen haben. Letzten Monat hatte ich so viele Fehltage. Langsam geht denen die Geduld aus.«

»Ich behalte es für mich.«

»Danke.«

»Danken Sie mir lieber noch nicht, Kumpel. Wenn ich herausbekomme, dass Sie mir etwas verschweigen, werde ich Ihr schlimmster Feind sein.«

Nutten waren nicht Robbies bevorzugte Beute. Harvey waren sie in den letzten Jahren am liebsten gewesen, weil sie leicht zu kriegen waren. »Mit zwei bis drei Zwanzigdollarscheinen kannst du sie in deinen Wagen locken«, hatte Harvey immer gesagt. »Eine billige, einfache Jagd ohne richtige Herausforderung.« Deshalb war es auch etwas so Besonderes gewesen, als Harvey vor zehn Jahren dieses Mädchen geschnappt hatte. Für seinen Sohn hatte er nur das Beste gewollt.

Und darum hatte Robbie für seinen ersten Mord kein leichtes, billiges Opfer gewählt. Harvey sollte wissen, dass er sich etwas Besseres ausgesucht hatte. Etwas, das seiner würdig war.

Als er Christa zum ersten Mal gesehen hatte, war er sprachlos gewesen. Sie sah dem Mädchen, das Harvey vor zehn Jahren für ihn ausgesucht hatte, so ähnlich. Sie hatte Klasse. War intelligent.

Sie zu kidnappen war nicht so leicht gewesen, wie sich eine Nutte zu holen. Er hatte richtig Arbeit investieren müssen. Planung. Es war ziemlich aufwendig gewesen, ihre Heizung so zu manipulieren, dass es in ihrer Wohnung warm wie in einem Backofen wurde und Christa und ihre Mitbewohnerin die Fenster aufmachen mussten. Er hatte auf dem Parkplatz in seinem verdunkelten Wagen gesessen und beobachtet, wie die Mitbewohnerin das Fenster gekippt hatte. Er hätte sich auch die Mitbewohnerin schnappen können, aber sie war nicht sein Typ. Also hatte er stumm und geduldig gewartet, bis Christa um Mitternacht nach Hause gekommen war. Er hatte nicht lange warten müssen, bis sie das Fenster aufgemacht hatte. Als sie das Licht ausgeschaltet hatte, hatte er noch eine weitere Viertelstunde gewartet, bevor er zugeschlagen hatte. Er war in ihr Zimmer eingedrungen, hatte sich auf sie gestürzt und ihr die Nadel in den Hals gerammt, bevor sie wusste, wie ihr geschah. Als sie bewusstlos war, war es ganz einfach gewesen, sie aus dem Fenster und über den dunklen Parkplatz zu zerren, auf dem es keine Überwachungskameras gab.

Robbie war stolz auf seinen Coup gewesen. Doch als es ans Töten ging, hatte ihm genauso davor gegraut wie damals, vor all den Jahren. Deswegen hatte er sie so lange in dem Wohnwagen auf dem anderen Grundstück gefangen gehalten.

Zuerst hatte er ihr immer nur Essen hingeworfen und war gegangen, aber nach ein paar Tagen blieb er bei ihr, wenn sie aß. Ein oder zwei Tage später hatte er sie gefragt, ob es ihr schmeckte. Zuerst redete sie immer nur davon, dass er sie gehen lassen solle, aber nach ein paar weiteren Tagen begann sie, auf seine Fragen zu antworten. Er hatte ihr von Smith erzählen können und davon, wie er die Liebe seines Vaters verloren hatte. Sie schien zu verstehen.

Aber am Ende war ihm klar geworden, dass er handeln musste, weil Smiths Zeit ablief. Und es hätte ihm das Herz gebrochen, wenn sein Vater ihn im Tod für einen Feigling gehalten hätte.

Als er ihr sagte, er würde sie nach Hause bringen, hatte sie so erleichtert gewirkt, dass er von dem Mord beinahe abgesehen hätte. Immer wieder hatte sie ihm gedankt, als sie über die Landstraße fuhren. »Ich sage nichts. Ich sage nichts. Ich schwöre es.«

Sie hatte den Tod nicht verdient. Aber sie war das perfekte Opfer. Und sie musste sterben, damit sein Vater erfuhr, dass er endlich zum Mann geworden war.

Als sie bei dem Feld ankamen, schien sie verwirrt. Aber sie geriet erst in Panik, als er sie aus dem Auto zerrte und ihr die Hände an die Seiten fesselte.

»Ich verrate nichts. Ich verrate nichts!«

Sanft berührte er ihr Gesicht. »Das weiß ich.«

Er schleifte sie zu der Grube, die er für sie ausgehoben hatte, und zwang sie, hineinzusteigen. Jedes Mal, wenn sie aufstehen wollte, warf er ihr noch mehr Erde ins Gesicht, bis sie ganz davon bedeckt war.

Stundenlang hatte Robbie an Christas Grab gesessen und geweint, um sie und über seinen Erfolg.

Er schüttelte die Erinnerung ab, umfasste das Lenkrad fester und fuhr in den Osten von Austin.

Wenn die Cops nicht schon an Harveys und seiner Grabstelle gewesen wären, hätte er sich ein weiteres Mädchen wie Christa geholt. Er mochte die anständigen Mädchen, solche, die nicht schon so viele Männer vor ihm benutzt und beschmutzt hatten. Aber er begriff, dass Smith die Polizei dorthin hatte schicken müssen.

So gerne er auch ein besseres Mädchen gewollt hätte, fürs Erste musste er sich gedulden und sich mit dem begnügen, was leicht zu haben war. Natürlich könnte er warten, bis der Staub sich legte, oder die Stadt verlassen, aber er musste noch einmal zuschlagen, ehe Smith starb. Er musste seinem Vater zeigen, dass er ein Mann war. Dass der erste Mord kein Ausreißer gewesen war.

Wie in allen Städten gab es in Austin bestimmte Viertel, in denen sich die Prostituierten aufhielten. Er fuhr die Nebenstraße in der Innenstadt entlang, an der Tequila-Shots-Cantina vorbei. An der Ecke standen drei Mädchen. Die eine war älter, mager und dunkelhaarig. Die Zweite trug eine rote Perücke und hatte große Brüste, die aus dem hautengen grünen Kleid herauszuquellen drohten. Aber die Dritte ... die kannte er. Er mochte sie. Jung, blond, dünn, aber nicht auf die verhärmte Art, wie bei den Mädchen, die zu lange hier waren. Sie trug enge, verblichene Jeans und ein schwarzes Tanktop, mit dem sie alle wissen ließ, wie kalt es draußen war. Ihm gefiel die Gleichgültigkeit, mit der sie sich auf der Straße umsah, als würde sie sich bestens auskennen. Sie war nicht so schnell zu erschüttern.

Er bremste und ließ das Beifahrerfenster herunter. Sie fing seinen Blick auf, sah sich nach beiden Seiten um und schlenderte dann auf ihn zu.

»Hey.« Sie ließ ihre Kaugummiblase platzen. »Ich kenne dich.«

»Ich hab dich schon ein paarmal mitgenommen.« Er entriegelte die Wagentür.

»Ja.«

»In meinem Auto ist es warm.«

Sie öffnete die Beifahrertür und ließ sich auf den Sitz gleiten. »Dreh die Heizung auf. Mir ist kalt.«

Er stellte die Heizung hoch. Dieses Mädel redete nie viel, und er hatte den Verdacht, dass ihr Gehirn etwas langsamer arbeitete. »Besser, Bluebonnet?«

»Besser.« Das Lächeln erreichte ihre Augen nicht. »Es kostet hundert Dollar die Stunde, wie sonst auch.«

Er gab ihr zweihundert Dollar.

Sie zählte das Geld nach. »Das ist mehr, als du mir bezahlen musst.«

Er fädelte sich in den Verkehr ein und fuhr auf der East Twelfth Street in Richtung Westen. »Ich hätte gern etwas mehr von deiner Zeit, Bluebonnet.«

Sie schob die Scheine in ihren Schuh. »Okay.«

»Danke, Bluebonnet.«

Sie legte den Kopf schief. »Wieso nennst du mich Bluebonnet? Ich heiße Hanna.«

»Hast du schon mal Bluebonnets gesehen?«

»Die sind hübsch. Lila.«

»Genauso hübsch wie du.«

Sie blickte aus dem Fenster. »Ich heiße aber nicht Bluebonnet.«

8

Montag, 8. April, 15:00 Uhr

Brody und Santos fuhren zu der Grabstelle zurück, um das Gelände noch einmal ohne das Chaos des Sonntags abzugehen. Sie stiegen aus ihrem Bronco aus. Die Wärme hatte die samstäglichen Regenfälle bereits verdunsten lassen, und die Luft war nicht mehr feucht. Ein Polizist bewachte das Gelände.

Um die baufällige Scheune war ein Streifen von etwa dreißig Metern Breite abgesperrt worden. Die ausgehobenen Gräber standen noch offen, und mehrere Kriminaltechniker waren dort beschäftigt.

Nachdem Brody und Santos mit den diensthabenden Polizisten gesprochen hatten, gingen sie das Gelände ein weiteres Mal ab. »Gestern und heute sind in unmittelbarer Nähe keine weiteren Leichen gefunden worden«, sagte Santos.

Brody ließ den Blick über das waldlose Gelände mit dem kniehohen Gras, den verkümmerten Bäumen und den sanften Hügeln schweifen. Nichts stach ihm ins Auge.

»Und wenn der Mörder überhaupt kein Lehrling ist? Verdammt, wir haben schließlich nichts als Smiths Wort, dass es überhaupt einen Lehrling gibt«, sagte Santos. »Was, wenn es einer von Smiths Fans war? Laut Maddox hat der Kerl sehr viel Post bekommen. Manche Frauen wollten ihn heiraten.«

»Der Direktor hat mir gerade eine Liste von Smiths Fans geschickt. Es gibt da einen in der Umgebung von Austin, der in der letzten Zeit besonders eifrig war.«

»Dieser Fan beschließt, Christa zu entführen, und irgendwie schafft Smith es, ihm einen Hinweis auf diesen Ort hier zu geben.«

»Gut möglich. Smith hat zwar vom Gefängnis aus nie Post verschickt, aber es gibt andere Möglichkeiten, eine Nachricht hinauszuschmuggeln.«

Ein kühler Wind strich über das Gras und bog es leicht zu Boden. »Weißt du zufällig noch, wie dieser Fan hieß?«

»Ginny Dupont.«

»Eine Frau?«

»Sie bildet sich ein, in ihn verliebt zu sein. Sagt, dass sie alles für ihn tun würde.«

»Der müssen wir wohl einen Besuch abstatten.«

»Das sehe ich auch so.«

Sie gingen zu den drei nebeneinanderliegenden leeren Gräbern zurück. »Wann fährst du wieder nach West Livingston, um Smith zu besuchen?«

»Morgen früh. Eigentlich wollte ich heute fahren, aber Maddox hat gesagt, dass es Smith sehr schlecht geht. Er ist nicht mehr richtig ansprechbar. Ein verdammtes Wunder, dass er am Samstag von seinem Krankenbett aufgestanden ist.«

»Dieser Kerl hat das System von Anfang an ausgetrickst. Würde zu ihm passen, dass er seinen letzten Energieschub nutzt, um uns an der Nase herumzuführen.«

Brody legte die Hände auf seinen Gürtel und trommelte mit dem rechten Zeigefinger auf dem Pistolenknauf. »Was ist mit Neumann?«

»Laut der Ansage auf seinem Anrufbeantworter hat er bis um fünf Besichtigungstermine. Wenn er zurück ist, will er alle Anrufe beantworten.«

»Okay.«

Fast eine Stunde lang schritten sie das Gelände ab und hielten Ausschau nach etwas, das ihnen etwas über zwei bösartige Killer verraten würde. Doch sie fanden nichts.

Als sie wieder im Wagen saßen, ließ Brody den Motor an und drehte die Heizung auf.

»Und, hast du eine Einladung zu Becks Hochzeit bekommen?«, fragte Santos.

Brody blickte zum Horizont. »Heute Morgen hat er sie mir gegeben.«

»Wird bestimmt nett.«

Brody umfasste das Lenkrad fester. »Ich bin kein großer Freund von Hochzeiten.«

»Geht mir auch so, aber die dürfte ganz zwanglos werden. Eine Grillparty. Jo Granger geht auch hin.«

Brody legte den Gang ein und fuhr zurück zur Hauptstraße. »Jo Granger? Woher kennst du sie denn?«

»Wir haben uns letztes Jahr angefreundet, als sie meiner Schwester Maria geholfen hat. Maria hatte nach dem Tod unserer Mutter Schwierigkeiten, und Jo hat sich Zeit für sie genommen und mit ihr geredet.«

Brody hielt vor einer Ampel. »Ich kann es dir genauso gut selbst sagen.«

Santos sah ihn an. »Was denn, hast du sie gefragt, ob sie mit dir zur Hochzeit geht? Knistert es etwa zwischen euch beiden?«

Brody schüttelte den Kopf. »Nein. Unsere Beziehung ist streng beruflich. Und ich habe sie auch nicht gefragt, ob sie mit mir zur Hochzeit geht.« Es ging ihm gegen den Strich, in der Vergangenheit zu stochern. »Aber Jo und ich haben tatsächlich eine Vorgeschichte. Als wir auf dem College waren, waren wir verheiratet.«

Santos blinzelte. »Moment. Du, die Baseball-Sportskanone, und Dr. Jolene Granger, die klügste Frau in ganz Texas, ihr beide wart verheiratet?«

Brody sah ihn finster an. »Bei dir klingt es, als wäre ich so dumm wie Toastbrot.«

»Das gilt für die meisten Collegejungs, mein Freund.«

Brody zuckte mit den Schultern. »Na schön, ich will nicht behaupten, dass ich ein Genie war. Ich wäre beinahe durch den Literaturkurs gerasselt und musste meine Noten verbessern, um weiter in der Mannschaft spielen zu dürfen. Jo war meine Nachhilfelehrerin. Wir haben uns gleich gut verstanden, und eins führte zum anderen. Später haben wir dann geheiratet.«

Santos kniff die Augen zusammen. »Bei dir kann ich mir ja vorstellen, dass du impulsiv bist, aber bei Jo nicht. Sie denkt immer drei Schritte voraus.«

Außer an jenem Abend, als sie zum ersten Mal miteinander geschlafen hatten. Aber davon, von der ungewollten Schwangerschaft und der Fehlgeburt wollte er Santos nichts erzählen. Das war zu persönlich. Falls Jo es Santos erzählen wollte, sollte es ihm recht sein, aber von sich aus würde er das nicht tun. »Auf dem College machen viele junge Leute Dummheiten.«

Santos schüttelte den Kopf. »Scheiße. Damit hatte ich nicht gerechnet. Sie hat nie einen Exmann erwähnt, aber sie ist ja eine sehr verschlossene Frau. Und ich kenne sie nicht so gut … noch nicht.«

Es war, als würde sich eine Hand um Brodys Magen legen. Er hatte kein Anrecht auf Jo. Und die Frau hatte ein bisschen Glück weiß Gott verdient. Warum also hätte er Santos am liebsten die Faust ins Gesicht gerammt? Verdammt.

»Und da läuft nichts mehr zwischen euch beiden?«, fragte Santos. »Lass die Hosen runter. Falls ich in einem fremden Revier wildere, ziehe ich mich zurück.«

Ja, zieh Leine, verdammt noch mal. »Nein. Das in den letzten Tagen war rein beruflich. Ich habe wegen Smith mit ihr Kontakt aufgenommen.«

Ein neugieriges Lächeln spielte um Santos' Lippen. »Letzte Chance, *hombre*. Ich warne dich, ich hab sehr viel für die Lady übrig.«

»Tu dir keinen Zwang an.«

»Ich nehme dich beim Wort.«

Scheiße.

Es war nach vier, als Jo zum Coffeeshop hinunterlief, sich ein Sandwich holte und ins Büro zurückkehrte. Wenn sie sich beeilte, konnte sie die verpasste Zeit wieder aufholen und den Arbeitsberg ein wenig abtragen.

Sie betrachtete den Berg der rosa Mitteilungszettel auf ihrem Tisch und stöhnte. So, wie dieser Tag lief, würde sie noch bis morgen hier sitzen.

Sie nahm die Zettel, setzte sich an den Schreibtisch und wickelte ihr Sandwich aus.

»Ich habe mit Daytons Anwalt gesprochen.«

Den Mund voller Truthahnfleisch und Roggenbrot, sah sie zu Dr. Anderson hinüber, kaute und schluckte. »Er ist vermutlich nicht besonders glücklich.«

»Er hatte auf grünes Licht von uns gehofft. Ihre Einschätzung ›kaltblütiger Soziopath‹ hat ihm gar nicht gefallen.«

Sie wischte sich die Hände an einer Papierserviette ab. »Nach dem Gespräch habe ich noch einiges über Dayton nachgelesen, und jetzt bin ich noch überzeugter, dass er schuldig ist.«

Er lachte leise. »Ich bezahle Sie für Ihre ehrliche Meinung. Sie ist das, was ich an Ihnen bewundere.«

»Ich merke es mir für die nächste Gelegenheit, wenn ich offenherzig bin.«

»Ich hatte noch keine Gelegenheit zu fragen: Was war denn am Wochenende bei Ihnen los? Ich habe gehört, die Ranger hätten sie mit Beschlag belegt.«

Sie legte das Sandwich auf die Serviette. Dr. Anderson hatte Kontakte in sämtliche Abteilungen der städtischen und staatlichen Polizei, und sie war davon ausgegangen, dass er inzwischen besser über alles Bescheid wusste als sie. »Ich bin überrascht, dass Sie noch nicht alle Details kennen.«

Er grinste. »Nur die Höhepunkte. Zum Beispiel, dass sie das Opfer identifiziert haben.«

»Ich habe geraten. Soll das etwa heißen, dass ich recht hatte?«

»Voll und ganz. Es ist die Rede davon, dass die Ranger morgen noch mal nach West Livingston fahren, um mit Smith zu reden.«

Sie scrollte rasch durch ihren Nachrichteneingang und suchte nach einer Nachricht von Brody, doch da war keine. »Und wann fahren sie?«

»Das hängt von Smith und seinem Zustand ab. Er ist in schlechter Verfassung.«

Gereiztheit stieg in ihr auf. Brody hätte sie anrufen und sie in das, was vor sich ging, einweihen sollen. Ohne sie hätte er schließlich keinen Tatort. »Ich will mit den Rangern nach West Livingston fahren.«

Er zuckte mit den Schultern. »Die Termine von morgen können Sie absagen, aber am Mittwoch haben Sie Sitzung bei Gericht.«

»Ich kann innerhalb von einem Tag wieder zurück sein. Sogar, wenn ich mit dem Auto fahren muss. Aber wenn die Ranger hinfahren, will ich dabei sein.«

»Brody Winchester hat den Laden im Griff, Jo. Wenn er Sie bei diesem Ausflug dabeihaben wollte, hätte er angerufen.«

»Es geht hier nicht darum, was er will. Smith war am Samstag bereit, mit mir zu sprechen. Mit Winchester wird er nicht reden.«

»Die beiden haben eine lange Vorgeschichte. Smith hat mehr als einmal gesagt, dass er Winchester respektiert.«

»Respekt bedeutet nicht viel, wenn er nicht reden will.«

Sie griff nach dem Telefon auf ihrem Schreibtisch. »Winchester kann mich nicht ausschließen.«

Dr. Anderson nahm die Brille ab und putzte die Gläser am Saum seines Pullovers. »Wieso wollte Smith Sie sehen?«

»Ich kann nur vermuten, dass es wegen meiner Dissertation war, die ich vor ein paar Jahren über ihn geschrieben habe, oder wegen der anschließenden Vorträge. Und außerdem ist da noch etwas.« Sie erzählte von ihrer Vorgeschichte mit Brody.

Anderson zog die Augenbrauen hoch, kommentierte die Ehe jedoch nicht. »Ich erinnere mich, dass Sie in Ihrem Vortrag gesagt haben, dass er sich nicht auf ein Interview einlassen wollte.«

Sie hatte ihm mehrere Briefe geschrieben, aber keine Antwort erhalten. »Das ist richtig.«

»Und jetzt will er reden.«

»Zumindest wollte er es neulich. Also hoffen wir, dass er es weiter tun wird.« Sie klemmte den Telefonhörer zwischen Schulter und Ohr und suchte in ihrem Handy nach Brodys Nummer. »Ihm läuft die Zeit davon.«

Dr. Anderson schüttelte den Kopf. »Ich weiß nicht recht, ob es hier um Zeit geht. Smith hatte immer ein zweites Motiv, manchmal auch ein drittes.«

Um halb sechs blinkten auf Brodys Handy drei Nachrichten von Jo. Die erste Nachricht hatte er sich wenige Sekunden nach ihrem Eingang angehört, jedoch beschlossen, nicht zu antworten. Jo wollte noch einmal zu Smith. Sie hatte Neues über den Fall erfahren und hoffte, dass bei einem weiteren Gespräch mit Smith mehr herauskommen würde. Bei seiner nächsten Fahrt nach West Livingston wollte sie dabei sein.

Jo war intelligent, wahrscheinlich intelligenter als alle anderen Menschen, die er kannte, aber er würde sie Smith nicht noch einmal ausliefern. Der alte Mann hatte sie auf eine gierige, hungrige Weise angestarrt, die Brody alle Geduld abgefordert hatte. Auch wenn sein Lächeln intakt geblieben war, hatte sein Instinkt ihm befohlen, Smith bewusstlos zu prügeln.

Smith gab keine Information umsonst preis, und welche Gegenleistung er für seine Hilfe auch erwartete, er würde sie bei Jo einfordern.

Brody wusste nur zu gut, wie dieser Psychopath einen manipulieren konnte. Als Brody Smith auf den Fersen gewesen war, hatte er sich die Denkweise des Killers zu eigen gemacht, um den nächsten Mord voraussehen zu können. Der Plan war aufgegangen, und er hatte die Bestie geschnappt, aber einen hohen Preis dafür gezahlt. Er hatte kaum geschlafen. Sich von Familie und Freunden abgeschottet. Seine Freundin hatte die Beziehung beendet.

Brody wollte nicht, dass Smiths zerstörerische Kraft sich in Jos Leben fraß. Es mochte sie zwar verärgern, dass er sie jetzt beschützte, nachdem er das vor all den Jahren versäumt hatte. Aber da musste sie durch. Diesmal würde er sie beschützen. Ob es ihr passte oder nicht.

Brody klappte sein Telefon zu und stieg aus dem Wagen. Er musterte den Wohnwagen, der von einem mit Weihnachtslichterketten geschmückten Maschendrahtzaun umgeben war. Der Vorgarten war mit einem Sammelsurium aus Windrädern dekoriert und die Wagenfenster mit Alufolie zugehängt.

Eine Autotür wurde zugeschlagen und kündigte Santos' Ankunft an. Seine Stiefel wirbelten Staub auf, während er auf Brody zukam. »Das Heim von Ginny Dupont.«

Brody roch den Müllhaufen im Garten. »So ist es.«

»Ich kann's kaum erwarten, sie kennenzulernen.«

Die Hände an die Waffen gelegt, näherten sie sich dem Wohnwagen. Brody hämmerte mit der Faust dagegen, dann traten die Männer zur Seite und warteten. Im Inneren erklangen Schritte, die Aluminiumfolie am Fenster neben der Tür wurde beiseitegezogen, und die Tür ging auf.

Die Frau, die vor ihnen stand, war Mitte fünfzig. Sie war dürr, ihre Haut faltig und ihr Haar schneeweiß. Sie trug Jeans, ein Baumwollhemd und Flipflops. »Ranger«, sagte sie.

Brody tippte sich an die Hutkrempe. »Ms Ginny Dupont?«

Sie kniff die grauen Augen zusammen. »Die bin ich. Sind Sie hergekommen, um mit mir noch einmal über die Briefe zu reden?«

»Ja.«

Sie lächelte und kam heraus. »Ich sitze gerade an einem neuen Brief. Der letzte ist schon zwei Tage her, und Mr Smith soll ja nicht denken, dass ich ihn vergessen habe.«

»Nein, Ma'am«, sagte Santos.

»Wann haben Sie das letzte Mal von Smith gehört?« Brody wusste, dass Smith nicht mit der Welt außerhalb des Gefängnisses kommunizierte, aber mitunter erhielt man auf eine direkte Frage eine unerwartete Antwort.

»Gestern Abend habe ich von ihm gehört.«

Brody dachte an das, was der Direktor ihm am Telefon über die Frau erzählt hatte. »Meinen Sie direkte Kommunikation oder so wie früher, in ihren Träumen?«

»Im Traum natürlich.«

»Und was hat er gesagt, Ma'am?«, fragte Santos.

Sie drehte an einem geflochtenen Armband, das sich um ihr dünnes Handgelenk schmiegte. »Dass er mich liebt, natürlich. Und dass er eines Tages kommen wird, um mich zu holen.«

»Und Sie zu begraben, wie die anderen?«

Sie lächelte. »Ganz genau.«

Robbie schaute Bluebonnet an, die auf der Seite lag und sich auf dem Bett in seinem Wohnwagen zusammengerollt hatte. Als er ihre Annäherungsversuche abgewehrt hatte, hatte sie sich aufs Bett gelegt, in der Meinung, er würde es sich anders überlegen. Doch das hatte er nicht, und während er für die Tat Mut sammelte, war sie eingeschlafen.

Er berührte sie an der Schulter. »Es wird Zeit.«

Sie drehte sich auf den Rücken und streckte sich. »Ich muss wieder zurück. Daddy wird sauer sein.«

»Daddy?«

»Mein Zuhälter.«

»Ah. Nun, wir wollen Daddy nicht verärgern, oder, Bluebonnet?«

»Ich heiße Hanna.« Sie stand auf und zog wieder ihre Jeans, das Top und die Stiefel an.

»Schon möglich, aber für mich wirst du immer Bluebonnet sein.« Er holte eine künstliche Bluebonnet aus der Tasche. Ein paar Sekunden lang drehte er sie zwischen den Fingern, dann steckte er sie ihr sanft ins Haar.

Sie nahm die Blume heraus und blickte sie an. »Hübsch.«

»Genau wie du.«

Draußen entflammte die Sonne den Horizont und tauchte die Landschaft in goldenes Licht. Schweigend stiegen beide wieder in seinen Pick-up. Er warf den Motor an, fuhr die Landstraße entlang und bog dann nach links auf die Hauptstraße ab. Bald waren sie schnell unterwegs. Doch anstatt die Ausfahrt zur Interstate zu nehmen, fuhr er weiter auf das offene Land hinaus.

»Wo fahren wir hin?«, fragte Bluebonnet.

»Wir machen einen kleinen Abstecher.«

»Daddy hat gesagt, es kostet hundert Dollar die Stunde.«

Er lächelte. »Es dauert nur eine Minute.«

Neugierig flackerten ihre blassblauen Augen auf. Ihre Emotionen waren schwach ausgeprägt, wofür er zuerst Drogen verantwortlich gemacht hatte. Inzwischen war ihm klar, dass es sich um eine Charaktereigenschaft von ihr handelte.

»Und danach bringst du mich wieder zurück?«

»Ja.«

Sie sah ihn an, die Abendsonne schien ihr ins Gesicht. »Wann?«

»Bald.«

»Daddy wird mehr Geld haben wollen.«

»Klar.«

Zufrieden lehnte sie sich zurück.

Ihm war leicht ums Herz, er war längst nicht mehr so beklommen oder nervös wie bei Christa, und diese Veränderung wertete er als Fortschritt. Sie gelangten zur Hauptstraße und fuhren eine weitere Viertelstunde, bevor er in ein Neubaugebiet einbog, in dem noch kein einziges Haus stand. Nur ein paar Fundamente waren bereits entstanden.

Bluebonnet schüttelte den Kopf. »Das ist keine Abkürzung.«

»Doch, ist es.«

Sie ballte die Hände zu Fäusten und machte ein finsteres Gesicht. »Keri hat gesagt, dass manche Freier Schwierigkeiten machen. Ich glaube, du machst Schwierigkeiten.« Sie griff nach der Tür, als wollte sie aus dem Wagen springen.

Er trat aufs Gas. »Wenn du jetzt rausspringst, brichst du dir ein Bein. Sei nicht so eine Schwarzseherin.«

Sie klammerte sich an die Tür, als könnte sie dort moralische Unterstützung finden. Der Wagen rumpelte und wurde hin und her geworfen, als er tiefer in das Baugebiet hineinfuhr.

»Vor Kurzem hat es geregnet. Dadurch ist die Erde weicher. Zwar nicht gut fürs Autofahren, aber Regen ist trotzdem positiv. Die Dürre hat Texas schwer zu schaffen gemacht.«

Ganz am Ende des Baugebiets parkte er in einer Sackgasse, stellte den Motor ab und zog die Handbremse.

Sie riss am Türriegel, doch die Tür ging nicht auf. »Die Tür ist kaputt.«

»Die geht von innen nicht auf. Verdammt nervig. Ich komme um den Wagen herum und lass dich aussteigen.«

»Aussteigen? Wieso soll ich denn hier aussteigen?«

Er schlug die Fahrertür zu und kam zu ihr herüber. Als er die Beifahrertür öffnete, klammerte sie sich am Sitz fest. »Ich will nicht aussteigen.«

»Doch, du willst.«

Sie schrie, als hätte ihr jemand dazu geraten – vielleicht Keri.

Er verzog das Gesicht, zog ein Paar Handschellen aus der Tasche und legte sie ihr an. Eine Sekunde späer stopfte er ihr einen Lappen in den Mund. Dann holte er Plastikklebeband aus der Tasche und klebte ihr den Mund zu. Stöhnend warf das Mädchen sich hin und her. »Na komm schon, Bluebonnet. Hör auf, dir Sorgen zu machen. Es wird gar nicht wehtun.«

Als er Christa getötet hatte, war er ungeschickt und nervös gewesen. Jetzt hatte er keine Angst mehr. Er war aufgeregt und fühlte sich voller Energie. Harvey wäre zufrieden mit ihm.

Er hievte sich Bluebonnet über die Schulter, ging zum abgesteckten Fundament eines Hauses und betrat die Mitte des Vierecks. Dort legte er das Mädchen ab und band ihre Knöchel zusammen, bevor sie sich hochrappeln konnte. »Bin gleich wieder da, Schatz. Muss nur meine Schaufel holen.«

Schnell lief er zum Transporter, holte seine Schaufel, die unter einer Plane auf der Ladefläche lag, und rannte dann wieder zurück. Bluebonnet hatte sich ein paar Meter weggerollt. Er stieß die Schaufel in die weiche Erde, dann packte er ihre Füße und schleifte sie wieder zurück. Der Knebel und das Klebeband dämpften ihre Schreie.

»Wo wolltest du denn hin, Mädel? Die Party fängt gleich an.«

Er brauchte eine halbe Stunde, um eine ausreichend große Grube auszuheben. Eigentlich wäre er schneller fertig gewesen, aber ein paarmal hatte er seine Arbeit unterbrechen und das Mädchen wieder zurückzerren müssen.

Ein feiner Schweißfilm stand ihm auf der Stirn, als er mit dem Schaufeln aufhörte, Bluebonnet unter den Achseln packte und sie zur Grube schleifte. Ihren Oberkörper zerrte er zuerst hinein, dann folgten die Beine. Eine Goldkette um ihren Hals glitzerte im Mondlicht, und unfähig, zu widerstehen, riss er die Trophäe ab und stopfte sie sich in die Tasche.

Verzweifelt wehrte sie sich gegen ihre Fesseln. Er nahm die Schaufel und bedeckte sie mit Erde. Harvey hatte ihm beigebracht, sich das Gesicht bis ganz zuletzt aufzusparen. Die Panik in ihren Augen musste ausgekostet werden.

Das ist der beste Teil.

Er schaufelte weiter, bis von Bluebonnet nur noch die Augen und die Nase zu sehen waren. Ein paar lange Sekunden blickte er in ihre Augen, dann schaufelte er Erde in ihr Gesicht. Binnen einer Minute war sie ganz davon bedeckt.

Ein winziger Riss bildete sich in der Erde, und er konnte ihr ersticktes Stöhnen hören.

Er lächelte.

Der Tag war gut gelaufen, und Harvey wäre so stolz auf ihn gewesen. »Es wird noch viele weitere geben, Harvey, das verspreche ich dir.«

Hanna hielt den Atem an, als die Erde ihr auf das Gesicht drückte und die Nase verstopfte. Ihr Herz hämmerte, während sie den Kopf hin und her warf und versuchte, die Erde auf ihrem Gesicht abzuschütteln. Aber das Gewicht wurde immer schwerer, während ihr Herz wild pochte und ihre Lunge nach Sauerstoff schrie.

Davon hatte Keri ihr nichts gesagt. Sie hatte gesagt, dass es mit manchen Freiern Schwierigkeiten gab. Manchmal wurde man von ihnen geschlagen. Bestohlen. Sitzen gelassen, sodass man zu Fuß zu seiner Ecke zurücklaufen musste. Aber hiervon hatte Keri ihr nie etwas erzählt.

Bumm, bumm, bumm. Ihr Herz hämmerte, als wollte es ihren Brustkorb sprengen.

Unfähig, die Luft noch länger anzuhalten, stieß sie den angehaltenen Atem aus, doch als sie einatmete, drang Erdreich in ihre Nase und verstopfte sie.

Bumm, bumm, bumm.

Inzwischen arbeitete ihr Herz immer mühsamer, und in ihrem Kopf drehte sich alles. Am liebsten hätte sie geschrien, aber es ging nicht.

Keri, davon hast du mir nie etwas gesagt.

»Ich liebe dich, Bluebonnet.« Gedämpft drang seine Stimme durch die Erde.

Keri!

Ihr Herz hämmerte.

Ihr wurde schwindlig.

Und dann wurde alles schwarz.

9

Montag, 8. April, 19:30 Uhr

Die Selbsthilfegruppe für gefährdete junge Mädchen, die Jo leitete, kam im Souterrain der katholischen Kirche zusammen, die im Osten von Austin lag. Auf dem Weg zum Gemeindesaal der Kirche checkte Jo ihr Handy, in der Hoffnung auf eine Nachricht von Brody. Der hatte heute alle ihre Anrufe nach Kräften ignoriert. Nach dem ersten hatte sie geglaubt, es sei nur eine Frage der Zeit, bis er sie zurückrief. Doch als sie Stunden später auf die Uhr sah und begriff, dass er sich nicht gemeldet hatte, hatte sie bei einer Freundin angerufen, die bei den Rangern arbeitete, und seine Privatadresse bekommen. Nach dem Meeting würde sie zu ihm fahren.

Vermeidungsverhalten war typisch für ihn, wenn er nicht reden wollte. So viel war ihr klar. Aber hier ging es um den Fall, nicht um sie beide. Und sie wollte Smith noch einmal interviewen. Also mussten sie und Brody heute Abend reden.

Jo zog den Mantel aus und stellte ihre Einkaufstasche ab. Ihr blieb noch eine halbe Stunde, um alles herzurichten, bevor die Mädchen kamen.

Als sie die Plätzchen aus der Tasche holte und sie auf einen Teller legte, ging die Hintertür auf, und eine zierliche Blondine mit unordentlicher Frisur und so viel Lidschatten, dass es aussah wie ein Hämatom, erschien auf der Schwelle.

Jo hatte sie im letzten halben Jahr schon ein- oder zweimal gesehen. Sie trug eine Lederhose, knöchelhohe rote Sneaker, ein Tanktop und eine weiße Zottelweste, in der ihre schmale Gestalt noch zerbrechlicher wirkte.

»Sadie«, begrüßte Jo sie.

Die schmalen Lippen des Mädchens verzogen sich zu einem halben Lächeln. »Sie haben ein gutes Gedächtnis, Doc.«

Jo durchforstete ihr Gedächtnis nach Informationen über das Mädchen. Sie gab sich für siebzehn aus, war nach Jos Schätzung aber jünger. Sie hatte etwa ein Jahr lang auf der Straße gelebt. Sie ging nicht auf den Strich, sondern machte kleine Botengänge für Drogendealer und Zuhälter. Sadie selbst hatte bisher die Finger von den Drogen gelassen, aber junge Mädchen wie sie waren auf der Straße ein gefundenes Fressen. Meist war es nur eine Frage der Zeit, bis sie in die Drogenabhängigkeit abrutschten.

»Ich habe Plätzchen mitgebracht, hatte aber noch keine Gelegenheit, Kaffee zu kochen.«

Das Mädchen lächelte. »Das kann ich machen.«

Jo konnte ihre Überraschung nicht verhehlen. »Kennst du dich mit diesen großen Kaffeemaschinen aus?«

»Ich wünschte, ich hätte einen Dollar für jede von den vielen Kannen Kaffee, die ich als Kind gekocht habe.« Sie schlüpfte aus ihrer Jacke und legte sie über einen Stuhl, dann verschwand sie in der Küche und kehrte mit der großen Kaffeekanne aus Stahl zurück.

Sadie war bisher sehr verschlossen gewesen. Die Sache mit dem Kaffee war das erste Detail, das Jo über das Mädchen erfuhr. So gern sie Sadie nach ihrer Vergangenheit gefragt hätte, ließ sie es doch bleiben. Sie hatte es sich angewöhnt, nicht zu neugierig zu sein, sondern abzuwarten, bis die Mädchen sich öffneten. Für die Mädchen war das hier ein sicherer Ort, an dem man ihnen zuhörte und ihre Fragen beantwortete, ohne ihnen unerwünschte Ratschläge zu geben.

Während Jo die Stühle zum Kreis aufstellte, kümmerte Sadie sich rasch um den Kaffee. Sie füllte den Wassertank, legte den Filter mit dem Kaffeepulver ein und legte den Schalter um. Innerhalb von wenigen Sekunden gurgelte das Wasser durch die Maschine.

»Ich hab dich schon länger nicht mehr gesehen«, sagte Jo.

Sadie nahm sich ein Plätzchen und biss hinein. »Ich habe gearbeitet.«

Der Gedanke an die »Arbeit« des Mädchens zerriss Jo das Herz. »Ich weiß, wie schwer es für dich ist, dich dort loszureißen.«

»Sonst gibt es jede Menge Sachen auszuliefern, aber heute Abend war irgendwie nicht viel los.«

»Ich bin froh, dass du es einrichten konntest. Setz dich doch. Du bist bestimmt müde.«

Sadie zuckte mit den Schultern und setzte sich. »Ist schon okay.«

»Ich liebe ja Tennisschuhe, aber meine Mutter trägt lieber hohe Absätze. Meine Schwester auch. Aber ich komme mit denen nicht so gut klar. Ich hab meine Lieblingspumps, aber in anderen High Heels fühle ich mich nicht so wohl.«

»Ihre Mom trägt hohe Absätze?«

Jo zog die Brauen hoch. »Oh ja. Meiner Mutter ist ihr Äußeres immer sehr wichtig.«

Das Mädchen legte den Kopf schief und musterte Jo. »Ich hätte gedacht, dass Sie eher eine praktische Mutter haben. Sie wissen schon, so eine, die Plätzchen backt und so.«

Jo lachte. »Mom staubt alle paar Monate ihren Ofen ab und kennt die Telefonnummern von einem Dutzend Lieferdiensten auswendig. Sie hat schon seit Jahren nicht mehr gekocht.«

»Was macht sie beruflich?«

»Sie arbeitet in einem Friseursalon. Soviel ich weiß, ist sie eine der besten Coloristinnen im Staat Texas.«

Sadie starrte sie mit sichtlichem Interesse an. »Sie hat Ihnen die Haare gefärbt?«

Jo setzte sich Sadie gegenüber und schlug die Beine übereinander. »Nein. Mom wollte sie zwar unzählige Male färben, aber ich habe das nie zugelassen. In Sachen Schönheitspflege bin ich eine große Enttäuschung für sie.«

Sadie zuckte mit den Schultern. »Sie sind auch so hübsch genug. Ich kenne da einen Kerl namens Daddy, der Ihnen Kunden besorgen könnte.«

Jo lachte. »Ich nehme das mal als Kompliment.«

»Sie haben tolle hohe Wangenknochen und eine schöne Haut. Sie müssten sich nur mal ein bisschen aufbrezeln.«

»Ich werde es mir merken.« Jo beobachtete, wie das Mädchen an dem Keks knabberte, und beschloss, gegen eine ihrer Regeln zu verstoßen. »Wo hast du gelernt, Kaffee zu kochen?«

Sadie zögerte einen Augenblick, dann sagte sie: »In der Kirchengemeinde von meinem Dad. Er war Prediger, und Mama und ich haben immer alles für die Zusammenkünfte der Gemeinde vorbereitet.«

Sie hatte ihren Vater bereits beim letzten Treffen erwähnt. Die beiden hatten einen furchtbaren Streit gehabt, der Grund dafür, dass Sadie weggelaufen war. »Hast du in letzter Zeit mal mit deinem Dad gesprochen?«

»Seit Mom gestorben ist, nicht mehr. Danach wurde es schwierig, mit ihm auszukommen.«

»Wie lange habt ihr euch schon nicht mehr gesehen?«

»Ein Jahr.«

»Glaubst du nicht, dass er sich Sorgen um dich macht?« Sie ging nicht davon aus, dass Sadies Vater sie vermisste. Viele der

Mädchen, die hierherkamen, waren von ihren Familien behandelt worden wie Abfall.

»Ich weiß nicht.« Sadie rutschte auf ihrem Stuhl hin und her, als würde sie sich nicht wohlfühlen. »Verstehen Sie sich gut mit Ihrem Dad?«

»Mit meinem Dad?« Zuerst musste sie an Cody Granger denken, dann an Smith und dann wieder an Granger. »Mein Dad ist vor fünf Jahren gestorben. Aber als er noch am Leben war, hatten wir nicht viel gemeinsam.«

Sadies Augen wurden groß. »Wieso nicht?«

»Ich war verrückt nach Büchern. Er war kein Mensch, der besonders gerne las. Er war Elektriker und verdiente seinen Lebensunterhalt mit den Händen.«

Sadie betrachtete sie aufmerksam. »Aber er hat Sie doch geliebt, oder?«

Jo konnte sich daran erinnern, wie ihr Vater einmal mit ihr in eine Buchhandlung gegangen war und ihr erlaubt hatte, zwanzig Dollar auszugeben. Weil seine schmutzigen Stiefel ihm peinlich waren, hatte er draußen gewartet, während sie im Laden war. »Ja, auf seine Weise schon. Er hat mich nicht richtig verstanden.«

»Ich weiß, was Sie meinen.«

Die Tür zum Aufenthaltsraum ging auf, und zwei Mädchen in ähnlicher Aufmachung wie Sadie kamen hereingeschlendert. »Hey, Doc«, rief die eine der beiden. »Was geht?«

»Nicht sehr viel, Deidra. Und bei dir?«

Deidra war im fünften Monat schwanger und hatte die Schule bereits sausen lassen wollen, bevor die Schulpsychologin sie in Jos Gruppe geschickt hatte. Sie schrieb zwar keine As, aber im Moment war Jo schon für ein C minus dankbar. »Ich kann mich nicht beschweren. Halt, Quatsch«, sagte sie. »Ich komme ja her, um mich zu beschweren.«

Sadie versteifte sich, und die Offenheit schwand aus ihrer Miene. Sie stand auf und zog ihre Jacke an. »Doc, ich gehe lieber mal. Ich bin schon länger hier, als ich sollte. Die suchen bestimmt schon nach mir.«

Jo stand auf und strich ihren engen Rock mit den Händen glatt. »Sadie, bleib doch hier.«

»Nee.« Sie schnappte sich zwei Plätzchen und steckte sie in ihre Jackentasche. »Danke, Doc.«

»Sadie, bitte bleib.«

Das Mädchen schien in Versuchung zu sein, schüttelte dann jedoch den Kopf. »Heute Abend nicht. Nächstes Mal.«

»Komm gerne jederzeit wieder. Du kannst mich immer über die Kirche finden.«

Sadie strich sich die Haare zurück, und Jo sah einen Bluterguss an ihrem Hals. »Ich weiß. Bis dann.«

Am liebsten hätte Jo das Mädchen festgehalten, damit sie blieb. Wenn sie doch nur mehr tun könnte.

Als das Treffen zu Ende war, war es nach neun. Nachdem Jo den Raum ein letztes Mal kontrolliert und die Tür abgeschlossen hatte, ging sie rasch zu ihrem Wagen. Sie ließ den Motor an und checkte ihr Handy, das sie während des Treffens auf stumm geschaltet hatte.

Kein Anruf von Brody.

Wahrscheinlich glaubte er, dass sie aufgeben und ihm seinen Willen lassen würde. Dass sie ihren Zorn, ihre Furcht und ihre Enttäuschung hinunterschlucken und so tun würde, als wäre alles in Ordnung.

Aber sie war schon lange nicht mehr das Mädchen, das sich alles gefallen ließ. Sie hatte sich verändert. Sie hatte gelernt, das Ruder in die Hand zu nehmen. Und das galt auch bei dieser Sache. Diesmal würde Brody sie nicht einfach ignorieren.

Entschlossen suchte sie Brodys Adresse auf ihrem GPS und fuhr los. Das Haus war nicht schwer zu finden, aber am Eingang hingen mehrere Reihen Briefkästen. Zehn Minuten lang suchte sie nach dem Namen Winchester.

Während sie dort stand, kam ein junges Mädchen mit dem Schlüssel in der Hand die Treppe hinauf und schloss ihren Briefkasten auf. Das Mädchen, das Jeans und einen schweren, dunklen Wollpulli trug, hob die Schultern. »Wie lautet der Name? Vielleicht kann ich Ihnen ja helfen.«

»Winchester. Brody.«

»Den Namen kenne ich nicht.«

»Er ist vor ein paar Wochen hierher gezogen. Trägt einen Cowboyhut.«

»Ein paar Wochen.« Sie hielt inne und dachte nach. »Da gibt's diesen großen Typen in Haus sechs. Nicht besonders gut aussehend. Trägt einen Cowboyhut.«

»Das ist er.«

Das Mädchen nickte. »Zu Haus sechs geht's da entlang.«

Jo ärgerte sich über den Kloß, den sie plötzlich in ihrem Magen verspürte. »Danke.«

Das Mädchen legte den Kopf schief, während sie in ihrer Post blätterte. »Geht mich ja nichts an, aber was hat er ausgefressen?«

»Gar nichts.«

Das Mädchen zog die Brauen hoch.

Jo verkniff sich eine scharfe Erwiderung. »Er hat meine Anrufe ignoriert.«

»Das reicht. Viel Glück.«

»Danke.«

Jos flache Absätze klapperten über das Pflaster, als sie zu ihrem Wagen zurückhastete und sich hineinsetzte. Weniger als eine Minute später parkte sie vor Haus sechs.

Sie stellte den Wagen ab und wünschte, sie hätte es bei den Anrufen belassen. Ein Blick in den Rückspiegel enthüllte ihr mitgenommenes Äußeres. Ihr Make-up war verlaufen, sodass die Sommersprossen auf ihrer Nase sichtbar waren. Der Lippenstift war ebenso verblasst wie ihr Rouge. »Ganz toll, Jo. Du könntest dir noch Zöpfe flechten, dann siehst du aus wie Pippi Langstrumpf.«

Der Wunsch, ihrem Äußeren auf die Sprünge zu helfen, ließ sie bereits nach dem Lippenstift in ihrer Handtasche greifen, als neben ihr ein Wagen hielt. Sie ließ den Lippenstift wieder in die Tasche fallen. Bei dem Pech, das sie hatte, klopfte womöglich Brody an das Wagenfenster, während sie sich gerade schminkte. Lieber ungepflegt aussehen, als dabei ertappt zu werden, wie sie sich hübsch zu machen versuchte.

Sie folgte dem Mann, der gerade ausgestiegen war, zum Hauseingang. Er zog seine Schlüsselkarte durch, und sie betrat hinter ihm das Haus und tat so, als würde sie hierher gehören. Der Mann verschwand in einer Wohnung im Erdgeschoss, während Jo vorgab, die Treppe hinaufzugehen. Als die Tür hinter ihm zugefallen war, sah sie sich rasch an den Wohnungstüren um. Auf keiner Tür entdeckte sie ein Schild mit dem Namen Winchester, also stieg sie in den nächsten Stock hinauf. Wieder sah sie sich um – kein Brody. Doch im zweiten Stock gab es nur an drei von vier Türen Namensschilder, an der letzten nicht. Es passte zu ihm, kein Türschild zu haben.

Sie riskierte es und klopfte. Zuerst vernahm sie kein Lebenszeichen und vermutete schon, das Mädchen an den Briefkästen hätte sie in die falsche Richtung geschickt. Sie hob die Faust und wollte gerade noch einmal klopfen, als sich gemächliche Schritte näherten. Sekunden später ging die Tür auf, und Brody stand vor ihr.

Er trug ein T-Shirt mit der Aufschrift »University of Texas«

und verblichene Jeans. Dunkle Stoppeln überzogen sein Kinn, und die Augen waren vor Müdigkeit gerötet. Er schien gerade aufgewacht zu sein.

»Oje, habe ich dich geweckt?« Das Gespräch dauerte gerade mal zwei Sekunden, und schon hatte ihre Stimme einen entschuldigenden Unterton.

»Ich habe Akten gelesen.« Seinem Blick nach zu urteilen war ihm völlig klar, weshalb sie hier war.

»Ich weiß, dass du morgen nach West Livingston fährt.«

»Stimmt.«

»Lass mich mitfahren.«

»Nein.«

Die Bestimmtheit, die darin lag, stieß sie vor den Kopf. »Was soll das heißen, ›nein‹? Ich sollte dabei sein, wenn du Smith besuchst.«

»Nein.«

Sie geriet in Rage. »Ich brauche dafür sicher nicht deine Erlaubnis.«

»Doch, die brauchst du. Ich habe dem Direktor meinen Besuch angekündigt, und da es jetzt um eine aktuelle Ermittlung geht, möchte ich nicht, dass jemand ohne mein Beisein mit dem Zeugen spricht.«

Sie umklammerte den Schultergurt ihrer Tasche. »Smith hat mir in zehn Minuten mehr erzählt als dir in drei Jahren.«

Er lehnte sich an den Türstock und schob die Hände in die Hosentaschen. »Worauf willst du hinaus?«

»Worauf ich hinauswill?« Zum Teufel mit ihm. Ein Nachbar kam aus seiner Wohnung, warf den beiden einen amüsierten Blick zu und ging dann eilig die Treppe hinunter. Jo senkte die Stimme und sagte: »Ich kann helfen.«

»Möglicherweise. Möglicherweise gibst du Smith aber auch eine weitere Gelegenheit, sein Spielchen mit dir zu treiben.«

»Mir geht es bestens.«

»Diesen dunklen Ringen unter deinen Augen nach zu urteilen, hast du die letzten beiden Nächte nicht besonders gut geschlafen.«

»Ich schlafe auch sonst nicht gut.«

»Das habe ich anders in Erinnerung.«

Unerwartete Röte stieg ihr in die Wangen. »Ich habe mich verändert.«

»Ja, ich weiß. Du bist erwachsen geworden. Das gilt für uns beide. Aber es ändert nichts an der Tatsache: Smith kann dich mächtig durcheinanderbringen. Er hat zu dir gesagt, die Antwort läge in deinem Inneren, und es lässt dir keine Ruhe.«

»Das stimmt nicht.«

Er beugte sich zu ihr vor. »Doch. Genau das ist nämlich Smiths Masche. Er legt in deinem Gehirn lauter kleine Minen aus, und es ist fast unmöglich, sie zu ignorieren.«

»Wie hat er es bei dir geschafft?«

Er betrachtete sie sekundenlang, als wollte er ihr antworten, doch dann schüttelte er den Kopf. »Nein, danke, Doc. Ich brauche keinen Seelenklempner.«

»Ich habe nicht …«

»Oh doch, natürlich hast du. Ich hab noch keinen Seelenklempner getroffen, der es sich verkneifen konnte, andere Leute zu durchleuchten.« Er trat einen Schritt zurück und legte die Hand auf den Türknauf. »Du wirst Smith nicht wiedersehen, Jo. Und damit basta.«

Sie öffnete den Mund, um zu widersprechen, doch er schlug ihr die Tür vor der Nase zu.

Blinzelnd stand sie einen Augenblick da und starrte auf den billigen Türklopfer, der sie energisch anfunkelte. So sehr sie auch in Versuchung war, an die Tür zu hämmern und sich Gehör zu verschaffen, wollte sie sich doch keine Blöße geben.

Brody Winchester mochte vielleicht dagegen sein, dass sie Smith wiedersah, aber er war nicht das Maß aller Dinge. Es gab mehr als einen Weg nach Rom.

Der digitale Wecker zeigte 23:59 Uhr, als Jo ins Bett kroch und sich auf den Rücken legte. Sie streckte die Hand nach der Lampe aus und schaltete sie aus.

Das Licht des Vollmonds drang durch die Jalousien und zeichnete ein Muster auf ihre Schlafzimmerwand.

So sehr ihr Körper es auch gebraucht hätte, sich einmal richtig auszuschlafen, ihr Geist war ruhelos, und eine unbestimmte Energie erfüllte sie. Zu müde zum Arbeiten, zu wach, um einzuschlafen.

Schauen Sie tief in sich hinein.

Smiths Worte hallten in ihr wider und lösten ein derart starkes Unbehagen aus, dass sie sich aufrichtete und die Beine über die Bettkante schwang. Sie vergrub das Gesicht in den Händen und atmete mehrmals tief ein.

Smith kann dich mächtig durcheinanderbringen. Brodys Worte wühlten sie auf.

»Er hat mich nicht durcheinandergebracht. Du warst das.« Seufzend tappte sie in die Küche und goss sich ein Glas Wasser ein. Sie trank einen Schluck, schaute in das Glas und goss das Wasser dann in den Ausguss. Sie holte sich eine halbvolle Flasche Chardonnay aus dem Kühlschrank und schenkte sich erneut ein.

Der Wein schmeckte bitter. Sie hatte die Flasche vor einem halben Jahr an Thanksgiving bei ihrer Mutter aufgemacht. Als einzige Weintrinkerin der Familie hatte sie nach den Festtagen eine fast volle Flasche mitgenommen und sie ganz hinten in den Kühlschrank gestellt, in der Gewissheit, dass es weitere Gelegenheiten dafür geben würde. Aber die Weihnachtszeit, gemeinhin als fröhliche, schöne Zeit vermarktet, hatte die Neigung, Traurigkeit zu Selbstmordversuchen eskalieren zu lassen. Ende Dezember und Anfang Januar hatte sie ununterbrochen arbeiten müssen.

Und da saß sie nun mit einem halbvollen Glas abgestandenem Wein und versuchte, Ängste zu verscheuchen, die einfach nicht weichen wollten.

Mit dem Finger gegen das Glas trommelnd ging sie zum Schrank im Flur, öffnete ihn und schaute in das oberste Fach, in dem lauter Kartons standen. Sie stellte das Glas ab, zog sich einen Stuhl vom Küchentisch herüber und stieg hinauf. Die ersten beiden Kartons enthielten Kletterzubehör; aber ihr ging es um den letzten, der ganz hinten stand.

Auf den Zehenspitzen kam sie mit den Fingern gerade bis an die Ecke der Kiste, und es gelang ihr, sie so weit nach vorne zu ziehen, dass sie sie zu fassen bekam.

Jo trug den Karton zum Sofa, setzte sich im Schneidersitz hin und stellte den Karton neben sich ab. Sämtliche anderen Erinnerungen hatte sie sorgfältig in Fotoalben eingeklebt, aber die hier verdienten nicht so viel Aufmerksamkeit. Eigentlich hätte sie sie schon vor Jahren wegwerfen sollen, aber aus irgendeinem Grund hatte der Karton sie von einer Wohnung zur nächsten begleitet, bis er vor zwei Jahren ganz hinten in diesem Schrank gelandet war, wo sie ihn seither nicht mehr angerührt hatte.

Sie griff hinein und zog ein Namensschild mit der Aufschrift JOLENE S. GRANGER, PSYCHOLOGIE, 1. SEMESTER heraus. Die ersten Wochen an der Universität waren unglaublich aufregend gewesen. Sie war das erste und einzige Familienmitglied, das aufs College ging. Zum ersten Mal in ihrem Leben war sie ganz in ihrem Element gewesen.

Zwei von ihren drei Katzen sprangen auf die Couch und kuschelten sich an sie. Die dritte schlief noch auf ihrem Bett, wie sie wusste. Sie legte das Namensschild beiseite und wühlte weiter in dem Karton, blätterte in Flyern, Schlafsaalzuweisungen und Erstsemesterstundenplänen. Schließlich fand sie die Stundenkarte aus dem Nachhilfezentrum. Nur wenige Erstsemester waren dort eingestellt worden, und sie war sehr froh gewesen, als man ihre Bewerbung angenommen hatte.

Sie blätterte in ihrem Heft mit den Stundennachweisen und stieß auf Brodys Unterschrift. Schwungvoll. Und die Abdrücke des Kugelschreibers waren immer noch sichtbar.

Himmel, er war aber auch wirklich eine Naturgewalt gewesen. Überlebensgroß. Der interessanteste Mann, den sie je gekannt hatte.

Jo schloss die Augen. Sie hatte nichts Dauerhaftes im Sinn gehabt, als sie sich mit ihm in sein Zimmer stahl und er sie auszog. Ihr ging es nur um das Abenteuer. Um die Spannung. Um ein Gefühl von Lebendigkeit, das beinahe schmerzhaft war.

Der Sex war, nun ja … ganz in Ordnung gewesen. Es war ihm nicht besonders gut gelungen, sein Begehren zu zügeln, und sie war eine unbeholfene Jungfrau, die sich Erfahrenheit wünschte. Aber zu behaupten, sie hätte den Sex nicht genossen, wäre eine Lüge. Sie hatten sich immer wieder getroffen, und eine kurze Zeit lang schien ihr die ganze Welt zu gehören.

Und dann hatte er eines Nachts nach dem Sex gemerkt, dass das Kondom gerissen war. Sein entspannter Körper hatte sich verkrampft, und aus Befriedigung waren Entsetzen und Sorge geworden. Sie war erschrocken, war jedoch davon ausgegangen, dass es gut ausgehen würde. Noch nie war ihr etwas Schlechtes widerfahren.

Jo schüttelte die Erinnerung an Brodys banges Gesicht ab. Sie wühlte weiter in der Kiste und stieß auf ein Gruppenfoto, das im psychologischen Institut aufgenommen worden war. Sie stand in der dritten Reihe, als Fünfte von außen. Ohne zu lächeln. Blass. Schwanger.

An der Rückseite des Fotos klebte ihre Heiratsurkunde. Ihre Unterschrift war zögerlich, seine nicht mehr ganz so kühn und auch nicht so stark durchgedrückt.

Tränen stiegen ihr in die Augen, und da sie allein war und niemand je davon erfahren würde, ließ sie sie laufen.

Falls Smith beabsichtigt hatte, ihr Leben durcheinanderzubringen, war ihm das gelungen.

10

Dienstag, 9. April, 9:00 Uhr

Brody telefonierte den ganzen Vormittag über mit dem Direktor und versuchte, seinen Termin mit Smith zu bestätigen, der weiterhin ohne Bewusstsein und in kritischem Zustand im Gefängniskrankenhaus lag. Er hatte starke Schmerzmittel bekommen und würde erst später am Tag wieder aufwachen. Brody würde seinen Besuch aufschieben müssen. Er schrieb Jo eine Nachricht, in der er sie über die Lage in Kenntnis setzte.

Anschließend konzentrierte er sich wieder auf Christa. Er rief bei Tim Neumann im Büro an und vereinbarte für den Vormittag einen Termin. Er hoffte darauf, dass Neumann als Initiator normal *der Wo-ist-Christa?*-Kampagne ihm einiges über Scott oder andere Leute erzählen konnte, die Christa möglicherweise etwas hatten antun wollen.

Er fuhr zu dem unauffälligen Bürogebäude, das Neumanns Geschäftsräume wie auch die von First Financial, Christas und Scotts Arbeitgeber, beherbergte. Wie von Tims Sekretärin vorgeschlagen, ging Brody in das Café, das ebenfalls in dem Gebäude untergebracht war.

Brody bestellte einen Kaffee und setzte sich an einen Ecktisch. Während er an dem schwarzen Gebräu nippte, musterte er die grauen Wände, an denen großartige Schwarz-Weiß-Fotografien hingen.

Er hatte sich noch nie vorstellen können, in einem Bürogebäude wie diesem zu arbeiten. Zwar war ihm schon auf dem

College klar gewesen, dass er es im Baseball nie bis ganz oben schaffen würde, doch er war bei dem Sport geblieben, weil er Spaß daran gehabt hatte. Nach Jos Schwangerschaft und ihrer Heirat war klar gewesen, dass Baseball ihn nicht weiterbrachte. Also hatte er sich bei den Marines gemeldet, ohne vorher mit Jo darüber zu sprechen. Ein paar Tage später hatte sie das Baby verloren, und die Ehe war gescheitert. Er hatte den Posten bei den Marines behalten und hatte in einer anderen Stadt seine Grundausbildung begonnen, bevor die Scheidung rechtskräftig war. Nach seiner Rückkehr nach Austin, vier Jahre später, war er als Streifenpolizist zum DPS gegangen, was seiner Abenteuerlust genauso entgegenkam wie einer Neugier, die sich weniger auf die akademischen Dinge am College richtete als auf praktische Belange.

Die Tür des Cafés ging auf, und ein mittelgroßer Mann mit dunkler Haut und dichtem, schwarzem Haar trat ein. Er wirkte durchtrainiert und streckte Brody die Hand hin, als er ihn entdeckte. Er hatte einen festen Händedruck und einen geradlinigen Blick. »Sergeant Winchester?«

»Mr Neumann. Danke, dass Sie sich die Zeit genommen haben. Habe ich Sie von der Arbeit weggeholt?«

»Ich konnte Sie zwischen zwei Besichtigungsterminen unterbringen. Machen Sie sich keine Gedanken.« Neumanns Gesicht verdüsterte sich. »Hat mir verdammt leidgetan, als ich das von Christa gehört habe. Scott war völlig am Ende, als sie verschwunden ist, aber wir dachten die ganze Zeit über, dass wir sie finden würden.« Er nickte zum Tresen hinüber. »Ich hole mir nur eben ein Sandwich und eine Cola.«

»Klar.«

Bei seiner Rückkehr brachte er eine große Cola, ein Sandwich und eine Tüte Pommes mit. »Sie haben doch nichts dagegen, wenn ich esse?«

»Überhaupt nicht.«

»Danke.«

Brody wartete, bis Neumann saß, dann sagte er: »Wie sind Sie auf die Suche nach Christa gekommen?«

»In unserem Gebäude sind viele kleine Unternehmen untergebracht, und da lernt man sich irgendwie kennen. Ich habe Christa oft hier gesehen. Die Nachricht von ihrem Verschwinden hat sich rasch im ganzen Haus verbreitet. Wir fühlten uns alle so hilflos. Dann kam mir der Gedanke, dass ich ganz gut mit Menschen umgehen und organisieren kann. Ich habe ein Flugblatt entworfen und ein Orga-Treffen angesetzt. Zwei Tage nach ihrem Verschwinden hatten wir ein festes Suchteam aus Freiwilligen zusammengestellt.«

»Laut dem, was ich gehört habe, haben Sie mit der Suche im Wald hinter ihrer Wohnung angefangen.«

»Das stimmt. Nachdem wir sie dort nicht fanden, sind wir in die Nachbarviertel ausgeschwärmt.«

»Und Sie haben keine Spur gefunden.«

Neumann verschränkte die Arme und schüttelte den Kopf. »Keine einzige. Und jetzt höre ich, dass sie die ganze Zeit am Leben war und wir sie hätten finden können. Wir alle sind heute wirklich traurig.«

»Ist Ihnen in dem Suchtrupp irgendjemand besonders aufgefallen?«

»Es waren Leute aus allen Gesellschaftsschichten dabei. Die meisten waren ganz normale Menschen. Ein paar gehörten zur übereifrigen Sorte.«

»Inwiefern?«

»Einfach entschlossen, sie zu finden, als wollten sie derjenige sein, den man interviewt, falls sie gefunden würde. Aber das waren nur ein paar, und es gab ja über hundert Freiwillige.«

»Ist Ihnen jemand besonders in Erinnerung geblieben?«

»Da war ein Typ namens Rory, der sich sehr in die Suche hineinsteigerte. Er war von der Freiwilligen Feuerwehr aus der Gegend von San Marcos. Außerdem eine Frau aus San Antonio. Lange Haare, weite Klamotten. Den Namen weiß ich nicht mehr.«

»Wer hatte die Idee mit den T-Shirts?«

»Die wurden von einem lokalen T-Shirt-Laden gespendet, der auch für meine Firma arbeitet. Sichtbarkeit ist entscheidend, also habe ich die Spende angenommen.«

»Wie benahm sich Scott während der Suche?«

Neumann zögerte. »Scott war in Ordnung. Er war zu stark persönlich betroffen, als dass er bei dem Suchtrupp eine große Hilfe gewesen wäre. Verstehen Sie mich nicht falsch. Er wollte zwar helfen, aber er war völlig durch den Wind.«

»Gestern bin ich einem Mädel namens Dee begegnet, die ein *Wo-ist-Christa?*-T-Shirt anhatte. Kennen Sie sie?«

»Klar. Dee Anders. Sie arbeitet bei Scott in der Rechtsabteilung. Sie war eine unserer eifrigsten Helferinnen.«

»Haben sie und Scott oft beruflich miteinander zu tun?«

Neumann zögerte. »Sie haben also von den Gerüchten gehört?«

»Gerüchte?«

»Dee ist in Scott verknallt. Soviel ich weiß, stand sie schon lange vor Christas Verschwinden auf ihn. Wie auch immer, er hat sich einwandfrei benommen und Abstand zu ihr gehalten. Er war Christa treu.«

»Die beiden wollten in ein paar Wochen heiraten.«

»Das stimmt. Ein paar Leute haben ihm vorgeschlagen, den Empfangssaal und den Cateringservice zu kündigen, aber er wollte nicht. Wenn Christa zurückkommen würde, wollte er sie sofort heiraten.«

»Haben Sie Christa und Scott je streiten sehen? Wirkte sie irgendwann verstört?«

Neumanns Blick wurde hart. »Ich weiß, worauf Sie hinauswollen, aber Sie irren sich. Scott hätte Christa nie etwas angetan. Niemals.«

Brody war sich da nicht so sicher. »Er ist Investmentmanager.«

»Meines Wissens ja.«

»Ich weiß zwar, dass Sie beide nur im gleichen Gebäude arbeiten, aber mitunter spricht sich ja etwas herum. Wissen Sie etwas über Scotts Arbeit?«

Tim zögerte. »Es gab da ein Problem, ungefähr vor einem halben Jahr. Scott hat bei einem Geschäft viel Geld verloren. Mehrere Kunden drohten mit einer Klage. Die Firma hat sich gütlich geeinigt.«

»Wo haben Sie das gehört?«

»Hier im Café. Sie wären überrascht, was hier so alles geredet wird. Die Leute quatschen in diesen Nischen, als wären die schallsicher.«

»Was ist mit Scotts Familie?«

»Soweit ich gehört habe, stammt er aus Oklahoma, aber mehr weiß ich nicht. Abgesehen von der Suchaktion kennen wir uns eigentlich nicht besonders gut.« Neumann legte den Kopf schräg. »Ist Scott immer noch verdächtig? Die Cops hier haben sein Leben ganz schön unter die Lupe genommen.«

Brody lächelte, er hatte nicht vor, seine Karten auf den Tisch zu legen. »Ich mache nur meine Arbeit, Mr Neumann. Ich verfolge noch einmal sämtliche Hinweise in dem Fall.« Er gab Tim eine Visitenkarte. »Rufen Sie mich an, falls Ihnen noch etwas einfällt.«

»Klar.« Neumann nahm sein halb aufgegessenes Sandwich wieder auf. »Und Sie wissen ja, wo sie mich finden.«

Die Hochzeit soll nicht förmlich werden. Zieh an, wozu du Lust hast.

Laras Worte, in denen so viel Freundlichkeit gelegen hatte, verfolgten Jo, als sie während ihrer Mittagspause durch das Einkaufszentrum schlenderte, auf der Suche nach einem »irgendwie grünen« Brautjungfernkleid – ihre einzige Vorgabe.

Von allen Hochzeitspflichten gehörte diese zu den simpelsten, doch als sie den Stoff eines weiteren Kleides befühlte, fragte sie sich, ob sie das Gesuchte je finden würde.

In Sachen Mode und Hochzeiten hatte sie keine Übung, und sie wollte alles richtig machen. Doch die Furcht vor einem Fehler hatte sie davon abgehalten, überhaupt ein Kleid zu kaufen. Sie war in die Perfektionsfalle getappt.

Eine modisch gekleidete Verkäuferin hatte Jo zunächst helfen wollen, doch ihre Unschlüssigkeit hatte sie wieder hinter den Ladentisch zurückkehren lassen.

»Dr. Granger, was für eine angenehme Überraschung. Kaufen Sie für einen besonderen Anlass ein?«

Beim Klang von Daytons Stimme drehte sie sich um, die geflammte Seide noch zwischen den Fingerspitzen. Eine Antwort auf seine Frage hätte ein Band geknüpft, was sie vermeiden wollte. »Was für eine Überraschung.«

Er schien erfreut. »Wirklich ein seltsamer Zufall, dass wir uns hier über den Weg laufen.«

Er trug einen maßgeschneiderten blauen Blazer, ein schneeweißes Hemd, das seine gebräunte Haut hervorhob, und eine schwarze Hose. Seiner Erscheinung war anzusehen, dass sie Wohlstand signalisieren sollte.

Eigentlich hätte sein freundliches, gelassenes Lächeln sie nicht weiter beunruhigen dürfen. Das hier war offenbar eine zufällige Begegnung. Viele Frauen hätten seine Aufmerksamkeit sogar gesucht oder begrüßt. Aber nicht Jo. Alle ihre Sinne funkten Alarm. »Was machen Sie denn hier?«

Er sah sich in der Boutique um, ohne wirklich interessiert zu wirken, und zog ein gelbes Päckchen Kaugummi aus der Tasche. »Ich bin am Laden vorbeigegangen und habe Sie gesehen. Ich hielt es für angemessen, Sie zu begrüßen.«

Jo hatte zwar schon unzählige Soziopathen und Lügner interviewt, aber es verblüffte sie immer wieder, wie ausgesprochen charmant sie sein konnten. »Angesichts unserer Unterhaltung von neulich ist es das keineswegs, Dr. Dayton.«

Seine Lippen verzogen sich zu einem Lächeln. »Es war ein Gespräch, kein Verhör, Dr. Granger. Es gibt keinerlei Grund, einander unhöflich zu behandeln.«

Sie ließ den Ärmel des Kleides los und wandte sich ihm zu. »Wir haben uns nichts zu sagen.«

Er behielt sein Lächeln bei, aber es wurde ein wenig kühler. Sorgfältig wickelte er einen Kaugummi aus. »Ich versuche nur, freundlich zu sein.«

»Nein, Dr. Dayton, Sie versuchen, zu manipulieren und zu kontrollieren.«

Er lachte. »Sie haben ein Faible für das Dramatische, nicht wahr, Dr. Granger? Offenbar hatten Sie schon mit so vielen Verbrechern zu tun, dass Sie überall welche sehen.«

»Nicht überall.« Aber hier schon. »Wenn Sie mich jetzt bitte entschuldigen würden.«

»Übrigens, dieses Grün steht Ihnen gar nicht, Dr. Granger. Sie sollten sich lieber an die Erdtöne halten – Olivgrün, Braunschattierungen. Die würden Ihr rotes Haar sehr schön betonen.«

Die Verkäuferin kam mit strahlendem Lächeln auf sie zu, wobei ihr Blick zwischen Dr. Dayton und Jo hin und her huschte. »Haben Sie etwas gefunden, meine Liebe?«

»Meiner Meinung nach sollte sie das olivgrüne Seidenkleid nehmen«, sagte Dr. Dayton zu der Verkäuferin. Er steckte sich den Kaugummi in den Mund und faltete das Einwickelpapier in der Mitte.

Das Lächeln der Verkäuferin wurde noch breiter. »Mit ihrer Porzellanhaut und ihrem roten Haar wäre es einfach perfekt.«

Jo straffte sich, verärgert über Daytons Einmischung. »Ich muss gehen.«

»Sie sollten das Kleid wirklich anprobieren, Dr. Granger«, sagte er.

Anstatt zu antworten, drehte sie sich um und ließ ihn einfach stehen, die Bemerkung der Verkäuferin über unhöfliches Verhalten noch im Ohr.

Bob Killians Bautrupps waren schon seit mehreren Monaten mit den neuen Wohnsiedlungen westlich von Austin beschäftigt. Meistens kamen sie um sieben auf die Baustelle, um mit der Arbeit zu beginnen, aber heute gab es alle möglichen Verzögerungen und nichts zu tun. Zu allem Übel hatte der Betonmischer eine Panne und verspätete sich.

Um drei Uhr nachmittags kam der Lkw endlich bei der Baustelle an. Die Zeit reichte gerade noch, um genug Beton für ein Fundament abzuladen. Aber ein Fundament war besser als gar nichts.

»Die Zeit rennt«, brüllte Killian zu den mexikanischen Arbeitern hinüber. »Los, ab ins Fundament, und macht euch bereit, das Zeug zu verteilen.«

Während der mexikanische Vorarbeiter Killians Worte übersetzte, holten die Arbeiter ihre Schaufeln, und der Betonmischer fuhr rückwärts auf die Baustelle zu. Das *Ding, Ding, Ding* des Rückfahralarms mischte sich mit dem Gelächter der

Männer, die schon fast den ganzen Tag auf den Lkw gewartet hatten.

Killian kalkulierte den heutigen Verlust und griff nach dem Säureblocker in seiner Jackentasche. Die Nachfrage auf dem Immobilienmarkt ließ schnell nach, und wenn er sich nicht beeilte und diese Häuser fertigstellte, würde er ein Vermögen verlieren.

Der Fahrer beugte sich nach hinten aus dem Wagenfenster und rief ein paar Männern auf Spanisch zu, beiseitezugehen, während er die Schüttrinne absenkte.

Einer der Arbeiter, ein kleiner, stämmig gebauter junger Mann, trat einen Schritt nach hinten und geriet ins Stolpern. Wild mit den Armen rudernd versuchte er, sich wieder zu fangen, verlor jedoch seinen Schuh in dem feuchten Erdreich und plumpste auf das Hinterteil. Seine Kollegen zeigten lachend mit den Fingern auf ihn, während der junge Mann sich aus dem Schlamm hochrappelte.

Killian steckte sich einen weiteren Säureblocker in den Mund. »Los jetzt!«

Der Arbeiter war gerade wieder aufgestanden, als einer der anderen Männer auf die Stelle starrte, wo er gestürzt war. Sekunden später zeigte er mit dem Finger und rief auf Spanisch: *»La mano! La mano!«*

Killian ging auf die Männer zu, seine Geduld war beinahe erschöpft. Was zum Teufel sollte das nun wieder? *La mano.* Die Hand. Hatte der Hurensohn sich etwa die Hand verletzt? Mit der eigenen Hand fuhr er sich über die Kehle, das Zeichen für den Fahrer des Betonmischers, anzuhalten, damit er nachsehen konnte. »Wenn du nur Quatsch machst, zieh ich dir die Hammelbeine lang.«

Über das hölzerne Gerüst des Fundaments hinweg stieg er in das, was irgendwann der Kriechkeller eines zweistöckigen

Hauses werden würde. Während der verstörte Arbeiter das Weite suchte, sah Killian, weshalb er geschrien hatte. Aus dem nassen Erdreich ragten drei bleiche Finger.

Killian gab den Männern einen Wink, zurückzutreten, und ging vor dem Ding in die Hocke. Die Finger waren klauenähnlich verkrümmt. Verblüffung und Neugier trieb ihn näher heran. Die kleinen Fingernägel der Hand waren mit rosa Nagellack lackiert, der bereits abblätterte. Drei angelaufene Silberreifen baumelten um das Handgelenk.

Er schob den Schlamm beiseite, und der Arm einer jungen Frau kam zum Vorschein. Killians Magen hob sich, und langsam stand er auf, wobei er mühsam Ruhe bewahrte, obwohl er am liebsten weggerannt wäre.

11

Dienstag, 9. April, 18:00 Uhr

Als Brody und Santos bei der Baustelle ankamen, hatten die uniformierten Polizisten den Tatort bereits abgesperrt. Das Blaulicht mehrerer Streifenwagen der Polizei von Austin und der DPS blinkte. Die Spurensicherung war bereits vor Ort, und der Kriminaltechniker fotografierte den Tatort.

Brody holte Gummihandschuhe aus der Jackentasche. Er und Santos blieben stehen und begrüßten mehrere Polizisten. Ein Officer, Sergeant Gary Danner, war etwa zur gleichen Zeit wie Brody in El Paso stationiert gewesen.

Gary streckte Brody die Hand hin. »Hab gehört, dass du armes Schwein wieder in Austin bist.«

Brody grinste. In ihren Zwanzigern hatten die beiden es in El Paso mehr als einmal krachen lassen und ein paar mexikanische Bars heimgesucht. »So ist es. Hab mich in die Stadt geschlichen.«

Danner hob bedeutungsvoll die Augenbrauen. »Und noch keinen Ärger bekommen?«

Seit er hier war, hatte er ununterbrochen gearbeitet. »Ich tue zwar mein Bestes, aber langsam bin ich ein bisschen zu alt, um wie früher auf den Putz zu hauen.«

Gary schüttelte den Kopf. »Winchester, der Tag, an dem du zu alt bist, ist der, an dem die Sonne nicht mehr aufgeht.«

Brody hatte es früher bunt getrieben und hatte immer noch gerne Spaß. Aber die Zeiten, in denen er sich zu viel Bier oder

Schnaps hinter die Binde kippte, waren vorbei. »Hab gehört, dass man dich gekapert hat.«

»So ist es.« Gary grinste. »Das zweite Baby ist schon unterwegs.« Er senkte ein wenig seine Stimme. »Die Ehe ist großartig, aber sag das ja nicht Ellen, meiner Frau. Ich will nicht, dass sie übermütig wird.«

»Ich nehme dein Geheimnis mit ins Grab, Partner.« Aus dem Augenwinkel nahm Brody den Kamerablitz des Kriminaltechnikers wahr. »Das hier ist Sergeant Rick Santos. Wir sind gemeinsam an dem Fall dran.«

Santos streckte seine Hand aus. »Danner. Ich glaube, wir sind uns schon über den Weg gelaufen.«

»Aber klar. Bei diesem Banküberfall in San Antonio im letzten Jahr.«

»Stimmt. Was für ein Schlamassel.«

»Ja, Sir, allerdings.«

Santos nickte zum Tatort hinüber. »Warst du als Erster vor Ort, Gary?«

Garys Gesicht wurde ernst. »Als einer der Ersten.«

Brody stemmte die Hände in die Hüften und sah zu dem aufgeworfenen Erdhügel hinüber. »Erzähl.«

»Der Bautrupp wollte gerade das Fundament einlassen, als einer der Arbeiter etwas Merkwürdiges gesehen hat. Der Vorarbeiter hat ein bisschen gebuddelt und ist auf eine Hand gestoßen, die offenbar zu einer weiblichen Leiche gehörte. Sie lag kaum einen halben Meter unter der Erde und war dem Aussehen nach noch nicht allzu lange dort. Der Leichenbeschauer hat sie sich bereits angesehen und meint, sie sei innerhalb der letzten vierundzwanzig Stunden an Sauerstoffmangel gestorben. Die Spurensicherung macht gerade ihre Arbeit.«

Brody zog seine Handschuhe an. »Haben die Jungs, die sie gefunden haben, sonst noch was gesehen oder gehört?«

»Nein. Wegen technischer Schwierigkeiten waren sie mit der Arbeit im Rückstand und haben sich darauf konzentriert, das Fundament einzulassen. Wenn du mit ihnen redest, wird ihnen vielleicht noch mehr einfallen. Der Baustellenleiter hat gesagt, dass er ziemlich oft hier draußen ist. Vielleicht hat er ja gestern oder vorgestern irgendjemanden gesehen. Er ist ein bisschen verstört.«

Brody blickte zu dem schmalen, grauhaarigen Mann hinüber, der an seinem Lastwagen lehnte, die Arme über der Brust gekreuzt und die Augen geschlossen. »Auf mich wirkt er ganz okay.«

»Er sagt, dass er tief durchatmen muss.«

Brody unterdrückte einen Fluch. »Ich sehe mal nach.«

Er überquerte den schlammigen Grund, und als die Kriminaltechniker ihn nach vorne winkten, duckte er sich unter dem Absperrband hindurch und ging zu dem Fundament des Hauses hinüber. Neben der Leiche ging er in die Hocke.

Die blasse Hand ragte aus der Erde. Bei näherem Hinsehen entdeckte er, dass die Finger gekrümmt waren, als würden sie nach einer Rettungsleine greifen. Die Fingernägel waren rosa lackiert. Am Ringfinger und am kleinen Finger steckten Silberringe.

Hinter ihm erschien die Technikerin. »Wenn Sie so weit sind, kann ich jetzt ihr Gesicht säubern.«

Brody erhob sich. »Ja. Schauen wir mal, wen wir hier haben.«

Während sie sich hinkniete und begann, vorsichtig den Schmutz von dem Gesicht zu entfernen, blieb Brody stehen, die Hände an die Hüften gelegt. Er hatte vor langer Zeit gelernt, das Grauen der Tatorte nicht mehr an sich heranzulassen. In den Jahren bei der DPS und bei den Rangern hatte er schlimme Dinge gesehen. Meistens kam er damit klar, aber wenn ein Kind starb, drang das immer noch durch seinen harten Panzer.

Die Technikerin entfernte mit einem Pinsel die letzten Erdreste, langsam und behutsam, um keine Beweise zu vernichten. Bald konnte Brody einen blonden Schopf mit dunklen Haarwurzeln und eine Stirn erkennen.

Die Technikerin arbeitete weiter mit dem Pinsel und legte erst die Augen frei, dann den Mund, der mit Klebeband verschlossen war. Anschließend entfernte sie noch mehr Erde. Die Hände der Frau waren gefesselt. Die Handschellen hatten so viel Spiel, dass sie in der Lage gewesen war, eine Hand nach oben zu bewegen und zu graben. Nur ein ganz kleines Stück. Nicht genug, um sich zu retten.

Er betrachtete ihr Gesicht. Blasse Haut. Sommersprossen auf dem Nasenrücken. Große Kreolen an den Ohren.

Ein Kind, nichts weiter.

Verdammt. Verdammt. Verdammt.

Jo hatte doch kein Kleid gekauft. Nach der Begegnung mit Dayton war sie verärgert über seine Aufdringlichkeit und darüber, dass sie sich derart von ihm aus der Fassung hatte bringen lassen. Sie fuhr auf direktem Weg zum Büro zurück, und bald nahmen die Abendtermine sie völlig in Anspruch.

Erst als ein paar Minuten vor acht der letzte Patient gegangen war, hatte sie Zeit, sich ein wenig zu entspannen und wirklich über Dayton nachzudenken. Er war durch und durch freundlich gewesen. Weder hatte er sie bedroht noch gab es andere Anzeichen, dass er gefährlich war.

Aber das alles war nur Fassade. Sie holte die Akte über Dayton, die Dr. Anderson ihr gegeben hatte, aus ihrem überquellenden Eingangskorb und überflog sie. Schon nach einem kurzen Blick erkannte sie die verräterischen Hinweise, die ihr verrieten, dass sie möglicherweise ein Problem hatte. Sheila Dayton war verschwunden. Nachbarn hatten beobachtet, wie Dayton seine Frau abkanzelte. Wenn die beiden sich zusammen in der Öffentlichkeit zeigten, sprach sie kaum ein Wort. Immer war sie nervös. Verängstigt. Und einer Freundin hatte sie anvertraut, sie befürchte, dass er sie umbringen wolle.

Aber es gab keinerlei Hinweise auf körperliche Gewalt. Und nichts deutete darauf hin, dass Dayton etwas mit dem Verschwinden seiner Frau zu tun hatte. Für den entscheidenden Tag hatte er ein stichhaltiges Alibi.

Und doch hatte er dort im Einkaufszentrum in einem Geschäft gestanden, dessen Klientel aus Frauen bestand, nur um mit ihr zu plaudern.

Jo ließ den angehaltenen Atem entweichen. Der Kerl hatte sich vorgenommen, sie aus der Fassung zu bringen, und es war ihm gelungen.

Sie trommelte mit den Fingern auf den Schreibtisch und rief sich ins Gedächtnis, dass sie nicht zum ersten Mal mit Männern wie ihm zu tun hatte. Wie viele Gefängnisinsassen hatten ihr nach einem Gespräch schon einen Besuch in Aussicht gestellt? Wie viele hatten widerliche Andeutungen gemacht? Schwierigkeiten gehörten zum Geschäft. Sie würde nicht zulassen, dass Dayton sich wie Smith in ihr Leben drängte.

Trotz der späten Stunde und trotz Brodys morgendlichem Anruf, in dem er sie über Smiths Gesundheitszustand unterrichtet hatte, nahm sie den Hörer ab, wählte die Nummer des Gefängnisses von West Livingston und bat darum, mit dem Direktor verbunden zu werden. Jo hörte sich die kurze Ansage auf seinem Anrufbeantworter an, nannte ihren Namen und rief ihm ihren Besuch vor ein paar Tagen ins Gedächtnis. Sie legte auf und erwartete nicht, vor dem nächsten Morgen von dem Direktor zu hören. Als wenige Minuten später das Telefon klingelte, sah sie zu ihrer Verblüffung die Telefonnummer des Gefängnisses auf dem Display.

»Dr. Granger«, sagte der Direktor. »Was kann ich für Sie tun?«

Es überraschte sie nicht, dass er lange arbeitete. In einem so großen Gefängnis gab es immer etwas zu tun. »Ich hatte gehofft, dass Sie mir etwas über den Zustand von Mr Smith sagen können. Ich habe gehört, dass er zu krank ist, um Besuch zu empfangen.«

»Im Moment schläft er friedlich, Dr. Granger. Er hatte heute wohl einen besseren Tag, einen ruhigeren, dem Bericht der Oberschwester zufolge. Aber er ist sehr schwach.«

Sie checkte ihre Termine für den folgenden Tag. Wie viele könnte sie absagen, um nach West Livingston zu fahren? »Ist er bei Bewusstsein?«

»Immer wieder, ja. Als Sie hier waren, war er geistig erstaunlich klar. Die Schwester meint, er hätte alle seine Kraft dafür aufgespart.«

Sie malte mit dem Kugelschreiber Kreise auf ihren Block. »Ich verstehe immer noch nicht, wieso er sich für mich interessiert.«

Der Direktor zögerte. »Wir haben jeden Winkel seiner Zelle durchsucht, aber ohne Erfolg. Brody hat mir erzählt, Sie beide seien einmal verheiratet gewesen. Er meint, Smith würde sie benutzen, um an ihn heranzukommen.«

Das verblüffte Jo. Die Ehe war zwar kein Geheimnis, aber es war ihr peinlich, dass Brody darüber gesprochen hatte. »Von einem logischen Standpunkt aus ist das plausibel.«

»Und bei einem Wahnsinnigen nach Logik zu suchen, ist ein vergebliches Unterfangen.«

Da hatte er allerdings recht. »Rufen Sie mich an, wenn Mr Smiths Zustand sich bessert?«

»Natürlich. Heute Morgen und gestern Abend habe ich mit

Winchester das gleiche Gespräch geführt. Er hat mir gesagt, was auf dem Spiel steht, und wieso es so wichtig ist, mit Smith zu sprechen.«

Ihr fiel noch etwas ein. »Wäre es möglich, dass Smith simuliert? Ich erinnere mich, dass er während des Prozesses einen Herzinfarkt vorgetäuscht hat.«

»Vor einem halben Jahr hätte ich das für möglich gehalten, aber jetzt nicht mehr. Die Krankheit ist schon zu weit fortgeschritten. Bei ihm geht es nur noch um Tage, vielleicht auch um Wochen.«

»Na schön. Danke.« Sie legte auf. Die Wanduhr zeigte sieben Uhr achtundfünfzig. Ihre Mutter hatte gerade den letzten Termin des Tages, was bedeutete, dass Jo vorbeifahren konnte. Nachdem ein, zwei Tage vergangen waren, war ihre Mutter einem Gespräch gegenüber vielleicht etwas aufgeschlossener.

Die Fahrt durch den abendlichen Verkehr dauerte weniger als eine halbe Stunde. Als sie vor dem Salon parkte, brannte drinnen Licht, doch vor der Tür hing das Schild mit der Aufschrift GESCHLOSSEN. Arlene, eine der Mitarbeiterinnen, fertigte gerade eine späte Kundin ab, doch Jo kannte ihre Mutter gut genug, um zu wissen, dass sie noch da war. Ihre Mutter war immer die Letzte, die den Laden verließ und abschloss.

Jo klopfte an der Eingangstür, und die Angestellte, Arlene, blickte auf und lächelte, als sie sie erkannte. Ihre Keilabsätze klapperten, und ihr schwarzer Kittel bauschte sich um das T-Shirt mit den texanischen Strasssteinen, als sie zur Tür kam. Arlene arbeitete schon seit Jos Grundschulzeit für ihre Mutter.

Arlene legte den Türriegel um. »Hallihallo, Fräulein Jolene. Was führt dich denn hierher?«

Jo lächelte. »Ich wollte zu Mama.« Die beiden Frauen umarmten sich. »Wie geht es dir?«

»Kann mich nicht beklagen«, sagte Arlene lächelnd. »Ich

muss noch die letzte Dauerwelle ausspülen, dann gehen mein Kerl und ich tanzen.«

»Klingt nett.«

»Du solltest mal mitkommen. Da gibt es jede Menge gut aussehende Männer, die nur zu gern mit dir das Tanzbein schwingen würden.«

Jo schnitt ein Gesicht. »Die Tanzgene hat meine Schwester geerbt. Ich habe zwei linke Füße.«

Arlene zwinkerte ihr zu. »Süße, mit deiner Figur und diesen roten Haaren ist es egal, ob du den Takt halten kannst. Irgendwer wird auf jeden Fall mit dir tanzen.«

Jo lachte. »Ich weiß schon gar nicht mehr, wann ich zum letzten Mal zum Tanzen aufgefordert wurde.«

Arlene sah sie mit bedeutungsvoller Miene an. »Na, umso mehr solltest du mitkommen. Am Freitag gehen wir wieder aus.«

»Am Freitag habe ich eine Hochzeitsprobe«, sagte sie. »Aber möglicherweise komme ich auf dein Angebot zurück.« Sie war nie gut darin gewesen, Spaß zu haben, und das war etwas, was sie ändern wollte.

»Gutes Mädchen. Jetzt lauf und rede mit deiner Mama. Sie ist in ihrem Büro und macht gerade die Buchhaltung.«

Jo traf ihre Mutter an dem kleinen, ordentlichen Schreibtisch hinten im Laden an. Vor ihr lag ein Stapel Geldscheine, daneben einer aus Schecks und ein weiterer, der aus Kreditkartenbelegen bestand. In einem gläsernen Aschenbecher steckte eine angezündete Zigarette, deren Rauch zu der verputzten Decke emporstieg.

»Mama«, sagte Jo.

Ihre Mutter drehte sich in ihrem Drehsessel um und lächelte. »Zwei Besuche in einer Woche. Jetzt kann der liebe Gott mich zu sich holen.«

Jo küsste ihre Mutter auf die Wange. »Ich dachte, du hättest mit dem Rauchen aufgehört.«

»Habe ich auch.« Es klang vollkommen aufrichtig. »Ich rauche nur noch eine Zigarette am Tag.«

»Das ist eigentlich nicht das, was man unter Aufhören versteht.« Wenn Jo mit ihrer Mutter sprach, hörte man den texanischen Akzent stärker durch als sonst.

»Besser bekomme ich es nicht hin, Liebes. Was tust du hier mitten in der Woche?« Sie wandte sich wieder ihren Papierstapeln zu, nahm einen weiteren Zug von ihrer Zigarette und fischte einen Einzahlungsbeleg heraus.

Jo setzte sich auf eine Kiste mit Kosmetikutensilien, die neben dem Schreibtisch stand. »Ich habe heute im West-Livingston-Gefängnis angerufen, um einen weiteren Gesprächstermin mit Mr Smith zu bekommen.«

Candace' Finger verharrten für einen Augenblick in der Luft, während sie das Geld weiterzählte, ohne aufzublicken. »Wieso das denn?«

»Ich muss immer an seiner Worte denken. *Schauen Sie tief in sich hinein.* Es geht mir einfach nicht aus dem Kopf.«

Candace griff nach ihrer Zigarette, schnippte die Asche weg und nahm einen tiefen Zug. Langsam ließ sie den Rauch aus der Lunge entweichen. »Er ist ein Verrückter, Jo, der gerne Unruhe stiftet.«

Jo trommelte mit den Fingern auf ihren Oberschenkel. »Ja, ich weiß. Aber ich komme trotzdem nicht davon los.«

Candace' Lachen wirkte ein wenig bemüht. »Du hast dich schon als Kind immer in alles verbissen. Irgendwann kriegst du vom vielen Nachdenken noch einen Knoten im Hirn, Jo.«

Jo wusste nicht, was sie zu ihrer nächsten Frage trieb. »Hast du Harvey Lee Smith mal kennengelernt? Ich meine, vor seiner Verhaftung?«

Der Rauch waberte an Candace' zusammengekniffenen Augen vorbei. »Wie sollte ich denn so einen Verrückten kennenlernen?«

Jo war eine erfahrene Interviewerin. Sie ließ sich von niemandem etwas vormachen und lavierte um sämtliche Blockaden. »Ich weiß nicht. Deshalb frage ich ja. Er ist etwa fünfzehn Jahre älter als du und hat über dreißig Jahre hier in der Gegend gelebt, genau wie du.«

»Das gilt für eine Menge Leute, Jolene. Deswegen muss ich sie noch lange nicht kennen.« Ihre Mutter schüttelte den Kopf. »Du hast schon als Kind die merkwürdigsten Fragen gestellt. Immer unzufrieden. Immer neugierig. Ellie hat sich immer mit meinen Worten zufriedengegeben, aber du nicht.«

Ihre Mutter hatte eine Begabung, Jos empfindlichste Punkte zu treffen. Sie kannte sie besser als jeder andere und damit auch ihre Stärken und Schwächen. Zu den Schwächen gehörten alle Vergleiche mit Ellie, dem Lieblingskind ihrer Eltern.

Jo wappnete sich und sammelte ihre Kräfte, um eine lange gehegte Befürchtung auszusprechen. »Ich bin kein bisschen wie Ellie. Sie ist die perfekte Mischung von dir und Daddy. Ganz anders als ich. Ich schlage aus der Art.«

Candace schürzte die Lippen und entschied sich für einen weiteren Zug an ihrer Zigarette, bevor sie den Stummel im Aschenbecher ausdrückte.

Jo nahm allen Mut zusammen, um das auszusprechen, was sie ihr Leben lang verdrängt hatte. »Ich habe Daddy weiß Gott geliebt, aber viel hatten wir nicht gemeinsam. Manchmal habe ich ihn dabei ertappt, wie er mich ansah, als wäre ich das größte Rätsel auf Erden.«

»Dein Daddy war ein guter Mensch.«

»Das weiß ich. Und ich würde nie schlecht über ihn reden.

Aber Mama, er und ich … Es hat sich nie so angefühlt, als wären wir … blutsverwandt.«

Candace wurde ein wenig blass. »Das sind sehr hässliche Worte. Hat dieser Smith dir diese Flausen in den Kopf gesetzt?«

»Die sind schon lange dort. Ich hatte nur zu viel Angst, es auszusprechen. In letzter Zeit muss ich immer mehr über die Unterschiede zwischen mir und Daddy nachdenken.«

»Ist dir klar, was du damit über mich sagst?«

»Mama, ich würde niemals jemanden verurteilen. Ich habe weiß Gott selbst genug Fehler gemacht.«

»Brody Winchester.«

Jo wurde zornig. In den Jahren nach der Scheidung hatte ihre Mutter wohl ein Dutzend mal darauf herumgeritten. Aber so gern sie sich Luft gemacht hätte, behielt sie ihr Lächeln doch bei. »Mom, war Cody Granger mein leiblicher Vater?«

Candace schürzte die Lippen. »Er war mit Leib und Seele dein Daddy, merk dir das. Und jetzt, falls du nichts weiter auf dem Herzen hast … ich muss noch die Buchhaltung machen. Es war ein langer Tag, und ich bin müde.«

Eine Wand aus Eis trennte sie beide, und aus Erfahrung wusste Jo, dass sie jetzt betteln, flehen und jammern konnte so viel sie wollte, Candace würde kein Wort mehr sagen.

Jo stand auf, gab ihrer Mutter einen Kuss auf die Stirn und verließ den Salon.

Es war nach Mitternacht, als Brody mit schweren Schritten seine Wohnung betrat. Es hatte Stunden gedauert, bis sie die Leiche des Mädchens richtig ausgegraben hatten, damit sie in die Pathologie gebracht werden konnte. Nach ihrer Kleidung zu urteilen war sie auf den Strich gegangen, womit die Wahrscheinlichkeit einer Vermisstenanzeige oder einer Identifizierung gegen null ging.

Er warf die Schlüssel auf die Küchenarbeitsplatte und legte den Hut daneben. Anschließend zog er die Pistole aus dem Holster, nahm die scharfe Munition aus der Kammer, drückte sie zurück in das Magazin und legte beides in eine Küchenschublade. Dann tauschte er die Uniform gegen eine alte Jogginghose und ein fadenscheiniges Baseball-T-Shirt.

Beim Blick in den Kühlschrank, wo ein Sixpack Bier stand und eine halb aufgegessene Pizza in der Schachtel lag, überkam ihn Niedergeschlagenheit. Er nahm sich ein Bier, setzte sich auf die Couch und schaltete im Fernseher zu einem Sportsender. Er öffnete die Bierflasche und warf den Kronkorken in einen Abfalleimer neben dem Beistelltisch, dann nahm er einen tiefen Schluck. Er legte den Kopf nach hinten auf die Sofalehne.

Dem Leichenbeschauer zufolge war die Tote fünfzehn oder sechzehn gewesen.

Ein Kind, verdammt noch mal.

Er dachte an das kleine Mädchen, das er und Jo zusammen erschaffen und dann verloren hatten. Wahrscheinlich wäre sie so groß wie ihre Eltern geworden, mit seiner olivfarbenen Haut und seinen dunklen Haaren. Er hatte gehofft, dass sie so intelligent wie ihre Mutter werden würde.

Er war so wütend gewesen, als Jo ihm von der Schwangerschaft erzählt hatte. *Das war's mit meinem Leben,* hatte er gedacht.

Derart selbstbezogen war er gewesen, dass er kaum einen Gedanken an Jo verschwendet hatte und darüber, was eine Schwangerschaft für ihr Leben bedeutete. Damals auf dem College war sie dank des Stipendiums gerade so über die Runden gekommen. Ihre Eltern hatten sie ein bisschen unterstützt, jedoch klargestellt, dass sie für einen Collegebesuch selbst aufkommen musste.

Er hatte sie nie nach ihren Ängsten oder Befürchtungen gefragt. Er hatte allgemein nicht viel getan, abgesehen davon, sie in einer zweiminütigen Zeremonie vor dem Friedensrichter zu heiraten. In den Augen seines zweiundzwanzigjährigen Ichs war er damit ein verdammter Held gewesen, denn die meisten hätten sich nicht zu ihrem Fehler bekannt. Er hingegen schon. Inzwischen, mit sechsunddreißig, war ihm klar, dass Jo emotionale Unterstützung gebraucht hätte. Er hätte sie in den Arm nehmen und ihr sagen müssen, dass alles gut werden würde.

Brody drückte die kalte Bierflasche gegen seine pochende Schläfe. Er war erwachsen geworden, verflucht, und er wusste, dass er in der gleichen Situation mittlerweile völlig anders handeln würde. Aber »wäre« und »hätte« half überhaupt nicht, und so sehr er es auch bereute, er hatte sich Jo gegenüber nicht richtig verhalten.

Eigentlich beobachtete Robbie Jos Haus nicht täglich. Aber er hatte es sich zur Gewohnheit gemacht, sich wenigstens einmal pro Woche auf die Lauer zu legen. Er wusste, wann sie wegen der Bewässerungsauflagen mit dem Gießen hatte aufhören müssen, sodass ihr Rasen verdorrt war. Er wusste, wann sie die Küche hatte renovieren lassen. Ihre neuen Dachplatten gefielen ihm. Oft fragte er sich, wann sie sich wohl durchringen würde, den Pekannussbaum abzuholzen, dessen Wurzeln sich in das Fundament ihrer Veranda fraßen.

Aber in den letzten Monaten blieb er immer häufiger stehen, um ihr Haus zu betrachten. Im Inneren war er schon lange nicht mehr gewesen, denn es würde auffallen, wenn er sich zu oft dort herumtrieb. Das war das Problem mit Wohnvierteln. Irgendjemand passte immer auf. Aber allmählich wurde die Versuchung stärker. Und bald würde er es sich nicht mehr verkneifen können, einen kleinen Blick zu riskieren.

12

Mittwoch, 10. April, 9:00 Uhr

Die Autopsie der Unbekannten ergab, was Brody bereits vermutet hatte: Wie Christa Bogart war sie lebendig begraben worden. Anders als bei Christa wies bei ihr einiges auf ein Leben auf der Straße hin, vermutlich als Prostituierte.

Sämtliche Hinweise stützten die Theorie, dass Smiths Lehrling erneut getötet hatte. Brody hatte angeordnet, die Medien völlig außen vor zu lassen, was den Mord anging. Niemand durfte mit der Presse reden. Niemand. Die einzigen Kommunikationskanäle zwischen Robbie und Smith waren jetzt die Medien, und Brody wollte verdammt sein, wenn die beiden sich Signale sendeten.

Aus reiner Routine hatte er wegen der Toten bei der Vermisstenstelle angerufen, ohne mit einem Treffer zu rechnen. Zu seiner Überraschung hatte eine Frau namens Keri Jones eine Vermisstenmeldung für ein fünfzehnjähriges Mädchen namens Hanna Metcalf aufgegeben.

Keri Jones zu finden hatte sich als schwierig erwiesen. Sie hatte keinerlei Kontaktadresse hinterlassen, und unter der Handynummer, die sie in der Vermisstenanzeige angegeben hatte, nahm bei mehreren Versuchen niemand ab. Doch als er zum vierten Mal anrief, sagte eine raue Stimme: »Ja, bitte?«

»Keri Jones?«

Nach einer kurzen Pause fragte die Frau: »Wer spricht da?«

»Sergeant Brody Winchester von den Texas Rangern. Ich rufe wegen der Vermisstenanzeige für Hanna Metcalf an, die Sie aufgegeben haben.«

»Haben Sie sie gefunden?« Im Hintergrund war Verkehrslärm zu hören.

»Nein. Aber ich bin auf der Suche. Können wir uns unterhalten?«

»Woher weiß ich, dass Sie ehrlich sind?«

»Meiner Vermutung nach haben Sie bei der Vermisstenanzeige Ihren richtigen Namen genannt und deswegen gezögert, als ich ihn verwendet habe.«

»Ich dachte mir, die Cops nehmen die Anzeige nicht ernst, wenn sie wissen, dass eine Hure namens Dusty Stardust sie aufgegeben hat.«

Dass Prostituierte verschwanden, kam häufiger vor. Manche verließen die Gegend auf der Suche nach mehr Arbeit oder wärmeren Klimazonen, manche starben an einer Überdosis, und wieder andere gerieten an einen bösartigen Freier und wurden umgebracht. Wegen Leuten, die auf der Straße lebten, investierte die Vermisstenstelle nicht viel Energie. »Können wir uns treffen?«

»Ich arbeite gerade.«

»Wo?«

»Sixth Street.«

»Ich kann in einer Viertelstunde da sein.«

Sie zögerte. »Es gibt dort einen Coffeeshop. Da können wir uns treffen. Ist nicht gut fürs Geschäft, wenn Sie zu mir kommen.« Sie gab ihm die Adresse.

»In Ordnung.«

Brody fuhr zu dem Coffeeshop. Draußen stand eine große Afroamerikanerin, die Shorts, einen Rock aus Schlangenleder, ein schwarzes Bustier und eine weiße, pelzbesetzte Jacke trug.

Overknee-Stiefel und eine blonde Perücke vervollständigten ihren Look.

Sie entdeckte Brody, der die verräterische Ranger-Uniform trug, und kam in den Coffeeshop. Dort setzte sie sich an einen Tisch ganz hinten, fern vom Haupteingang. Brody nahm ihr gegenüber Platz.

»Danke, dass Sie sich mit mir treffen.« Aus der Nähe waren die Linien im Gesicht und auf dem Hals deutlich sichtbar. Das Leben auf der Straße ließ eine Frau wie Keri früh altern. Ihr wirkliches Alter schätzte er auf Mitte dreißig.

Sie blickte sich um, um zu sehen, ob jemand sie beobachtete. Eine Kellnerin schaute zu ihnen hinüber, aber Keri schüttelte den Kopf. »Suchen Sie wirklich nach Hanna?«

Er griff in seine Jackentasche und holte ein Polaroidfoto des Mädchens im Leichenschauhaus heraus. »Ich habe hier ein Foto, das Sie sich mal ansehen sollten.«

Keri trommelte mit einem langen Fingernagel auf die Tischplatte und wappnete sich. »Okay.«

Behutsam legte er das Foto hin. Keri betrachtete die Nahaufnahme des Mädchens, die auf dem Tisch des Gerichtsmediziners entstanden war. Sekunden voller Anspannung verstrichen, während sie hinsah, ohne eine Träne zu vergießen. Schließlich hob sie den Kopf. Ihr Kinn zitterte ein wenig. »Das ist Hanna.«

»Sind Sie sicher?«

Keri drehte das Bild um. »Das ist sie.«

Mit bebenden Händen tastete sie in ihrer Tasche nach Zigaretten und Feuerzeug und zündete sich eine Zigarette an.

Brody verstaute das umgedrehte Foto wieder in der Tasche und ließ Keri kurz Zeit, um das Gesehene zu verarbeiten. »Ist es bei einer Frau aus dem Gewerbe so ungewöhnlich, für ein paar Tage zu verschwinden?«

»Bei den meisten nicht, aber bei Hanna schon. Sie hat jeden Abend bei mir vorbeigeschaut. Ein liebes Mädchen. Ich habe auf sie aufgepasst.«

»Was können Sie mir über sie erzählen?«

»Sie war anders. Ihre Art zu denken war anders als bei anderen. Was sie auf der Straße trieb, hat sie innerlich nicht berührt. Eigentlich ein Segen.«

»Wie meinen Sie das?«

»Geistig behindert und doch schlau. Konnte sich alle möglichen Zahlen und Dinge merken. Wenn man sie gefragt hat, wie das Wetter an einem bestimmten Tag vor fünf Jahren war, wusste sie das. Sie war fünfzehn.«

»Nahm sie Drogen?«

»Nein. Hat das Zeug nie angerührt. Nicht mal Zigaretten hat sie von mir angenommen. Sie wollte so viel Geld verdienen, dass sie nach Kalifornien ziehen konnte.« Keri schüttelte den Kopf. »Alle wollen immer nach Kalifornien. Sie denken, da scheint die Sonne und es gibt die tollsten Jobs. Ich hab versucht, Hanna klarzumachen, dass das Blödsinn ist, aber sie wollte nicht hören. Sie hat immer gesagt: ›Komm doch mit, Keri. Wir können ganz von vorn anfangen.‹«

»Wann haben Sie sie das letzte Mal gesehen?«

»Vor zwei Tagen. Wir haben zusammen gelacht. Dann ist einer von ihren Stammkunden aufgetaucht, und sie ist in seinen Pick-up eingestiegen.«

»Wie sah der Pick-up aus?«

»Rot. Ziemlich zerbeult.«

»Kennzeichen?«

Zwei weitere Züge an der Zigarette. »Hab nicht darauf geachtet. Er war ein Stammkunde.«

»Können Sie mir Genaueres über ihn sagen?«

»Nur das, was Hanna mir erzählt hat.«

»Und was hat sie erzählt?«

»Sauber. So nett, wie ein Freier sein kann. Hat nie versucht, sich um die Bezahlung zu drücken.«

»Irgendwelche Ticks?«

Keri hob amüsiert die Augenbrauen. »Süßer, alle Freier haben Ticks.« Das Lächeln verschwand aus ihrem Gesicht. »Er hat immer ›Bluebonnet‹ zu ihr gesagt.«

»Bluebonnet?«

»Ja. Es hat sie genervt, dass er sie nie beim Namen nannte, aber ich habe ihr gesagt, es gäbe schlimmere Ticks.«

Bluebonnet. Wie die Blume, die sie bei Christas Leiche gefunden hatten. »Gibt es sonst noch Informationen zu diesem Freier?«

Sie zog an der Zigarette und ließ den Rauch langsam entweichen. »Nein. Sie hat keinen Gedanken an ihn verschwendet, also hab ich es auch nicht getan.«

»Was ist mit ihrem Zuhälter? Weiß er vielleicht etwas über diesen Kunden?«

Sie schnippte die Asche auf den Fußboden und inhalierte tief. »Ach, dem ist alles egal, solange Hanna ihm jeden Abend seinen Anteil abliefert.«

»Hat sie Ihnen sonst irgendetwas über diesen Kerl erzählt?«

»Süßer, wozu über einen unkomplizierten Freier reden, wenn es andere gab, die ihr Angst machten?«

»Hat sie einen Akzent oder ein Tattoo erwähnt, vielleicht die Haarfarbe …?«

»Nein, Baby, tut mir leid.« Sie beugte sich vor. »Glauben Sie, er ist es gewesen?«

»War das der letzte Freier, mit dem Sie sie gesehen haben?«

»Ja, aber gut möglich, dass es noch andere gab. Ich hatte an dem Nachmittag viel zu tun.«

»Und Sie sind sicher, dass er sie Bluebonnet nannte?«

»Ja. Da bin ich mir ganz sicher. Wenn Sie glauben, dass es hilft, kann ich mich mal umhören. Nachfragen, ob eines der anderen Mädchen mit ihm zu tun hatte.«

Brody zog eine Visitenkarte heraus und gab sie ihr. »Das wäre sehr hilfreich. Alles, was Ihnen einfällt, bringt uns weiter.«

»Was glauben Sie, warum hat er sie Bluebonnet genannt? Hat er was für Blumen übrig?«

»Ja, er mag Blumen.«

Sie zog die Brauen zusammen. »Dieser Mann, nach dem Sie suchen … hat der noch mehr Frauen umgebracht?«

Brody hatte keine Ahnung, wie alles zusammenhing. Noch nicht. »Ja.«

Keris braune Augen füllten sich mit Tränen. »Sie war ein liebes Mädchen. Sie hatte den Tod nicht verdient.« Ihre Hände zitterten, als sie auf die glimmende Spitze ihrer Zigarette blickte. »Eigentlich sind Sie doch gar nicht wegen Hanna hier. Sondern wegen eines ähnlichen Falls.« Als Brody nicht antwortete, verzog sie den Mund zu einem halben Lächeln. »Normalerweise kommen die Ranger einer Hure nicht zu Hilfe.«

»Das stimmt.« Unter normalen Umständen hätte Hannas Fall keine erhöhte Aufmerksamkeit bekommen. »Ich will Hannas Mörder finden. Wirklich.«

Sie machte ein finsteres Gesicht. »Wenigstens sind Sie ehrlich.«

»Hatte sie hier in der Gegend ein Zimmer?«

»Sie hat in einem Motel im Osten von Austin gewohnt. Hat die Miete wöchentlich bezahlt.«

Er schrieb sich den Namen auf. »Ich werde dem Motel einen Besuch abstatten.«

»Beeilen Sie sich lieber. Heute ist die Miete fällig, und wenn sie bis sechs Uhr nicht bezahlt ist, wird der Vermieter ihr ganzes Zeug in den Müll werfen.«

»Ich fahre jetzt gleich hin.«

»Sie haben ja meine Nummer. Können Sie mich anrufen, wenn Sie diesen Kerl finden? Ich will wissen, ob Hanna Gerechtigkeit bekommt.«

»Klar.«

Die Fahrt zu Hannas Motel dauerte nicht einmal zehn Minuten, und nachdem er einem drahtigen Mann mit gegerbter Haut, der am Empfangstisch saß, seine Marke gezeigt hatte, stand er schließlich in Hannas Zimmer.

»Heute ist die Miete fällig.« Der Manager blieb in der Tür stehen und klimperte mit dem Schlüsselbund.

»Machen Sie sich wegen der Miete erst mal keine Gedanken.«

»Wenn ich die nicht eintreiben kann, schmeiße ich ihr Zeug weg.«

Brody trat auf den Mann zu, wobei ihm bewusst war, dass er ihm fünfzehn bis zwanzig Zentimeter Körpergröße und dreißig Kilo Gewicht voraushatte. »Ich muss Sie bitten, den Raum unverändert zu lassen, bis ich Ihnen andere Anweisungen gebe.«

Der andere hob den Kopf. »Wenn ich keine Miete kriege, mache ich Verluste.«

Die abgestandene Luft im Gang roch nach Zigaretten und Urin. »Tun Sie Ihr Möglichstes. Niemand betritt dieses Zimmer, bevor ich grünes Licht gebe.«

»Das ist nicht fair.«

»Das Leben ist eben nicht fair. Wenn Sie diesen Raum anrühren, lasse ich die Zimmer sämtlicher Mieter durchsuchen und jeden einzelnen verhaften, bei dem ich das kann. Das wäre nicht so gut für Ihre Bilanz, oder?«

Der Mann sah Brody wütend an. »Sagen Sie sofort Bescheid, wenn Sie damit fertig sind.«

»Klar.«

Brody konzentrierte seine Aufmerksamkeit auf das Zimmer, das Hanna bewohnt hatte.

Ein kleines, ordentlich gemachtes Doppelbett stand an der rechten Wand. Die Tagesdecke war lila, das halbe Dutzend Kissen in Pinktönen gehalten. Zwischen den Kissen saß ein fadenscheiniger, brauner Teddybär mit zerschlissenem linken Ohr und nur einem Auge. Gegenüber des Betts befand sich ein Schreibtisch, auf dem eine Kochplatte und eine Kaffeemaschine standen. Darunter war ein kleiner Kühlschrank untergebracht, in dem sich eine Flasche Wasser, drei Dosen Cola, ein Glas Erdnussbutter und ein halber Brotlaib befanden.

Die Vorhänge waren braun und fleckig und gehörten wahrscheinlich zur Zimmerausstattung. Auf dem Fensterbrett standen ein Glasherz, eine Disneyland-Tasse und ein Glas mit Geleebohnen.

Brody streifte Gummihandschuhe über, ging zum Schreibtisch und öffnete die mittlere Schublade. Sie enthielt einen Stapel Teenie-Zeitschriften und einen Reiseführer für Südkalifornien, in dem Dutzende von Seiten mit Eselsohren markiert waren. Auf der rechten Seite des kleinen Schranks hing eine Reihe knapper Kleider aus Spandex und einem hauchdünnen, glitzerbesetzten Stoff, auf der linken Seite hingen Jeans, T-Shirts und ein Sweatshirt mit dem Schriftzug einer Highschool in Houston.

Geschichten wie diese hatte er schon hundertmal gesehen. Mädchen, die in dieses Leben hineingesaugt wurden, weil niemand sich um sie scherte. Aus Gewohnheit griff er unter die Schublade und ertastete ein kleines Buch, das mit Klebeband an ihrer Unterseite befestigt war. Er zog fest daran, und holte ein kleines, rotes Notizbuch heraus. Die Ränder waren zerfleddert, und die Seiten waren wellig, aber die Handschrift war ordentlich, wenn auch kindlich und rund. Langsam blätterte er das Buch durch. Hanna hatte ihren Freiern Codenamen gegeben und über alle Termine detaillierte Aufzeichnungen geführt. Das Buch war vollgeschrieben. Bei der Durchsuchung des Zimmers fand Brody zwar kein weiteres Buch, die Abgenutztheit des ersten deutete jedoch darauf hin, dass Hanna ihr Notizbuch zur Arbeit mitgenommen hatte. Demnach musste das aktuelle Buch bei ihr sein.

Das letzte Datum in dem Notizbuch lag einen Monat zurück, also nicht sehr lange. Möglicherweise war der Freier, der sie Bluebonnet genannt hatte, dort aufgeführt.

»Wer zum Teufel ist er, Hanna?«

Um fünf Uhr machte Jo Feierabend. Sammy hob den Kopf, als sie an ihrem Empfangstresen vorbeikam. »Sie gehen schon um fünf? Sind Sie krank?«

Jo lachte. »Das habe ich doch schon früher gemacht.«

Sammy zog die dunklen Augenbrauen hoch. »Ja, als der Strom ausgefallen ist und keiner von uns arbeiten konnte, weil es in den Räumen fast vierzig Grad hatte.« Sammy sah sie bedeutsam ein. »Ein heißes Date?«

Das brachte Jo aufrichtig zum Lachen. »Ich muss ein Kleid für eine Hochzeit kaufen.«

Sammy legte den Kopf schief. »Die Hochzeit, die in drei Tagen stattfindet?«

»Genau die.«

»Das ist sogar für Ihre Verhältnisse knapp.«

Jo stellte die Aktentasche hin. »Ich hatte nicht geglaubt, dass es so eine Quälerei sein würde. Ich dachte wirklich, ich würde etwas finden, aber bis jetzt habe ich nirgendwo etwas Schönes gesehen.«

»Fahren Sie in die Innenstadt zu Zoe in der Congress Street.

Sie hat wirklich hübsche Sachen. Und nicht so jung und hip, um Sie gleich in die die Flucht zu schlagen.«

Jo richtete sich auf. »Ich bin ja wohl noch nicht alt.«

»Oh, hey, Sie sind in Ordnung, Jo. Wirklich. Aber mal ehrlich, in Modedingen sind Sie nicht gerade auf dem letzten Stand.«

»Professionell ist wirksamer als modisch«, konterte Jo.

»Na gut, dem Chef und den Mandanten gefällt Ihr Gouvernanten-Look. Dr. Anderson mag es, dass Sie ein bisschen prüde sind. Das verleiht Ihnen Autorität. Aber für eine Hochzeit? Da ist das nicht das Wahre. Versuchen Sie's mal mit einem Hauch sexy, Miss Marple.«

Jo betrachtete ihre weiße Bluse und den engen Rock. »Miss Marple? Das geht ein bisschen zu weit.«

In Sammys Gesicht lag ehrlicher Eifer. »Jo, geben Sie mal ein bisschen Gas.«

Geben Sie mal ein bisschen Gas. Jo hatte keine Ahnung, was das bedeuten sollte. »Mal sehen, was ich tun kann.«

»Gehen Sie zu Zoe. Da wird man sich um Sie kümmern.«

Jo dachte an die Boutique vom Vortag und an die Begegnung mit Dayton und davor mit der Verkäuferin. Bei der Vorstellung, Kleider anzuprobieren, verkrampften sich ihre Rückenmuskeln.

Als sie im Wagen saß, rief sie bei Zoe an, fand heraus, dass das Geschäft bis um acht Uhr geöffnet hatte, und beschloss, ein kurzes Training im Sportcenter einzulegen, bevor sie sich in den Laden wagte. Sie hatte seit Samstagmorgen nicht mehr trainiert, und ihre Muskeln waren steif.

Im Radio stellte sie NPR an, den staatlichen Radiosender, dann fiel ihr Sammys Bemerkung über Miss Marple ein. Sie wechselte zu einem lokalen Popsender und hielt zwei Songs durch, bevor sie wieder zu NPR zurückschaltete. Hip war sie nicht einmal in ihrer Jugend gewesen.

An der Ampel tauchte hinter ihr ein Pick-up auf und wäre fast auf ihren Wagen aufgefahren. Stirnrunzelnd blickte sie in den Rückspiegel und fuhr ein kleines Stück vorwärts. Der andere Wagen folgte ihr.

»Rück mir nicht auf die Pelle, mein Freund.« Zornig starrte sie in den Rückspiegel und versuchte, einen Blick auf den Fahrer zu erhaschen, aber die dicke Brille und der Hut machten das unmöglich.

Das Nummernschild war aus Texas, aber die Hälfte der Ziffern war von Schlammspritzen verdeckt.

Die Ampel wurde grün, und sie fuhr zum Sportcenter. Um diese Tageszeit würde es brechend voll sein, das wusste sie. Sie bog um die Ecke auf den Parkplatz, als ihr Handy klingelte. Sie zuckte zusammen und angelte es beim letzten Abbiegen rasch aus ihrer Handtasche.

»Hallo«, sagte sie.

»Ich würde gerne Louis Williams sprechen. Hier ist die Hypo-Finanz in Houston. Er hat einen Kredit beantragt, und ich hätte gerne eine Auskunft.«

Sie verdrehte die Augen und befahl ihrem klopfenden Herzen, sich zu beruhigen. »Falsch verbunden.«

»Sind Sie sicher?« Der Mann nannte ihr die Telefonnummer.

»Die Nummer stimmt zwar, aber die Kontaktdaten nicht. Ich kenne keinen Louis Williams.«

Ein kurzes Schweigen folgte. »Wir streichen Sie von unserer Anruferliste.«

»Wunderbar.« Sie legte auf und fand zum Glück ganz in der Nähe einen Parkplatz. Bei einem kurzen Blick in den Spiegel stellte sie fest, dass der Pick-up in eine Seitenstraße abbog und der Fahrer nach vorne schaute, als hätte er sie nie gesehen.

Zitternd atmete sie aus. Sie verhielt sich paranoid. Ein Beinahe-Auffahrunfall, ein falsch verbundener Anrufer und die zufällige Begegnung mit Dayton hatten sie verstört. Das passte gar nicht zu ihr. Sie war bodenständig. Pragmatisch. Warum war sie dann auf einmal derart aus dem Gleichgewicht, als würde der Boden unter ihren Füßen wanken?

Anhand von Hannas Namen hatte Brody ein Vorstrafenregister und Fingerabdrücke erhalten. Beides hatte er an den Gerichtsmediziner weitergeleitet, der sie eindeutig identifiziert hatte. Ihre Angehörigen zu finden hatte hingegen länger gedauert, und es war bereits nach acht, als Brody Hannas Onkel ans Telefon bekam. Von dem Onkel erfuhr Brody, dass Hanna vor einem halben Jahr weggelaufen war. »Hab mir immer gedacht, dass man sie irgendwann umbringen würde. Besonders schlau war sie nicht. Hat nie kapiert, wenn sie in Schwierigkeiten war.«

Brody lehnte sich auf dem Schreibtischstuhl zurück und blickte auf das Notizbuch, das er aus Hannas Apartment mitgenommen hatte. Ein Team der Spurensicherung hatte das Zimmer durchsucht, ohne sonst etwas zu finden. Das Buch war der einzige Hinweis auf den Mann, der sie möglicherweise getötet hatte.

Er blätterte darin und studierte das detaillierte Verzeichnis ihrer Freier. Jeder hatte einen Namen, auch wenn wahrscheinlich nicht viele davon echt waren. Sie hatte das Datum der Treffen und die jeweils verdiente Summe notiert. Das kleine Notizbuch wies viele Einträge auf, die nur eine Zeile umfassten.

Santos klopfte an Brodys Bürotür. »Ich habe gehört, dass du das zweite Opfer identifiziert hast.«

Brodys Stuhl knarrte, als er sich zurücklehnte und Santos eine Zusammenfassung gab. »Als ich ihr Zimmer durchsucht habe, habe ich ein Notizbuch des Mädchens gefunden. Sie hatte eine Liste ihrer Freier angelegt, aber die Namen scheinen mir nicht alle echt zu sein. Vielen hat sie Spitznamen gegeben.«

»Ihr Zuhälter weiß bestimmt mehr über ihre Kunden«, sagte Santos. »Und den zu finden sollte nicht allzu schwer sein.«

»Kaum. Ich habe seinen Namen.«

»Statten wir ihm einen Besuch ab.«

Wie sich herausstellte, war Hannas Zuhälter leichter zu finden als erwartet. Keri hatte gesagt, dass er sich oft in einem Coffeeshop in der Sixth Street aufhielt. Tagsüber vereinbarte er online Termine für seine Mädchen, und abends stellte er sie auf die Straße.

Daddy, wie Keri ihn genannt hatte, saß ganz hinten in dem Coffeeshop. Rechts neben einem nagelneuen Laptop stand eine große Tasse. Daddy war nur mittelgroß, aber muskulös und nicht älter als dreißig, doch seine kaffeebraune Haut wirkte pockennarbig. Wie Keri gesagt hatte, hing ein großes goldenes Kruzifix um seinen Hals, und er trug am liebsten weiße Jogginganzüge.

Als die Ranger das Café betraten, kam das Gespräch zum Erliegen, und Daddy hob den Kopf. Er richtete sich auf und stützte sich mit dem einen Arm auf der Rückenlehne der Bank ab, während er den anderen unter dem Tisch behielt.

Brodys Hand glitt zu seiner Waffe, während er auf den Tisch zuging. »Seien Sie so gut und legen Sie die andere Hand auf den Tisch.«

Daddy grinste und legte auch den anderen Arm auf die Rückenlehne. »Mit den Rangern will ich lieber keinen Ärger kriegen.«

»Wie heißen Sie mit richtigem Namen, Daddy?«

Er schob seine Baseballkappe zurück. »Juan Johnson. Was wollen denn die Ranger bei mir? Ich hab nichts Schlechtes getan.«

Wahrscheinlich hatte Johnson mehr Gesetze gebrochen, als Brody zählen konnte, aber heute Abend ging es nicht um ihn. »Wann haben Sie Hanna Metcalf das letzte Mal gesehen?«

Johnsons ungezwungenes Grinsen verlor etwas von seiner Lässigkeit. »Sie hat die Fliege gemacht, ohne Bescheid zu sagen. Hab sie seit zwei Tagen nicht gesehen. Wissen Sie, wo sie ist?«

»Ja, ich weiß, wo sie ist.«

»Tatsächlich?« Die dunklen Augen blitzten verärgert auf. »Was hat sie über mich gesagt?« Offenbar hatte Keri Daddy nichts von Hanna erzählt.

Brody stellte einen Fuß gegen die Bank und beugte sich vor, während Santos hinter ihm stehen blieb. »Was glauben Sie denn, was sie über Sie gesagt hat?«

»Das Mädel ist nicht ganz richtig im Kopf. Bisschen langsam und quatscht immer weiter, wenn längst keiner mehr ihr Gesabbel hören will.« Er schüttelte den Kopf. »Dusty hat gesagt, das Mädchen steckt in Schwierigkeiten, aber die lügt mit Sicherheit. Diese faule Schlampe versteckt sich irgendwo und zieht über Daddy her.«

Brody ignorierte das Geschwätz des Zuhälters. »Was redet sie denn so?«

»Sie haben Sie gesehen, also müssten Sie's doch wissen.«

»Ich will hören, was Sie zu sagen haben.«

»Immer ist sie frech und pampig. Und Daddy mag's gar nicht, wenn eine pampig ist.«

Brody zog das zerfledderte Notizbuch hervor und blätterte darin. »Das hier hat sie mir gegeben. Hat gesagt, es ist eine Liste ihrer Freier.«

Daddy ließ die Hände zu beiden Seiten des Laptops auf den Tisch fallen. »Was sagen Sie da?«

»Sie hat eine Liste geführt. Hatte sie dafür irgendeinen Grund?«

Er hob die Schultern, als würde es ihn nicht weiter kümmern. »Ich hab keine Ahnung, was eine verrückte Schlampe antreibt.«

»Daddy, es geht mir im Moment nicht um Sie. Ich bin hinter einem Mörder her, und möglicherweise könnte Hanna mir helfen.«

Daddy konnte sein Erschrecken nicht verbergen. »Was meinen Sie mit ›Mörder‹? Ich weiß nichts von einem Mörder.«

»Hanna wusste etwas.«

»Wusste?«

»Sie ist tot.«

Kopfschüttelnd lehnte Daddy sich zurück. »Scheiße.« Er hob einen Zeigefinger, an dem ein Ring steckte. »Ich weiß von nichts.«

Brody grinste. »Ich wette, Sie wissen sogar, wie oft das Mädchen am Tag geatmet hat. Ich wette, Sie wissen, wann sie geniest hat und wann sie pinkeln musste.«

Daddy schwieg einen Moment. »Was wollen Sie von mir?«

»Stets verhandlungsbereit, Juan. So mag ich das.«

»Was wollen Sie?«

»Ich will, dass Sie sich dieses Buch ansehen und mir verraten, ob Ihnen einer der Namen etwas sagt.«

»Woher zum Teufel soll ich die Namen kennen, die Hanna sich aufgeschrieben hat?«

Brody beugte sich vor und behielt seinen ruhigen Tonfall bei. »Ich kann Sie innerhalb von zwei Sekunden aus dem Gefecht ziehen, Juan. Dann bekommen Sie das Tageslicht jahrelang nicht mehr zu sehen, und ihre Mädchen sind im Nu über alle Berge.«

Daddy wurde ein wenig blass. »Ich kenne Sie nicht, Ranger.«

Brody lächelte. »Ich bin neu in der Stadt.«

»Sie haben nichts gegen mich in der Hand.«

Brody bewegte sich so schnell, dass Daddy keine Zeit blieb, um zu reagieren. Er packte den Zuhälter, riss ihn von der Bank hoch und verdrehte ihm den Arm auf den Rücken. Bevor Daddy auch nur quieken konnte, hatte ihm Brody bereits die Handschellen um die schmalen Handgelenke geschlossen.

Santos holte sein Handy heraus und rief die Polizei von Austin an. »Sie schicken Daddy einen Wagen.«

Daddy verzog das Gesicht und versuchte sich zu befreien, doch je mehr er sich wehrte, desto stärker verdrehte Brody ihm den Arm. »He, Sie brauchen nicht so brutal zu sein.«

Brody zerrte den Zuhälter nach draußen. Als Daddy sich losreißen wollte, drückte er ihn gegen die Mauer des Cafés und hielt ihn so fest, dass das Gesicht des Zuhälters an der Mauer entlangschrammte. »Versuchen Sie das noch mal, Daddy. Bitte.«

Daddy wollte sein blutendes, aufgeschürftes Gesicht von der Mauer wegdrehen, doch Brody hielt es an Ort und Stelle fest. »Ich will keinen Ärger, Ranger.«

»Das ist aber schade.«

Daddy gab seinen Widerstand auf und stieß einen Seufzer aus. »Lassen Sie mich mal einen Blick auf die Namen werfen. Vielleicht kann ich Ihnen helfen.«

»Ich bin mir nicht ganz sicher, ob Sie es noch wert sind. Wenn ich Ihre Mädchen zusammentrommele und ihnen sage, dass sie jahrelang nicht mehr aus dem Loch kommen, werden die es mir erzählen.«

»Sie können mich doch nicht einfach ins Gefängnis werfen. Wir sind hier in Amerika.«

Brody lachte.

»Lassen Sie mich die Namen ansehen!«

Brody stieß ihn noch einmal gegen die Mauer, dann riss er ihn wieder zu sich herum, als ein Streifenwagen der Polizei sich mit Blaulicht näherte. »Fangen Sie lieber an zu reden, Daddy.«

Daddy schaute in das aufgeschlagene Buch, das Brody ihm unter die Nase hielt. Er schüttelte den Kopf, und Brody blätterte weiter. Wieder nichts.

Die uniformierten Polizisten kamen auf Brody zu. »Scheint, als würde Daddy Ihnen Ärger machen.«

»Er ist nicht ganz so hilfreich, wie er sein könnte. Würdet ihr mir einen Gefallen tun und ihn in eine Zelle stecken? Ich komme dann irgendwann vorbei und schaue nach ihm.«

»Ich hab doch gesagt, dass ich helfe!«, brüllte Daddy. »Sie haben mir erst ein paar Seiten gezeigt! Scheiße! Geben Sie mir eine Chance!«

Brody dachte an die fünfzehnjährige Hanna, die sich für dieses Monster prostituiert hatte. Wie viele Chancen hatte Daddy ihr wohl gegeben? Er blätterte eine weitere Seite um. »Schauen Sie gut hin, Daddy, meine Geduld ist nämlich langsam am Ende.«

Erneut überflog der Zuhälter die Seite. »Einen der Namen kenne ich.«

»Welchen?«

»Earl. Er war ein Stammkunde.«

»Wie oft ist er vorbeigekommen?«

»Mindestens einmal in der Woche. Die Männer stehen auf Hanna. Jung, drall. Sie hat viele Stammkunden.«

Brody kochte vor Zorn. »Ich suche nach einem Stammkunden.«

»Die meisten kenne ich. Dafür brauche ich kein Notizbuch.«

»Hatte irgendeiner einen Spitznamen für sie?«

»Was zum Beispiel?«

»Das würde ich gern von Ihnen hören.«

»Blondie. Alice im Wunderland. Einer mochte sie, weil sie ihn an seine Enkelin erinnerte.«

Brody biss die Zähne zusammen und hätte nichts lieber getan, als dem Kerl die Zähne einzuschlagen. Stattdessen sagte er mit ruhiger Stimme: »Wer noch?«

»Ein Kerl hatte eine Vorliebe für Blumen.«

Brodys hämmernder Puls beruhigte sich. »Was für Blumen?«

»Scheiße, ich weiß es nicht. Rosen sind rot, Veilchen sind blau, verdammt noch mal.«

»Wie hat er Hanna genannt?«

»Weiß ich nicht.«

»Wie sah er aus?«

»Mittelgroß. Dunkle Haare. Dicke Brillengläser. Wie ein Buchhalter.«

»Hatte er einen Namen?«

»Ich lasse die Leute doch nicht zum Appell antreten, verdammt. Er hat sie in einem Pick-up abgeholt und sein Ding gemacht.«

»Wann hat er Hanna das letzte Mal abgeholt?«

»Vor ein paar Tagen.«

»Und wo?«

»An ihrer Ecke. Gleich hier draußen.«

Brody hatte bereits Polizisten losgeschickt, damit sie in den Geschäften nach Überwachungskameras fragten, die Hanna und ihren letzten Freier möglicherweise gefilmt hatten. Er packte Daddy an den Schultern und übergab ihn den Cops. »Er gehört euch.«

»Was machen Sie denn?«, rief Daddy. »Ich habe Ihnen doch gesagt, was ich weiß!«

»Ich habe ein Notizbuch, in dem lauter Verabredungen mit Freiern stehen. Und Sie haben gerade zugegeben, dass Sie die

Namen von zwei Kunden kennen, die Sie ihr geschickt haben. Ich hab das dumpfe Gefühl, dass das in Texas illegal ist.«

»Blödsinn. Ich hab's doch gemacht. Ich hab Ihnen geholfen!«

»So, wie Sie einer Fünfzehnjährigen auf den Strich geholfen haben.«

»He, Mann, sie ist zu mir gekommen. Sie hatte Hunger und wollte arbeiten, und ich hab ihr Arbeit gegeben. Sie hat ihren Lohn gekriegt.«

Auf Heller und Pfennig, da ging Brody jede Wette ein. »Schaffen Sie ihn weg.«

Daddy wehrte sich und wandte den Kopf zu Brody, als die Polizisten ihn abführten. »He, Mann, Sie brauchen mich. Ich kann Ihnen helfen, diesen Kerl zu finden.«

»Tatsächlich? Wie denn?«

»Ich kann mich umhören. Nachfragen, ob der Typ auch anderen Mädchen Blumennamen gegeben hat.«

Der Zuhälter hatte recht. Womöglich hatte der Killer sich noch weitere Mädchen geholt. Und vielleicht konnte Daddy ihnen sagen, wer alles verschwunden war und mit wem sie zusammen gewesen waren. »Na schön. Sie können helfen, Daddy.« Er sah die Polizisten an. »Wenn Sie in vierundzwanzig Stunden nichts von ihm hören, stecken Sie ihn ins Loch.« Brody legte Daddy die Hand auf die Schulter und drückte fest zu.

13

Samstag, 13. April, 9:00 Uhr

Brody rieb sich die Augen und griff nach seiner Kaffeetasse. Nach einem Schluck von der kalten Plörre murmelte er einen Fluch, stellte die Tasse weg und lehnte sich auf seinem Stuhl zurück. Seit Tagen sah er sich nun schon Bilder von Überwachungskameras aus der Gegend an, in der Hanna gearbeitet hatte. Er hatte die Bilder mit den Einträgen in ihrem Notizbuch verglichen, das für den Monat März vierhundert Einträge enthielt. Vierhundert Einträge. Scheiße. Ein fünfzehnjähriges Mädchen. Daddy blieb auf freiem Fuß, und er hatte sich umgehört und herausgefunden, dass der rote Pick-up in den letzten Wochen häufig gesehen worden war. Aber niemand wusste Genaueres. Brody blickte auf Hannas Einträge hinunter und schwor sich, dass Daddy bald ins Gefängnis gehen würde.

Bei gut dreißig Prozent von Hannas vierhundert Einträgen handelte es sich um Wiederholungsbesuche. Außerdem hatte Hanna bei jedem Eintrag Vornamen und manchmal Nachnamen verzeichnet und sich am Rand Notizen gemacht. *$$. Ich erinnere ihn an seine Enkelin. Riecht aus dem Mund. Kleiner Schwanz. Redet nicht gern.* Und der wichtigste, *Robbie: Nennt mich Bluebonnet.*

Der Name Robbie löste bei Brody einen Adrenalinschub aus. Sofort gab er die betreffenden Einträge ein. Robbie hatte Hanna im Laufe eines Monats zehnmal besucht. Und Hanna hatte sich notiert, dass er sie Bluebonnet nannte.

Er nahm sich das Überwachungsband eines Spirituosengeschäfts vor, das gegenüber von Hannas Ecke und einem Bankschalter lag, und hielt darauf nach Männern Ausschau, die an den von Hanna aufgelisteten Tagen auftauchten.

Hanna stand immer an derselben Ecke unter einer Straßenlaterne. Meistens kam sie um fünf Uhr nachmittags und verließ ihre Ecke oft erst um fünf Uhr morgens. In kalten Nächten stand sie oft eine Stunde da und sprach die Passanten an. An milderen Abenden wurde sie von einem beständigen Strom von Autos aufgelesen. Das Licht und die Perspektive machten es schwierig, die Gesichter der Freier zu sehen, weshalb er vor allem auf die Fahrzeuge achtete. An den Abenden, an denen Robbie Hanna besuchte, fuhr ein roter Pick-up langsam an der Ecke vorbei. Die Lackierung war verblichen, die hintere Stoßstange verbogen und die Karosserie am Rand vom Rost zerfressen. Sowohl das vordere als auch das rückwärtige Nummernschild war verdreckt und daher unleserlich, doch auf der Ladefläche des Pick-ups konnte man ein paar Schaufeln und ein Seil erkennen.

Der Fahrer wandte beim Heranfahren immer das Gesicht ab, als wäre ihm bewusst, dass es hier Kameras gab. Diese Vorsichtsmaßnahme hatte er von Smith gelernt, der ebenso verfahren war, als er seinen Opfern nachgestellt hatte. Smith war im Umgang mit Überwachungskameras erst ganz am Schluss nachlässig geworden, und Brody war zur Stelle gewesen und hatte ihn festgenommen.

Auf den Kamerabildern lächelte Hanna stets, wenn sie auf Robbies Beifahrertür zukam und sich zu ihm vorbeugte. Jedes Mal redeten sie kurz, bevor sie bei ihm einstieg.

Robbie setzte Hanna hinterher nie wieder an der gleichen Ecke ab, denn etwa eine Stunde, nachdem er sie aufgelesen hatte, tauchte sie zu Fuß wieder auf. Etliche Male kam Dusty ins Bild, und die beiden Frauen unterhielten sich. Beide behielten Daddys Wagen im Auge, der immer auf der anderen Straßenseite parkte. Daddy passte gut auf seine Investitionsgüter auf.

Jedes einzelne Mal, wenn Robbie in dem roten Pick-up auftauchte, waren die Nummernschilder schmutzig, und er drehte das Gesicht weg. Aber zumindest hatte Brody jetzt eine Verbindung zu Robbie.

Brody starrte auf das Standbild, auf dem zu sehen war, wie Hanna sich zu Robbies Transporter vorbeugte.

»Ich kriege dich, du Schweinehund.«

Als sein Handy piepste, richtete er sich auf und las die Nachricht, die er sich selbst vor der Arbeit geschickt hatte.

Hochzeit stand auf dem Display.

Brody schaltete den Alarmton ab, stand auf und streckte sich, um die Verspannungen in Schultern und Rücken zu lösen. Er hatte vor langer Zeit gelernt, sich per Handy an Termine erinnern zu lassen, wenn er mit einem Fall beschäftigt war. Viel zu oft war es vorgekommen, dass er bei der Arbeit jedes Zeitgefühl verloren hatte. Bei allzu vielen Familientreffen oder Dates hatte er gefehlt oder war zu spät gekommen. Seine letzte Freundin war die versäumten Verabredungen und seine häufige Abwesenheit schließlich leid gewesen. *Du brauchst keine Freundin. Die Arbeit ist die einzige Geliebte, die du je brauchen wirst.*

Er hatte die Trennung zwar bedauert, aber sie hatte ihn weder von der Arbeit noch von dem Fall ablenken können. Dennoch hatte er sich seither große Mühe gegeben, Verabredungen einzuhalten oder zumindest anzurufen, wenn er es nicht schaffte.

Er krempelte die Ärmel seines Hemds herunter und knöpfte sie zu, dann holte er die rote Krawatte, die er sich am Morgen mitgebracht hatte. Rasch schlang er den Knoten, schlüpfte in den blauen Blazer, der hinten an der Tür hing und griff nach seinem Stetson.

Er hatte Jim gesagt, dass er zu seiner Hochzeit kommen würde, und er hatte es ernst gemeint.

Draußen war es hell und sonnig, eine willkommene Abwechslung zu den winterlich kalten Temperaturen. Es würde einer jener seltenen, perfekten Tage zwischen der eisigen Kälte des Winters und der brütenden Sommerhitze werden. Er hatte einmal gehört, Regen sei ein gutes Vorzeichen für eine Ehe, aber er hatte nie daran geglaubt. An Jos und seinem Hochzeitstag hatte es geregnet, und diese Verbindung hatte nie eine Chance gehabt.

Jo verbrachte viel zu viel Zeit mit ihrem Haar und ihrem Make-up. Sie wollte gut aussehen, aber so viel sie ihre Haare auch kämmte, aufdrehte oder frisierte, sie sahen einfach nicht so aus, wie sie sollten. Bei der vierten Frisur wurde ihr klar, dass das Ganze allmählich zwanghaft wurde. Entnervt ließ sie das Haar offen, sodass es lockig über die Schultern des geflammten Seidenkleids fiel, das sie am Mittwoch nach ihrem überstürzten Aufbruch zu Zoe gekauft hatte.

Die Ladenbesitzerin hatte sie schon erwartet und ihr verraten, dass Sammy angerufen und ihr gesagt hatte, eine durchgeknallte Frau sei zu ihr unterwegs, die unbedingt ein Kleid brauche. Zoe hatte sie willkommen geheißen und nur abgewinkt, als Jo sich entschuldigte, weil sie so kurz vor Ladenschluss kam. Eine Stunde später hatte die geduldige Frau, die Jos Unschlüssigkeit und Unruhe stoisch ertragen hatte, ihr geholfen, sich für das grüne Seidenkleid zu entscheiden. Das Kleid lag um die Taille eng an und reichte bis zur Mitte der Unterschenkel. Weil sie sich so wohl in dem Kleid fühlte und angesichts ihrer Erleichterung, es gefunden zu haben, hatte der Preis von fünfhundert Dollar sie kaum aus der Fassung bringen können.

Sie blies sich eine verirrte Strähne aus den Augen und überlegte erneut, ob sie das Haar offen lassen oder es hochstecken sollte. Ein Anruf, und ihre Mutter würde herkommen und es im Nu perfekt frisieren. Doch dabei würden womöglich die Spannungen wiederaufleben, die noch immer zwischen ihnen schwelten, und Jo wollte sich den Tag nicht verderben lassen.

Während sie an ihre Mutter und die letzte Unterhaltung dachte, blickte Jo in den Spiegel und musterte ihre Gesichtszüge. Diesmal achtete sie weder auf ihr Make-up noch auf den Fall ihres Haars. Diesmal suchte sie nach äußerlichen Merkmalen von Cody Granger.

Ihr rotes Haar war für alle eine Überraschung gewesen, aber ihre Mutter hatte Leute, die Bemerkungen darüber machten, stets daran erinnert, dass Jo ihr rotes Haar von einer Urgroßmutter habe, die Haar so rot wie die Morgensonne gehabt hatte. Jo wusste ansonsten nur wenig über diese Urgroßmutter und fragte sich oft, ob sie überhaupt existiert hatte. Ihre Mutter behauptete, Jo habe ihre grünen Augen und den breiten, geschwungenen Mund von ihr geerbt, doch ihre Nase und sämtliche anderen Merkmale gehörten Jo allein. Mit Cody Granger verbanden sie keinerlei äußerlichen Merkmale.

Seufzend wandte Jo sich vom Spiegel ab, ließ das Haar offen und griff nach ihrer Handtasche. Heute war kein Tag für Grübeleien.

Die Fahrt auf der I-35 zu Lara und Jim dauerte eine halbe Stunde. Sie hatte angeboten, in aller Frühe zu kommen, aber Lara hatte abgewunken. »Ich mache mir keinen Stress an diesem Tag«, hatte Lara gesagt. »Komm, wenn alle kommen.«

Dennoch erforderte es ein ungeschriebenes Gesetz, dass sie

als Brautjungfer früher eintraf. Jo wusste, dass auch der sorgfältigste Plan durch unbedeutende Details ruiniert werden konnte. Doch als sie die lange, unbefestigte Auffahrt entlangfuhr, die zu Laras Lehmziegelhaus führte, sah sie zu ihrer Erleichterung und trotz aller Befürchtungen, dass der Wagen des Caterers bereits da war, das weiße Zelt mit den Tischen und Stühlen schon stand und die Band die Instrumente stimmte. Vor dem Haus herrschte das kontrollierte Chaos, das immer mit einer Hochzeit einherging. Jim stand neben einem Räuchergrill, wo ein Angestellter des Cateringdienstes gerade ein riesiges Spanferkel mit Flüssigkeit übergoss. Neben Jim saß Laras Hund Lincoln, ein großer, wolfsähnlicher Schäferhund, der Jim inzwischen heiß und innig liebte, wie Jo gehört hatte. Jo parkte ein Stück rechts am Rand eines Feldes und ging ins Haus, wo Lara im Bademantel und mit Lockenwicklern im Haar im Wohnzimmer stand. Um sie herum lagen Dutzende ungeöffneter Geschenke.

»Lara«, begrüßte Jo sie.

Lara blickte von einem Foto hoch und lächelte Jo an. »Hallo, Süße. Wow, du siehst toll aus.«

Warme Röte stieg Jo in die Wangen. »Danke.«

»Scheint, als hättest du die Kleiderfrage gelöst.«

»Wird das so gehen?« Mit einem Mal fühlte sie sich unsicher. »Ich weiß, ich hätte es früher kaufen und dir zeigen müssen, aber es war einfach so viel los.«

Ein anerkennendes Lächeln brachte Laras Gesicht zum Leuchten. »Es ist perfekt. Heute sollen alle anziehen, was für sie passt.«

Jo zog eine Augenbraue hoch. »Das heißt also, Cassidy trägt schwarz.«

Lara lachte. »Sie hat ein Faible fürs Dramatische, das ich nicht teile.«

Jo lachte ebenfalls. »Mit Cassidy wird es nie langweilig. Sie ist genauso theatralisch wie ich zurückhaltend.«

»Deswegen mag ich euch beide ja so gern. Jetzt komm, hilf mir bei der Entscheidung, welches Foto ich in den Rahmen stecken und beim Empfang aufstellen soll.«

Jo stellte ihre Tasche beiseite und schüttelte den Kopf. »Lara, du heiratest in einer Stunde, und du rahmst ein Foto?«

»Jim hat mich hier reingeschickt und mir aufgetragen, etwas Produktives zu tun. Er will nicht, dass eine Vegetarierin ihm dazwischenredet, während er sein Steinzeitding mit dem Grill macht.«

Jo lachte. »Ich hätte ja gedacht, dass du mit deinen Haaren oder deinem Make-up beschäftigt bist.«

»Cassidy wird bald hier sein, sie kann das machen.« Lara war Künstlerin und hatte sich einen Ruf als Fotografin mit Collodium-Nassplatten erworben. Sie machte ihre Bilder mit einer hundertfünfzig Jahre alten Kamera, deren Aussehen an eine längst vergangene Zeit erinnerte. Jo besaß mehrere von Laras Werken und hatte sie in ihrer Wohnung aufgehängt.

Jo betrachtete das Foto. Es zeigte Lara und Jim, die nebeneinander auf der vorderen Veranda saßen. An dem Schwarz-Weiß-Bild mit der kräftigen Körnung erkannte Jo, dass sie ihre Balgenkamera benutzt hatte. »Hast du das gemacht?«

»Ich habe alles vorbereitet und dann Cassidy gesagt, sie soll den Kameraverschluss abnehmen und bis dreißig zählen, bevor sie ihn wieder aufsetzt. Dann bin ich aufgesprungen und habe schnell die Glasplatte verarbeitet.«

»Wie oft war Jim bereit, sich für dieses Bild in Pose zu setzen?«

Lara lachte, während sie den Abzug ins Licht hielt und ihn betrachtete. »Er hat mir gesagt, ich hätte drei Versuche, und Schluss. Ich fand das zweite Bild am besten.«

Hätte Jo nur Jim gesehen, hätte sie geschworen, dass das Foto vor hundert Jahren entstanden war. Genau wie Brody sah er mit seinem weißen Stetson, der Cowboy-Krawatte, den Jeans und den abgewetzten Stiefeln aus, als hätte man ihn aus dem Wilden Westen entführt. Mit ihrer Kleidung, den kantigen Gesichtern und den steifen Mienen wirkten die beiden wie Relikte aus der Vergangenheit.

Das Element, das das Bild in der Gegenwart verankerte, war Lara, die Jeans zu einem weißen Herrenhemd trug und barfuß war. Ihr langes, blondes Haar hob die hohen Wangenknochen und die lebhafte Blässe ihrer blauen Augen hervor.

Die Liebe, die sich in Laras Gesicht widerspiegelte, berührte Jo tief. Eine solche Leidenschaft, wie sie sie selbst bis jetzt nicht erlebt hatte, war wirklich selten. »Das ist wirklich gut, Lara. Ein richtiges Kunstwerk.«

Lara betrachtete das Bild. »Ich weiß, dass es kein traditionelles Hochzeitsfoto ist, aber ich bin eben nicht so traditionell. Im Moment mache ich mir vor allem Gedanken darum, dass ich diese Ecke hier ein bisschen mehr hätte nachschärfen müssen. Vielleicht gehe ich noch mal in die Dunkelkammer.«

Jo lachte. »Das Bild ist perfekt. Hör auf mit den Zweifeln. Übrigens, hast du schon mal auf die Uhr geschaut? Dir bleiben noch neunundfünfzig Minuten bis zur Hochzeit.«

Stirnrunzelnd betrachtete Lara die Ecke des Fotos. »Ich kann ja später noch etwas daran machen.«

»Wieso bringst du die Sache nicht zu Ende, steckst es in den Rahmen und hörst auf, dir Gedanken zu machen?«

Lara sah das Foto ein letztes Mal an und legte es dann mit der Vorderseite nach unten auf das Glas. »Bei meinen Fotos übertreibe ich oft ein bisschen.«

»Deswegen bist du auch eine so erfolgreiche Künstlerin. Mach dir heute nicht so viele Sorgen. Genieß den Tag.«

Lara legte die Rückwand des Rahmens über das Foto. »Ich bin wohl nervös.«

»Was macht dich denn so nervös?«

Lara lachte. »Das klingt ganz nach der Seelenklempnerin.«

Jo zuckte mit den Schultern. »Berufskrankheit.« Sie räusperte sich. »Was macht dich nervös, Lara?«

Wieder lachte Lara ein wenig, während sie das Foto im Rahmen befestigte. »Die Verpflichtung. Ich kann zwar die Freundin eines Rangers sein. Aber mich für mein ganzes Leben an einen zu binden …«

»Bei dir und Jim läuft es doch gut.«

»Oh ja, bei uns ist alles bestens. Aber ich habe Angst, dass ich mit den Risiken, die sein Job mit sich bringt, nicht mehr so gelassen umgehe, wenn ich erst ein Schild mit der Aufschrift ›Ehefrau‹ um den Hals habe.«

Ehefrau. Manche behaupteten zwar, die Ehe sei nur ein Stück Papier und ändere gar nichts, aber sie veränderte alles.

Lara sprach weiter. »Alle sagen immer, eine Eheschließung sei keine große Sache, aber für mich ist sie das schon. Meine Mom war viermal verheiratet, und jeder Ehemann war schlimmer als der davor. Ich hatte mir geschworen, nie zu heiraten, aber jetzt, wo ich es doch tue, möchte ich, dass es ewig hält.«

»Die Ehe ist Arbeit.«

Lara runzelte die Stirn. »Ja, aber was bedeutet das genau?«

Draußen fiel eine Wagentür zu, und Jo blickte gerade noch rechtzeitig aus dem Fenster, um Brody aus seinem Bronco steigen zu sehen. Mit festen Schritten ging er auf Jim zu und schüttelte ihm die Hand. »Manchmal glaube ich, es bedeutet, zu bleiben und den anderen zu akzeptieren, auch wenn man eigentlich lieber gehen möchte. Abzuwarten, bis der Sturm sich legt, im Wissen, dass danach ruhige See kommt.«

»Klingt ein bisschen so, als würdest du aus Erfahrung sprechen.«

Jo wandte sich vom Fenster ab und merkte, dass Lara sie ansah. »Es weiß zwar kaum jemand, aber ich war mal verheiratet.«

»Wirklich?«

Sie spielte mit der Perlenkette um ihren Hals. »Wir hätten niemals heiraten dürfen. Wir wussten, dass es nicht von Dauer sein würde.«

Lara fragte Jo nicht nach weiteren Einzelheiten, sondern schwieg und wartete.

»Ich bin schwanger geworden, als ich achtzehn war. Er hat mich wegen des Babys geheiratet. Und ich habe das Baby verloren. Als das Baby weg war, gab es keinen Grund mehr, verheiratet zu bleiben.«

Lara trat von dem Bild weg und ergriff Jos Hand. »Das tut mir leid.«

Jo schluckte ungeweinte Tränen hinunter. Vierzehn Jahre, in denen sie nicht über die Ehe und ihre Schwangerschaft nachgedacht hatte, hatten sie mit einem Paukenschlag eingeholt. »Danke. Und es tut mir leid. Eigentlich sollte das kein Vortrag über mich werden.«

Lara umarmte Jo so herzlich, dass es ein wenig von der Einsamkeit wegnahm, die sie schon seit dem Aufwachen quälte. »Ich glaube, das ist das erste Mal, dass du dich mir gegenüber geöffnet hast.«

Seit Jos Fehlgeburt hatte sie ihre Gefühle derart unter Kontrolle gehabt, dass ihr gar nicht bewusst geworden war, wie sehr ihr Bedürfnis nach Selbstbeherrschung sie isolierte.

Sie machte sich los und lächelte. »Du musst dich für die Trauung fertigmachen.«

Lara fasste nach einem Lockenwickler. »Cassidy hat gesagt, sie wird jede Minute hier sein.«

»Ich kann dir die Haare machen. Man sieht es meiner spartanischen Frisur zwar nicht an, aber ich bin in einem Friseursalon aufgewachsen.«

»Wirklich?«

»Mit elf konnte ich eine Dauerwelle aufdrehen, und als ich fünfzehn war, hat Mom mich ihre Strähnchen machen lassen. Du kannst sicher sein, deine Locken auszubürsten ist für mich ein Kinderspiel.«

Lara grinste. »Dann mal los, Schwester.«

Jo betrachtete Laras Jeans. »Trägst du zur Trauung ein weißes Kleid?«

»Nein. Brautkleider sind nichts für mich. Ich ziehe ein ärmelloses Sommerkleid an. In einem hellen Violett.«

Jo zog die Brauen hoch. »Das fleischfressende Relikt heiratet die künstlerische Vegetarierin.«

Lara und Jo lachten beide, als Cassidy hereingestürmt kam. Sie hatte ihr dunkles Haar hochgesteckt und trug ein schwarzes Kleid mit einem breiten Gürtel aus mehreren Silberplatten und roten Cowboystiefeln. »Lasst die Party beginnen!«

Lara lachte. »Mein Leben wird interessant werden.«

Brodys Schlips lag besonders eng um seinen Hals, als er auf einem weißen Klappstuhl unter dem großen Zeltdach Platz nahm. Er und zwei Dutzend andere Ranger saßen mit ihren Frauen hinter Jims Mutter und Großvater. Eine Bluegrass-Band spielte traditionelle Melodien, während eine kühle Brise über das hohe Gras strich und durch das Zelt wehte.

Jim stand vorne, neben ihm sein jüngerer Bruder. Beide trugen dunkelblaue Anzüge, die ihre von der Mutter geerbte dunkle Haut und die breiten Schultern, die sie von ihrem Großvater hatten, hervorhoben. Lincoln saß brav neben Jim, das Halsband mit kleinen, ziemlich unmännlichen Blumen geschmückt. Jim hatte bereits angekündigt, dass sie gleich nach der Trauung verschwinden mussten.

Als ein Gitarrenensemble den Hochzeitsmarsch anstimmte, standen alle auf und wandten sich zu dem Fußweg, der zum Haus führte. Zuerst kam Jo. Brodys Magen zog sich bei ihrem Anblick unerwartet zusammen. Die Kostüme, die sie bei der Arbeit trug, hatte er nie besonders erotisch gefunden, aber die Art, wie ihr Haar ihr heute über die blassen Schultern und das grüne, ärmellose Kleid fiel, bescherte ihm eine Erektion wie bei einem Teenager.

Die Augen auf den Geistlichen gerichtet, ging sie mit strahlendem Lächeln durch den Mittelgang. Sie sah nicht zu ihm herüber, als sie an ihm vorbeiging, aber er konnte den Blick nicht von ihr wenden. Ein Parfüm, das sie bis jetzt noch nie verwendet hatte, stieg ihm in die Nase. Würzig. Und sinnlich.

Er straffte die Schultern und verschränkte die Hände, als sie an ihm vorüberging. Er war noch nie jemand gewesen, der in die Vergangenheit zurückblickte oder etwas rückgängig machen wollte, aber in diesem Moment hätte er viel für eine unbelastete Vergangenheit mit Jo Granger gegeben.

Als Nächste erschien die Brünette mit den roten Cowboystiefeln auf der Bildfläche. Cassidy. Sie war ein Blickfang eigener Art. Ganz anders als Jo. Nicht sein Typ. Aber sie sah toll aus.

Und dann kam Lara. Sie trug ein langes violettes Sommerkleid im Bauernstil, das um ihre Sandalen spielte und über den Boden streifte. Das lange Haar fiel ihr offen auf die Schultern, und in ein paar Strähnen waren kleine Blumen gewunden. Woodstock hätte Jims künstlerische Braut mit offenen Armen willkommen geheißen.

Lara sah Jim in die Augen und ging auf ihn zu, in einem Tempo, das Puristen als zu schnell bezeichnet hätten. Sie wirkte freudig erregt und bereit, sich in diese Ehe zu stürzen. Jim schien ebenso glücklich zu sein, und zum ersten Mal seit Jahren regte sich in Brody so etwas wie Eifersucht. In früheren Zeiten hatte er sich ein neues Motorrad gewünscht, einen neuen Wagen, bessere Baseballschläger und den Posten als erster Pitcher, aber jetzt schien ihm das alles belanglos. Er wünschte sich das, was Jim und Lara miteinander teilten.

Der Empfang war ganz nach Brodys Geschmack – ein altmodisches texanisches Grillfest. Braut und Bräutigam wirkten längst nicht so gestresst, wie er es auf zu vielen Hochzeiten gesehen hatte, und die Gäste schienen sich wohlzufühlen. Die Männer hatten ihre Sportjacketts ausgezogen, und die Frauen trugen größtenteils Sandalen, nicht diese mörderischen High Heels, mit denen sie nach der Hälfte der Party nach einem Pflaster fragen mussten.

Brody stand mit mehreren Rangern zusammen und unterhielt sich über einen Ausflug zur Schießanlage, den sie vor Kurzem unternommen hatten. Ergebnisse wurden verglichen. Witze gerissen. Herausforderungen ausgesprochen. Rund um ihn herum wurde geredet, während er sich in der Menge nach Jo umsah. Er entdeckte sie neben dem Buffet, ein Glas Limonade in der Hand, im Gespräch mit Santos. Ihre Augen strahlten, als sie ihn anlächelte, und ihre Haltung war entspannt, nicht steif und defensiv. Santos beugte sich vor und flüsterte ihr etwas ins Ohr, und sie warf den Kopf zurück und lachte laut. Brody erkannte, dass er sie noch nie hatte lachen hören. Wahrscheinlich war das Lachen immer da gewesen, aber er war zu starrköpfig gewesen und hatte sich selbst zu sehr bemitleidet, um es ihr zu entlocken.

Er nahm einen tiefen Schluck von seinem Bier und stellte sich gerade vor, wie er Santos die Faust in die grinsende Visage donnerte, als dieser Jo die Hand hinhielt und die beiden zu der Tanzfläche vor der Bluegrass-Band gingen.

Santos führte Jo durch einen Twostep, für den sie kein Talent hatte. Je mehr sie protestierte und über ihre falschen Schritte lachte, desto bezaubernder wirkte sie auf Santos und Brody. Nach einer misslungenen Drehung verlor sie ihren Schuh, was Santos veranlasste, stehen zu bleiben und sie an sich zu ziehen. Sie legte ihm die Hand auf die Brust und umfasste mit der anderen seinen Unterarm.

Brody trank sein Bier aus.

»Du wirkst nicht gerade wie der glücklichste Mann auf Erden.« Jim, der sein Jackett ausgezogen und die Krawatte gelockert hatte, blickte Brody direkt an. »Du siehst aus, als hättest du in eine Zitrone gebissen.«

Brody riss den Blick von Jo los und zuckte mit den Schultern. »Quatsch.«

Jim schaute an Brody vorbei zu Jo hinüber. »Mir war gar nicht klar, dass du auf die gute Frau Doktor stehst.«

Leichte Gereiztheit stieg in ihm auf. »Ich stehe nicht auf Dr. Granger.«

Jim lachte. »Ich bin geübt darin, Lügner zu erkennen.«

Wie alle guten Cops konnte Brody zwar lügen wie ein Gauner, aber seine angespannte Haltung und die Art, wie er die Bierflasche umklammerte, verrieten ihn. Er beschloss, das Thema zu wechseln. »Lara sieht wunderschön aus.«

Jims Blick schwenkte zu seiner Braut, die Fotos von ihren Gästen schoss. »Sie ist verflucht noch mal perfekt.«

»Fahrt ihr beiden Turteltauben in die Flitterwochen?«

»Erst mal nicht. Sie unterrichtet, und ich bin gerade mit ein paar Fällen beschäftigt. In ungefähr sechs Wochen fahren wir nach Galveston.«

»Wird bestimmt eine schöne Reise.«

Jim riss den Blick von seiner Frau los. »Ich freu mich drauf.«

Brody betrachtete seine leere Bierflasche und hätte gern eine zweite gehabt. »Tolle Party.«

»Zu viel Tamtam ist nicht unser Stil.«

»Amen.«

Die Band hörte auf zu spielen, und die Paare auf der Tanzfläche blieben stehen und klatschten. Der Bandleader kündigte eine viertelstündige Pause an. Gut so. Kein weiterer Tanz also.

»Und, redest du mit ihr?«, fragte Jim. »Oder willst du da stehen bleiben wie ein verdammter Hasenfuß?«

Brody erwiderte Jims amüsierten Blick. »Sind wir hier in der achten Klasse, Mann?«

Jim hob in gespielter Kapitulation die Hände. »Ich sehe doch, wenn ein Kerl verknallt ist. Und dich, *Padre*, hat es mächtig erwischt.«

Brody rieb sich mit beiden Händen den Nacken. »Ich bin so ungefähr der Letzte, mit dem Jo Granger ausgehen würde.«

»Wieso? Auf mich wirkt sie wie eine Frau, die es mit einem wie dir aufnehmen kann.«

»Was soll das heißen?«

»Sehen wir der Sache ins Auge. Wie jeder gute Cop kannst du manchmal ein Scheißkerl sein, wenn man dich reizt. Ich würde darauf wetten, dass du Widerspruch nicht leiden kannst und der Meinung bist, dass alle den Mund halten sollten, wenn du redest.«

Brody leugnete es nicht. Die Jo aus den Collegezeiten war zurückhaltend gewesen, stets in Angst, jemandem zu nahe zu treten. Aber in der Zwischenzeit hatte sie sich irgendwann in ein selbstsicheres Mädchen verwandelt.

»Du bist der Typ für eine Ärztin oder eine Rechtsanwältin.«

»Glaube ich nicht.«

»Warum nicht?«

»Nur so ein Bauchgefühl.«

»Aber du könntest recht haben. Es gibt eine Menge Ranger, die sich in ihrer Nähe herumdrücken, aber sie hält sie alle auf Abstand.«

Herumdrücken. Scheiße. »Gerade wirkt Santos so, als würde er sich kräftig herumdrücken.«

»Ach, deswegen würde ich mir keine Gedanken machen. Für sie ist er nur ein Kumpel.«

Brodys Lachen klang bitter und hohl. »Auf mich wirkt er nicht besonders kumpelhaft.«

»Sie hat ihm mit seiner Schwester Maria geholfen, als die Mutter der beiden gestorben ist. Für sie ist er eher so etwas wie ein Bruder.«

»Er hat aber keine brüderlichen Gedanken.«

»Er kann so viele Gedanken haben, wie er will. Nach dem, was sie Lara erzählt hat, betrachtet sie ihn als Freund.«

Gut.

Scheiße. Eigentlich sollte es ihn gar nicht kümmern.

Er hatte nicht das Recht, hier herumzustehen, Trübsal zu blasen und eine Beziehung zu verwünschen, die Jo möglicherweise glücklich machen würde. Seine Ansprüche hatte er vor langer Zeit verwirkt.

»Was läuft da zwischen euch beiden?«, forschte Jim.

Brody bohrte den Fingernagel in das Etikett auf seiner Flasche. Er erwog, die Frage zu umgehen, wollte den Tatsachen jedoch nicht ausweichen. »Was würdest du sagen, wenn ich dir erzähle, dass Jo und ich mal verheiratet waren?«

Jim starrte ihn mit offenem Mund an.

Brody hatte kaum jemandem davon erzählt. Er hatte es immer sinnlos gefunden, über die Vergangenheit zu reden. Doch jetzt vermischten sich Gegenwart und Vergangenheit, und plötzlich spielte es eine Rolle. »Mach den Mund zu, bevor dir noch eine Fliege reinfliegt.«

Jim schüttelte den Kopf. »Ich kenne Jo jetzt schon zwei Jahre. Sie hat nie ein Wort über eine Ehe gesagt. Nicht, dass sie je viel erzählt hätte. Das ist nicht ihr Stil.«

»Es war auf dem College. Sie war im ersten Semester und ich im letzten. Wir hatten jede Menge Leidenschaft und nicht viel Verstand. Im Herbst haben wir uns kennengelernt, im Frühjahr waren wir geschieden.«

»Verdammt.« Jim schüttelte den Kopf. »Zu jung, nehme ich an.«

Brody schüttelte ebenfalls den Kopf. »Wie du bereits gesagt hast – ich kann manchmal ein Scheißkerl sein.«

»Junge Männer sind oft nicht unbedingt die Hellsten.«

»Auf mich trifft das jedenfalls zu.«

Jim schaute Jo an, als sähe er sie mit ganz neuen Augen. »Am Tatort war keinerlei Spannung zwischen euch beiden zu spüren.«

»Sie ist eine Klasse für sich. Eine Lady durch und durch. Sie kann gar nicht anders als professionell.«

»Eine zweite Chance ist nichts Unmögliches. Du wirkst jedenfalls, als hättest du nichts dagegen einzuwenden.«

Brody beobachtete, wie Jo zum Buffet ging und das Angebot betrachtete, als ginge es um eine Entscheidung über Leben und Tod. So war Jo. Methodisch. Klug. Sorgfältig. »Diese Brücke habe ich schon vor langer Zeit hinter mir abgebrochen.«

»Dann bau sie wieder auf.«

Brody fluchte unterdrückt und murmelte etwas von einem weiteren Bier.

Jo hatte einen weiteren Tanz mit Santos abgelehnt und Hunger und Erschöpfung vorgeschützt. Mit ihrem Kuchenteller stand sie da und sah Jim und Lara beim Tanzen zu. Sie freute sich für die beiden. Sie hatten schwere Zeiten hinter sich, aber einen Weg zueinander gefunden.

Sie biss von dem Kuchen ab und war erstaunt, wie gut er war.

»Schmeckt's?«, fragte Brody, als er neben ihr auftauchte.

Sie schenkte ihm ihr schönstes professionelles Lächeln. »Wenn ich ein Laster beichten müsste, dann die Tatsache, dass ich Kuchen liebe.«

Brody musterte sie. »Ich hätte gedacht, dass du dich vollkommen gesund ernährst. Proteine, wenig Fett, Gemüse.«

»Das stimmt auch. Es sei denn, man bietet mir Vanillekuchen mit Buttercreme an. Dagegen bin ich machtlos.«

»Das wusste ich ja gar nicht.«

Die beiläufige Bemerkung überraschte sie. »Es gibt vieles, was wir nicht voneinander wissen.« Sie aß ein Stück Kuchen. »In den letzten paar Tagen habe ich gar nichts mehr von dem Fall gehört. Was gibt's Neues?«

»Eigentlich wollte ich dich auf dem Laufenden halten, aber ich war vollkommen eingespannt. Jetzt ist vielleicht nicht der richtige Zeitpunkt, um darüber zu sprechen.«

Sie warf ihren halb aufgegessenen Kuchen in einen Abfallkorb. »Der Zeitpunkt ist ebenso gut wie jeder andere. Ich habe im Gefängnis angerufen. Smith liegt im Koma.«

Er hob die Kaffeetasse an die Lippen, hielt inne und senkte die Stimme. »Wir haben ein zweites Opfer gefunden.«

Das Gelächter und die Musik um Jo verklangen. »Wann denn?«

»Vor mehreren Tagen. Auf einer Baustelle. Mit Handschellen gefesselt und begraben.«

»Wer?«

»Eine Prostituierte. Wir glauben, dass der Mörder einer ihrer Kunden war.«

»In den Medien wurde gar nichts davon erwähnt.«

»Wir halten die Story unter Verschluss. Letztes Mal war die Zeitung Smiths und Robbies Kommunikationsmittel.«

»Warum hast du mir das nicht erzählt?«

In Brodys Blick lag keine Spur von Bedauern. »Die Anweisung lautete auf strikte Geheimhaltung.«

Jo war verärgert über Brodys Schweigen. »Ich dachte, ich wäre ein Teil dieser Ermittlung.«

Brody schüttelte den Kopf. »Es ist mein Fall, Jo.«

Sie hätte zwar gern widersprochen, musste jedoch daran denken, was dieses letzte Opfer erduldet haben musste. Angesichts von solchem Leid schien jeglicher Groll über Brodys Verhalten bei dem Fall kleinlich. Trotzdem …

Nach einem kurzen, lastenden Schweigen sagte Brody: »Lara und Jim scheinen sehr glücklich zu sein.«

Sie würde sich einen so wunderbaren Tag wie diesen weder von der Tragödie noch von ihrem verwundeten Ego verderben lassen. »Ja.«

Er legte eine Hand um den Kaffeebecher. »Ganz anders als unsere Hochzeit.«

Sie versteifte sich und sah ihn stirnrunzelnd an, als hätte er eine Sünde gebeichtet. Sie wusste nicht recht, ob er sie mit dem Themenwechsel von den schrecklichen Neuigkeiten ablenken oder sie provozieren wollte.

Brody sah sie fragend an. »Du wirkst geschockt. Glaubst du etwa, ich hätte den Tag vergessen?«

»Nein. Ich dachte nicht, dass du ihn vergessen hättest. Aber es ist lange her.« Sie nahm sich ein zweites Stück Kuchen.

Er blickte zu Jim und Lara hinüber, die langsam tanzten. »So lange auch wieder nicht.«

»Vierzehn Jahre. Ein halbes Leben.«

Brody nippte an seinem Kaffee. »Es war nicht die beste Zeit für uns. Für mich.«

Zorn und Trauer, die sie sorgfältig zurückgedrängt hatte, überwältigten sie. »Nein.«

Er schwieg einen Moment. »Ich schulde dir eine Entschuldigung, Jo. Damals, vor all den Jahren … Ich war unreif. Unbeherrscht.«

»Du warst ein Arsch«, sagte sie. Normalerweise hielt sie mit ihren Gedanken mehr hinter dem Berg, aber er hatte sie überrumpelt.

»Das fasst es ganz gut zusammen. Ich war ein Arsch. Habe Dinge gesagt, die ich nie so gemeint habe.«

Ein zittriger Seufzer entfuhr ihr. »Warum hast du sie ausgesprochen, wenn du sie nicht so gemeint hast?«

»Als der Anruf kam und man mir gesagt hat, dass du im Krankenhaus bist, war ich gerade mit meiner Mannschaft etwas trinken. Wir haben meinen Eintritt bei den Marines gefeiert – meine Lösung für unsere Ehe und das Baby. Als die Schwester mir sagte, dass du eine Fehlgeburt hattest, war ich wütend. Traurig.«

Die Bitterkeit setzte ihr zu. »Soweit ich mich erinnere, hast du fuchsteufelswild gewirkt.«

Es fiel ihm nicht leicht, sich zu entschuldigen. »Ich habe mich geschämt. Ich war ein armseliger Wicht.«

Mit wachsendem Zorn sah sie ihn an. »Du hast mir vorgeworfen, das Baby wäre mir egal.«

»Du warst kühl und beherrscht, und deine Mutter hatte mir gerade in der Lobby eine Abreibung verpasst. Ich stand noch unter Strom. Als ich gesehen habe, wie blass und zerbrechlich du warst, wurde ich noch wütender auf mich selbst. Ich hab meinen Ärger an dir ausgelassen.«

Jo schüttelte den Kopf.

»Ich habe meinem alten Herrn erzählt, was passiert war, und er hat gedroht, mir den Hintern zu versohlen.«

Jahrelang hatte sie von dieser Entschuldigung geträumt, und jetzt legte er sie ihr zu Füßen. In all den Jahren hatte sie sich vorgestellt, wie sie die perfekten Worte finden und ihm eine schlagfertige Erwiderung geben würde. Sie verdiente ihren Lebensunterhalt mit Worten, aber jetzt fiel ihr nichts Passendes ein.

Sie wusste genug über Männer, insbesondere Ranger, um zu wissen, dass sie ein stolzer Menschenschlag waren. Die Entschuldigung war ihm schwergefallen, und dass er es über sich gebracht hatte, musste etwas bedeuten. »Okay.«

Er zog die Brauen hoch. »Das ist alles?«

»Vorerst ja.«

»Sicher, dass du mir keine verpassen willst? Oder mir vielleicht noch ein Schimpfwort an den Kopf werfen?«

»Vielleicht irgendwann später.«

Der Muskel an seinem Kiefer trat hervor und entspannte sich wieder. »Das ist nur gerecht. Wäre schön, wenn wir irgendwie Freunde werden könnten.«

»Ich weiß nicht.«

Sein Blick war so durchdringend wie der, den er am Tatort gehabt hatte. Intensiv wie ein Laserstrahl.

Sie schüttelte den Kopf. »Mach mich nicht zu einem deiner Rätsel, Brody.«

»Was soll das heißen?«

»Du willst mich enträtseln, genau wie einen Mörder, wenn du an einem Tatort bist. Ich habe diesen Gesichtsausdruck neulich schon bei dir gesehen.«

Er behielt eine neutrale Miene bei und schwieg.

Auf einmal wusste sie, was sie sagen wollte. »Du warst neugierig auf mich, als wir uns damals begegnet sind, weil ich anders war als das Durchschnittsmädchen, das vor der Baseball-Halle herumhing. Und jetzt bist du wahrscheinlich neugierig darauf, wie die vierzehn Jahre mich verändert haben.«

»Neugier ist nichts Schlechtes.«

Sie lachte. »Nein. Sie macht dich zu einem großartigen Ranger.«

Er legte den Kopf schief. »Aber …«

»Aber sobald du deine Antwort hast, verlierst du das Interesse. An mir hast du das Interesse schon lange vor meiner Fehlgeburt verloren. Und wenn du mich diesmal enträtselt hast, wirst du wohl das Interesse an unserer Freundschaft verlieren.«

Sein Stirnrunzeln vertiefte sich. »Ich bin nicht mehr der, der ich auf dem College war.«

»Mir ist klar, dass du erwachsen geworden bist. Du bist nicht mehr der Junge, der jede Menge Anerkennung und aufgesetzte Komplimente brauchte. Das erkenne ich durchaus an. Aber wir sind die, die wir sind. Du löst Rätsel. Das macht dich zu einem sehr guten Ranger. Aber es macht dich vermutlich auch zu einem miserablen Freund, Liebhaber, Ehemann.« Ein schwaches Lächeln zuckte um ihre Lippen. »Seien wir froh, zu einem halbwegs guten Verhältnis gefunden zu haben, und versuchen wir nicht, mehr daraus zu machen.«

Die Gefängniskrankenschwester blickte in Smiths aschfahles Gesicht. Über zwanzig Jahre hatte sie jetzt schon mit Häftlingen zu tun. Meistens konnte sie ganz gut auf sich aufpassen, und wenn nicht, rief sie einen Wärter. Aber Smith war anders als die anderen Insassen. Er war charmant. Hatte ihr immer Komplimente gemacht. Zunächst war sie wachsam und zurückhaltend geblieben. Aber er hatte seine Freundlichkeiten fortgesetzt. Und nach einer Weile hatte sie sich auf die Besuche bei ihm gefreut. Sie war davor gewarnt worden, Häftlingen gegenüber persönliche Dinge zu erzählen. Sie wusste, dass sie das gerne ausnutzten. Und bei Smith war sie auf der Hut gewesen. Womit sie nicht gerechnet hatte, war seine scharfe Beobachtungsgabe.

Als er sie vor drei Jahren zum ersten Mal gesehen hatte, war sie im neunten Monat mit ihrem Sohn schwanger gewesen. Vor dem Mutterschutz hatte sie ihn nur einmal gesehen. Bei ihrer Rückkehr hatte er ihr zur Geburt ihres Kindes gratuliert. Sie hatte sich bedankt, aber nichts weiter von dem Kind erzählt. Doch er hatte die blaue Schleife an einem Geschenk gesehen, das sie von einer Kollegin erhalten hatte. Er hatte es bemerkt, als sie nach ihrer Scheidung aufhörte, den Ehering zu tragen. Hatte bemerkt, dass sie abgenommen hatte, als sie wieder begann, auszugehen.

All diese kleinen Informationen hatte er gesammelt und zu einem Bild zusammengesetzt, bis er mehr über sie wusste, als sie sich je hätte träumen lassen.

Letzten Monat, als sie ihm gerade seine Spritze gab, hatte er sie gebeten, ihm einen Gefallen zu tun. Sie hatte erwidert, dass sie Häftlingen keine Gefallen tat. Er war weder verärgert noch aufgebracht gewesen, sondern hatte nur gelächelt und nach ihrem Sohn Ethan gefragt. Sie war erschrocken gewesen, den Namen ihres Sohnes aus seinem Mund zu hören.

»Sie müssen mir einen Gefallen tun«, hatte er gesagt.

»So etwas mache ich nicht«, hatte sie wiederholt.

»Doch. Ich habe gesehen, wie Sie diese Morphiumampulle genommen haben.«

»Das stimmt nicht.«

»Ich habe es gesehen.«

Wie sorgfältig hatte er sie beobachtet? Sie hatte nur ein paar kleine Ampullen mitgenommen. Sie brauchte ein bisschen

Kleingeld, um die Zeit bis zum nächsten Gehalt zu überbrücken. »Das habe ich nie gemacht.«

»Wem wird der Direktor wohl glauben? Fünf Häftlinge werden meine Aussage bestätigen.«

»Lassen Sie mich in Ruhe.«

»Ich weiß, dass Sie knapp bei Kasse sind. Es muss schwer sein, Ethan alleine großzuziehen, während sein Vater keinen Penny für seinen Unterhalt bezahlt.«

Ihr Stirnrunzeln bestätigte ihn. Er lächelte und ließ den Kopf auf das Krankenhausbett zurücksinken. »Ich bekomme eine ganze Menge mit. Ich schlafe nicht so viel, wie alle glauben.«

»Ich werde Ihnen nicht helfen.«

»Wenn ich Sie darum bitte, werden Sie es tun.« Und dann sagte er ihr, was er von ihr wollte.

Inzwischen zitterten ihre Hände, wenn sie in seiner Nähe war. Jeden Tag betete sie, dass der Krebs ihn umbringen möge, aber er klammerte sich an sein Leben.

Mit geschlossenen Augen lehnte er sich in seinem Rollstuhl zurück. »Es wird Zeit für den Gefallen, Debra.«

Sie schüttelte den Kopf. »Ich helfe Ihnen nicht.«

»Das haben wir doch schon besprochen. Was ich von Ihnen will, ist gar nicht so kompliziert.«

»Ich mache es nicht.«

»Wenn Sie mir diesen einen Gefallen tun, werde ich Sie in Ruhe lassen, Debra.« Sein bleiches Gesicht sah schauerlich aus, als er die Augen öffnete und sie angrinste.

Sie erstarrte und hatte schreckliche Angst, eine der anderen Schwestern könnte ihn gehört haben. Aber wie immer war er vorsichtig.

»Es ist eine ganz einfache Bitte.«

»Ich habe schon den Direktor für Sie angelogen – ihm gesagt, Sie wären zu krank zum Reden, als er gefragt hat.«

»Und dafür bin ich Ihnen dankbar. Aber das ist nicht der Gefallen, und das wissen Sie.«

»Dafür könnte ich ins Gefängnis kommen.«

»Falls Sie mir nicht helfen, sorge ich dafür, dass Sie ins Gefängnis kommen. Und wie wollen Sie dann für Ethan sorgen?«

Sie wurde blass, und ihre Hände bebten, als sie auf den Arzneischrank zuging. »Sprechen Sie seinen Namen nicht aus.«

»Nur ein ganz einfacher Gefallen.«

Schweigen breitete sich zwischen ihnen aus. Die Wanduhr tickte. Eine Schwester kam und betrat die andere Station.

»Ja oder nein, Debra?«

Sie schluckte. »Ja.«

Der große Umschlag wartete auf Jo, als sie kurz vor neun Uhr nach Hause kam. Den übrig gebliebenen Kuchen und ihre Schuhe in der einen Hand, die Handtasche in der anderen, kniete sie sich hin und nahm das Päckchen an sich. Weder Absender noch Briefmarke befand sich darauf. Zuerst fiel ihr ihre Schwester ein. Die Steuer war bald fällig, und Ellie hatte sich im Rechnen schon immer schwergetan.

Sie schob sich den Umschlag unter den Arm, schloss die Haustür auf und schaltete das Licht ein. Sie legte Schlüssel und Handtasche auf dem Tisch neben der Tür ab, und ihre Katzen schlenderten auf sie zu, rieben sich an ihren Beinen und miauten, hungrig und gereizt, weil Jo sie so lange alleine gelassen hatte.

Sie legte das Päckchen weg, tappte barfuß in die Küche und schaltete auch dort Licht ein. Dann füllte sie die Futternäpfe der Katzen, wechselte ihr Trinkwasser und stellte den Wasserkessel auf.

Sie konnte es kaum erwarten, es sich bequem zu machen, lief in ihr Schlafzimmer und tauschte ihr Kleid gegen eine Yogahose und ein übergroßes T-Shirt ein. Vorsichtig hängte sie das Kleid auf. »All die Zeit und Mühe, dabei werde ich es wahrscheinlich nie wieder anziehen.« Aber sie war für Lara da gewesen, und damit hatte das Kleid seinen Zweck erfüllt.

Der Kessel in der Küche pfiff, und sie machte sich eine Tasse Tee, bevor sie sich auf die Couch setzte und das Päckchen neben die Tasse auf den Beistelltisch legte. Die Katzen versammelten sich neben ihr auf dem Sofa, und Atticus stupste ihre Hand an, bis sie ihn zwischen den Ohren kraulte.

»Du brauchst wohl Aufmerksamkeit, was, alter Junge?« Sie lächelte.

Die Katzen schnurrten, und die Anspannung des Tages fiel von ihr ab. Sie lehnte den Kopf zurück gegen die Sofalehne. Von der Tasse stieg Dampf auf. Ihre Muskeln schmerzten vor Müdigkeit. Heute Abend hatte sie keine Lust, Ellies Quittungen durchzusehen und Ordnung in ihr jüngstes finanzielles Desaster zu bringen. Und der Tee, nun ja, um den würde sie sich in einer Minute kümmern. Sie schloss die Augen.

Als Jo erwachte, hatte sie keine Ahnung, wie lange sie geschlafen hatte. Atticus schlummerte auf ihrem Schoß, aber die anderen beiden Katzen hatten sich auf ihre Schlafplätze zurückgezogen.

Sie stieß einen Seufzer aus, richtete sich auf und stöhnte, weil ihr Nacken steif war. Behutsam setzte sie Atticus neben sich ab, stand auf und reckte sich. Die Uhr am Küchenherd zeigte 4:14 Uhr. Sie hatte die ganze Nacht auf der Couch verbracht.

Mit jeder Sekunde wurde sie wacher und merkte rasch, dass sie nicht wieder einschlafen würde. Sie nahm ihren Tee, der inzwischen kalt war, und ging in die Küche. Dort stellte sie ihn in die Mikrowelle, erwärmte ihn zwei Minuten und ging zur

Couch zurück. Ein Blick auf den Beistelltisch erinnerte sie daran, dass Ellies Steuern warteten.

Während aus ihrer Teetasse Dampf aufstieg, löste sie die Klappe und öffnete den Umschlag. Darin steckten mehrere Blätter, die mit einer steilen Handschrift bedeckt waren. Nicht Ellies Schrift.

Ihr Blick fiel auf die Worte »Liebe Dr. Granger«.

Rasch blätterte sie zur letzten Seite und las die schwungvolle Unterschrift. »Mit den besten Grüßen, Harvey Lee Smith.«

Sie erstarrte und konnte einen Moment lang kaum atmen. Sie zeichnete die Unterschrift mit dem Finger nach, ohne sie zunächst zu berühren.

Smith hatte ihr geschrieben, was ihren Befürchtungen über eine tiefere Verbindung zwischen ihnen neue Nahrung gab.

Liebe Dr. Granger,
Sie sind eine intelligente Frau mit einem scharfen Verstand. Wie ich nehmen Sie die Nuancen in so vielen Belangen des Lebens wahr. Nachdem ich Ihre Dissertation gelesen habe, ist mir klar geworden, dass Sie Dinge sehen, für die durchschnittliche Menschen zu blind oder zu wenig entwickelt sind.

Viele Jahre lang habe ich im Geist ein Tagebuch über meine Taten geführt, aber erst in den letzten Monaten kam ich auf die Idee, sie wirklich zu Papier zu bringen. Für die Polizei wird dieses schlichte Manuskript von großem Interesse sein, denn zweifellos wird es etliche Lücken der Geschichte stopfen. Aber Sie, Dr. Granger, sollen mein Werk als Erste zu Gesicht bekommen. Ich habe mich bemüht, die Geschehnisse so detailliert darzustellen, wie ich sie in Erinnerung habe.

Eines Tages werde ich hoffentlich selbst mit Ihnen über dieses Manuskript sprechen. Ich würde sehr gerne hören, was Sie denken, nachdem Sie alles gelesen haben. Ich kann zwar nicht mit Gewissheit sagen, wann wir uns wiedersehen, aber Sie sollen wissen, dass Sie immer in meinen Gedanken sind.

Mit den besten Grüßen,
Harvey L. Smith

Jo zitterten die Hände, als sie auf den Brief und die von Hand beschriebenen Seiten dahinter starrte. Smith war der Meister dieses Spiels, und im Moment war sie sein jüngstes Opfer.

14

Sonntag, 14. April, 8:00 Uhr

Als Brodys Handy klingelte, befand er sich bereits im Büro und machte sich gerade die zweite Kanne Kaffee. Er war schon seit sechs Uhr hier, um sich weitere Überwachungsvideos anzusehen – von Hanna und den Männern, die sich ihre Zeit erkauft hatten.

Dank Hanna hatte er eine Spur, die zu Robbie, ihrem mutmaßlichen Mörder, führte. Ein roter Pick-up. Ein texanisches Autokennzeichen mit den Buchstaben X und T. Die Datenbank der Zulassungsstelle zu durchforsten, würde einige Zeit dauern, aber wenigstens stimmte die Richtung.

Ohne den Blick vom Bildschirm zu wenden und nach der Nummer zu sehen, nahm er das Handy vom Tisch. »Brody Winchester.«

»Hier ist Jo Granger.«

Er setzte sich aufrecht hin und lehnte sich zurück. »Jo. Ist alles in Ordnung?«

»Als ich gestern nach Hause gekommen bin, lag dort ein Päckchen für mich. Ich habe es erst heute Morgen aufgemacht. Es ist von Harvey Smith.«

»Smith.« Er umfasste den Hörer fester. »Eigentlich dürfte er nichts aus dem Gefängnis schicken können, ohne dass Maddox davon erfährt.«

»Offenbar verfügt er über Beziehungen, um das System zu überlisten.«

»Nicht mehr lange.« Brody würde das ganze Gefängnis auf den Kopf stellen, bis er herausfand, wer Smiths Helfer war.

»Das Päckchen enthielt seine Erinnerungen. Die solltest du unbedingt lesen.«

»Ich komme zu dir.«

»Nicht nötig. Ich bin unterwegs. Bist du zu Hause?«

»Im Büro.«

»Ich bin in zwanzig Minuten bei dir.«

Auf die Sekunde pünktlich fuhr sie auf den Parkplatz der Ranger. Sie parkte den Wagen genau zwischen den Linien und nahm sich die Zeit, die Handbremse anzuziehen, obwohl der Parkplatz so flach wie ein Brett war. Nachdem sie ausgestiegen war, schloss sie die Türen ab und überprüfte noch einmal den Türgriff, bevor sie ihre Aktentasche unter den Arm klemmte und kerzengerade und mit gleichmäßigen Schritten auf ihn zukam. Wie schon im College bewegte sie sich, als würde sie auf ihr höheres Ziel zusteuern. Damals hatte er ihre Zielstrebigkeit irritierend gefunden. Inzwischen wusste er, dass sie ihm Lichtjahre voraus gewesen war.

Er öffnete ihr die Eingangstür. »Komm rauf in mein Büro.«

»Okay.«

Er folgte ihr und registrierte dabei anerkennend den leichten Schwung ihrer Hüften, die in Jeans steckten. In seinem Büro nahm sie Platz und zog den Reißverschluss der Aktentasche auf.

»Kann ich dir einen Kaffee anbieten?«

»Nein, danke.«

Er lehnte sich seitlich an den Schreibtisch. »Was hast du da?«

»Ein längeres Schriftstück von Smith. Wie ich schon am Telefon gesagt habe, ist es gestern Abend bei mir angekommen.«

»Es lag da, als du nach Hause gekommen bist?« Er zog Gummihandschuhe aus der Tasche und streifte sie über, bevor er den Umschlag an sich nahm. Er betrachtete ihn. Weder Absender noch Briefmarke waren darauf zu sehen, dennoch hatte er vor ihrer Wohnung gelegen. »Bist du die Einzige, die das seit gestern in der Hand hatte?«

Sie machte ein finsteres Gesicht. »Bevor ich es aufgemacht habe, habe ich mir keine Gedanken über Fingerabdrücke gemacht, und danach konnte ich nicht anders, als es zu lesen.«

»Wer das für ihn nach draußen geschmuggelt hat, arbeitet vermutlich im Gefängnis und war in diesem Fall so schlau, den Umschlag abzuwischen. Aber einen Versuch ist es wert.« Er zog die Blätter heraus und erkannte augenblicklich Smiths Handschrift. »Bei den Ermittlungen vor drei Jahren habe ich mich durch Tausende solcher Seiten gelesen, die Smith verfasst hatte.«

»Ich hatte Gelegenheit, einige seiner Aufzeichnungen zu lesen, als sie nach dem Prozess freigegeben wurden. Damals drückte er sich oft weitschweifig aus, und ich hatte den Eindruck, dass er Details hinzufügte, um die Polizei zu manipulieren, so als würde er ein Labyrinth aus Fakten erschaffen. Dieser Brief dagegen ist klar und detailliert. Seine Gedankengänge sind völlig anders.«

Er sah sie einen Augenblick forschend an und schaute dann auf die Papiere. »Kannst du mir eine Zusammenfassung geben?«

»Es ist eine Liste sämtlicher Opfer – wieso er sie ausgewählt hat, wie lange er sie festhielt und wo er sie begraben hat. Eine der Frauen, von der die Rede ist, wurde bei den polizeilichen Ermittlungen nie erwähnt. Sie hieß Delores.«

Brody würde jedes einzelne Wort wieder und wieder lesen, aber jetzt wollte er erst einmal Jos Perspektive hören. »Sonst noch irgendwelche Eindrücke?«

»Mir ist klar, dass es für Häftlinge Möglichkeiten gibt, Dinge aus dem Gefängnis zu schmuggeln. Aber hätte ihn nicht jemand dabei sehen müssen, als er das geschrieben hat?«

»Kommt drauf an. Vielleicht hat dort jemand ein Auge zugedrückt. Außerdem hat er viel Zeit auf der Krankenstation verbracht.«

Sie machte ein finsteres Gesicht. »Ich habe im Gefängnis angerufen. Smith steht unter schweren Schmerzmitteln. Er ist bewusstlos.«

Brody presste die Lippen zusammen. »Er hat einmal davon gesprochen, dass er wegen der Schmerzmittel nicht mehr so gut lesen kann. Und er bekommt diese Medikamente seit sechs Monaten.«

»Und trotzdem ist seine Handschrift klar und leserlich.«

»Dann hat er das hier also früher geschrieben?«

Sie zog eine Augenbraue hoch. »Ich glaube nicht, dass er es überhaupt geschrieben hat. Beim Lesen ist mir etwas aufgestoßen. Die Handschrift ist seiner so unglaublich ähnlich. Das gesamte Schriftstück ist völlig gleichmäßig.«

Stirnrunzelnd betrachtete Brody die Worte. »Als hätte sich jemand sehr viel Mühe gegeben, um Smiths Schrift nachzuahmen.«

»Ganz genau. Ich glaube nicht, dass Smith dieses Manuskript verfasst hat.«

»Dann sein Lehrling?«

»Der Lehrling hat so viel wie möglich von seinem Meister übernommen und ist dabei sogar so weit gegangen, seine Handschrift zu imitieren.«

Brody legte den Kopf in den Nacken. »Woher weiß er, wo du wohnst, Jo?«

Sie runzelte die Stirn, als würde ihr das jetzt erst auffallen. »Ich weiß es nicht.«

Der Lehrling oder einer von Smiths Helfern hatte bei Jo vor der Tür gestanden. »Hast du gute Schlösser?«

»Die besten. Und ich benutze sie ohne Ausnahme.«

»Eine Alarmanlage?«

»Nein.«

»Lass dir eine einbauen.«

Sie dachte darüber nach. »Mach ich.«

Ihre besorgte Miene gefiel ihm gar nicht, und er gab sich Mühe, seine Stimme ruhig klingen zu lassen. »Was hältst du sonst von dem Schriftstück?«

Jo wandte sich wieder den Fakten zu, eine Haltung, von der er wusste, dass sie sie beruhigte. »Smith, oder wer auch immer das geschrieben hat, erwähnt Robbie mehrere Male. Allerdings lässt sich schwer sagen, ob Robbie bei den Morden dabei war.« Sie beugte sich vor, und ein Hauch Parfüm stieg ihm in die Nase. »Er schreibt, wie er Robbie kennengelernt hat, der offenbar zwölf war, als die beiden sich kennenlernten. Den Aufzeichnungen zufolge hatte die Mutter den Jungen verlassen. Sie war eine Prostituierte. Aber es lässt sich unmöglich sagen, wie viel Wahrheit darin steckt. Er spricht mit sehr viel Zuneigung über den Jungen, so wie ein Vater über sein Kind. Er nennt Beispiele für seinen Intellekt und seine schnelle Auffassungsgabe.«

»Schreibt Robbie das, woran er sich erinnert oder woran er sich gerne erinnern würde?«

»Mal angenommen, dass Robbie der Verfasser ist, ist es ein bisschen von beidem, würde ich sagen. Wir tendieren alle dazu, die Geschichte umzuschreiben und uns als Held oder Opfer zu inszenieren.«

»Warum würde Robbie Smiths Morde bestätigen wollen?«

»Zuneigung für einen Lehrer. Einen Vater. Wir sollen ganz genau wissen, was Smith geleistet hat.«

Er beobachtete, wie sie die Hände im Schoß faltete. Eine züchtige Geste, oder wollte sie damit verbergen, dass ihre Hände zitterten? »Bei Smiths Verhaftung haben wir nichts gefunden, was auf eine Verbindung mit Robbie schließen lässt. Da waren keine Fotos, keine Briefe und keine E-Mails. Als der Kerl neulich den Lehrling erwähnt hat, habe ich zum ersten Mal von ihm gehört.«

»Bei keinem der Verhöre, die du geführt hast, war je von einem Kind oder einem jungen Mann die Rede? «

»Nie. Smith war dafür bekannt, dass er oft längere Zeit die Stadt verließ. Er nahm immer viele Vorräte mit und tankte in Austin, bevor er losfuhr.«

»Und es gibt keine Immobilien, die auf seinen Namen eingetragen sind?«

»Nichts.«

Brody legte den Brief hin. »Er hat den Jungen irgendwo versteckt gehalten. In Texas gibt es viele Gegenden, wo man ein kleines Haus oder einen Wohnwagen verbergen kann.«

»Ich würde Smith gern noch einmal besuchen. Uns läuft die Zeit davon. Wenn er wirklich so krank ist, wird er nicht mehr lange leben. Ich fahre heute noch nach West Livingston.«

»Unangekündigt?«

»Da der Direktor und ich uns schon kennen, hatte ich gehofft, dass er mich zu ihm lässt. Diesmal kannst du mich nicht aufhalten.«

Brody stand auf, zog eine Asservatentüte aus der Schreibtischschublade und legte die Schriftstücke hinein. »Ich komme mit.«

»Das ist nicht nötig.«

»Mir gefällt die Vorstellung nicht, dass du auf offener Landstraße allein bist, während Robbie oder irgendein anderer Irrer da draußen frei herumläuft.«

Er nahm seine Waffe aus der Schreibtischschublade und schob sie in das Holster. »Ich nehme mal an, du hast den Rest des Tages frei.«

»Ja.«

»Dann lass uns gehen. Das Wetter ist gut, also fliegen wir.«

Bleib bei deinem Plan.

Immer wieder hatte Dr. Dayton sich das Mantra vorgesagt, während er allein in seinem Haus vor seinem Glas Scotch saß. Zu früh zum Trinken für einen anständigen Mann, aber über Anstand machte er sich schon lange keine Gedanken mehr. Er schenkte sich nach und sah zum Hochzeitsporträt seiner Frau Sheila hoch. Es war vor fünfzehn Jahren aufgenommen worden, und sie trug darauf ein schlichtes, weißes, tief ausgeschnittenes Seidenkleid mit einer langen Spitzenschleppe, die ihre glatte braune Haut, die dunklen, braunen Augen und das platinblonde Haar betonte. Als er sie kennengelernt hatte, hatte sie so hinreißend ausgesehen, dass es ihm die Sprache verschlagen hatte. Tagelang war er ihr über den College-Campus gefolgt und hatte sie aus der Ferne beobachtet. Schließlich hatte er nach einer Biologiestunde allen Mut zusammengenommen und sie angesprochen. Wenn er wollte, konnte er charmant sein, und es hatte nicht viel gebraucht, um sie zu umgarnen. Schnell waren sie ein Paar geworden, und im letzten Jahr auf dem College hatten sie sich verlobt.

Nach dem Abschluss hatte er sie überredet, eine Stelle anzunehmen, während er Zahnmedizin studierte. Der Plan sah vor, dass sie ihr Universitätsdiplom machen würde, sobald er seine erste Stelle antrat. Doch im Lauf der Zeit hatte sich die Dynamik zwischen ihnen verändert. Sie verlor ihre Lebenslust und machte sich viele Gedanken über die Finanzen. Sie hatte von einem Haus gesprochen. Von Kindern. Alles Dinge, die er nicht wollte. Er wollte keine zusätzliche Verantwortung, und ihr ständiges Genörgel ging ihm auf die Nerven.

Ganz unbemerkt hatte sie sich irgendwann aus einer Prinzessin in eine Hexe verwandelt – in den sprichwörtlichen Klotz am Bein.

Und jetzt war sie tot.

Bleib bei deinem Plan.

Seit Monaten erzählte er der Polizei nun schon, dass Sheila weggelaufen war. Sie sei in der Ehe ebenso unglücklich gewesen wie er und habe einen anderen gefunden. Er hatte den Cops weisgemacht, sie sei am Leben und wohlauf, verstecke sich nur und amüsiere sich wahrscheinlich darüber, wie die Cops ihn in die Mangel nahmen.

Das Problem war nur, dass die Polizei ihm nicht glaubte. Sie waren der Meinung, dass er Sheila etwas angetan hatte. Auf der Grundlage blödsinniger Bemerkungen ihrer Schwester, Sheila habe Angst vor Dayton gehabt, hatten die Cops einen Durchsuchungsbefehl erwirkt und ihr Zuhause auf den Kopf gestellt. Scheiße, sie hatten sogar Abstriche aus den Abflussrohren genommen und sie auf Blutspuren untersucht.

Aber letzten Endes hatten sie nichts gefunden.

Sein Trottel von einem Anwalt hatte ihn zu Dr. Granger gebracht, um eine positive Aussage von ihr zu seinem Vorteil verwenden zu können. Dayton war einverstanden gewesen, weil er geglaubt hatte, sie täuschen zu können. Mehrmals wäre sie ihm beinahe auf die Schliche gekommen und hätte ihn dazu gebracht, seine Geheimnisse zu enthüllen, aber er hatte sich gefangen. Gerade noch. Doch sie war schlau. Irgendwie hatte sie seine Fassade durchschaut, als wäre er aus Glas, und erkannt, was er wirklich im Schilde führte.

Dr. Jo Granger. Sie machte den Eindruck einer kühlen Frau. Eisig. Doch sie war klug genug, um zu wissen, dass jedem echten Mann eine Herausforderung gefiel. Dass ihm die Vorstellung gefiel, dieses Eis zum Schmelzen zu bringen und herauszufinden, wie heiß er sie machen konnte.

Seit er letzten Dienstag bei ihr gewesen war, hatte er Fantasien von ihr. Es war zwar nicht klug gewesen, ihr in das Einkaufszentrum zu folgen, aber er hatte nicht widerstehen können. Der süße Ausdruck des Entsetzens auf ihrem Gesicht hatte bei ihm die Lust an der Macht und das Verlangen beflügelt.

Bleib bei deinem Plan.

Jo Granger gehörte nicht zum Plan. Sie war eine Ablenkung, die er eigentlich nicht gebrauchen konnte.

Aber manchmal schuldete ein Mann sich selbst ein bisschen Spaß.

Noch vor Mittag erreichten Brody und Jo das Gefängnis von West Livingston. Er hatte vorgeschlagen, essen zu gehen, doch sie hatte abgelehnt, weil sie zu angespannt zum Essen war. Sie hatte sich bemüht, ihre Emotionen zu kontrollieren und objektiv zu bleiben, doch das Päckchen auf ihrer Veranda machte ihr ein wenig Angst.

Je mehr sie heute Morgen gelesen hatte, desto mehr hatte ihre Angst zugenommen. Sie hatte sämtliche Fenster und Türen überprüft und ihr Handy ständig bei sich gehabt, bis sie Brody erreicht hatte.

Smith, sein Lehrling oder irgendjemand anderes wusste, wo sie wohnte.

Brody gab seine Waffe ab, und die beiden wurden zum Büro des Direktors gebracht und gebeten zu warten.

»Es wird nichts Gutes daraus«, sagte Jo.

»Wieso sagst du das?« Brody stand am Fenster, die Hände hinter dem Rücken verschränkt.

»Nur so ein Gefühl.«

Er drehte sich um und lächelte. »Ich dachte, bei dir ginge es immer nur um Logik und Fakten.«

Ihre Absätze klapperten auf dem gefliesten Fußboden. »Unterschätze nie die Kraft der Intuition.«

Wenige Sekunden später kam der Direktor. Er schüttelte Brody die Hand und nickte Jo zu. »Es tut mir leid, dass Sie diesen weiten Weg umsonst gemacht haben.«

»Wieso?«

»Harvey Smith ist vor zwei Stunden gestorben. Er ist auf der Krankenstation eingeschlafen.«

Brodys Gesicht wurde hart. »Eigentlich war nicht damit zu rechnen, dass er so bald sterben würde, oder?«

»Nein. Es war ein Herzstillstand«, sagte der Direktor kopfschüttelnd. »All diese Frauen, die er umgebracht, und die Familien, die er zerstört hat, und jetzt hat er nicht nur der Hinrichtung, sondern auch noch dem Krebs ein Schnippchen geschlagen.«

Fluchend schob Brody die Hände in die Taschen und spielte mit dem Kleingeld darin.

Jo zupfte an einem losen Faden am Ärmelaufschlag ihrer Jacke. »Die letzte Verbindung zu Robbie. Das war sie.«

15

Montag, 15. April, 9:00 Uhr

Jo kam früh genug beim Salon ihrer Mutter an, um mindestens eine Viertelstunde mit ihr allein zu haben, bevor die Angestellten zu den morgendlichen Friseurterminen eintrafen.

Sie schloss auf und trat ein. »Mom!«

»Im Hinterzimmer, Jo.«

Als Jo hereinkam, stellte ihre Mutter gerade Haarfärbemittel ins Regal.

Candace' Haar war zu Stacheln gegelt und mit Haarspray fixiert, ihr Make-up makellos. »Ich habe nicht viel Zeit zum Reden, Jo. Ich muss hier noch einige Bestände auffüllen, bevor es losgeht.«

»Du solltest das Ellie überlassen.«

»Mir macht es nichts aus.«

»Hast du schon mal daran gedacht, kürzerzutreten?«

»Und was soll ich dann mit mir anfangen?«

»Das Leben genießen. Das hast du seit Daddys Tod nicht mehr getan.«

Candace' Blick wurde wehmütig. »Einen Mann wie deinen Daddy findet man so schnell nicht noch einmal, Liebes. Er war ein Glückstreffer.«

Ihre Eltern hatten eine liebevolle Ehe geführt. Perfekt war sie nicht gewesen, es hatte genug Streit und schwere Zeiten gegeben. Aber sie hatten immer zusammengehalten. »Ich vermisse Daddy.«

»Ich auch. Jeden Tag.« Ihre Mutter schluckte, wie um unerwünschte Gefühle zurückzudrängen. »Worum geht es denn?«

Jo wünschte sich ein ehrliches Gespräch mit ihrer Mutter. Keine Verurteilungen. Keine Schuldzuweisungen. »Es ist zwar noch nicht an die Medien gegangen, aber gestern ist Harvey Lee Smith im Gefängnis gestorben. Die Ärzte gehen von einem Herzstillstand aus.«

Abgesehen von einer fast unmerklichen Verkrampfung des Unterkiefers zeigte ihre Mutter keinerlei Reaktion. »Wieso sollte es mich kümmern, dass gestern irgendein Wahnsinniger im Gefängnis gestorben ist?«

Jos Nackenmuskeln zogen sich zusammen. »Mom, ich will mich nicht mit dir streiten. Ich will dir nur direkt die Frage stellen, ob Harvey Smith mein leiblicher Vater ist.«

Candace drehte die silbernen Reifen an ihrem Arm. »Du redest wirres Zeug.«

»Und du gibst mir keine Antwort. Das ist klassisches Vermeidungsverhalten.«

Candace blickte Jo an, als hätte sie eine ungezogene Achtjährige vor sich. »Von deinem Doktorgeschwätz will ich nichts hören, junge Dame. Ich bin deine Mama.«

»Ich werde Daddy immer lieben, ganz egal, was passiert, Mama. Ich will nur wissen, wo ich herkomme.«

Candace' Augen weiteten sich vor Ärger und Panik. »Ich brauche mich vor dir nicht zu rechtfertigen.«

»Darum bitte ich dich auch gar nicht.« Sie ballte die Finger ihrer rechten Hand und wünschte sich, dieses Gespräch nicht führen zu müssen. »Mom, bitte, gib mir eine klare Antwort.«

»Dein Tonfall gefällt mir nicht.«

Jo seufzte. Sie kannte ihre Mutter gut genug, um zu wissen, dass sie sich auf diese Weise im Kreis drehen würden, ohne je zu einem Ergebnis zu kommen. »Na schön, Mama.«

Candace sah Jo finster an. »Und was soll das jetzt heißen?«

»DNA, Mom.« Die Frustration veranlasste sie, die Stimme zu heben. »Die wird mir die Antwort geben, die du mir verweigerst.«

Die Klingel an der Ladentür erklang und erinnerte Jo daran, dass sie die Tür nicht hinter sich abgeschlossen hatte. Candace' Miene war hart und zornig, doch da möglicherweise ein Kunde mithörte, schwieg sie.

»Mom, wer das auch ist, schick ihn weg, damit wir die Sache zu Ende bereden können.«

Candace schüttelte den Kopf. »Du weißt, dass Laufkundschaft hier immer willkommen ist. Immer.«

Jo knirschte mit den Zähnen. »Das hier ist wichtiger als ein verdammter Haarschnitt.«

»Diese verdammten Haarschnitte haben dir ein Dach über dem Kopf und etwas zu essen eingebracht. Ich habe noch nie eine Kundin weggeschickt und werde es nie tun.«

Ihre Mutter ging durch den Vorhang in den Salon. »Willkommen in Candys Friseursalon!«

Jo wusste, dass heute kein Gespräch mehr stattfinden würde. Frustriert und überzeugter denn je, dass ihre Mutter etwas vor ihr verbarg, trat sie durch den Vorhang. Sie hatte vorgehabt, dem Kunden im Vorbeigehen zuzunicken. Doch als sie sah, wer es war, blieb sie wie angewurzelt stehen.

Dr. Dayton lächelte ihre Mutter an. »Ich hatte gehofft, Sie könnten mir die Haare schneiden. Auf dem Schild steht, dass Laufkundschaft willkommen ist.«

Candace griff nach ihrem Kittel. »Natürlich.«

Ohne eine Spur des Bedauerns oder der Überraschung blickte er Jo an. »Dr. Granger. Schön, Sie hier zu treffen.«

Jo krampfte die Finger um den Gurt ihrer Handtasche. »Was machen Sie denn hier?«

»Er lässt sich die Haare schneiden«, sagte ihre Mutter. Jede Spur von Ärger war aus ihrer Stimme verschwunden. In Anwesenheit eines Kunden war in ihrem Salon kein Platz für Spannungen und Ränke.

Jo schüttelte den Kopf. »Gehen Sie, Dr. Dayton.«

Dayton wirkte amüsiert. »Gibt es ein Problem?«

Candace trat vor und an Jo vorbei. »Nein, es gibt keinerlei Problem. Meine Tochter ist verwirrt.«

Dayton Lächeln wurde breiter. »Tochter. Also, ich hätte Sie beide für Schwestern gehalten.«

Candace strahlte.

Jo hingegen kochte. Er war nicht hier, um sich die Haare schneiden zu lassen. Er war ihr wieder gefolgt. Hatte er draußen vor dem Haus gestanden, als sie heute Morgen gegangen war? Sie hatte zwar nichts Verdächtiges bemerkt, aber Stalker waren schlau. »Wenn Sie jetzt nicht gehen, Dr. Dayton, rufe ich die Polizei.«

»Jo!«, rief ihre Mutter und stellte sich vor sie. »Das reicht jetzt, junge Dame.«

Es gelang Dayton, aufrichtig verwirrt zu erscheinen. »Gibt es ein Problem, Dr. Granger?«

»Ja, es gibt ein Problem.« Jo ging um ihre Mutter herum. »Vor einer Woche habe ich Sie wegen des Verschwindens Ihrer Frau befragt. Am nächsten Tag tauchen Sie in einer Boutique auf. Und jetzt sind Sie hier. Was spielen Sie für ein Spiel, Sie armseliger Wicht?«

»Jo!«, sagte ihre Mutter warnend. »Derart respektlose Töne habe ich von dir noch nie gehört!«

Jo, deren Geduld nahezu erschöpft war, hob die Hand, um ihre Mutter zum Schweigen zu bringen. Vom Verstand her war ihr klar, dass sie sich von Dayton manipulieren ließ, doch angesichts einer Bedrohung in der Nähe ihrer Familie scherten sich ihre Gefühle nicht um den Verstand. »Gehen Sie jetzt, Dr. Dayton.«

»Sie sind ein wenig kratzbürstig«, sagte er. Das Lachen war aus seiner Miene verschwunden.

Sie ballte die Fäuste. »Und Sie sind ein Stalker. Gehen Sie jetzt. Oder wir lassen die Sache von der Polizei klären.«

Dayton blickte an Jo vorbei zu Candace hinüber. »Mrs Granger, es tut mir leid, aber ich kann nicht bleiben. Vielleicht ein andermal.«

Candace wirkte beschämt. »Gern.«

»Nein«, sagte Jo. »Wenn Sie sich noch einmal hier blicken lassen, rufe ich die Polizei.«

Dayton nahm sich ein Pfefferminzbonbon aus dem Glas auf dem Ladentisch und wickelte es langsam aus. »Sie überreagieren, Dr. Granger.«

»Das glaube ich zwar nicht, aber wenn, dann nehme ich das in Kauf. Jetzt verschwinden Sie.«

Er kniff die Augen zusammen, steckte sich langsam das Bonbon in den Mund und faltete das Einwickelpapier in der Mitte. »Bis demnächst.« Er drehte sich um, warf das Papier in den Abfall und ging.

Jo zitterte vor Wut. Das Einkaufszentrum hätte sie noch als Zufall akzeptiert, aber das hier nicht. Der Salon war zu weit von Daytons Viertel entfernt und kein Geschäft, das er normalerweise betreten würde.

»Jolene Marie Granger«, sagte ihre Mutter mit zusammengebissenen Zähnen. »Wenn du glaubst, du könntest es mir heimzahlen, indem du meine Kunden beleidigst, dann hast du dich geirrt.«

Jo drehte sich zu ihrer Mutter um, die Hände immer noch neben dem Körper zu Fäusten geballt. »Du glaubst, ich will es dir heimzahlen?«

»Ja.«

Sie holte tief Luft, erstickte die erste Bemerkung, die ihr einfiel, und entspannte langsam ihre Finger. »Dieser Mann steht im Fokus einer polizeilichen Ermittlung, was im Grunde bedeutet, dass er verdächtigt wird, und zwar im Fall des Verschwindens seiner Frau. Sie wird seit Monaten vermisst.«

Der Zorn in den Augen ihrer Mutter ließ kein bisschen nach. »Es kommt andauernd vor, dass Menschen aus irgendwelchen Gründen verschwinden!«

»Alles, was ich über Körpersprache und Gesprächstechniken weiß, sagt mir, dass ihm klar ist, dass seine Frau nicht weggelaufen ist. Ich würde meinen letzten Dollar darauf verwetten, dass er sie umgebracht hat.«

Candace stemmte die Hände in die schmalen Hüften. »Unschuldig bis zum Beweis des Gegenteils, Jo.«

Jo legte den Kopf in den Nacken und betete im Stillen um die Geduld, die ihr Markenzeichen war. »Lass diesen Mann nicht noch mal hier rein. Er ist bösartig, und er hat es auf mich abgesehen.«

Ihre Mutter zog Zigaretten und Feuerzeug aus ihrer Kitteltasche. »Wieso muss es nur immer um dich gehen?«, murmelte sie.

Gereiztheit stieg in Jo auf. »Es geht nicht um mich. Es geht um deine Sicherheit.«

Candace klemmte sich die Zigarette zwischen die Lippen und ließ das Feuerzeug dreimal aufschnappen, bevor es aufflammte. »Rede dir das nur weiter ein.«

»Dieser Mann ist gefährlich.« Sie artikulierte langsam und sorgfältig.

»Mir kam er nicht gefährlich vor, und ich kann selbst auf mich aufpassen.«

Die Klingel an der Ladentür ertönte. Heftig drehte Jo sich

um und erwartete, wieder Dayton vor sich zu sehen. Doch es war ihre Schwester Ellie. Ellie war eine jüngere Ausgabe ihrer Mutter. Sie war groß, blond und sonnengebräunt und trug Jeans und ein enges T-Shirt. Ihre arglose, fröhliche Miene wurde misstrauisch, als ihr Blick zwischen dem Gesicht von Jo und dem ihrer Mutter hin und her huschte.

Goldreifen klimperten an ihrem Handgelenk, als sie ihre Tasche in der untersten Schublade ihres Friseurwagens verstaute. »Was ist denn hier los?«

»Nichts«, sagten Jo und ihre Mutter gleichzeitig.

Ellie schüttelte den Kopf. Goldene Ohrringe glitzerten durch ihr blondes Haar. »Das ist seit fünfzehn Jahren das erste Mal, dass ihr beide euch bei etwas einig seid. Was ist passiert?«

Jo hoffte immer noch, mit ihrer Mutter reden und ihr begreiflich machen zu können, dass Dayton gefährlich war. Doch als sie den Mund öffnete, drehte ihre Mutter sich um und stolzierte zu ihrem Arbeitsplatz, um sich die Scheren zurechtzulegen. Diesen Gesichtsausdruck hatte Jo oft genug bei ihr gesehen. Candace Grangers eisige Kälte konnte selbst die heißesten Tage in Texas zur Abkühlung bringen.

Nicht gewillt, alles noch einmal zu erzählen, ging Jo an ihrer Schwester vorbei und griff nach der Tür. »Frag Mom.«

Dayton summte vor sich hin, als er den Wagen startete. Er blickte zum Friseursalon hinüber, wo Jo mitten im Laden stand. Sie stritt sich gerade mit ihrer Mutter und einer anderen Frau, die, wenn ihn sein Spürsinn nicht täuschte, ihre Schwester war. Allem Anschein nach wirkte Jo nicht besonders überzeugend auf ihre Lieben.

Er lenkte den Wagen rückwärts. Falls Jo Granger glaubte, dass sie ihn einschüchtern konnte, irrte sie sich. Er würde nirgendwohin gehen. Was sie betraf, fing er sogar gerade erst an.

»Wollen Sie die guten oder die schlechten Nachrichten hören?«, fragte Dr. Watterson Brody.

Kopfschmerzen pochten hinter Brodys Schläfen, als er in das missmutige Gesicht des Gerichtsmediziners blickte. Sie standen in Untersuchungsraum zwei, wo die zugedeckten Überreste von Smiths letzten drei Opfern auf drei Metalltischen hinter dem Arzt lagen. »Dieser Tag wird schon von schlechten Nachrichten dominiert. Die guten zuerst.«

Dr. Watterson ging auf den ersten Tisch zu, auf dem eines der skelettierten Opfer lag. Er zog das Tuch beiseite und enthüllte eine Ansammlung dunkel angelaufener Knochen, die annähernd wie im menschlichen Körper angeordnet waren. »Bei diesem Opfer konnten wir keine DNA entnehmen. Sie war zu lange unter der Erde.«

»Wie lange?«

Dr. Watterson rückte seine Brille zurecht. »Ungefähr dreißig Jahre.«

»Scheiße. Das bedeutet, sie war keine der Frauen auf meiner Liste.«

»Die Frauen, nach denen Sie suchen, sind in den letzten acht bis zehn Jahren gestorben. Sie kann keine von ihnen sein.«

In dem Brief, der Jo erreicht hatte, war von einer Delores die Rede gewesen. Im Vergleich zu den anderen Opfern war ihre Beschreibung vage gehalten. Brody hatte die Blätter den Experten übergeben, die jetzt Handschrift und Fingerabdrücke untersuchten, sowie sämtliche Informationen, die sie den Seiten sonst abringen konnten. »Aber Sie können definitiv bestätigen, dass das Opfer eine Frau war?«

»Ja. Schädel- und Beckenform weisen auf eine Frau hin. Außerdem kann ich Ihnen sagen, dass sie weiß und zwischen fünfundzwanzig und dreißig Jahre alt war. Und nach der Beckenform zu urteilen hat sie keine Kinder geboren.«

Brody betrachtete die braunen Knochen. »Aber Sie können sie nicht identifizieren?«

»Im Moment nicht.«

Verärgert biss Brody die Zähne zusammen. »Können Sie mir sonst noch etwas über sie erzählen?«

Der Doktor hob den Zeigefinger. »Immerhin kann ich Ihnen sagen, dass sie eine Verletzung in der Mundgegend erlitten hat. Jemand hat ihr zwei Schneidezähne ausgeschlagen. Aus irgendeinem Grund wurde sie nicht ärztlich versorgt, und die Wunde hat sich infiziert.« Mit einem behandschuhten Zeigefinger deutete er auf die untere Zahnreihe und fuhr dort entlang, wo das Zahnfleisch gewesen wäre. »Sie muss große Schmerzen gelitten haben. Und sie muss sehr krank gewesen sein. Eine Infektion wie diese breitet sich mit jedem Atemzug weiter aus.«

»Könnte der Mörder sie am Mund verletzt haben?«

»Die Verletzung muss ihr etwa sechs Monate vor ihrem Tod zugefügt worden sein.«

»Sonst noch etwas?«

»Sie war starke Raucherin. Das sieht man an ihren Zähnen.«

Nicht gerade viel, um damit zu arbeiten, aber immerhin. »Was ist mit den anderen beiden Leichen?«

Dr. Watterson deckte die erste Knochenanordnung sorgfältig zu und ging weiter zur zweiten. »Wenn Sie sich die rechte Seite des Oberschenkels anschauen, sehen Sie, dass sie sich in jungen Jahren einen schweren Knochenbruch zugezogen hat. Sehen Sie die Bruchstelle und wie sie wieder verheilt ist?« Mit der behandschuhten Hand fuhr er an der sichtbaren Linie in dem Knochen entlang. »Wahrscheinlich war sie damals noch ein Teenager. Tammy Lynn Myers, eines ihrer mutmaßlichen Opfer, hatte eine solche Fraktur. Und wir haben zahnärztliche Röntgenaufnahmen von Myers, die zu diesem Opfer passen.«

Tammy hatte in einem Übergangshaus in der Nähe von einer der Schulen gelebt, in der Smith unterrichtet hatte. Sie war drogensüchtig, aber bereits eine Zeit lang clean. Und dann war sie spurlos verschwunden.

Die Polizei war davon ausgegangen, dass sie eine Überdosis genommen oder die Stadt verlassen hatte. Es war Tammys Schwester gewesen, die darauf beharrte, dass Tammy nichts von beidem getan hatte.

Drei Jahre zuvor, als Smith verhaftet und sein Haus durchsucht worden war, hatte die Polizei dort ein Medaillon gefunden, das Tammy gehört hatte.

Sofort hatte man sie auf die Liste der mutmaßlichen Opfer gesetzt. Doch der Suchtrupp, der den Garten ausgehoben hatte, hatte Tammys Leiche nicht gefunden. Später hatte Smith den Mord an dem Mädchen gestanden, aber er hatte nie verraten, wo ihre Leiche lag.

Dass man sie jetzt gefunden hatte, war ein weiteres Stück des Puzzles, und so grausam die Nachricht auch war, es war doch eine Erleichterung. »Wir haben also Tammy.«

»Ja.« Vorsichtig zog Watterson das Tuch über die Leiche. »Sie können die Familie benachrichtigen.«

Brody seufzte und freute sich nicht auf dieses schwierige Gespräch. »Das werde ich tun. Was ist mit der Todesursache?«

»Ohne weiches Gewebe lässt sich das nicht genau sagen. Aber angesichts der Position der Handknochen vor ihrer Brust und der vorhandenen Seilfasern wurde sie auf die gleiche Weise gefesselt wie Smiths andere Opfer.«

Sie hatte in einem flachen Grab gelegen, verschnürt und bewegungsunfähig. Er würde es zwar nie mit Sicherheit sagen können, aber er wusste es. Sie war erstickt.

Ein Mädchen hatte er nun, eines fehlte noch. »Was ist mit der letzten Leiche?«

Watterson ging zu dem nächsten Tisch, auf dem eine weitere Anordnung von Knochen lag. »Bei dem nächsten Opfer handelt es sich um Brenda Morris.«

»Sie ist vor elf Jahren verschwunden. Eine Prostituierte, die im Stadtzentrum von Austin gearbeitet hat. Man hat ihr Fußkettchen und ihren Führerschein in Smiths Haus gefunden. Wie haben Sie sie identifiziert?«

»Brenda hatte Skoliose.« Er nickte zu der Ansammlung der Knochen hinüber. »Für diese Frau hier galt das ebenfalls, in Anbetracht des Zeitraums würde ich daher sagen, dass es sich um Brenda handelt. Ich bin im Besitz einer DNA-Probe von Brendas Sohn und war imstande, etwas DNA aus dem hinteren Backenzahn dieser Toten zu entnehmen. Das Labor wird einen Abgleich durchführen.«

»Wir haben also Tammy und höchstwahrscheinlich Brenda.« Brody hakte die Daumen in seinen Gürtel. »Aber wir haben keine sterblichen Überreste von Susan Carson.«

Watterson enthüllte die Überreste der letzten Leiche. »Meinen Unterlagen zufolge ist sie vor zehn Jahren verschwunden.«

»Richtig.«

»Carson war klein und kaum mehr als einen Meter fünfzig groß. Der Länge der Knochen nach zu urteilen, waren diese drei Opfer alle über einen Meter fünfundsechzig. Sie ist definitiv keine von den dreien.«

»Smith hat uns zwei der drei verschollenen Opfer geliefert, aber nicht das dritte.« Brody schüttelte den Kopf. »Warum überrascht es mich nicht, dass er etwas zurückhält?«

»Sind Sie sicher, dass Susan zu den Opfern gehörte?«

»Wir haben ihre Geldbörse und ein Schmuckstück in seinem Haus gefunden.«

»Dann kann man wohl davon ausgehen, dass er sie umgebracht hat.«

»Ja.« Brody seufzte. »Wer zum Teufel ist also das andere Opfer?«

Brody war mit Tammys Eltern und ihrer Schwester in Verbindung geblieben, weil sie an Smiths Prozess so starken Anteil genommen hatten. Jeden Tag hatten die drei stoisch hinten im Gerichtssaal gesessen. Häufig hatte man die tief religiöse Familie während des Verfahrens beten sehen, doch den einzigen Emotionsausbruch hatten sie an dem Tag gezeigt, an dem der Gerichtsmediziner über das Ersticken gesprochen hatte. Tammys Eltern hatten geweint, während die überlebende Tochter sie zu trösten versuchte.

Als er jetzt vor dem kleinen Haus im mexikanischen Stil hielt, wusste er nicht genau, was ihn erwartete, wenn er die grausame Nachricht überbrachte. Ja, Tammy war gefunden worden, aber jetzt würde sich alle Hoffnung darauf, dass sie noch am Leben war und irgendwann nach Hause kommen würde, in Luft auflösen.

Er parkte und ging grimmig entschlossen an ein paar Dreirädern vorbei über den Zufahrtsweg. Im letzten Jahr waren Tammys Eltern gestorben, beide an Krebs, was Tammys Schwester Logan zur einzigen Überlebenden der Familie machte.

Er klingelte. Drinnen hörte er den Lärm und das Geschrei kleiner Kinder, gefolgt von fröhlichen, mütterlichen Ermahnungen. »Schnell jetzt, sonst gibt es kein Eis.«

Die Tür flog auf, doch als Logan Myers' grüne Augen Bodys Blick begegneten, schwand ihr Lachen. Rasch trocknete sie sich die Hände an ihrem rot karierten Geschirrtuch ab. »Es ist lange her.«

Er tippte sich an die Krempe des weißen Huts. »Ja, Ma'am.«

Sie stieß die Fliegengittertür auf. »Hin und wieder lese ich

Ihren Namen in der Zeitung. Herzlichen Glückwunsch zum Ranger-Stern. Es freut mich, dass es Ihnen gut geht.«

Im Moment fühlte er sich weniger gut als unbeholfen und unzulänglich. »Danke.«

Logan fuhr sich mit der Hand durch das zerzauste braune Haar. »Es ist zwar furchtbar unordentlich, aber kommen Sie doch rein und setzen Sie sich.« Die Kinder, die er durch die Tür gehört hatte, entpuppten sich als zwei flachsblonde Zwillingsjungen, die etwa fünf Jahre alt waren. Als sie Brody sahen, blieben sie wie angewurzelt stehen und starrten ihn mit großen Augen an.

»Hallo, Jungs.«

Die Jungen blickten zu ihrer Mutter und dann wieder zu Brody.

Logan steckte das Geschirrtuch in ihre Schürzentasche. »Travis und Tyler, das ist Texas Ranger Brody Winchester.«

Travis grinste. »Ein richtiger Ranger?«

»Yes, Sir«, sagte Brody.

Tyler wollte den Daumen in den Mund stecken, überlegte es sich dann jedoch anders. »Kriegen wir Ärger?«

Logan schüttelte den Kopf. »Niemand kriegt Ärger, Jungs. Der Ranger ist hier, um mit mir eine alte Sache zu besprechen.«

»Hat er eine Pistole?«, fragte Travis.

»Ja, die habe ich«, erwiderte Brody.

»Darf ich sie anfassen?«

Brody schüttelte lächelnd den Kopf. »Nein, Sir. Dafür musst du noch etwas größer werden.«

Travis legte den Kopf schief. »Ich werde nächsten Monat sechs.«

Brody ließ sich diese neue Information durch den Kopf gehen. »Nein, ich denke nicht, dass das alt genug ist.«

»Was ist mit deinem Hut?«, fragte Tyler.

Brody ging in die Hocke. »Ich glaube kaum, dass das irgendwie schaden könnte. Schaut ihn euch ruhig an.«

Die Jungen kamen näher und betrachteten den Hut, als wäre er aus purem Gold.

»Was ist das da an dem Band?«, fragte Travis.

»Das ist ein Silberconcho. Er hat einem Mann gehört, der dreißig lang Jahre Ranger war. Er hat ihn mir geschenkt.«

»Hast du schon mal einen Verbrecher erschossen?«

»Hast du ein Pferd?«

Brody grinste über das Trommelfeuer der Fragen.

Logan berührte sanft die Köpfe der beiden Jungen. »Okay, ihr zwei, jetzt habt ihr genug gesehen. Ich möchte, dass ihr jetzt schnell auf eure Zimmer lauft. Ich bin gleich bei euch.«

Als die Jungen sich nicht vom Fleck rührten, zog Brody die Augenbrauen hoch und richtete sich zu seiner vollen Größe von einem Meter dreiundneunzig auf. »Für mich klang das nach einem Befehl, Leute.«

Die Augen der Jungen wurden groß, und sie drehten sich um und rannten auf ihre Zimmer.

Logan sah ihnen lächelnd nach. »Ich könnte Sie gut öfter hier gebrauchen, besonders zur Schlafenszeit, wenn mal wieder keiner auf mich hören will.«

Brody lächelte. »War mir ein Vergnügen.«

Sie deutete auf ein durchgesessenes Sofa. »Setzen Sie sich doch. Kann ich Ihnen einen Kaffee oder eine Cola bringen?«

»Nein, Ma'am.« Er nahm Platz, wobei seine große Gestalt nicht ganz auf das Sofa passte. Er wartete, bis sie sich in einen Sessel ihm gegenüber gesetzt hatte, und rutschte dann zum Rand des Sofas vor. »Ich bin hier, um Ihnen zu sagen, dass wir Tammys Leiche gefunden haben.«

Sie faltete die Hände im Schoß und blickte einen Moment

auf sie hinunter. »Letzte Woche habe ich in den Nachrichten gesehen, dass man Christa Bogart gefunden hat, in der Erde verscharrt, und hatte mir schon Gedanken gemacht. Aber schließlich frage ich mich bei so etwas jedes Mal, ob Tammy wohl auch gefunden wurde.« Sie sah zu ihm auf. »Ich bin es leid, mir Gedanken zu machen, aber ich komme nicht dagegen an.«

Er ließ den Hut zwischen den Fingern herabbaumeln. »Das ist nur natürlich.«

Sie verzog die Lippen zu einer bitteren Grimasse. »Seltsam, dass Sie gerade heute kommen. Ich habe in den Nachrichten gehört, dass Smith gestorben ist. Herzinfarkt. Hat der Nadel und dem Krebs ein Schnippchen geschlagen.«

Brody hatte die Nachricht von Smiths Tod bis zu den Mittagsnachrichten zurückgehalten. Keiner wusste, was Robbie tun würde, wenn er von Smiths Tod erfuhr, doch Brody hoffte, dass es ihn zu einem Fehler verleitete.

»Ja, Ma'am.«

Sie erwiderte seinen Blick, jede Spur von Sanftheit war aus ihrem Gesicht verschwunden. »Es tut mir leid, dass er nicht richtig hingerichtet werden konnte. Ich wäre dabei in der ersten Reihe gesessen.«

Bei Menschen, die Hinrichtungen beiwohnten, hatte er schon die verschiedensten Reaktionen erlebt. Für manche war es eine Befreiung, während andere sich danach so leer fühlten wie zuvor. Aber es hatte keinen Sinn, ihr das zu sagen. Das verstand man erst, wenn man es erlebt hatte.

»Sie wissen vermutlich nicht, wie sie gestorben ist.«

»Nein, Ma'am. Der Gerichtsmediziner konnte keine Todesursache bestimmen.«

»Wie bei den anderen, nehme ich an.«

»Ja, Ma'am.«

Sie verdrehte den Stoff ihrer Schürze zwischen den Fingern. »Tammy hat einige Fehler gemacht, aber sie war auf einem guten Weg. Ich glaube, sie hätte es geschafft.« Sie schwieg und richtete sich dann auf. »Nun, danke, dass Sie gekommen sind und es mir gesagt haben.«

Der Fall war abgeschlossen. Der Mörder tot. Und doch nagte ein Gefühl der Unzulänglichkeit an Brody, denn er wusste, dass Smiths Erbe weiter morden und Familien wie die der Myers zerstören würde. »Ich wollte die Sache zum Abschluss bringen.«

»Danke.«

Smith hatte sich der Gerechtigkeit entzogen. Aber Brody wollte verdammt sein, wenn seinem Lehrling das Gleiche gelingen würde.

Robbie hatte erst spät von Smiths Tod erfahren. Er war den ganzen Tag von seiner Arbeit in Anspruch genommen worden und hatte weder ferngesehen noch Radio gehört. Als er die Nachricht hörte, war er gerade auf dem Heimweg.

Fassungslos und nicht sicher, ob er richtig gehört hatte, hatte er hektisch die Knöpfe gedrückt und nach einem Sender gesucht, auf dem Nachrichten liefen. Als er keinen fand, war er im Eiltempo nach Hause gefahren und hatte sich sofort an den Computer gesetzt. Bei der Internetsuche nach Smiths Namen war sofort die Pressemeldung aus dem Gefängnis auf dem Bildschirm erschienen.

Der verurteilte Serienmörder Harvey Lee Smith ist im Gefängnis West Livingston offenbar einem Herzinfarkt erlegen.

Robbie lehnte sich zurück und starrte auf den Bildschirm. Smith hatte nie Herzprobleme gehabt. Aber schon möglich, dass der Krebs ihn geschwächt hatte.

Robbie blinzelte, um die Tränen zu unterdrücken, und erinnerte sich selbst daran, dass Smith Emotionen nicht billigte. *Verbirg deine Gefühle, Junge, selbst wenn du allein bist. Man weiß nie, wer gerade zuschaut.*

Er biss sich von innen in die Wange und konzentrierte sich auf den körperlichen Schmerz. Doch die Emotionen ließen sich nicht unterdrücken, und ein brennendes Gefühl der Trauer und des Verlusts stieg in ihm auf. Harvey war tot. Harvey war tot.

Es hatte einmal eine Zeit gegeben, in der er geglaubt hatte, Harvey wäre unzerstörbar und würde ewig leben.

Harvey hatte ihn aus einem elenden, ärmlichen Dasein gegerettet. Er hatte ihm Bildung ermöglicht. Ein Ziel.

Es gab so vieles, was er Harvey zu verdanken hatte. So vieles, was er ihm zurückgeben wollte. Und obwohl er getötet und Harvey gezeigt hatte, dass er ein Mann sein konnte, war da ein tiefes Gefühl des Versagens, das einfach nicht vergehen wollte.

Robbie hackte auf seine Computertastatur ein. Harvey hatte sich immer eine Verbindung mit diesem verdammten Mädel gewünscht, und so sehr Robbie die Liebe des alten Mannes zu jenem Kind auch gegen den Strich ging, wusste er doch, wie sehr Harvey darunter gelitten hatte, das Mädchen nicht zu kennen.

Er gab den Namen ein. Dr. Jolene Granger. Bilder von Jo Granger erschienen auf dem Bildschirm, und er sah sie sich lange, lange an.

»Natürlich würde ich sie gerne treffen«, hatte Harvey einmal gesagt. »Aber ein Skorpion kann nicht aus seiner Haut. Früher oder später würde ich sie angreifen.«

Robbie lächelte und zeichnete ihr Gesicht auf dem Bildschirm nach. »Ich kann dir dieses letzte Geschenk machen, Harvey. Ich kann dafür sorgen, dass du für immer mit deinem kleinen Mädchen zusammen bist.«

16

Dienstag, 16. April, 9:00 Uhr

Das Treffen von Jos Selbsthilfegruppe für gefährdete Mädchen, das am Vorabend stattgefunden hatte, war gut gelaufen. Die Mädchen hatten sich beteiligt und waren in Hochstimmung gewesen. Zwei der Schwangeren hatten davon gesprochen, ihre Babys zur Adoption freigeben zu wollen. Jo hatte zugehört und angeboten, sie mit einer guten Sozialarbeiterin in Kontakt zu bringen, wenn es ihnen ernst war.

Sie hatte gehofft, dass Sadie auftauchen würde, aber es war wenig überraschend, dass sie nicht kam. Als Jo nach Hause ging, war sie todmüde, dennoch hatte sie unruhig geschlafen.

Sie gähnte, blinzelte und konzentrierte sich auf die aufgeschlagene Akte, die auf dem Schreibtisch lag. Sie musste ihre Arbeit erledigen, damit sie sich in einer Stunde wegschleichen konnte. Heute fand Christa Bogarts Beerdigung statt.

Als die Empfangsdame anrief, war sie fast froh über die Unterbrechung. »Dr. Granger.«

»Ja?« Sie nahm die Lesebrille ab und zwickte sich in den Nasenrücken.

»Hier ist ein Ranger Brody Winchester, der Sie sprechen möchte.«

Jo setzte sich aufrechter hin. »In der Eingangshalle?«

»Ja. Er möchte zu Ihnen.«

»Ich komme gleich hinunter.«

Sie legte auf, erhob sich und zog die ohnehin schon glatte Bluse im Bund ihres Rocks fest. Als sie zur Tür ging, warf sie einen Blick auf ihr Bild in einem kleinen Spiegel. Ihr Blick wirkte ein bisschen wild. Sie befeuchtete sich die Lippen.

»Himmel, Jo. Was zum Teufel ist los mit dir? Er ist beruflich hier, so wie es sein sollte und immer sein wird.«

Sie traf Brody in der Eingangshalle an, wo er sich mit der Empfangsdame unterhielt. Sammy, die sonst immer eher gelangweilt und reserviert war, lächelte zu Brody hoch, als würde sie gleich dahinschmelzen. Brody hörte ihr zu und machte ein, zwei witzige Bemerkungen.

Jos eigener Pulsschlag verlangsamte sich ein wenig. Sie hatte ganz vergessen, wie charmant Brody sein konnte. Auf dem College hatte er sie natürlich mit seinem Charme umgarnt, und wie Sammy hatte sie bereitwillig jedes honigsüße Wort aufgesogen. Die Erinnerung kühlte sie so weit ab, dass ihre Stimme frostig klang, als sie sprach. »Ranger Winchester.«

Das unbekümmerte Lächeln wich aus seinem Gesicht. »Dr. Granger.«

Da ihr bewusst war, dass Sammy sie genau beobachtete, verbarg sie jegliche Gefühlsregung. »Was kann ich für Sie tun?«

»Ich habe da eine Idee, über die ich gerne mit Ihnen sprechen würde.«

»Zu meinem Büro geht es hier entlang.«

»Nach Ihnen, Ma'am.«

Sie ging auf den Korridor zu, die Schultern gerade und angespannt, und hörte seine ruhigen Schritte hinter sich. In ihrem Büro widerstand sie dem Drang, sich hinter ihren Schreibtisch zu setzen, sondern bot ihm einen Platz auf dem Sofa an und setzte sich auf den Stuhl daneben.

Anstatt Platz zu nehmen, schlenderte er durch das Büro und sah sich die Urkunden an den Wänden an. »Ich habe ja schon immer gewusst, dass du klug bist, Jo. Aber wo ich es hier schwarz auf weiß sehe … also, ich sehe, dass ich dich unterschätzt habe. Summa cum laude. Das ist wirklich ein Ding. Was Gehirnschmalz angeht, wusste ich immer, dass du mir überlegen bist.«

»Ich habe ein paar deiner Verhörprotokolle gelesen. Du hast Geständnisse erreicht, wo das keinem anderen gelungen ist.«

Er grinste. »Du hast dich also über mich auf dem Laufenden gehalten, Jo?«

Sie lehnte sich zurück, im Bewusstsein der Tatsache, dass Körpersprache mehr vermittelte als Worte. Und sie wollte Brody vermitteln, dass er sie kaltließ. »Klar. Ich habe viele Protokolle der Ranger gelesen.«

Er wandte sich ihr zu, der weiße Hut baumelte von seinen Fingern herab. »Welche von meinen Fällen hast du denn gelesen?«

Zu viele. »Bist du hergekommen, um über die Vergangenheit zu reden?«

Er grinste. »Nein. Aber nachdem ich schon mal hier bin, ist es ein lohnendes Thema.«

»Ich denke nicht oft an die Vergangenheit.«

»Nicht mal ein bisschen?« Sein Tonfall schien sie zu necken.

Sie schlug die Beine übereinander. »Also, worüber wolltest du mit mir sprechen?«

Er setzte sich auf das Sofa und legte den Hut beiseite. Steckte ein Revier ab. Aus dieser Nähe nahm sie eine Spur von demselben Aftershave wahr, dass er schon auf dem College benutzt hatte. »Heute Vormittag ist Christa Bogarts Beerdigung.«

Der Satz machte dem aufflackernden Schwindelgefühl in ihr ein Ende. »Ich weiß. Ich wollte auch hingehen.«

»Gut. Ich ebenfalls. Ich will sehen, wer alles kommt.«

Betont entspannt lehnte sie sich auf dem Stuhl zurück. »Du glaubst, der Mörder könnte teilnehmen?«

»So etwas ist schon vorgekommen.«

»Klingt plausibel.«

»Ich möchte gern, dass du mit mir hingehst.«

»Ich werde dort sein.«

»Besser, du stehst direkt neben mir. Da bekomme ich deine Reaktion direkt mit.«

»Du hast eine gute Menschenkenntnis. Du brauchst mich nicht.«

Er schüttelte den Kopf. »Mit Menschen kannst du besser umgehen. Ich bin gut im Einschüchtern und kann ganz geschickt sein, wenn ich will. Aber in meiner Gegenwart gehen die meisten Leute in Deckung. Bei dir nicht. Du entwaffnest die Leute.«

Sie lachte. »Du hast immerhin Sammy ein Lächeln entlockt, die mich in den drei Jahren, seit ich hier arbeite, nie angelächelt hat. Du kommst mit Menschen bestens klar.«

Er zwinkerte ihr zu. »Also gut, du hast mich ertappt. Frauen um den Finger zu wickeln gelingt mir schon. Aber eine Beerdigung ist etwas völlig anderes. Hoch emotional. Eine Menge starke Gefühle. Für so eine Situation braucht man eine ganz bestimmte Art Feingefühl. Wie du es hast.«

Sie zog eine Augenbraue hoch und konnte nicht widerstehen. »Du bist also gut im Flirten und Kämpfen, während es meine Spezialität ist …?«

Ein Lächeln spielte um seine Lippen. »Du siehst Dinge, die mir entgehen.«

»Die Beerdigung findet erst in einer Stunde statt, und zur Kirche ist es nicht weit.«

»Wenn wir jetzt gehen, sind wir früh da und können die Leute beim Hereinkommen beobachten.«

»Jetzt?«

Sie wollte nirgendwohin mit ihm gehen. Je weniger sie voneinander sahen, desto besser. Das hier war keine Verabredung. Sondern Arbeit.

In seinem Blick blitzte die Zufriedenheit eines Anglers auf, der einen großen Fang gemacht hatte. »Du wirst rechtzeitig wieder zurück sein.«

»Na schön. Ich gehe früher hin.« Sie stand auf und holte ihre Jacke, die an der Tür hing. »Wo in der Kirche wollen wir uns treffen?«

Er griff nach seinem Hut und stand auf. »Es wäre unsinnig, in zwei Autos zu fahren, wenn eines auch reicht. Außerdem können wir uns auf dem Rückweg darüber unterhalten, was du gesehen hast.«

Sie hätte widersprechen können und hätte dabei kleinlich und zänkisch gewirkt. Stattdessen schlüpfte sie in ihre Jacke, schloss den mittleren Knopf und nahm ihre Handtasche. »Gehen wir.«

»Ich wusste ja, dass du ein Teamplayer bist, Jo.«

»Das bin ich. Ein Teamplayer.«

Er hielt ihr die Tür auf und winkte Sammy zu, während sie auf den Aufzug warteten. »Ich bringe Ihnen Ihr Mädchen bald wieder, Miss Sammy.«

Das Lächeln der Frau wurde strahlender. »Unbedingt! Sie ist eine unserer Besten.«

»Kann ich das bitte auf Band haben?«, sagte Jo zu Sammy.

Sammy lachte. »Ganz bestimmt nicht.«

Das Aufzugsignal erklang, die Türen gingen auf, und Jo betrat die Kabine und fragte sich, in welche Parallelwelt sie da hineingeraten war. Hätte ihr jemand diese Szene vor einer Woche beschrieben, hätte sie nur gelacht. Doch sie war real – Jo verließ mit ihrem Exmann das Gebäude, während Sammy ihnen hinterherlächelte.

Sie brauchten kaum zehn Minuten für die Fahrt zur Kirche, einem schlichten, weiß getünchten Bau mit Schindeldach. Auf dem Schild am Eingang stand das Motto der heutigen Predigt: *Jesus will dich!,* daneben hing eine Liste von Kirchenliedern.

Wie Brody vorausgesagt hatte, kamen sie früh genug an, um noch Plätze hinten neben der Tür zu bekommen. Jo ließ sich auf einer Holzbank nieder und blickte zum vorderen Abschnitt der Kirche, der ein Kreuz nachbildete. Es war ein geräumiges Gotteshaus, in dem wahrscheinlich tausend Leute Platz fanden. Die beiden Seitenflügel wurden von Holzbänken ausgefüllt, bis nach hinten zu der Doppeltür, die jetzt weit offen stand, um die Trauergemeinde willkommen zu heißen. Vorne hing ein großes Holzkreuz über dem mit rotem Teppich bedeckten Altar. Rechts befand sich ein großes Podest, neben dem ein großes, eindrucksvolles Foto von Christa stand. In der Kirche waren nirgends Blumen zu sehen, und Jo fiel ein, dass Christas Schwester darum gebeten hatte, auf Blumenspenden zu verzichten und stattdessen an das Zentrum für vermisste und ausgebeutete Kinder zu spenden.

Brody nahm den Hut ab und setzte sich so dicht neben sie, dass ihre Schultern sich streiften. Vermutlich ganz bewusst, um Platz zu sparen.

Sie lehnte sich zurück, wobei Brodys Schulter erneut ihre berührte, und konzentrierte sich auf die Aufgabe, die vor ihnen lag. »Glaubst du wirklich, dass er kommen wird?«

Brody hielt den Blick auf die ankommende Trauergemeinde gerichtet. »Ja.«

»Warum?«

Der Hauch eines Lächelns zuckte um seine Lippen. »Kommt es je vor, dass du eine Antwort einfach akzeptierst?«

»Ja, wenn sie mich überzeugt.«

Er senkte die Stimme und beugte sich dichter zu ihr, ohne

die Hereinkommenden aus den Augen zu lassen. »Weil Robbie, falls er unser Mann ist, eine verdammt harte Woche hatte, Dr. Granger. Wir haben nicht nur sein Mordopfer gefunden, auch sein Mentor ist gestorben.«

»Viele Gefühle machen ihm zu schaffen«, ergänzte sie. »Manche gut, manche weniger gut. Hier sieht er nicht nur, was er mit seinen Taten angerichtet hat, er kann auch trauern – nicht um Christa, sondern um Smith.«

»Volltreffer, Doc. Volltreffer.«

Eine Gruppe Frauen kam herein. Jo kannte sie von der Suchaktion. Es waren Kolleginnen von Christa. Sie waren schwarz gekleidet und tupften sich die Augen, während sie sich nach Plätzen umsahen. Noch mehr von ihrer Sorte folgten, und bald war die Kirche brechend voll. Jo und Brody waren gezwungen, so dicht nebeneinander zu sitzen, dass ihr Oberschenkel gegen seinen gedrückt wurde. Sie hatte ganz vergessen, wie viel ungefilterte Kraft von seinem Körper ausging. Wenn sie sich vor ihrer Schwangerschaft geliebt hatten, hatte sie diese Kraft und das Gefühl der Geborgenheit und Sicherheit immer genossen.

Sicherheit. Sie war nicht in Sicherheit gewesen. Sie hatte mit dem Feuer gespielt. Und hatte sich dabei die Finger verbrannt. Sie holte so tief Luft, dass es Brody auffiel.

»Alles okay?«, flüsterte er.

»Ja, alles bestens.«

Sein Blick ruhte kurz auf ihr, bevor er sich wieder der Menge zuwandte. »Siehst du das Paar da drüben?«

Jo folgte seinem Blick zu einem jungen, attraktiven Mann in einem dunklen Anzug und der Frau, die sich schwer auf seinen Arm stützte.

»Das sind Christas Freund Scott und ihre Schwester Ester.«

Die beiden klammerten sich aneinander, als könnten sie jeden Moment vornüberkippen. »Sie sehen völlig fertig aus.«

Er betrachtete die beiden aufmerksam. »Ja, nicht wahr?«

Sie nahm den Zweifel in seiner Stimme wahr, während ein paar Leute in *Wo-ist-Christa?*-T-Shirts hereinkamen. »Hunderte von Freiwilligen haben nach ihr gesucht. Auch ich selbst.«

Er legte den Kopf schief, ohne den Blick von der Menge zu wenden. »Das hattest du schon mal erwähnt. Was hat dich veranlasst, bei der Suche mitzumachen?«

»Tim Neumann, der Mann, der gerade hierherkommt, hat eine Rundmail losgeschickt. Er hat mir vor ein paar Jahren das Haus verkauft. Anscheinend hat er Flyer an alle seine Kunden geschickt. Es schien mir sinnvoll, zu helfen.«

»Er hat auch Christa und Scott geholfen, ihr erstes Haus zu finden.«

»Er ist gut. Sehr viel Power. Sympathisch. Irgendwie schaffte er es, alle bei der Stange zu halten, als das schlechte Wetter alle leicht zum Aufhören hätte bringen können. Er war es, der letztes Jahr Atticus gefunden und mich überredet hat, den Kater aufzunehmen.«

Tim umarmte eine junge Frau mit langem, braunem Haar und flüsterte ihr etwas ins Ohr, das sie zum Lächeln brachte, während sie weitere Tränen vergoss. Er redete mit anderen, die sich alle gerne um ihn scharten.

Jos Nachbar Rucker betrat die Kirche durch den Hintereingang. Aber es gab keine Sitzplätze mehr, und er musste mit einer Gruppe Spätankömmlingen hinten stehen bleiben.

»Ist das nicht dein Nachbar?«, fragte Brody.

»Ja. Er war auch bei dem Suchtrupp dabei.«

Brody betrachtete den Mann kurz. Ein Organist begann »Amazing Grace« zu spielen, und Brody richtete seine Aufmerksamkeit auf den vorderen Teil der Kirche. Ein weiß gekleideter Chor stieg singend aufs Podium. Die Gemeinde erhob sich und fiel in den Gesang ein, während die Sargträger hereinkamen, einen mit roten Rosen bedeckten Sarg schiebend.

Jo zog ein Gesangbuch aus der Lehne und blätterte zu dem Lied. Sie hielt es Brody so hin, dass er den Text sehen konnte, und er hielt das Buch fest. Während sie sangen, beobachteten sie die Leute.

Die Sargträger rollten den Sarg nach vorne, während der Pfarrer, ein großer, schlanker Mann mit dichtem, weißem Haar, alle mit einem Gebet begrüßte. Der Pfarrer bat Scott und Ester zu ihrer Rede nach vorne.

Mit zitternden Händen entfaltete Ester ein Stück Papier und räusperte sich. Ihre Lippen wirkten verhärmt und angespannt, und während sie las, brach mehrmals ihre Stimme. Etliche Male musste sie innehalten, um sich wieder zu fassen. Scott legte ihr den Arm um die Schulter, und sie lehnte sich an ihn, bevor sie sich die Augen wischte und den von ihr verfassten Text über ihre Schwester vorlas. Jo fiel Scotts rechte Hand auf, die an seiner Seite herabhing. Er rieb Daumen und Zeigefinger aneinander. Eine Geste der Selbstberuhigung.

Die nächste Stunde bestand aus einer Abfolge von Menschen, die alle nur Gutes über die junge Frau zu sagen hatten, die ein großes Herz gehabt, das Studium geliebt und sich auf ihre Hochzeit gefreut hatte, die, wäre sie nicht gestorben, in ebendieser Kirche stattgefunden hätte.

Als der Gottesdienst zu Ende war, trugen die Sargträger den Sarg nach draußen, und die Trauergemeinde folgte ihnen. Die Blicke der meisten waren mit aufrichtiger Erschütterung auf den Sarg gerichtet. Einige, besonders die Angehörigen der *Wo-ist-Christa?*-Gruppe, hatte die Dramatik des Geschehens hergetrieben. Das war zu erwarten gewesen. Beerdigungen und tragische Ereignisse zogen immer auch Menschen an, die sich gern in den Mittelpunkt stellten.

Scott war ein Verdächtiger gewesen, wie Jo wusste. Es gab keinen Grund, die Echtheit seines Schmerzes anzuzweifeln, wenngleich auch einige der von ihr interviewten Mörder aufrichtig betrübt gewesen waren, nachdem der Ausbruch von Gewalt, der zu dem Tod eines geliebten Menschen geführt hatte, verebbt war.

Als alle die Kirche verlassen hatten, führte Brody Jo hinaus ins grelle Sonnenlicht. Sie holte die Sonnenbrille aus ihrer Handtasche, und er setzte seinen Stetson auf. In der Kirche hatte kaum jemand sie bemerkt, aber hier draußen fiel ein Texas Ranger auf. Mehrere Leute starrten sie ungeniert an, andere flüsterten und zeigten auf sie. Die Gespräche wandten sich zwar nicht gleich dem Thema Mord zu, doch als alle stehen blieben, um zuzusehen, wie der Sarg zum Leichenwagen gebracht wurde, ernteten sie neugierige Blicke.

Scott blieb auf seinem Weg zur Limousine stehen, flüsterte Ester etwas ins Ohr und bahnte sich einen Weg durch die Menge zu ihnen. Mehrmals wurde er aufgehalten, weil jemand sein Beileid aussprach, und jedes Mal trat Anspannung in sein Gesicht.

»Ranger Winchester«, sagte Scott, ohne Jo einen Blick zu gönnen. »Was machen Sie hier?«

»Ich erweise Christa die letzte Ehre.« Brody machte keine Anstalten, Jo vorzustellen, was ihr die Möglichkeit gab, von Scott unbemerkt zu bleiben.

»Es geht nicht an, dass Sie heute hier die Leute verhören. Alle sind sehr mitgenommen von Christas Tod, und eine Befragung würde nur ein neues Trauma hinzufügen.«

Brodys Gesicht verfinsterte sich. Widerspruch mochte er immer noch nicht. »Ich bin heute als Beobachter hier.«

»Was gibt es denn zu sehen, abgesehen von Schmerz und Trauer?«

»Man kann nie wissen.«

Scott ballte die Fäuste. »Sie gehören nicht hierher. Bitte gehen Sie.«

Brody rührte sich nicht vom Fleck. »Kann ich leider nicht.«

Scotts Miene wurde grimmig, und er angelte in seiner Tasche nach dem Handy. »Ich rufe jetzt ihren Vorgesetzten an.«

Brody verzog keine Miene.

Tim entdeckte Scott und drängte sich durch die Menge zu ihm herüber. Sein Blick blieb kurz an Brody und Jo hängen, dann sah er Scott an. »Scott, es wird Zeit. Wir müssen zur Begräbniszeremonie.«

»Erst muss ich einen Anruf machen«, sagte Scott.

Tim legte Scott den Arm um die Schultern. »Das kann warten, Kumpel. Wir müssen los.«

Scotts Gesicht verzerrte sich vor Trauer. »Dieser Ranger hat hier nichts verloren.«

»Er ist auf der Suche nach Christas Mörder«, sagte Tim. »Er macht nur seinen Job.«

»Dafür ist hier nicht der richtige Ort.« Scott ließ das Handy sinken, als wäre alle Entschlossenheit aus ihm gewichen.

»Dafür ist überall der richtige Ort«, sagte Tim. »Lass ihn seine Arbeit machen, und wir machen jetzt unsere und begleiten Christa zu ihrer letzten Ruhestätte.«

Tränen stiegen Scott in die Augen, und er ließ Kopf und Schultern hängen. »Ich halte das nicht aus. Ich kann nicht zuschauen, wie sie sie in die Erde hinunterlassen, nachdem dieser Irre sie lebendig begraben hat.«

Jo beobachtete Scotts Trauer, ohne sich selbst hineinziehen zu lassen. Er litt ganz eindeutig.

Tim blickte zu Jo hinüber. »Hallo, Jo. Schön, Sie zu sehen.«

»Gleichfalls, Tim.«

»Danke fürs Mitsuchen«, sagte Tim.

Jo nickte. »Das war doch selbstverständlich.«

Scott schaute nach vorn zum Sarg, der gerade in den Leichenwagen geladen wurde. »Gott, jetzt wird sie noch mal begraben. Das ist einfach falsch.«

Tim legte Scott die Hand auf die Schulter. »Sie ist jetzt an einem besseren Ort, mein Freund.«

Scott vergrub das Gesicht in den Händen. »Das ist so krank.«

Tim entschuldigte sich bei Jo und Brody, führte Scott weg und half ihm in die Limousine.

»Es macht ihm zu schaffen, dass sie erneut begraben wird«, sagte Jo. »Erstaunlich, dass er sie nicht einäschern lassen wollte.«

»Ester wollte das nicht. Sie wollte, dass Christa neben ihren Eltern im Familiengrab liegt. Scott war dagegen. Es gab einen schlimmen Streit deswegen. Aber Scott hatte keine juristische Handhabe.«

Jo war aufgefallen, wie Ester sich auf Scott gestützt hatte. »Inzwischen scheinen sie sich gut zu verstehen.«

Brody zuckte mit den Schultern. »Kummer kann einen Menschen ganz schön aus der Bahn werfen. Da sagt und tut man Dinge, die eigentlich untypisch für einen sind.«

Es klang bedrückt. Einen Augenblick hatte sie den Eindruck, dass er über sich selbst sprach. »Du meinst, dass sie Scott bald nicht mehr brauchen wird?«

»Sagen wir, sobald sie wieder einen klaren Kopf hat, wird sie alles mit anderen Augen sehen. Wenn sie sich an den heutigen Tag erinnert, wird sie sich bei der Hälfte der Dinge fragen, warum sie sie gesagt oder getan hat.«

Ohne nachzudenken, sagte Jo: »Sprichst du jetzt von ihr oder von dir?«

Brody erwiderte ihren Blick. »Von uns beiden.«

Am Grab stand Jo neben Brody und war sich dabei der Energie, die von ihm ausging, nur allzu bewusst. Ungefiltert. Mächtig. Gefährlich. Sie fühlte sich stark zu ihm hingezogen. Inzwischen wäre es töricht gewesen, das zu leugnen. Aber sie musste sich diese Anziehung aus dem Kopf schlagen. Dieser Flamme war sie schon einmal zu nahe gekommen und hatte sich verbrannt.

Sie konzentrierte sich auf die sich versammelnde Trauergemeinde und beobachtete, wie die Leute ihre Plätze am Grab einnahmen. Christas Schwester und ihr Freund saßen in der ersten Reihe, jeder mit einer roten Rose in der Hand. Esters Augen waren gerötet, und immer noch hielt sie sich an Scott fest, als wäre er ihr Rettungsanker. Selbst wenn die Frau den Mann früher nicht hatte leiden können, im Moment war er ihr Fels in der Brandung. Brody hatte recht gehabt. Trauer machte aus Feinden Freunde. Und aus Freunden Feinde.

Tim fing ihren Blick auf und lächelte.

»Ich bin gleich wieder da«, sagte Jo.

Ohne einen Blick zu Brody manövrierte sie in ihren hochhackigen Schuhen über den Friedhofsrasen auf Tim zu. Er lächelte sie freundlich an und zog sie in eine Umarmung.

»Viele vom Suchtrupp sind in die Kirche gekommen«, sagte Tim. »Ich glaube, ich habe vorhin Rucker gesehen, aber er war auf der anderen Seite der Kirche, deswegen hatten wir keine Gelegenheit, uns zu unterhalten.«

»Es war sehr berührend, alle zu sehen. Wir alle wollten sie lebend finden. Das verbindet uns miteinander und mit ihr.«

Tim war ein gut aussehender Mann. Fast schon hübsch, auch wenn sie bezweifelte, dass ihm diese Beschreibung gefallen hätte. »Hätten wir nur bessere Arbeit geleistet. Wir haben versagt.«

»So etwas dürfen Sie nicht sagen. Sehen Sie doch nur, wie viele Leute Sie mobilisiert haben.«

Er verzog die Lippen zu einem traurigen Lächeln. »Bemühungen sind ja schön und gut, aber am Ende zählt das Ergebnis. Ja, wir haben uns bemüht, aber gefunden haben wir sie nicht.« Er schüttelte den Kopf. »Und dabei war sie während all dieser Wochen am Leben.«

»Tim. Sie können sich nicht Ihr Leben lang wegen verpasster Chancen zerfleischen.«

Die Fältchen um seine Augen vertieften sich. »Aber ich werde es wohl noch lange tun. Ich habe sie im Stich gelassen.«

Sie ergriff seine Hand. Warm. Rau. »Machen Sie sich keine Vorwürfe.«

»Ein paar von uns kommen heute zusammen. Die Sucher, wie wir uns gern selbst nennen. In einer Bar in der Stadt. Sie sollten auch dazukommen. Sie waren so engagiert wie kaum jemand.«

Sie zögerte und war sich bewusst, dass Brody sie beobachtete. Noch vor einem Monat hätte sie nicht lange nachgedacht. »Bei Trauer ist Gesellschaft oft tröstlich.«

»Sie klingen ganz wie eine Psychologin.«

Sie lächelte. »Ich kann es wohl nicht verleugnen.«

»Dann kommen Sie also?«

»Ja. Bis dann.« Sie drückte ihm die Hand und kehrte an Brodys Seite zurück.

Er hielt den Blick nach vorne gerichtet, runzelte jedoch die Stirn. »Ich wusste gar nicht, dass ihr beide befreundet seid.«

»Er ist ein netter Mann.«

Brodys Blick glitt zu Tim, als würde er mit einem Gewehr zielen. »Er mag dich.«

»Wir respektieren uns.«

»Mach dir nichts vor.«

»Das geht dich nichts an.«

»Jeder, der mit Christa zu tun hat, geht mich etwas an. Ich habe gesehen, wie du genickt hast. Du hast eine Einladung angenommen.«

Es überraschte sie, dass er einem so simplen Wortwechsel solche Aufmerksamkeit schenkte. »Er und ein paar andere vom Suchtrupp treffen sich heute Abend in der Stadt, um etwas zu trinken. Ich hab gesagt, dass ich auch komme.«

»Ich wusste gar nicht, dass das so eine eng verbundene Truppe ist.«

»Tim ist großartig darin, Verbundenheit zu stiften.«

Der Leichenwagen war angekommen, und Scott, Ester und Tim gingen zum Heck des Fahrzeugs und luden den Walnussholzsarg aus. Die anderen drei Sargträger kannte Jo nicht. Mit gefassten, feierlichen Mienen trugen die sechs Christas Sarg zum Grab. Für einen Augenblick verstummte die Menge, dann hörte man leises Weinen.

Durch Brody ging unvermittelt ein Ruck, der Jos Blick zu seinem Gesicht lenkte. Er schaute nicht auf den Sarg, sondern an ihm vorbei zu einer Frau, die neben einem Baum stand. Sie war ganz in Schwarz gekleidet, einschließlich eines schwarzen Spitzenschleiers, der ihr weißes Haar bedeckte.

»Wer ist sie?«, fragte Jo.

»Sie heißt Ginny Dupont. Sie ist ein großer Fan von Smith. Seit seinem Prozess hat sie ihm immer geschrieben. Sie träumt davon, mit ihm zusammen lebendig begraben zu werden.«

Jo schauderte. »Und sie kommt zu dieser Beerdigung, weil Christa wie Smiths Opfer ermordet wurde? Sie ist wahnsinnig.«

»Das ist noch freundlich ausgedrückt.«

Jo beobachtete, wie die Frau ein Taschentuch zwischen den Händen zerknüllte. »In der Kirche habe ich sie gar nicht gesehen.«

»Sie mag keine Menschenmengen.«

»Und mit ihrer Anwesenheit bricht sie keinerlei Gesetze?«

Sein Gesicht wurde grimmig. »Bis jetzt nicht.«

Der Sarg wurde in die Erde gesenkt, und jeder der Suchhelfer legte eine rote Rose darauf. Innerhalb weniger Minuten war das glänzende Walnussholz von roten Blütenblättern bedeckt.

Jo beobachtete, wie der Sarg tiefer in die Erde gesenkt wurde. Ein Schauer lief ihr über den Rücken. »Ich will nie unter die Erde.«

Brody zog die Augenbrauen hoch und sah sie an. »Spielt es wirklich eine Rolle, wenn du tot bist?«

»Meine Kollegen würden behaupten, dass ich auch noch nach meinem Tod die Kontrolle behalten will. Womit sie vermutlich recht haben.«

»Aber Gefühlen ist mit Logik schwer beizukommen.«

»Ja. Und es ist eine ganz irrationale Angst … davor, an einem beengten Ort gefangen zu sein. Aber sie ist da, und ich will nicht begraben werden.«

»Na, dann hoffen wir, dass du ein langes, glückliches Leben hast, und wenn in vielen Jahren wirklich das Ende kommt und ich noch einen Funken Leben in mir habe, dann werde ich dafür sorgen, dass du nicht unter die Erde kommst.«

Sie sah ihn fragend an. »Ein solches Versprechen kannst du nicht einhalten. Woher willst du wissen, wo du dann bist?«

»Spielt keine Rolle. Wenn ich noch am Leben bin, wird das Versprechen eingehalten.«

Eine seltsame Ruhe erfasste Jo und vertrieb die Angst. Sie glaubte Brody sein Versprechen. »Ist nur fair, wenn ich mich revanchiere. Irgendwelche letzten Wünsche?«

Er schaute zu der Stelle, an der Ginny Dupont gestanden hatte. Sie war fort. »Mir ist es egal, was du mit meinem Kadaver anstellst, nachdem ich tot bin. Ich will nur kein Tamtam. Wenn du noch am Leben bist, bring einen Toast auf mich aus und überweis deiner bevorzugten Hilfsorganisation eine Spende.«

»Es kümmert dich tatsächlich nicht.«

»Kein bisschen. Lass die Toten die Toten begraben.«

Jo achtete nicht besonders auf die Straßen, als Brody vom Friedhof wegfuhr. Sie war damit beschäftigt, die Reaktionen der Trauernden zu analysieren. Das Gefühl von Schmerz und Trauer war beinahe mit Händen zu greifen gewesen, aber wie sie Brody gesagt hatte, war schwer festzustellen, welches Motiv hinter den Tränen steckte. Es konnte ebenso gut Reue sein.

Als er an einer Straßenecke hielt und jemand hupte, stellte sie ihren Blick wieder scharf. Sie betrachtete das von Bäumen gesäumte Viertel. »Wo sind wir?«

»Ich muss kurz einen Abstecher machen.«

Sie sah auf ihre Armbanduhr und dachte an ihren Sechsuhrtermin. »Wohin?«

Er hielt den Blick geradeaus gerichtet und war völlig entspannt, als er erneut abbog. »Zu meiner Familie.«

»Zu deinen Eltern?«

»Genau.«

Unbehagen stieg in ihr auf, und ihre Muskeln verkrampften sich. Sie hatte Brodys Eltern nie getroffen und wollte sie auch nicht kennenlernen. »Vielleicht setzt du mich vorher bei meinem Büro ab. Ich sollte nicht mitkommen.«

Sein Blick suchte ihren. »Wieso nicht?«

»Ich möchte lieber nicht.«

»Warum?« Sein Blick wurde durchdringend.

Sie stieß einen tiefen Seufzer aus. »Brody, als wir verheiratet waren, hast du dauernd neue Ausreden erfunden, um mich deinen Eltern nicht vorzustellen zu müssen.« Unerwartet hatte sie einen Kloß im Hals.

Er machte ein grimmiges Gesicht. »Als wir verheiratet waren, war ich ein unreifer Idiot.«

»Was hat das damit zu tun, dass du sie mir jetzt vorstellen willst?«

Ein wenig amüsiert über ihre Direktheit zog er die Brauen hoch. »Ich habe ein paar Kartons bei ihnen untergestellt, die ich abholen muss, und es würde nicht schaden, wenn ihr drei euch mal kennenlernt.«

»Ja, aber warum?«

Mit offenkundiger Verzweiflung schüttelte er den Kopf. »Muss denn hinter allem, was ich tue, ein tieferes Bedürfnis stecken?«

Sie zuckte die Schultern. »Die meisten von uns haben irgendwelche unterschwelligen Motive.«

Er parkte vor einem weißen, einstöckigen Haus mit einem gepflegten Vorgarten und wandte sich ihr zu. Seine Miene war hart. »Und was ist jetzt gerade dein Motiv? Warum schreckst du davor zurück, meine Familie kennenzulernen?«

Jo starrte durch die Windschutzscheibe, ohne etwas zu sehen. »Ich war mit ihrem Enkelkind schwanger, und du hast dich geschämt.« Ihre verborgensten Gedanken platzten aus ihr heraus, ehe sie sie zensieren konnte. »Ich habe lange gebraucht, um die Gefühle zu verarbeiten, die aus dieser Zeit herrühren. Ich will nicht dahin zurück.«

Er stellte den Motor ab. »Du hast nichts falsch gemacht. Das Baby war ein Unfall. Das weiß ich inzwischen. Ich schäme mich dafür, wie ich mich damals verhalten habe. Ich dachte, es würde reichen, dass ich dich heirate, aber mittlerweile ist mir klar, dass du etwas Besseres verdient hattest.«

Sie schloss die Augen, weil Tränen ihr die Kehle zuschnürten. »Warum tun wir das jetzt, Brody? Es ist vierzehn Jahre her. Und ich will wirklich nicht in Erinnerungen schwelgen.«

Er schwieg kurz. »Eine Schuld ist eine Schuld, Jo. Und ich schulde dir etwas.«

Ihre Hand ballte sich zur Faust, und sie wandte sich ihm zu. »Du schuldest mir gar nichts.«

Er öffnete die Wagentür. »Doch.«

Wachsende Panik stieg in Jo auf, als sie sich vorstellte, Brodys Eltern gegenüberzutreten. Eine törichte Reaktion, sagte ihr der Verstand. Vierzehn Jahre waren eine lange Zeit. Die Vergangenheit war tot und begraben. Und trotzdem wurde sie von Gefühlen überwältigt, als wäre es erst gestern gewesen.

Brody öffnete ihr die Wagentür. »Komm schon, Jo. Ich habe dich nie für einen Feigling gehalten.«

Wut packte sie, und sie schwang die Beine aus dem Wagen und stieg aus. »Es ist schon ziemlich viel Unverschämtheit nötig, um mich als Feigling zu bezeichnen, Sergeant Winchester.«

Er lachte. »Gutes Mädchen.«

»Ach, halt die Klappe.«

Brody schlug die Wagentür zu, und die beiden gingen Seite an Seite zur Haustür. Er klingelte, und Sekunden später ging die Tür auf. Vor ihnen stand eine große Frau mit kurz geschnittenem, grauem Haar und Brodys dunklen Augen.

Die Frau lächelte und stieß die Fliegengittertür auf. »Brody!«

Jo trat einen Schritt zurück, während Brody seine Mutter umarmte. Sie dachte an die vielen anderen Orte, wo sie jetzt lieber gewesen wäre. Selbst das Gerede ihrer Schwester über die Schönheitswettbewerbe, an denen sie teilgenommen hatte, hätte sie vorgezogen.

»Mom, ich würde dir gern Jo Granger vorstellen«, sagte Brody. »Jo, das ist meine Mutter, Del Winchester.«

Jo streckte der schlanken Frau mit den wachen Augen die Hand entgegen und lächelte, als würde sie eine Unbekannte interviewen oder in einem Gerichtsprozess aussagen. Höflich, ungekünstelt, unpersönlich. »Freut mich, Sie kennenzulernen.«

Mrs Winchester zog die Brauen zusammen und sah Brody an. »Jo Granger. *Deine* Jo Granger, Brody?«

Deine Jo Granger. Mist. Irgendwann hatte er seinen Eltern also von ihnen erzählt. Großartig. Einfach großartig.

Brody nahm den Hut ab. »Yes, Ma'am.«

Mrs Winchesters Lächeln war genauso herzlich und einladend wie bei der Begrüßung ihres Sohnes. »Es ist schön, Sie endlich kennenzulernen, Jo.«

Jo wusste nicht recht, ob sie ihr die Hand geben, nicken oder lächeln sollte.

Mrs Winchester löste das Problem, indem sie sie umarmte. Erst war Jo steif und unsicher, doch zu ihrer Überraschung löste sich ihre Anspannung. Das war die Umarmung, die sie vor vierzehn Jahren gebraucht hätte, als sie voller Angst gewesen war. »Freut mich sehr, Mrs Winchester.«

Was hätte sie auch sonst sagen sollen?

Mrs Winchester umarmte sie noch einmal fest und ließ sie dann los. »Nenn mich Del. Und kommt rein, ihr beiden. Ich habe Eistee gemacht. Brody, in der Zeit, in der du mit Daddy deine Kisten zum Wagen bringst, können Jo und ich uns unterhalten.«

Während ihr Gehirn ihr *Nichts wie weg!* zuschrie, betrat Jo das kleine, bescheidene Zuhause. Es war sauber und ordentlich, und an den Wänden hingen lauter Fotos von Brody. Die Bilder zeigten die ganze Zeitspanne von seiner Kindheit bis zur Verleihung einer Tapferkeitsmedaille kürzlich.

»Nick!«, rief Del. »Brody ist hier, und er hat jemanden mitgebracht.«

»Ich komme gleich.« Nicks Stimme erklang von irgendwo über ihnen.

»Er stellt Regale auf dem Dachboden auf«, erklärte Del. »Ich liege ihm damit schon seit Jahren in den Ohren. Hat ihn nicht die Bohne interessiert. Genauso gut hätte ich mit einer Wand reden können. Aber natürlich, kaum ruft Brody an, fängt Nick an, in den Kisten auf dem Dachboden herumzuwühlen, und beschließt, dass jetzt mal aufgeräumt werden muss.« Sie verdrehte die Augen. »Inzwischen ist es natürlich er, der die Idee gehabt hat.«

Von oben erklang lautes Gehämmer.

»Ich schaue lieber mal nach Daddy«, sagte Brody.

Del schien nicht sehr beunruhigt. »Ist vielleicht besser. Das fehlt mir gerade noch, dass er sich einen Finger abhackt oder sich den Zeh bricht.«

Brody lächelte Jo zu. »Bin gleich wieder da.«

Sie blickte zu ihm hoch und gab sich alle Mühe, unheilvolle Absichten zu funken, ohne sich ihre Panik Del gegenüber anmerken zu lassen. »Okay.«

Er zwinkerte ihr amüsiert zu, als könnte er jeden ihrer düsteren Gedanken lesen. »Es dauert nicht lange.«

Kaum war er verschwunden, sagte Del: »Komm mit in die Küche, Jo, und trink eine Tasse Tee mit mir. Ich habe auch Kekse gebacken, nachdem Brody heute Morgen angerufen hat.«

Jo folgte Del in die Küche und vermied es, die Fotos an den Wänden anzusehen. »Brody hat heute Morgen angerufen?«

»Er hat gesagt, er sei in der Nähe, und es sei Zeit, dass er seine Siebensachen abholt.« Del nahm zwei Gläser aus dem Küchenschrank. »Er hat dir nicht gesagt, dass er herkommen würde, oder?«

»Nein, Ma'am. Das hat er nicht.«

Del schmunzelte. »Wahrscheinlich hat er sich gedacht, dass du sonst nicht mitkommst. Der Junge ist schlau.«

Jo nahm das Glas entgegen. Bei der Arbeit war sie noch nie gut darin gewesen, schwierige Themen zu umschiffen, und sie wollte es auch jetzt nicht, auch wenn es um persönliche Dinge ging. »Was hat er Ihnen über mich erzählt?«

Del verzog keine Miene. »Alles, glaube ich, da er selbst nicht sonderlich gut dabei wegkam.«

Jo nippte an ihrem Tee und genoss die kühle Flüssigkeit, die durch ihre trockene Kehle rann. Sie schwieg, weil sie nicht recht wusste, was sie davon halten sollte.

»Er hat mir von dem Baby erzählt, das du verloren hast.« Del stieß einen Seufzer aus. »Er hat mir erzählt, dass ihr beide verheiratet wart, er aber damals noch nicht reif genug war.«

Unmut gegenüber Brody stieg in ihr auf. »Er war einundzwanzig.«

»Das ist erwachsen. Sein Dad und ich haben ihm beide gesagt, wie enttäuscht wir von ihm waren. Nach der Scheidung hätte ich dich gerne ausfindig gemacht, aber er wollte das nicht.«

Dass Fremde über die privatesten und schmerzlichsten Momente ihres Lebens gesprochen hatten, war ihr peinlich. »Wann war das?«

»Als er die Scheidung einreichte, brauchte er Geld für den Anwalt. Da kam er zu uns und erzählte uns alles. Es war kurz bevor er zum Militär ging.«

Jo blickte in ihr kupferfarbenes Getränk. »Ich hatte ganz vergessen, dass er sämtliche Gerichtskosten übernommen hat.«

Del schnaubte. »Das war ja wohl das Mindeste, wenn man bedenkt, wie gründlich er die Sache in den Sand gesetzt hat.«

»Es war nicht alles nur Brodys Schuld, Del.« Das war keine Selbstverleugnung, sondern die Wahrheit. »Wir hätten beide besser aufpassen müssen.«

»Es kann immer mal etwas schiefgehen. Damit muss man rechnen. Wie man damit umgeht, daran bemisst sich der Wert eines Menschen.« Sie nippte an ihrem Tee, als müsste sie sich eine Pause von ihren Gefühlen gönnen. »Aber eins muss man meinem Brody lassen. Er hat sich anständig verhalten, so gut es ihm möglich war.«

»Ich weiß.«

»Gut erzogen und höflich, so bist du einfach. Aber noch nicht überzeugt.« Del lächelte. »Das wird Brody vermutlich ebenfalls in Ordnung bringen wollen.«

Bevor Jo nachfragen konnte, kamen Brody und sein Vater in die Küche. Der Sohn glich dem Vater in Größe, Gewicht und Körperbau wie ein Ei dem anderen. Nur das graue Haar und die sonnengegerbte Haut des Älteren ließen darauf schließen, dass sie Vater und Sohn waren.

Nick Winchester reichte Jo die Hand. »Freut mich wirklich, Sie kennenzulernen, Dr. Granger.«

Sie ergriff seine Hand. »Jo, bitte.«

Nick räusperte sich. »Ich habe gehört, dass ihr beide bei der Beerdigung von Christa Bogart wart.«

Jo blickte zu Brody hinüber.

»Dad war früher bei der Militärpolizei und zwanzig Jahre bei der Polizei von Austin. Er verfolgt meine Fälle«, sagte Brody.

Nick nahm eine Tasse Tee von Del entgegen. »Ich würde meinen letzten Dollar darauf verwetten, dass der Killer heute dort war. Zu viel Aufhebens und Aufmerksamkeit für das arme Mädchen, als dass er widerstehen könnte.«

Brody ließ sich eine Tasse Tee von seiner Mutter geben, und Jo war dankbar für den Themenwechsel. Die Arbeit war unverfänglich. Sie konnte Abstand zu ihren Gefühlen gewinnen. »Das sehe ich auch so. Zu wissen, dass er die Ursache von alldem war, würde ihm gewaltige Befriedigung verschaffen.«

Nick sah sie aufmerksam an. »Irgendwelche Vermutungen, wer der Täter sein könnte?«

Jo schüttelte den Kopf. »Ich wünschte, ich wüsste es. Vermutlich wird der Täter von starken Emotionen getrieben, einschließlich der Sehnsucht nach der Anerkennung seines Vaters und dem Wunsch, über dessen Identität hinaus etwas zu bewirken.«

Brody nippte an seinem Tee. Der gelassene, entspannte Charme war der eisernen Entschlossenheit des Jägers gewichen. »Ich lasse meine Leute die Vergangenheit der wichtigsten Beteiligten untersuchen. Falls einer von diesen Männern Harveys Schützling war, müsste ein Stück seiner Vergangenheit fehlen. Harvey hat den Jungen jahrelang versteckt, und das hätte im Lebenslauf des Betreffenden eine Lücke hinterlassen.«

»Und du meinst, dass du diesen Mann wirklich finden wirst?«, fragte seine Mutter.

»Worauf du dich verlassen kannst.«

Eigentlich hatte er heute nicht jagen wollen. Er war nur deshalb durch die Nebenstraßen von Austin gekurvt, weil er ruhelos war und sein Büro ihm zu eng wurde. Sogar seine Haut saß so straff, dass er nicht richtig Luft bekam.

Es war die Beerdigung, die ihn aus dem Gleichgewicht gebracht hatte. So viel Schmerz und Trauer.

Wegen Christa und ihrem bescheuerten Verlobten ging ihm jede Reue ab, aber bei dem Anblick des Sargs hatte er Harvey vor seinem geistigen Auge in einer Kiste liegen sehen. Harvey hatte nie gewollt, dass man ihn begrub. Er hatte eingeäschert werden wollen. Seine Mutter hatte ihm die Furcht vor dem Begrabenwerden eingepflanzt. Aber in den Zeitungsberichten hatte gestanden, dass man ihn auf dem Friedhof beisetzen werde, der für diejenigen Häftlinge reserviert war, die keine Angehörigen hatten.

Wie gern wäre er zum Gefängnis gefahren, um Harveys Leiche abzuholen. Wie gern hätte er seine Asche auf der Lichtung mit den Bluebonnets verstreut. Aber wenn er Harvey abholte, würde er alles zunichtemachen. Und trotz all seiner Fehler hätte Harvey nicht gewollt, dass sein Schützling im Gefängnis landete.

Trotzdem, zu wissen, dass er das Richtige tat, war etwas ganz anderes, als es auch zu empfinden. Die von seinem Hirn produzierte Logik linderte seinen Schmerz nicht.

Und so war er von seinem Computer aufgestanden und hatte geduscht und sich sorgfältig angekleidet, Jeans und ein dunkles Kapuzen-Sweatshirt.

Wenn er zu Hanna in die Stadt gefahren war, hatte er aus Gewohnheit jedes Mal den roten Pick-up benutzt. Mittlerweile begriff er, wie dumm das gewesen war, und ihm war klar, dass der rote Pick-up die Scheune lange Zeit nicht verlassen durfte. Deshalb hatte er einen viertürigen braunen Ford, Baujahr 79, gewählt. Er hatte den Wagen so gut in Schuss gehalten, dass der Motor ruhig und zuverlässig lief und immer ansprang, wenn er den Anlasser betätigte. Verlässlich, doch nicht so auffällig, um in Erinnerung zu bleiben.

Während der Fahrt in die Stadt dachte er an Jo. Er hätte sie sich bereits geholt, aber angesichts des Ranger, der in letzter Zeit ihr Begleiter war, war es klüger zu warten.

Heute würde es nicht Jo sein. Aber bald.

Bei der Straße angekommen, verlangsamte er sein Tempo und betrachtete die Mädchen am Straßenrand. Alle zogen sie sich wie Nutten an. Kurze Röcke. Hohe Absätze. So dickes Make-up, dass es ebenso gut eine Maske hätte sein können.

Die Mädchen wurden immer jünger. Manche waren so jung, dass sie kaum sein Interesse weckten. Hannas weibliche Kurven und ihre dralle Figur hatten ihn getäuscht. Er hatte sie für mindestens siebzehn gehalten. Erst später, als er ihr die Kette mit dem herzförmigen Goldanhänger vom Hals riss, hatte er die Gravur mit ihrem Namen und Geburtsdatum gesehen. Sie war fünfzehn gewesen.

Als er sich der nächsten Ampel näherte, entdeckte er eine Frau, die er schon seit ein paar Monaten im Auge hatte. Sie trug einen kurzen, engen Rock, ein rückenfreies Oberteil und schwarze Stiefel, die ihr bis zu den Oberschenkeln reichten. Ihre Haare waren blond, auch wenn es sich vermutlich um eine Perücke handelte.

Er warf einen Blick in den Rückspiegel und hielt neben ihr. Der Wagen hatte keine elektrischen Fensterheber, sodass er sich über den Beifahrersitz lehnen und das Fenster von Hand öffnen musste.

Die Frau sah ihn sofort, kam jedoch nicht zum Wagen herüber. Er kurbelte das Fenster herunter. »Sadie?«

Sie legte den Kopf schief.

Er lächelte. »Jo Granger hat mich geschickt.«

Argwohn trat an die Stelle der Neugier. »Sie kennen Jo?«

»Sie hat gesagt, du könntest mir bei der Suche nach meiner Schwester helfen. Sie ist seit ein paar Wochen auf der Straße, und ich möchte sie gern finden. Jo hat gesagt, du könntest mir vielleicht helfen.«

Sie stieß sich von der Mauer ab und kam auf ihn zu. Sie duftete nach Seife. »Wie heißt Ihre Schwester?«

Er griff in seine Jackentasche und zog ein Foto heraus. Es war ein Foto von einem der Mädchen in Jos Selbsthilfegruppe, das er geknipst hatte. »Sie heißt Kelly. Sie ist fünfzehn. Und sie ist schwanger.« Die erfundene Geschichte ging ihm ganz flüssig über die Lippen. »Meine Mutter ist völlig verzweifelt. Sie ist ein liebes Mädchen. Ist nur an einen üblen Kerl geraten.«

Sadie nahm das Bild.

»Ich habe von Jos Gruppe gehört und bin dort gewesen«, fuhr er fort. »Sie ist wirklich toll. So ruhig. Bei ihr hab ich das Gefühl, dass ich Kelly finden werde.«

»Ich glaube, ich habe sie schon mal gesehen«, sagte Sadie.

»Wirklich?«

»Ein paar Querstraßen von hier.«

»Hör zu, ich bin aus New York. Ich kenne mich in Austin nicht aus. Jo hat gesagt, du würdest mir helfen.«

Sie schob kurz das Kinn vor, während sie ihn und seinen Wagen betrachtete. In seinen Wagen zu steigen ging gegen alle ihre Prinzipien. Aber die Erwähnung von Jo schien etwas in ihr anzurühren.

Sie öffnete die Wagentür. »Ich sage Ihnen, wie sie dorthin kommen.«

Er grinste aufrichtig erleichtert. »Das wäre wirklich toll.«

»Wir sollten nur ein paar Minuten brauchen.«

Oder auch etwas länger.

17

Dienstag, 16. April, 17:00 Uhr

Die Fahrt von seinen Eltern zu Jos Büro war schweigsam verlaufen, doch die unterschwellige Spannung, die während der letzten anderthalb Wochen zwischen ihnen geherrscht hatte, hatte nachgelassen. Zwar nur ein kleiner Fortschritt, aber immerhin ein Fortschritt.

Brody hängte seine Jacke hinter die Tür und warf den Hut auf einen Stuhl. Während er seine Ärmel hochkrempelte und die Krawatte lockerte, blickte er auf den Stapel der Akten zu den Mordopfern, der auf seinem Schreibtisch lag.

Das Telefon klingelte, und er nahm ab. »Winchester.«

»Hier spricht Elaine Walton vom Sozialdienst. Sie hatten mich gebeten, nach Daten zu einem Nathanial Boykin zu suchen.«

Er beugte sich auf seinem Stuhl vor. »Ja, richtig.«

»Die Suche war ein bisschen schwieriger als gedacht. Vor etwa zehn Jahren hat es hier gebrannt. Der Schaden entstand nicht weniger durch das Feuer als durch die Sprinkleranlage in der Decke. Viele der Akten wurden zerstört.«

»Haben Sie irgendetwas gefunden?«

»Viel ist es nicht. Ein unscharfes Bild.«

»Ich nehme alles, was Sie haben.«

»Ich habe es rübergeschickt. Sollte bald bei Ihnen sein.«

»Bestens. Danke.«

Er musste nicht lange warten. Sekunden später landete

ein Bild in der Inbox seines Computers. Vor sich sah er das unscharfe Foto von Nathanial, dem Sohn von Ellen Boykin, Smiths drittem Opfer.

Viel konnte er mit dem Bild nicht anfangen. Inzwischen konnte der Junge sich völlig verändert haben. Das Foto in der Hand, machte Brody sich auf zu April Summers. April war vor drei Monaten als Zeichnerin zu den Rangern gekommen. Er hatte nur Gutes über sie gehört. Und jetzt hoffte er auf ein wenig Magie.

Er klopfte an der Tür, und eine zierliche Brünette sah von einem Zeichenblock hoch.

Sie trug eine dicke, dunkle Brille, die weder zu ihrem schmalen Gesicht noch zu der blassen Haut passte. Die Gläser vergrößerten die dunklen Augen, die sich bei seinem Anklopfen irritiert verengten.

»Ms Summers?«

Sie nahm die Brille ab und versuchte, ihre Gereiztheit zu überspielen. »Ja.«

»Ranger Brody Winchester. Ich habe da was für Sie.«

Sie zupfte an dem Saum ihrer blauen Bluse und stand auf. Sie war klein, kaum größer als einen Meter fünfzig, strahlte jedoch eine Energie aus, die ihn an einen Pitbull-Terrier erinnerte. »Womit kann ich Ihnen behilflich sein?«

»Ich habe hier das Bild eines zwölfjährigen Jungen, das mir der Sozialdienst geschickt hat. Es wurde vor etwa zwanzig Jahren aufgenommen. Mächtig unscharf.«

»Und Sie wollen wissen, wie er jetzt aussieht?«

»Ja, Ma'am.«

Sie nahm das Foto und betrachtete es. »Ich habe ein Computerprogramm, da kann ich das Bild eingeben. Wissen Sie irgendetwas über ihn? Gewohnheiten und Lebensstil beeinflussen die Art des Älterwerdens.«

»Ich weiß nur, dass seine Mutter gestorben ist, als er zwölf war. Davor war sie jahrelang drogenabhängig, aber ich habe keine Ahnung, ob ihr Sohn ihre Gewohnheiten übernommen hat oder nicht. Er war kurzfristig in einer Pflegefamilie, bevor er verschwunden ist.«

»Verschwunden?«

»Bei der Fürsorge glaubt man, dass er weggelaufen ist, um nach seinem Vater zu suchen. Er mochte die Familie nicht, bei der er untergebracht war, und sprach davon, seinen leiblichen Vater zu finden. Man hat eine Weile nach ihm gesucht, aber mit der Zeit geriet er in Vergessenheit und verschwand von der Bildfläche.«

»Er könnte auf der Straße gelebt haben.«

»Möglich. Er könnte ein wirklich schweres Leben gehabt haben. Aber ich gehe davon aus, dass er nicht darben musste, sondern in einem einigermaßen anständigen Zuhause aufgewachsen ist.« Brody erklärte die mögliche Beziehung zwischen dem Jungen und Smith, der behauptet hatte, für Wohlergehen und Bildung des Jungen gesorgt zu haben. »Außerdem gehe ich davon aus, dass er eine Ausbildung gemacht hat.«

»Ich überlege mir ein paar Szenarien.« Sie blickte auf die Uhr. »Vor Ihnen sind noch ein paar andere dran, deswegen könnte es ein bis zwei Tage dauern.«

»Je früher, desto besser.«

Als Brody zu seinem Büro zurückging, klingelte sein Handy. Er nahm den Anruf entgegen. »Winchester.«

»Hier ist Santos. Ich habe gerade das Gutachten zu diesem Brief erhalten, den Jo bekommen hat.«

»Und?«

»Sie hatte recht. Smith hat den Brief nicht geschrieben. Die Handschriftenanalyse sagt, es ist eine verteufelt gute Fälschung, aber der Brief ist nicht von Smith.«

Schweigend blieb Brody einen Augenblick stehen.

»Bist du noch dran?«

»Ja, ich bin hier. Ruf für mich bei der DPS an. Sie sollen die Streife in Jos Viertel verstärken. Smith hat den Brief zwar nicht geschrieben, aber irgendein Verrückter hat es getan, und er weiß, wo sie wohnt.«

Jo saß auf dem Stuhl neben der Couch in ihrem Büro und betrachtete das junge Mädchen, das sich vor ihr auf der Couch lümmelte, die Arme vor der Brust verschränkt. Das fünfzehnjährige Mädchen hatte sein Haar pechschwarz gefärbt und trug dramatisches Augen-Make-up, das zu ihrer schwarzen Kleidung passte. Es war Jos zweiter Termin mit Mindy, und sie fand einfach keinen Zugang zu der schwierigen Halbwüchsigen, die mit Ladendiebstahl angefangen hatte.

Das Mädchen verschanzte sich hinter unzähligen Schichten aus Wut und Make-up, und Jo fragte sich, welches schreckliche Geheimnis so viel Abwehr nötig machte. »Mindy, ich verstehe ja, dass du nicht hier sein und dass du nicht reden willst, aber deine Eltern machen sich große Sorgen.«

Mindy blickte auf ihren abblätternden roten Nagellack und schwieg.

Jo legte den Notizblock beiseite und lehnte sich zurück. Mindys Eltern waren wohlhabend, streng und hatten nichts mit dem jungen Mädchen gemein, das hier vor ihr saß. »Ich habe nie in meine Familie hineingepasst. Ich war zwar nicht das Goth-Mädchen, aber dafür der Bücherwurm. Meine jüngere Schwester und meine Mutter waren Schönheitsköniginnen, ich dagegen wollte immer nur lesen.«

Mindy hielt den Blick weiter auf den Boden gerichtet.

Jo fuhr fort. »Als ich ein bisschen jünger war als du, habe ich meinen Eltern eines Tages beim Abendessen gesagt, dass ich

Psychologie studieren wollte. Ich hatte gerade ein Referat über das Thema gehalten und war davon fasziniert.« Jo stieß einen Seufzer aus. »Sie haben beide gelacht und gesagt, es gäbe bessere Möglichkeiten, um seinen Lebensunterhalt zu verdienen.«

Mindy blickte auf, und für den Bruchteil einer Sekunde flackerte ein Anflug von Neugierde in ihren Augen auf, bevor sie wieder auf die verschränkten Arme heruntersah. »Der größte Wunsch meiner Mutter war, dass ich an einem Schönheitswettbewerb teilnehmen sollte. Ich wollte nichts davon wissen, aber meine Mutter ist ein Sturkopf. Irgendwann hat sie es geschafft. Willst du wissen, wie?«

Mindy hob eine Schulter. Sie sagte zwar nichts, schaute Jo aber immer noch an.

Jo fasste das als ein Ja auf. »Sie hat mir hundert Dollar versprochen. Sie sagte, sie würde mich zur Buchhandlung fahren, und ich dürfte die ganzen hundert Dollar für Bücher ausgeben.« Die Erinnerung brachte sie zum Lächeln. »Ich habe mich darauf eingelassen. Und sie verpasste mir so viel Haarspray, dass meine Haare wie ein Helm saßen. Sie schminkte mir die Augen und die Wangen. Offen gestanden fand ich, dass ich eher einem Rodeo-Clown als einem Mädchen ähnlich sah. Sogar eine Stabdreh-Nummer brachte ich zustande. Ich muss sagen, ich bin mit dem Stab gar nicht so übel. Junge, dieses Baby hab ich ganz schön zum Wirbeln gebracht. Und hatte ich schon erwähnt, dass ich Mom überredet habe, die Stabenden anzünden zu dürfen?«

Mindy hob die Schultern. »Und dann?«

Jo machte das Mädchen nicht darauf aufmerksam, dass sie zum ersten Mal während der Sitzungen gesprochen hatte. »Ich gab alles und kam auf den … fünften Platz. Ausgestochen von vier munteren, zierlichen Blondinen. Aber immerhin bekam ich einen Trostpreis für mein Talent.« Sie lächelte. »Als ich an jenem Abend den brennenden Stab in die Luft warf, bekam ich mehr Applaus als jedes andere der Mädchen.«

»Haben Sie die Bücher bekommen?«

»Ja. Ich habe zwei Stunden in dem Laden verbracht, um genau das Richtige zu finden. Und das Beste war, dass Mama ihre Träume auf meine jüngere Schwester übertrug. Die, nebenbei bemerkt, jede Sekunde dieser Zeit genossen hat.«

Mindy verdrehte die Augen. »Ist doch gut gelaufen für Sie, und das Problem war gelöst.«

»Nein, Liebes, danach habe ich ein paar schwere Fehler gemacht. Fehler, an denen ich niemandem außer mir selbst die Schuld geben konnte.«

Mindy zog die Stirn in Falten. »Was denn für Fehler?«

Jo sah auf ihre Armbanduhr und stellte fest, dass sie schon fünf Minuten über der Zeit waren. »Das erzähle ich dir nächste Woche.«

»Und wenn ich nicht wiederkomme?«

Jo zuckte mit den Schultern und erhob sich. »Dann wirst du die Antwort wohl nie bekommen.«

Das Mädchen stand auf, den Rucksack immer noch auf dem Rücken. »Diese Sitzungen sind bescheuert. Sie helfen kein bisschen.«

Jo legte die Hand auf den Türknauf und blieb stehen. »Es liegt ganz bei dir, Mindy. Ich kann dich nicht zwingen, wieder herzukommen.«

»Aber meine Eltern.«

Jo öffnete die Tür. »Nun, das Gute ist, wenn du wiederkommst, hörst du das nächste Kapitel meiner Geschichte.«

Das Mädchen sah sie sekundenlang an, dann wandte sie sich zum Gehen. Während Jo ihr folgte, klingelte ihr Telefon. Sie ignorierte es und ging auf die Eltern des Mädchens zu, um kurz mit ihnen zu sprechen, bevor sie sie zum Aufzug begleitete.

Zurück am Schreibtisch, nahm sie den Hörer ab und wählte die Nummer des Empfangs. »Jemand hat für mich angerufen?«

»Ein Anruf auf Leitung zwei. Ein Mr Morris Gentry, Rechtsanwalt. Er hat es heute schon viermal versucht.«

Sie hatte vor Gericht für Patienten und für die Polizei ausgesagt und schon mit einer ganzen Reihe von Anwälten zu tun gehabt, aber der Name Gentry sagte ihr nichts. »Er soll eine Nachricht hinterlassen.«

»Ist gut.«

Zwanzig Sekunden später klingelte erneut das Telefon, und sie nahm gereizt ab. »Mr Gentry sagt, dass es um Mr Smith geht.«

»Mr Smith?«

»Mehr hat er nicht gesagt.«

»Ich nehme den Anruf an.« Sie drückte den Knopf für Leitung zwei. »Mr Gentry, hier spricht Dr. Granger. Was kann ich für Sie tun?«

Eine männliche Stimme räusperte sich. »Ich war der Anwalt von Mr Harvey Smith. Er ist Ihnen bekannt, nehme ich an.«

»Ja.« Sie durchforstete ihr Gedächtnis. »Und Sie haben ihn verteidigt.«

»Richtig.«

Sie griff nach einem Kugelschreiber und malte Kreise auf ihren Block. »Was kann ich für Sie tun?«

»Bevor er vor drei Jahren verhaftet wurde, hat er mit mir Kontakt aufgenommen und mir ein Päckchen gegeben, das ich Ihnen nach seinem Tod aushändigen sollte.«

Sie hielt den Atem an. »Was ist der Inhalt?«

Er zögerte. »Ich weiß es nicht. Ich habe nur seine Versicherung, dass sich nichts Illegales darin befindet.«

Was verstand Mr Gentry unter illegal? Beim Lesen der Prozessprotokolle hatte sie seine Definition eher lässig gefunden. »Können Sie es mir schicken?«

»Sie müssen zu mir ins Büro kommen und den Empfang persönlich quittieren.«

»Dafür habe ich keine Zeit. Können Sie es mir nicht über einen Boten schicken?«

»Mr Smith hat ausdrücklich verlangt, dass ich bei der Unterschrift anwesend sein muss.«

Es gefiel ihr gar nicht, dass ein Toter ihr Handlungen diktierte. Aber das Päckchen zu ignorieren bedeutete womöglich, Beweise zu ignorieren, die die aktuelle Mordermittlung weiterbringen konnten. »Ich bin in einer Viertelstunde bei Ihnen.«

»Gut. Sehr gut.« Er gab ihr die Adresse.

Die Fahrt durch die Stadt dauerte zwanzig Minuten, und als sie parkte, war eine halbe Stunde vergangen. Gentrys Büro lag in einem Wolkenkratzer mit verspiegelten Fenstern und einem marmorverkleideten Foyer. Ein Blick auf die Übersicht in der Eingangshalle und ein Druck auf den Knopf, und schon war sie in Gentrys Kanzlei im zehnten Stock.

Die Büroräume waren ebenso elegant wie der Eingangsbereich, und sie sah deutlich, dass Gentrys Kanzlei lukrativ war. Smiths Prozess hatte ihm viel öffentliche Beachtung eingebracht, und er hatte sich als scharfsinniger Anwalt erwiesen.

Die elegante Empfangsdame passte in die Kanzlei und kündigte Jo bei Gentry an, sobald sie sie erblickte. Wenige Sekunden nach ihrer Ankunft begrüßte der Anwalt sie.

Gentry war ein kleiner Mann Mitte fünfzig mit einem dicken Bauch und dunklem Haar, das sich schon beträchtlich gelichtet hatte. Doch sein Anzug war nicht von der Stange, wie noch während Smiths Prozess, sondern maßgeschneidert. Goldene, gravierte Manschettenknöpfe glitzerten im Licht, das durch ein großes Panoramafenster hinter seinem Schreibtisch fiel.

Er reichte ihr die Hand. »Dr. Granger. Ich freue mich sehr, dass Sie so schnell kommen konnten.«

Sie ergriff die Hand und stellte fest, dass sie für ihren Geschmack zu weich war. »Sie haben es schwer gemacht zu widerstehen.«

»Ich halte mich nur an die Anweisungen meines Mandanten.«

»Verstehe.«

Er führte sie in sein Büro, wo sie in einem modernen Sessel vor einem verchromten Schreibtisch Platz nahm. Durch das große Fenster hatte man einen spektakulären Blick auf den Fluss.

»Kann ich Ihnen Kaffee oder Tee anbieten? Vielleicht eine Cola?«

»Nein, danke. Ich möchte nur das, was Smith mir hinterlassen hat, dann gehe ich wieder.«

»Ja.« Er griff hinter seinen Schreibtisch und nahm eine kleine, zerbeulte Schuhschachtel hoch, die mit Klebeband umwickelt war. Die Schachtel hob sich stark gegen die elegante Büroeinrichtung ab. Eine Spinne in einer Schüssel voll üppiger Schlagsahne. Ein Krebsgeschwür. Eine Erinnerung daran, dass Mr Gentrys neues Leben, so viel Geld er auch dafür ausgegeben haben mochte, ein sehr hässliches Fundament hatte.

Sie nahm die Schachtel entgegen und stellte fest, dass sie nicht besonders schwer war. Gott, sie wollte diese Schachtel doch gar nicht. Sie wollte keine makabere Verbindung zu einem Toten, der sein Leben dem Bösen verschrieben hatte.

»Ich habe einen Brieföffner, falls Sie es gleich aufmachen wollen«, sagte er.

Sie blickte auf den versiegelten Deckel. »Danke, aber ich möchte es lieber nicht jetzt öffnen.«

Die Enttäuschung war ihm deutlich anzusehen. »Sie machen es nicht auf?«

»Nicht jetzt.« Als er sie weiter ansah, fügte sie hinzu: »Ich sollte doch dafür unterschreiben, aber ich muss es nicht in Ihrer Gegenwart aufmachen.«

»Nein.«

»Ausgezeichnet.«

Er räusperte sich. »Falls Sie die Schachtel nicht wollen, nehme ich sie Ihnen gerne ab, prüfe den Inhalt und vernichte ihn.«

Zum ersten Mal sah sie ihn richtig an. Lebhaftes Interesse spiegelte sich in seinem Blick. »Wie war Mr Smith, als Sie ihn vertreten haben?«

»Ehrlich gesagt, er war reizend. Liebenswürdig. Hielt sich über alles auf dem Laufenden und war immer neugierig auf das, was in der Welt vor sich ging.«

»Ich hätte gedacht, dass er sich wegen seiner Verteidigung Sorgen machte.«

Gentry zupfte eine Manschette zurecht. »Der Fall hat ihn nie besonders interessiert.«

»Merkwürdig angesichts der Konsequenzen, mit denen er zu rechnen hatte.«

»Glauben Sie mir, dieses Gespräch haben wir viele Male geführt. Ich wollte, dass er sich damit auseinandersetzte und sich Gedanken über das machte, was ihm bevorstand. Aber es kümmerte ihn überhaupt nicht, so als wäre er erleichtert, hinter Gittern zu sein. Solange er nur lesen und schreiben durfte, war er zufrieden.«

Sie blickte auf die Schachtel und strich mit der Hand darüber.

Gentry beugte sich vor. »Darf ich Ihnen eine Frage stellen?«

»Gern.«

»Warum hat er mich gebeten, eine Schachtel für Sie aufzubewahren? Was haben Sie ihm bedeutet?«

»Ich weiß es nicht.«

»Er hat Sie nur einmal erwähnt. Man hatte ihn gerade schuldig gesprochen und zum Tode verurteilt. Ich hatte ihn aufgesucht, um über die Berufung zu sprechen, aber er interessierte sich mehr für einen Preis, den Sie bekommen hatten. Es stand in der Zeitung.«

Erneut strich sie mit der Hand behutsam über den rauen Karton, als könnte er beißen. Schließlich stand sie auf. »Danke.«

»Lassen Sie mich wissen, was in der Schachtel ist?«

»Wieso kümmert Sie das?«

»Der am meisten berüchtigte Serienmörder der letzten fünfzig Jahre gibt eine Schachtel bei mir in Verwahrung. Ich bin neugierig. Sogar so neugierig, dass ich die Schachtel habe röntgen lassen, kurz nachdem er sie mir gegeben hat.«

»Röntgen?«

»Ich wollte sichergehen, dass sich nichts Ungehöriges in der Schachtel befindet.« Er senkte seine Stimme ein wenig. »Ich habe gelesen, dass Mörder wie er gerne Trophäen aufheben. Körperteile und so.«

Irgendwie bezweifelte Jo, dass Mr Smith ihr etwas Grausiges hinterlassen hatte. Das wäre grob gewesen, ungehobelt.

Jo unterschrieb eine Quittung für die Schachtel und verabschiedete sich von dem enttäuschten Gentry mit dem Karton in der Hand. Als sie das Gebäude verlassen hatte, atmete sie tief ein und genoss die warme Luft, die die aus der Schachtel dringende Kälte milderte.

Sie überlegte nicht lange, wo sie hingehen sollte, denn wenn sie zu sehr über ihr Ziel nachgrübelte, würde sie nur eine Ausrede suchen. Zu Brody zu gehen wurde langsam zur Gewohnheit. Zu einer schlechten Gewohnheit. Und mit ein wenig Verstand würde sie einen anderen Weg finden. Aber im Moment fiel ihr außer ihm niemand ein, mit dem sie die Schachtel öffnen wollte.

Eine Viertelstunde später betrat Jo das Bürogebäude der Ranger blieb am Empfang stehen. »Ist Ranger Winchester hier? Jo Granger. Ich möchte zu ihm.«

»Lassen Sie mich nachsehen.« Der Officer warf ihr einen skeptischen Blick zu, als er sie am Telefon ankündigte. Seine Augen wurden groß vor Überraschung. Brody war schon unterwegs zum Empfang.

Sekunden später trat Brody aus einer Seitentür. Er trug weder Jacke noch Hut und hatte die Ärmel hochgekrempelt, sodass seine gebräunten, muskulösen Unterarme zu sehen waren. »Jo, ist alles in Ordnung?«

Noch vor einer Woche hätte er sie Dr. Granger genannt. Die Förmlichkeit war eine höfliche Barriere zwischen ihnen gewesen. Irgendwann war die Mauer gefallen, und es hatte sich Achtsamkeit entwickelt. Sie würden zwar nie wieder ein Liebespaar sein, aber vielleicht gab es ja Raum für eine Freundschaft. Einen Freund konnte sie im Moment ganz gewiss gebrauchen.

»Können wir uns irgendwo ungestört unterhalten?«

»Oben in meinem Büro.« Er nahm ihr die Schachtel ab, als würde er begreifen, dass sie ihr zuwider war.

Auf dem Weg zu seinem Büro ballte sie die Fäuste und ließ den angehaltenen Atem erst wieder entweichen, als er die Tür hinter ihnen schloss.

»Wer hat dir die Schachtel geschickt?«

Sie erzählte von Gentry und dem Anruf.

Brody machte ein grimmiges Gesicht. »Erst der Besuch. Jetzt die Schachtel. Smith kann sich einfach nicht aus deinem Leben heraushalten.«

»Vergiss nicht den Brief.«

»Den hat Smith nicht geschrieben. Es ist eine erstklassige Fälschung.«

Sie strich ihren Rock glatt, um das Gefühl der Schachtel in ihren Händen loszuwerden. »Die beiden übernehmen mein Leben.«

»Nein, das tun sie nicht.« Brody griff in seine Tasche, holte ein Taschenmesser heraus, klappte es auf und legte die Spitze an das alte, rissige Klebeband. »Soll ich es aufmachen?«

Ein knappes Nicken war ihre einzige Antwort, während sie die Arme vor der Brust verschränkte und zusah.

Mit einer raschen, entschlossenen Bewegung zog er die Klinge über die Einbuchtung zwischen Deckel und Schachtel und durchschnitt das Klebeband. Vorsichtig nahm er den Deckel ab.

Darin lag ein Stoß Briefe. Er nahm den ersten heraus und studierte die Adresse. »Er ist an dich adressiert. Geschrieben vor zwanzig Jahren. Am 24. März.«

Sie runzelte die Stirn. »Mein Geburtstag.«

In dem Umschlag steckte eine Geburtstagskarte mit einem rosa Hasen und einer großen Zwölf. Smith hatte ein paar Zeilen geschrieben, die Brody vorlas. »Jo, zu diesem wichtigen Tag in deinem Leben wünsche ich dir nur das Beste.«

Es war ihr zwölfter Geburtstag gewesen, und die Karte enthielt ein Foto, das sie bei ihrem einzigen Schönheitswettbewerb zeigte. Jos Hände zitterten ein wenig, als sie das scheußlich toupierte Haar und das stark geschminkte Gesicht betrachtete. Auf dem Foto hielt sie den Preis für den fünften Platz in der Hand. Neben ihr stand strahlend ihre Mutter.

Sie schloss die Augen, um die Wucht des Moments zu verarbeiten. »Er dachte, er wäre mein Vater.«

Brody sah sich die anderen Umschläge an. Es waren ausnahmslos Geburtstagskarten, beschrieben und fortlaufend datiert.

Ihr Blick hing immer noch an dem Bild. »Er kann nicht mehr als drei Meter von mir entfernt gewesen sein.«

»Hast du noch eine Erinnerung an den Tag?«

»Nur, dass ich nicht dort sein wollte. Von dem Haarspray juckte mir die Kopfhaut, und mein Kleid war so eng, dass ich keine Luft bekam. Mom war in ihrem Element, aber ich fühlte mich grässlich.«

»Hat sich deine Mutter an jenem Tag eigenartig benommen? Hat sie irgendetwas gesehen?«

»Wenn ja, dann habe ich jedenfalls nie davon erfahren. Sie hat nur über den Wettbewerb geredet.« Sie schüttelte den Kopf. »Und Smith war dort und hat zugeschaut.« Sie schloss die Augen. »Ich habe Mutter direkt gefragt, ob er mein Vater ist, und jetzt ist sie beleidigt. Was natürlich klassisches Vermeidungsverhalten ist.«

»Kommt in den besten Familien vor.«

Der Versuch eines Lächelns misslang ihr. »Brody, könnte er wirklich mein Vater gewesen sein? Ich meine, ich weiß ja, dass ich nie richtig in meine Familie hineingepasst habe, aber solche Gefühle haben viele Kinder. Das hat nichts zu bedeuten. Doch wenn ich mir diese Sachen ansehe, bekomme ich Angst.«

»Jo, mal nicht den Teufel an die Wand.«

Sie blickte auf und merkte, dass er sie durchdringend ansah. »Das tue ich gar nicht. Der Teufel ist schon da.«

Brody konzentrierte sich ganz auf das Handeln – auf den Schlachtplan. »Wir gehen jetzt sofort zum DNA-Labor und lassen dich testen.«

Wir. Eine Einheit.

»Ich gehe demnächst im Labor vorbei.« Noch vor ein paar Tagen hätte sie die Idee als verrückt bezeichnet. Jetzt konnte sie eine mögliche Verbindung nicht mehr leugnen.

»Gehen wir doch jetzt und bringen es hinter uns.«

Geistesabwesend schüttelte sie den Kopf. »Und wenn er mein Vater ist?«

Sein Gesichtsausdruck war ebenso pragmatisch wie sein Tonfall. »Dann hast du eine biologische Hintergrundinfo, die du abheften und vergessen kannst.«

Es war tatsächlich so einfach und andererseits doch wieder nicht. »Ich wäre dann die Tochter eines Serienmörders.«

Er zuckte mit den Schultern. »Ich weiß noch, wie du über deinen Dad gesprochen hast, deinen richtigen Dad. Er hat dich eindeutig geliebt.«

»Die Biologie ist ein starker Einfluss.«

Er zog die Brauen hoch. »Das glaube ich nicht.«

Sie legte den Kopf in den Nacken. »Das ist alles wie ein schlechter Traum.«

Er stand auf, kam zu ihr herüber und blieb so dicht vor ihr stehen, dass er sie beinahe berührte. »*Wenn* es wahr ist. Und *wenn* das so ist, dann nimm es als Tatsache, auf die du keinen Einfluss hast. Eine Tatsache, die nichts daran ändert, wer du bist.«

Er hatte natürlich recht. Eine Laune der Genetik definierte nicht, wer sie war. Wieso also fühlte sie sich, als hätte sie etwas falsch gemacht?

Nachdem Jo Brodys Büro verlassen hatte, war sie direkt zum medizinischen Labor gefahren, um den DNA-Test durchführen zu lassen. Brody hatte sie begleiten wollen, war verärgert gewesen, als sie ablehnte, und hatte sich erst besänftigen lassen, als sie versprach, ihn über das Ergebnis zu informieren, sobald es da war.

Sie hatte das Testkit kurz vor Büroschluss abgeholt. Sie würde den Abstrich an der Innenseite ihrer Wange machen. Ganz bestimmt. Nur nicht gleich.

Kurz nach sieben kam Jo bei der Bar an, wo die *Wo-ist-Christa?*-Gruppe sich treffen wollte. Die Bar war laut, fröhlich und verraucht. Sie war kein großer Fan von Bars. All die Ausgelassenheit, das Gelächter – nichts von alledem passte zu ihr. Mit Arbeit und Hingabe konnte sie etwas anfangen, mit dieser Art von Kultur nicht. So sehr sie auch in Versuchung war, kehrtzumachen und zu gehen, blieb sie doch und erinnerte sich selbst daran, dass sie diese Leute kannte. Sie hatten miteinander unzählige Stunden in der Kälte verbracht und nach Christa gesucht. Sie kamen zwar alle aus den unterschiedlichsten Milieus, aber es verband sie etwas, das einen Drink wert war.

Gegenüber von der Bar, in einem separaten Raum, entdeckte sie ein paar Leute und dahinter das ramponierte *Wo-ist-Christa?*-Transparent, das seitlich an Tims Pick-up befestigt gewesen war.

Sie straffte die Schultern, ging an die Bar, bestellte einen Weißwein und bahnte sich einen Weg zu der Gruppe. Rucker entdeckte sie zwar nirgendwo, doch sie sah einige bekannte Gesichter.

Eine Rothaarige mit blassem Teint und türkisfarbener Brille kam auf sie zu. »Ich bin Casey. An Sie kann ich mich noch erinnern. Jo, stimmt's?«

Sie reichte ihr die Hand. »Ich glaube, wir waren zusammen auf einer Suchaktion.«

»Ein kalter Tag, soweit ich mich erinnere. Der Wind war richtig schneidend.«

Jo nippte an ihrem Wein und fand ihn gar nicht übel. »Nicht gerade die glücklichsten Umstände.« Ihr Blick traf den von Tim, der auf der anderen Seite der Gruppe stand. Lächelnd prostete er ihr zu.

»Tim kann auf eine ganze Menge stolz sein«, sagte Casey. »In meinen Augen ist er ein Held.«

Jo lächelte. »Stimmt.« Sie sah sich im Raum um. »Ich sehe Scott oder Ester gar nicht.«

»Tim hat gesagt, dass sie zu fertig waren, um zu kommen. Kann ich verstehen. Ich weiß nicht, ob ich hier sein könnte, wenn es um meine Schwester ginge.« Casey nahm einen tiefen Schluck von ihrem Bier. »Waren Sie auf der Beerdigung?«

»Ja.«

»Traurig. Einfach traurig. Haben Sie dort diesen Ranger gesehen?«

»Ja.«

»Ein knallharter Typ. Den hätte ich nur ungern im Nacken sitzen.«

Jo nippte an ihrem Wein. »Ja.«

Casey trank ihr Bier aus. »Wie sind Sie zu der Suche gekommen? Waren sie eine Freundin von Christa?«

»Nein. Tim war mein Immobilienmakler.«

»Oh, meiner auch.« Ein kleiner Mann mit schütterem Haar drängte sich durch die Gruppe, bis er bei Jo und Casey angelangt war. Er lächelte Jo halbherzig zu und wandte sich dann an Casey. »Hey, ich hatte gehofft, dass du hier sein würdest.«

Casey lächelte. »Luke. Toll, dich zu sehen, Mann. He, hast du Jo schon kennengelernt?«

Er riss den Blick kurz von Casey los. »Jo, schön, Sie kennenzulernen.«

Sie lächelte, amüsiert über seine offenkundige Bewunderung für Casey. »Hi Luke.«

»He, Jo, würde es Ihnen was ausmachen, wenn ich Ihnen Casey einen Augenblick entführe? Ich muss ihr was zeigen.«

Jo zuckte mit den Schultern. »Nur zu.«

Casey blieb stehen und drehte sich um. »Jo, das hätte ich beinahe vergessen. Ich habe eine Nachricht von einem Freund von Ihnen.«

»Von wem?«

»Von Aaron. Er wollte heute Abend herkommen, hat aber in letzter Minute einen Anruf bekommen. Ich soll Ihnen ausrichten, dass er sich demnächst bei Ihnen meldet.«

Jos Lächeln gefror. »Aaron?«

»Ja.«

Aaron Dayton. Er war irgendwo da draußen. Und knüpfte Beziehungen mit Leuten, die sie kannte.

Luke zog an Caseys Hand. »Noch mal, war nett, Sie kennenzulernen.«

»Ja, gleichfalls.«

»Tschüss.« Cassie klang aufgeregt und atemlos, als Luke sie bei der Hand nahm und wegzog.

Zorn und Frust nagten an Jo. Dayton war wie eine Spinne.

Tim drängte sich seitlich durch die Menge, bis er bei ihr war. Er erfasste ihre Anspannung sofort. »Was ist los?«

Wäre ihr Zorn nicht so frisch gewesen, wäre es ihr besser gelungen, ihn zu verbergen. »Es gibt da einen Mann. Er stellt mir nach.«

Tim legte den Kopf schief. »Wer denn?«

»Spielt keine Rolle.«

»Doch.« Er sah sich im Raum um. »Ist er hier?«

»Nein. Er war draußen und hat mir etwas von Casey ausrichten lassen, die von der ganzen Sache nichts ahnt.«

»Jo, wer ist es?«

»Aaron Dayton.« Sie trank einen Schluck Wein und bemühte sich, die Fassung wiederzuerlangen. »Hey, nicht so schlimm. Wahrscheinlich ist es gar nicht der Rede wert.«

Er schüttelte den Kopf. »Das glaube ich nicht. Sie wirken ganz verstört.«

»Nein. Mir geht es gut. Wirklich.« Froh, ein vertrautes Gesicht zu sehen, lächelte sie ihn herzlich an. »Nette Leute.«

Er sah sich um. »Ja, eine gute Gruppe. Ich bin froh, dass alle kommen konnten, um einander beizustehen.« Sein Aftershave roch ein wenig würzig. »Seltsam, einen Ranger beim Begräbnis zu sehen. Aber schön, dass Christas Fall noch weiterverfolgt wird.«

»Allerdings. Sie verdient Gerechtigkeit.«

Tims Gesicht wurde grimmig. »Der Tag, an dem ich von ihrem Tod erfahren habe, war einer der schlimmsten meines Lebens. Ich war mir ganz sicher, dass wir sie lebend finden würden.«

»Sie haben das großartig gemacht. Wie viele Freiwillige haben Sie zusammengetrommelt?«

»Ein paar Hundert. Ich wünschte, wir hätten sie gefunden. Verdammt.«

Casey und Luke riefen nach Tim. Sie wollten, dass er eine kleine Ansprache hielt.

Tim versuchte abzuwinken, doch schließlich nickte er. »Entschuldigung, ich muss gehen.«

»Das macht doch nichts. Sie sollten wirklich ein paar Worte sagen.«

Sie beobachtete, wie er sich durch die Menge schlängelte. Männer klopften ihm auf den Rücken. Frauen schüttelten ihm die Hand. Jo stellte ihr Glas hin, mit einem Mal fand sie die Menge ein wenig erdrückend.

Während Tim redete, drehte sie sich um und bahnte sich einen Weg nach draußen. Die frische Luft vertrieb die Enge aus ihrer Brust. Sie holte die Schlüssel aus der Handtasche und war gerade zwei Schritte gegangen, als sie eine vertraute Stimme hörte.

»Du hättest die Schlüssel schon in der Hand halten sollen, bevor du rausgekommen bist.« Brody.

Sie zuckte zusammen und drehte sich um, dankbar, dass es

nicht Dayton war. Sie überlegte, Brody von ihm zu erzählen, ließ es dann jedoch bleiben. Er war eine Gewohnheit, mit der sie brechen musste. »Folgst du immer irgendwelchen Texanerinnen und verteilst Sicherheitsratschläge?«

Die Hände in die Taschen einer abgewetzten, braunen Jacke geschoben, stieß er sich von der Mauer des Pubs ab, an der er gelehnt hatte. »Nur denen, die ihre Nase immer in einem Buch haben.«

»Ich habe nicht gelesen. Ich war mit Leuten zusammen.« In seiner Nähe zu sein beruhigte sie.

»Was nicht allzu oft vorkommt, soviel ich weiß.«

Sie zuckte die Schultern. »Die Zeiten ändern sich.«

Seine Augen blitzten belustigt auf. »Jemand Interessantes getroffen?«

Seine Körpergröße und Statur brachten sie in Versuchung, einen Schritt zurückzutreten, doch sie tat es nicht. »Wieso bist du hier?«

Er beugte sich ein wenig vor. »Ich dachte, du hättest da drin vielleicht irgendetwas Interessantes aufgeschnappt.«

»Der noble Anlass, der die Leute zusammengebracht hat, löst sich gerade in Nichts auf, und sie verwandeln sich in Rekordzeit in ein paar Leute, die zusammen trinken und Spaß haben.«

»Dir ist also nichts aufgefallen?«

Sie strich eine verirrte Strähne nach hinten und erwog, ihm von Dayton zu erzählen, verwarf den Gedanken jedoch wieder. Sie wollte nicht, dass er sie weiter verfolgte. »Da drin ist ein Typ, der anscheinend bei einem Mädchen namens Casey landen will.«

Er zog die Augenbrauen hoch. »Was du nicht sagst. Ein Mann in einer Bar, der hinter einer Frau her ist.«

»Als ich gegangen bin, hielt Tim gerade eine hübsche Ansprache über Engagement und Gemeinsinn.«

»Wieso hast du nicht zugehört?«

»Ich habe diese Rede schon früher gehört. Damit hat er vor den Suchaktionen immer die Freiwilligen zusammengetrommelt. Jetzt, nach Christas Tod, schmeckt sie ein wenig schal.«

»Wenn du nicht gewesen wärst, hätten wir sie nicht gefunden. Smith hat schließlich nur mit dir gesprochen.«

»Er wollte reden. Er wusste, dass er sterben würde, und wollte nicht, dass seine Geheimnisse mit ihm sterben.«

»Da bin ich mir nicht so sicher. Er hätte sie mit ins Grab genommen.« Er zögerte. »Warst du im Labor?«

Sie ging zu ihrem Wagen. »Ja.«

»Und hast du den Test gemacht?«

Ganz schön gerissen. »Das erledige ich morgen.«

Er folgte ihr und verlangsamte seinen Schritt zu ihrem Tempo. »Bis die Ergebnisse da sind, dauert es zwei bis drei Wochen. Damit hast du ein fixes Datum, an dem es vorbei ist.«

»Wenn der Test negativ ist, ja. Aber wenn er positiv ist, fängt der Ärger erst richtig an. Meine Mutter wird gar nicht glücklich sein.«

»Sie wird es überleben. Besser, du kennst die Wahrheit.«

Mit einem Klicken entriegelte sie den Wagen. »Das sage ich meinen Patienten auch immer. Aber nach einer lebenslangen Lüge jagt die Wahrheit einem Angst ein.« Bei ihrem Wagen blieb sie stehen. »Da wären wir.«

»Es ist immer besser, Bescheid zu wissen, Jo.«

»Ich werde dran denken.«

Er öffnete ihr die Wagentür. »Sei vorsichtig, Jo.«

»Das sagst du andauernd.«

»Smith hat dich in diesen Schlamassel hineingezogen. Und er mag zwar tot und begraben sein, aber sein kleiner Helfer ist es nicht.«

Sie setzte sich hinter das Steuer. »Du glaubst, dass der Lehrling etwas Größeres vorhat?«

»Ja.« Er stützte einen Arm gegen die Tür, den anderen auf das Wagendach. »Hast du die Sicherheitsfirma angerufen?«

»Das mache ich morgen, gleich nach dem DNA-Test.«

»Schieb es nicht hinaus, Jo.«

»Werde ich nicht.«

Er schlug die Wagentür zu, und sie ließ den Motor an. Beim Wegfahren blickte sie in den Rückspiegel. Er sah ihr hinterher.

Als Jo nach neun Uhr in ihre Einfahrt einbog, hämmerte ihr Kopf. Der Tag war nicht nur lang gewesen, sondern auch voll von unerwünschten Gefühlen.

Ihre Absätze klapperten auf dem Gehweg, während sie ihren Haustürschlüssel suchte. Als sie ihn gefunden hatte und ihn ins Schloss schob, bellte und jaulte der Hund im Nachbarhaus, und sie fuhr zusammen. Sie sah zu Ruckers Haus hinüber. Sein Labrador, Greta, hatte Jo kommen hören. Wie an den meisten Abenden, wenn Jo nach Hause kam, bellte der Hund.

Ein Lächeln zuckte um ihre Mundwinkel. Ganz gleich, was passierte, Haustiere schafften es immer, einen zu erden. Ihre Katzen interessierten sich nicht für Smith oder die Schachtel. Für sie war nur wichtig, dass sie hier war, um sie zu füttern und zwischen den Ohren zu kraulen.

Erst als ihre Hand nur noch wenige Zentimeter von der Tür entfernt war, schwand ihr Lächeln. Die Tür war fest verschlossen, und doch hatte Jo das starke Gefühl, dass etwas nicht stimmte.

Sie zog die Hand zurück, als hätte sie eine Klapperschlange gesehen, bereit zum Zubeißen. Noch einmal überprüfte sie die Tür. Abgeschlossen. Sie dachte an Rucker. Er besaß einen Schlüssel, genau wie sie einen Schlüssel zu seinem Haus hatte.

Nur für den Notfall. Ihre Mutter besaß einen Schlüssel. Beide hatten Zugang zu ihrem Haus. Beide konnten vorbeigekommen sein.

Sie holte das Handy aus der Handtasche und rief Rucker an. Das Telefon klingelte dreimal, bevor der Anrufbeantworter ansprang. Greta bellte, aber er war nicht da. »Rucker, hier ist Jo. Wenn du kurz Zeit hast, ruf mich zurück. Ich wollte nur kurz nachfragen: Warst du heute bei mir im Haus?«

Anstatt das Telefon wieder in die Tasche zu stecken, behielt sie es in der linken Hand, während sie die Tür aufschloss und öffnete. Es gab keinen Grund, die Polizei zu rufen. Die Tür war abgeschlossen. Es gab keine Anzeichen, dass etwas passiert war. Sie hatte nur ein Gefühl. Ein Anruf bei den Cops würde sie nicht nur töricht erscheinen lassen, sondern auch zu vielen Stunden unnötiger Fragen und Warterei führen.

Sie hörte, wie Atticus im Haus laut maunzte. Er klang aufgeregt und verstört. »Ach, zum Teufel.«

Das Handy fest in der Hand, betrat sie das Haus und schaltete das Licht an. Alles sah genauso aus, wie sie es zurückgelassen hatte, keine Vase, kein Kissen war verrückt. Und doch war da dieses nagende Gefühl, dass jemand im Haus gewesen war. »Atticus! Komm her, Katerchen.«

Wieder miaute Atticus, und diesmal hörte sie ein Scharren im Garderobenschrank. Vorsichtig ging sie auf die Tür zu. »Atticus!«

Miau.

Sie holte tief Luft, riss die Schranktür auf, innerlich bereit, aus dem Haus zu rennen. Doch anstelle eines Einbrechers fand sie ihren dicken, gelb getigerten Kater, der sie böse anstarrte und offenbar überaus verärgert war. Er kam aus dem Schrank herausstolziert, strich an ihren Beinen entlang und gab auf dem ganzen Weg zur Küche maunzend sein Missfallen kund.

Jo blickte in den Schrank und fragte sich, wer die Katze dort eingeschlossen hatte. »Haben Rucker oder Mom die Tür hinter dir abgesperrt?«

Sie schaltete sämtliche Lampen an, während sie Atticus in die Küche folgte. Alle Katzen saßen vor den Näpfen und sahen zu ihr hoch. Sie miauten nicht und benahmen sich, als hätte jemand sie gefüttert. Doch da Jo sich nicht sicher war, verteilte sie Futter in den Näpfen.

Sie beobachtete, wie das offenbar unversehrte Trio fraß, und schüttelte den Kopf. »Ich verliere wohl langsam den Verstand.«

Sie legte Schlüssel und Handtasche auf dem Küchentisch ab und ging, das Handy noch immer in der Hand, den Gang entlang, wobei sie weiterhin darauf achtete, ob irgendetwas anders war als sonst. Alles war wie immer. Konnte sie am Morgen, bevor sie gegangen war, so unaufmerksam gewesen sein? Sie hatte es eilig gehabt. War mit den Nerven am Ende gewesen. Vielleicht hatte sie Atticus ja wirklich im Schrank eingesperrt. Sie schüttelte den Kopf. Nein, sie zählte die Katzen immer durch. Es musste Rucker gewesen sein. Wenn er einen Notruf aus der Tierklinik bekommen hatte, konnte es gut sein, dass er überstürzt losgefahren war.

Sie ging in ihr Schlafzimmer. Ihr Bett war genauso ordentlich gemacht wie heute Morgen, bevor sie gegangen war. Alles war an seinem Platz.

Sie schob die Sache auf den Tag, der hinter ihr lag, und tauschte ihre Kleidung gegen Jogginghose und T-Shirt. In der Küche holte sie eine Tiefkühlmahlzeit aus dem Gefrierschrank und stellte sie für acht Minuten in die Mikrowelle. Ihr Magen knurrte. Während sie wartete, bis ihr Essen fertig war, klappte sie den Laptop auf. All die Fragen, die Smith mit ins Grab genommen hatte, waren vergessen. Robbie. Die Frage, wer ihr

Vater war. Die Identität der Toten, mit der niemand gerechnet hatte.

Sie dachte an ihre Mutter. Konnte es eine Verbindung zu Smith geben? Log sie?

In diesem Fall hätten sie sich vor dreiunddreißig Jahren kennengelernt. Damals hatte ihre Mutter in Austin gelebt und war in die vorletzte Klasse der Hanson Highschool gegangen. Jo öffnete die Datei über Smith, die sie für ihre Dissertation angelegt hatte. Sie enthielt eine detaillierte Zeitachse seiner Vita. Sie hatte sein Leben peinlich genau recherchiert. Es gab ein paar Lücken, aber größtenteils hatte sie es rekonstruieren können.

Vor dreiunddreißig Jahren. Wo war er damals Aushilfslehrer gewesen? Sie scrollte durch die Tabelle. Für September gab es keinen Eintrag, aber Anfang Oktober hatte er eine langfristige Stelle in der… Hanson Highschool angetreten.

Jo spürte, wie die Luft aus ihrer Lunge entwich.

Ihre Mutter und Smith waren zur gleichen Zeit an der Hanson Highschool gewesen.

Eine Gänsehaut überlief sie, und sie stand auf und ging in der Küche auf und ab. Weil sie frische Luft brauchte, ging sie zur Haustür und trat nach draußen.

Erneut fiel ihr das Unbehagen ein, das sie bei ihrer Heimkehr empfunden hatte. Sie fuhr mit dem Finger über das Schloss. Ob da wohl ein Kratzer oder eine Kerbe zu sehen wäre, wenn jemand in ihr Haus eingedrungen war? Aber das Holz war so glatt wie beim Einbau des Schlosses im letzten Jahr.

»Ruf mich zurück, Rucker. Sag mir, dass ich paranoid bin.« Gott, sie verlor allmählich den Verstand. Im Moment hatte sie weiß Gott genug Anlass, um unter Strom zu stehen. Fälle. Patienten. Ihre Mutter. Smith. Es gab mehr als einen Grund, um nicht ganz auf der Höhe zu sein. »Entspann dich, Jo.«

Sie drehte sich um, um wieder ins Haus zu gehen, und wählte die Nummer ihrer Mutter, hielt jedoch inne, als eine leise Warnung sich in ihr regte. Später sollte sie sich fragen, was sie dazu gebracht hatte, zu Boden zu blicken. Sie würde sich fragen, wie ihr Blick so schnell auf das zusammengefaltete, gelbe Kaugummipapier in dem Mulchbeet neben der Eingangstür hatte fallen können.

Langsam ging sie in die Hocke, beugte sich über das Beet und hob drei Papierstücke vom Boden auf. Es war gelbes Kaugummi-Einwickelpapier. Daytons Kaugummimarke. Säuberlich zu Quadraten gefaltet, wie er es immer tat. War er bei ihr im Haus gewesen?

Sie knüllte das Papier in der Faust zusammen und sah ins Hausinnere, zu verängstigt, um hineinzugehen. Dann wählte sie die Nummer der Polizei.

18

Dienstag, 16. April, 22:00 Uhr

Mit grimmigem Gesicht kam der Officer aus Jos Haus. Bei seinem großspurigen Gang und seiner verdrießlichen Miene nahm ihre Gereiztheit noch mehr zu. Jetzt, nachdem sie sich wieder beruhigt hatte, schienen die Kaugummipapiere ein dürftiger Anlass zu sein, um in Panik zu geraten und die Polizei zu rufen. Sie ärgerte sich darüber, ein Hasenfuß zu sein, wie ihr Großvater immer gesagt hatte. Und sie war gereizt, weil es spät war und sie so viel Zeit verschwendet hatte.

Der Polizist blieb stehen und verhakte die Daumen im Gürtel. »Dr. Granger, es ist niemand im Haus. Alle Fenster sind zu und sämtliche Türen abgeschlossen. Ich habe die Schränke und den Dachboden überprüft. Es ist keiner da, es gibt keine Anzeichen für einen Einbruch.«

»Aber ich habe dieses Papier gefunden.«

»Kaugummipapier. Sie sagten, es gehört einem Mann, den sie befragt haben. Dr. Dayton.«

»So ist es. Er ist tatverdächtig im Fall seiner vermissten Frau, und ich habe ihn letzte Woche mehrmals in der Stadt gesehen.«

»Hat er Sie irgendwie bedroht?«

»Nein. Nichts dergleichen. Aber das Kaugummipapier neben der Haustür … Ich weiß, dass er hier war.«

Der Officer hatte das Einwickelpapier sichergestellt, ihr aber keine Versprechen gemacht. »Ma'am, jeder könnte diese Papiere fallen gelassen haben. Ein Briefträger. Ein Zusteller.«

»Ich habe nichts bekommen. Und es waren drei Einwickelpapiere, so als ob jemand längere Zeit dort gestanden hätte.«

Er seufzte. »Ma'am, ich kann weder in diesem Haus noch in seinem Umkreis einen Hinweis auf einen Einbrecher finden.«

Mehrere Nachbarn spähten aus den Fenstern. »Wie erklären Sie sich dann, dass die Katze im Schrank eingesperrt war?«

Erneut hakte er den Daumen in seinen Pistolengürtel. »Katzen kriechen andauernd in Schränke. Kann schon mal vorkommen, dass man es eilig hat und die Tür hinter ihnen zumacht.«

Verärgert über den plausiblen Einwand schüttelte sie den Kopf.

Er seufzte noch einmal. »Ma'am, außer drei verärgerten und ziemlich lautstarken Katzen habe ich in Ihrem Haus nichts gefunden. Wir haben für diese Gegend bereits zusätzliche Streifen angefordert, aber ich könnte sie für ein bis zwei Tage noch weiter verstärken.«

Der Officer hielt sie für töricht. Konfus. Hysterisch.

Und in Anbetracht der Fakten konnte sie ihm das nicht verübeln. Sie sah wirklich ein bisschen durchgeknallt aus, wie sie hier in ihrer Jogginghose stand.

Mit zitternder Hand fuhr sie sich durchs Haar. »Sie denken, ich bin verrückt.«

Das besänftigte ihn ein wenig. »Nicht gerade verrückt. Und wir sind ja dafür da, uns bei Problemen zu kümmern.«

Sie blickte zu der offenen Tür. »Ich habe mich noch nie so albern aufgeführt, aber wahrscheinlich gibt es für alles ein erstes Mal.«

»Wie gesagt, wir werden die Streife hier im Viertel verstärken. Halten Sie die Augen offen.«

»Danke.« Sie reichte ihm die Hand, und er ergriff sie. »Danke für Ihre Hilfe.«

Er tippte sich an die Hutkrempe und ging an ihr vorbei zu seinem Wagen. Sie blickte auf die offene Tür, näherte sich langsam ihrem Haus. Früher ein Hort der Sicherheit, erschien es ihr jetzt besudelt.

Sie ging hinein, machte hinter sich zu und schloss die Tür ab. Atticus kam unter dem Sofa hervorgekrochen und rieb sich an ihr. Er miaute verärgert, während die anderen beiden Katzen unter der Couch hervorkamen. »Ich mag's genauso wenig wie ihr drei, die Polizei im Haus zu haben. Glaubt mir.«

Ihr Handy summte und zeigte eine neue Nachricht an. Sie zuckte zusammen, überrascht, dass sie es immer noch in der Hand hielt.

Die Nachricht war von ihrer Schwester. Jo las die Betreffzeile. *Unterwegs bei einem Date!!* Um Jos Lippen zuckte ein Lächeln. Ellie hatte seit ihrer Scheidung eine schwierige Zeit durchgemacht.

Wieder traf eine Nachricht ein, und diesmal enthielt sie ein Foto. Jo öffnete sie und erblickte ihre blonde, strahlende Schwester, die neben einem Mann saß. Sie erkannte ihn sofort. Es war Dayton.

»Verdammt noch mal!« Mit zitternden Händen wählte sie Ellies Nummer. Das Telefon klingelte zweimal, bevor der Anrufbeantworter ansprang. »Du hast das Telefon auf lautlos gestellt. Ruf mich an, wenn du das hier abhörst.«

Die erste Begegnung mit Dayton hätte man noch als Zufall werten können. Aber dann die zweite und das, was Cassie ihr in der Bar ausgerichtet hatte. Die Kaugummipapiere. Und jetzt eine Verabredung mit Ellie. Das alles summierte sich zu Stalking.

Ein weiterer Anruf bei der Polizei würde zu nichts führen. Was sollte sie schon sagen? Dass ihre Schwester ein Date hatte? Wen könnte sie anrufen?

Sie brauchte einen Freund.
Jemanden, der ihr glauben würde.
Sie wählte Santos' Nummer.

Brody saß in seinem Büro und ging die Glückwunschkarten durch, die Smith an Jo geschickt hatte. Er hatte zu jedem ihrer Geburtstage eine Karte gekauft, von ihrem zwölften bis zum dreißigsten Lebensjahr. In jeder schrieb er in ein paar Zeilen, wie stolz er auf sie und ihre Leistungen war. Einige enthielten Fotos, die er von Weitem aufgenommen hatte. Einer Karte war das Bild einer Frau beigefügt, die Smith zufolge seine Mutter war. Es steckte in der Karte zu ihrem sechzehnten Geburtstag. Das Schwarz-Weiß-Foto war vor vierzig Jahren entstanden, und auf der Rückseite stand *»Rachel«* und *»Du erinnerst mich so sehr an sie«*.

Brody betrachtete das Bild und suchte nach etwas, das ihn an Jo erinnerte. Da mochte zwar eine Ähnlichkeit sein, aber nichts Eindeutiges, was ihm ins Auge stach. Entscheidend war, dass Smith sich für Jos Vater gehalten hatte.

Als es klopfte, sah er auf und sah Santos in der Tür stehen, das Handy in der Hand und stirnrunzelnd. »Rat mal, wer mich gerade angerufen hat.«

Brody riss den Blick von der Karte los. »Ich bin nicht in der Stimmung für Spielchen.«

Unbeeindruckt von Brodys schlechter Laune kam Santos herein. »Dr. Jo Granger. Sie hat zwar versucht, ruhig und beherrscht zu klingen, aber sie ist völlig verstört.«

Brodys Magen zog sich zusammen, und er stand auf. »Wo ist sie?«

Die Sorge hatte Santos' übliche gute Laune vertrieben. »Zu Hause. Sie glaubt, dass sie einen Stalker hat.«

»Wen?«

Santos wirkte wie jemand, der darauf brannte, loszuschlagen. »Dayton. Erinnerst du dich an ihn?«

Brody überlegte. »Na klar, er war in das Verschwinden seiner Frau verwickelt.«

»Jo hat ihn letzte Woche befragt. Daytons Anwalt hatte bei ihrer Praxis ein psychologisches Gutachten in Auftrag gegeben. Ihr Befund war nicht positiv, und seit ihrem einzigen offiziellen Termin taucht er ständig in ihrer Nähe auf.« Er schilderte Brody, was geschehen war, einschließlich des Dates mit Jos Schwester.

Brody nahm seine Pistole aus der Schublade und steckte sie ins Holster. »Und sie hat dich angerufen.«

Nicht mich. Dich.

»Zuerst hat sie die Polizei gerufen, die gekommen ist und ihr Haus durchsucht hat. Sie haben ihr angeboten, die Streife in ihrer Gegend zu verstärken.«

Brody schüttelte den Kopf. »Ich habe schon mehr Streifen in ihr Viertel geschickt. Dayton ist Mitte dreißig, oder?«

»Du denkst an Smiths Lehrling.«

»Haben wir eine Aufstellung von Daytons Vergangenheit?«

»Er ist Zahnarzt. Hat in Texas studiert. Mit sechzehn ist er aus Tulsa nach Texas gekommen.«

»Pflegefamilie? Lücken in seiner Vergangenheit?«

»Nichts, worauf die hiesige Polizei gestoßen wäre. Nichts, das wegen Smith irgendwelche Alarmglocken klingeln lässt.«

»Das bedeutet noch lange nicht, dass er harmlos ist.« Brody nahm seine Jacke von der Stuhllehne und schlüpfte hinein. »Wieso bist du zu mir gekommen? Ich sehe doch, dass du das übernehmen willst.«

Santos verzog die Lippen zu einem düsteren Lächeln. »Jo ist ein tolles Mädchen, und nichts wäre mir lieber, als Dayton aufzuspüren und ihm Manieren beizubringen. Aber ich wildere nicht in fremden Revieren.«

Fremde Reviere. Santos glaubte, dass Jo zu Brody gehörte. Brody hätte leugnen können, dass er etwas von Jo wollte. Er hätte behaupten können, dass die Vergangenheit vergangen war. Dass das zwischen ihnen ein Fehler gewesen war. Dass es vorbei war.

Aber er tat es nicht. Im Moment mochte da zwar nicht viel zwischen ihnen sein, aber er hatte vor, das zu ändern.

Santos nahm sein Schweigen als Zeichen von Unschlüssigkeit. »Aber wenn du das nicht so siehst, dann mache ich mich schneller an sie heran, als du bis drei zählen kannst.«

Brody erwiderte seinen Blick und verzog einen Mundwinkel zu einem nicht ganz freundlichen Lächeln. »Ich würde dir nur ungern die Fresse polieren.«

Santos' Augen blitzten herausfordernd und amüsiert. »Versuch's doch.«

»Ich würde dich grün und blau prügeln.«

»Nicht mal, wenn du in Hochform wärst.« Seine Lippen wurden schmal. »Wenn du ihr wehtust, mache ich Hackfleisch aus dir.«

»Alles klar.« Brody nahm seinen Hut.

Fürs Erste zufriedengestellt, sagte Santos: »Was Dayton angeht, höre ich mich mal um. Mal sehen, was ich sonst noch herausfinde.«

»Ich will alles wissen, was es über den Hurensohn zu wissen gibt.«

Brody konnte kaum schnell genug zu Jos Haus fahren. Der Drang, sie zu beschützen, kam tief aus seinem Inneren, und er stellte ihn nicht infrage.

Er klingelte, hörte ihre hastigen Schritte und das Scharren

der Türkette. Ein kurzes Zögern verriet ihm, dass sie durch den Spion schaute. *Gut. Sei vorsichtig.*

Mit grimmiger Miene öffnete sie die Tür. »Brody, was machst du denn hier?«

Damals hatte er seine Chance gründlich verspielt. Wenn er jetzt etwas erreichen wollte, würde er sich ziemlich anstrengen müssen, um den Karren aus dem Dreck zu ziehen. »Santos hat mir gesagt, dass du angerufen hast.«

Sie verschränkte die Arme vor der Brust. »Ich habe ihn angerufen. Nicht dich.«

Er sah sich auf der Veranda um und hielt nach Anzeichen eines Einbruchs Ausschau. »Er hat es an mich weitergegeben.«

Sie trug eine weite Yogahose, ein Tanktop und war barfuß. Das Haar fiel ihr offen über die Schultern. »Wieso sollte er das tun?«

Er sah sie an, sie wirkte verstört. »Lässt du mich rein oder nicht?« Es hatte keinen Sinn, jetzt damit anzufangen, sie von sich zu überzeugen. Im Moment würde sie ihm wahrscheinlich nur die Tür vor der Nase zuschlagen. »Ich will alles hören, was du über Dayton zu sagen hast.«

Sie zögerte und stieß die Fliegengittertür auf. »Danke, dass du gekommen bist.«

Er nahm den Hut ab und betrat das Haus, das genauso ordentlich war wie letztes Mal. »Wo sind denn die drei Musketiere?«

Das entlockte ihr ein Lächeln. »Im Haus verteilt, an ihren Lieblingsplätzen. Sie sind nicht sehr glücklich über die Störung.«

»Du auch nicht.« Ohne die hohen Absätze reichte sie ihm kaum bis zu den Schultern. Und ungeschminkt sah sie jünger und verletzlicher aus. Inzwischen war ihm klar, dass beides ihr als Panzer diente, und es entging ihm nicht, dass sie ohne beides die Tür geöffnet hatte, weil sie Santos erwartet hatte – nicht ihn.

»Kann ich dir einen Kaffee anbieten? Ich habe eine Kanne aufgesetzt, und sie müsste inzwischen fertig sein.«

»Das wäre großartig. Es war ein langer Tag.«

Er folgte ihr in die Küche, wo sie bereits zwei Tassen bereitgestellt hatte. Für sich und für Santos. Er hielt sich nicht mit Gedanken darüber auf, was da vielleicht war oder gewesen wäre. Er konzentrierte sich auf das, was er vor sich hatte. Und im Moment hatte er Jo für sich allein.

Sie goss Kaffee ein und gab, ohne ihn zu fragen, ein wenig Milch hinzu, bevor sie ihm die Tasse reichte. »Gut und heiß.«

Er blickte von der Tasse zu ihr auf. »Du erinnerst dich also noch.«

Stirnrunzelnd zuckte sie mit den Schultern. »Ich habe gar nicht nachgedacht.«

Brody nippte an den Kaffee. Er war gut.

Sie hob die Tasse. »Weißt du noch, wie ich meinen trinke?«

Er sah sie erstaunt an. »Du fragst mich, ob ein Einundzwanzigjähriger sich gemerkt hat, wie du deinen Kaffee trinkst?«

Sie lächelte. »Unwahrscheinlich, ich weiß, aber ich dachte, ich frage mal.«

Brody legte den Hut auf den Tisch. »Ich würde nie behaupten, dass ich damals besonders aufmerksam war, es sei denn, es hatte mit Baseball zu tun.«

Sie nippte an ihrem Kaffee, der schwarz war, was er nicht mehr vergessen würde. »Auf dem Spielfeld warst du immer hoch konzentriert. Ich war überrascht, als du damit aufgehört hast.«

»Zu den Marines zu gehen, war nur vernünftig. Ich hatte das College hinter mir. Wir erwarteten ein Kind, und ich konnte mit einem geregelten Einkommen mit Zuschüssen rechnen.«

Sie blickte auf ihren Kaffee und rührte darin herum. »Ich wollte nicht, dass du mit dem Baseball aufhörst.«

»Eigentlich dachte ich, wir würden nach deinen Prüfungen darüber sprechen. Aber dann hast du das Baby verloren.«

»Und alles brach auseinander.« Eine Falte bildete sich zwischen ihren Augenbrauen, als sie das Gehörte verarbeitete. »Dann kamen die Marines, die DPS und die Ranger.«

»Ganz genau.« Er nickte zum Küchentisch hinüber, und als sie beide saßen, sagte er: »Das Leben kann oft heftige Wendungen nehmen, aber manchmal ist das genau richtig.«

»Stimmt wohl.«

»Was hast du gemacht, nachdem wir uns damals im Krankenhaus zum letzten Mal gesehen haben?«

»Mom bestand darauf, dass ich nach Hause kam. Ich spielte mit dem Gedanken, das Studium hinzuschmeißen. Mom hat mich im Salon mitarbeiten lassen. Nach zwei Wochen Dauerwellen und Frisieren habe ich mich wieder im College eingeschrieben.«

»Da hatte sie wohl die richtige Motivation, um dich wieder zum Studium zu bewegen.«

Jo runzelte die Stirn. »So habe ich das noch nie gesehen. Aber wahrscheinlich hast du recht.«

Sie schwiegen, dann sagte er: »Erzähl mir von Dayton.«

Jo stützte sich mit den Ellbogen auf den Tisch und nahm die Tasse zwischen beide Hände. Sie dramatisierte nichts und gab mehrmals zu, sich für paranoid gehalten zu haben, doch nachdem sie das Foto ihrer Schwester beim Date mit Dayton bekommen hatte, habe sie Santos angerufen.

Santos.

Nicht schon wieder. Sie sollte Brody anrufen, wenn es Ärger gab. »Santos stellt gerade Nachforschungen zu Dayton an.«

Sie schüttelte den Kopf. »Dayton ist clever. Er hält sich für schlauer als alle anderen.«

Er verzog die Lippen zu einem Lächeln. »Ich wünschte, ich hätte für jeden schlauen Burschen, den ich eingelocht habe, ein Fünfcentstück bekommen. Ich werde Dayton überführen.«

Sie zog die Brauen hoch. »Du scheinst dir da ziemlich sicher zu sein.«

»Bin ich auch.«

»Du weißt doch noch gar nicht, wie es laufen wird.«

»Wir mögen damals zwar verheiratet gewesen sein, aber inzwischen kennst du mich nicht mehr besonders gut. Du wirst schon sehen, dass ich mein Wort halte. Mach dir keine Sorgen. Betrachte das Problem Dayton als erledigt.«

Sie blickte ihn einen langen Augenblick an. »Nichts wäre mir lieber, als mir keine Sorgen zu machen.«

Brody hatte Jo einmal schwer im Stich gelassen. Das wollte er jetzt wiedergutmachen. Er wollte sie beschützen. Sie berühren. »Ich werde Dayton aufhalten. Vertrau mir.«

Sie schaute zu ihm auf, und er sah den Zweifel in ihrem Blick. Behutsam stellte sie die Kaffeetasse hin. »Das ist keine so gute Idee.«

Einen Augenblick dachte er, sie hätte in ihn hineingesehen und seine Gedanken gelesen. »Was ist keine gute Idee?«

Sie blickte auf den Tisch, als müsste sie ihre Worte sorgfältig abwägen. »Ich kann auf mich selbst aufpassen, Brody. Ich brauche deine Hilfe nicht.«

»Ich will aber helfen.«

Ungeduldig trommelte sie mit den Fingern auf den Tisch, wie um Gefühle zu unterdrücken, die sie nicht loslassen wollte. »Es gibt einen Grund dafür, dass ich Santos angerufen habe. Du hättest ihn heute Abend herkommen lassen sollen.«

Er räusperte sich bedrohlich und stellte seine Tasse neben ihrer ab. »Warum er?«

»Weil er ein Freund ist. Weil ich ihm vertraue.«

»Und mir vertraust du nicht?«

Sie hob die zarten Augenbrauen. »Früher mal habe ich das getan. Aber …« – sie versuchte sich an einem Lächeln – »das ist nicht gut ausgegangen.«

»Ich hab's vermasselt. Und dann wollte ich es auf meine ungeschickte Art geradebiegen. Das hat nicht funktioniert. Jetzt möchte ich es wiedergutmachen.«

Sie legte den Kopf schief. »Du bist also hier, weil du eine Schuld begleichen willst?«

»Ja, schon. Zum Teil. Außerdem bist du mir wichtig, Jo. Ich will nicht, dass es dir schlecht geht.«

»Wieso bin ich dir wichtig, Brody? Wir kennen uns doch kaum.«

»Wir waren mal verheiratet.«

»Das ist doch schon viel zu lange her. Du bist nicht mehr der Junge von damals, und ich bin auch nicht mehr so leicht zu beeindrucken.«

»Du warst noch nie leicht zu beeindrucken, Jo.«

Tränen stiegen ihr in die Augen, aber es war Ärger und Frustration und nicht Traurigkeit, die in ihnen glänzte. »Ich habe in diesem Krankenhauszimmer gestanden und mir deine Schuldzuweisungen angehört. Noch Wochen, sogar Jahre danach habe ich sie im Geist immer wieder gehört und mir gewünscht, ich hätte dich damals zum Teufel geschickt.« Sie wischte eine verirrte Träne weg. »Stattdessen bin ich stumm und verwirrt dagestanden wie eine Schwachsinnige.«

»Es hätte gar nicht erst dazu kommen dürfen, dass du dich gegen mich wehren musst. Ich war im Unrecht. Wenn ich zurückdenke, schäme ich mich immer noch. Verdammt, du hattest eine Fehlgeburt, und ich habe meinen Zorn und Frust an dir ausgelassen.«

Kopfschüttelnd stand sie vom Tisch auf und ging zur Küchenarbeitsplatte, als müsste sie Abstand zu ihm schaffen. »Ich habe mir geschworen, nie wieder so hilflos zu sein. Ich habe mir geschworen, nie wieder jemanden so sehr zu brauchen oder zu wollen, wie ich dich in jenem Moment gebraucht hätte.« Sie legte den Kopf in den Nacken, ohne die Tränen aufhalten zu können, die ihr über das Gesicht liefen. »Ich dachte, du wärst der eine Mensch, der den Verlust einigermaßen verstehen würde.«

Brody wollte sie berühren und griff nach ihrer Hand. Sie riss sich los, doch er stand auf, trat hinter sie und legte ihr die Hände auf die Schultern. Die weiche Haut konnte ihre innere Anspannung nicht verbergen. »Es tut mir leid.«

Sie hielt den Kopf gesenkt und stand so reglos da, dass er sich fragte, ob seine Worte bei ihr angekommen waren. »Ich werde dich nicht brauchen.«

»Darum bitte ich dich auch gar nicht.« Noch nicht. »Ich erbitte gar nichts. Aber ich werde mich um Dayton kümmern. Und um Robbie.«

Jo drehte sich um und sah zu Brody hoch. Ob es ihr nun gefiel oder nicht, im Moment brauchte sie ihn. Sie war zwar blitzgescheit, aber zu gradlinig, um es mit Menschen wie Dayton aufzunehmen. Er hingegen wollte den Schweinehund fertigmachen, und wenn er dafür sämtliche miesen Tricks auffahren musste, die er auf Lager hatte.

Als er Jo ansah, wünschte er sich, sie zu küssen. Sie zu schmecken. Schon bei ihrem Anblick bekam er eine Erektion. Aber auf keinen Fall würde er den ersten Schritt tun. Diesmal nicht. Die Vergangenheit gebot, dass er sich zurückhielt.

Auch sie regte sich nicht.

Sie hob die Hand und berührte seine, federleicht. Alle Traurigkeit war aus ihrem Blick verschwunden und etwas Dunklerem gewichen, das in den grünen Untiefen glomm. Sie zog die Unterlippe zwischen die Zähne, und er erinnerte sich noch gut an diese subtile Geste – Versuchung und Vernunft im Zwiespalt.

Er hätte sie loslassen und die Sache beenden können. Aber er tat es nicht.

»Das frage ich mich schon die ganze Zeit.« Ihre Stimme klang kehlig, rau. »Bist du Single?«

Er versteifte sich ein wenig. »Und wie.«

Bittere Belustigung blitzte in ihren Augen auf. »Ich wünschte, du wärst es nicht.«

»Eine gute Ausrede, um aufzuhören?«, provozierte er sie.

»Der gesunde Menschenverstand gebietet mir, es zu lassen.«

Ihr Duft hüllte ihn ein. Schweigend zeichnete er mit dem Daumen Kreise auf ihre Schulter. Er würde ihr nicht nachgehen, wenn sie sich zurückzog.

Doch sie stellte sich auf die Zehenspitzen und küsste ihn auf die Lippen. Der Kuss war leicht, forschend, auch wenn auf ihrer Stirn noch eine Falte war. Sie war immer noch auf der Suche nach einer Ausrede, um aufzuhören.

Aber die würde er ihr nicht liefern. Falls sie ihn wirklich und wahrhaftig wollte, würde er sich keinen verdammten Zentimeter vom Fleck bewegen.

Sie knabberte an ihrer Unterlippe, fasste nach seinem Gesicht und fuhr mit den Fingerspitzen an seinem Unterkiefer entlang. »Ich könnte dir tausend Gründe dafür nennen, dass das eine ganz schlechte Idee ist.«

Mit dem Handrücken streichelte er ihre Wange. Als junger Mann hatte er sie zwar hübsch gefunden, aber jetzt begriff er, dass er nicht richtig hingeschaut hatte. Sonst hätte er gesehen, wie unglaublich schön sie war. »Mir fällt kein einziger ein.«

»Das hatten wir doch alles schon mal.« Sie klammerte sich an die Vernunft wie eine Ertrinkende an ein Floß.

»Nachdem wir nicht mehr dieselben Menschen sind wie vor vierzehn Jahren, kann man wohl sagen, dass das jetzt etwas anderes ist.«

»Du redest es dir schön.«

»So gut ich kann.«

Erneut küsste sie ihn, diesmal mit mehr Nachdruck. Unfähig, sich zurückzuhalten, beugte er sich vor und schob ihr die Zunge zwischen die Lippen. Ein leises Stöhnen entfuhr ihr, als sie ihm die Arme um den Hals schlang.

Er ließ die rechte Hand zu ihrer Schulter und dann über ihren Arm nach unten gleiten und genoss, wie sie erschauerte und ihr Atem sich beschleunigte. An ihrem Handgelenk spürte er das rasche Pochen ihres Herzschlags.

Als er sie damals zum ersten Mal berührt hatte, hatte sie gezittert. Es hatte sie gleichermaßen erschreckt und fasziniert, wie heftig sie auf ihn reagierte. Er war derart von seinem eigenen Begehren in Anspruch genommen gewesen, dass er gar nicht daran gedacht hatte, sie zu fragen, und erst später hatte er begriffen, dass sie noch Jungfrau gewesen war. Damals hatte er nicht gewusst, was sie ihm gegeben hatte. Aber inzwischen wusste er es. Wie viele Männer sie seit ihrer Trennung auch gehabt haben mochte, er würde immer ihr erster sein, und vielleicht, wenn er ganz viel Glück hatte, auch ihr letzter.

Er küsste ihre Halsgrube und genoss, wie schnell ihr Puls klopfte. Dann ließ er die Hand unter ihr weites Shirt gleiten und legte die Hand um ihre Brust unter dem Spitzen-BH. Die Brustwarzen richteten sich auf.

»Herrgott, Brody, du bringst mich um den Verstand«, flüsterte sie. »Ich explodiere noch.«

Er hob den Kopf und suchte ihren Blick. »Zu schnell? Soll

ich aufhören?« Und verdammt, er würde aufhören, wenn sie das wollte.

Gelächter blubberte in ihr hoch. »Zu langsam.«

Ein kleines Lächeln zuckte um seine Lippen. »Das lässt sich leicht ändern. Wo ist dein Schlafzimmer?«

»Den Gang entlang. Erste Tür links.«

Er küsste sie fest auf den Mund, dann nahm er sie bei der Hand und führte sie ins Schlafzimmer. Mehr als das große, ordentlich gemachte Bett drang nicht zu ihm durch, als er sie zu der Matratze schob, dabei seine Jacke herunterzerrte und sie zu Boden fallen ließ. Während er sein Hemd aufknöpfte, fasste sie nach dem Saum ihres Oberteils. Beides fiel gleichzeitig als kleiner Haufen zu Boden.

Er blickte auf den sittsamen Spitzen-BH und die Wölbung ihrer Brüste. »Ich fühle mich wie ein geiler Bock.«

Sie befeuchtete sich die Lippen, das zerzauste Haar fiel ihr ins Gesicht. »Das hast du schon letztes Mal mit mir gemacht. Du hast mich in den Wahnsinn getrieben.«

»Liebling, das hier wird völlig anders werden als letztes Mal. Nämlich viel besser.« Er öffnete seinen Gürtel und küsste sie erneut. Mit der Hand fuhr er ihre Wirbelsäule entlang bis nach unten zu ihrem Hosenbund. Dort ließ er die Hand unter den rauen Stoff gleiten und umfasste ihren weichen Po. Er wollte den Moment auskosten, denn in seinen Augen war es ihr erstes Mal zusammen. Ein Neuanfang, und er wollte ihn nicht verderben.

»Bitte sag mir, dass du nicht langsam machen wirst«, flüsterte sie atemlos.

Ein humorloses Lachen drang aus seiner Brust. »Ich gebe mein Bestes, Ma'am. Gott helfe mir, ich gebe mein Bestes.«

Sie schüttelte den Kopf und griff mit zitternden Fingern

nach seinem Hosenbund. »Ich hätte gern, dass du dich ein bisschen beeilst.«

So groß die Versuchung auch war, sie aufs Bett zu werfen und in sie einzudringen, zwang er sich doch, stehen zu bleiben, während sie die Hände über seinen flachen Bauch gleiten ließ. Er zog scharf die Luft ein, brachte jedoch einen ruhigen Tonfall zustande. »Nein, ich glaube, wir werden uns Zeit lassen.«

Sie machte ein finsteres Gesicht, aber bevor sie sich beschweren konnte, küsste er sie und drängte sie zum Bettrand. Er verteilte seine Küsse von ihren Lippen über ihre Kehle bis zu der harten Spitze ihrer rechten Brust. Sie stöhnte, als er an der Brustwarze saugte, und vergrub die Finger in seinen Haaren. Erst als er genug hatte, widmete er sich der anderen Brust.

Sie bog den Rücken durch, sodass ihr Becken sich gegen ihn presste. »Ich schwöre bei Gott, Brody, wenn du es noch länger hinauszögerst, verliere ich den Verstand.«

»Das ist eine gute Art Wahnsinn, glaub mir.« Er ließ die Hand unter ihren Hosenbund gleiten und legte die Hand über ihre Vulva. Sie war feucht und bereit für ihn. Er neckte sie, spielte mit ihr, küsste sie und fing sie lachend auf, als ihr die Knie weich wurden.

Sanft schob er sie aufs Bett. Als er sich von ihr löste, um seine Stiefel wegzuschleudern und sich ganz auszuziehen, vermisste er die Wärme ihres Körpers. Eine seltsame Mischung aus Lust und Angst lag in ihrem Blick, als sie ihn ansah. Die Angst gefiel ihm gar nicht, und er wollte sie zum Verschwinden bringen. Er legte sich neben sie und streichelte ihren flachen Bauch.

Bei seiner Berührung zogen sich ihre Muskeln zusammen, zuckten und beruhigten sich schließlich wieder. Im Nu hatte er ihre Hose und Unterwäsche ausgezogen, bis sie mitten auf dem Bett lag. Er legte sich auf sie. Es kostete ihn alle Selbstbeherrschung, nicht in sie einzudringen. Und dann fiel es ihm ein – keine Kondome.

Er stieß einen Seufzer aus und legte sich neben sie auf den Rücken. So dicht vor dem Ziel, ohne es erreichen zu können.

Mit benebeltem Gesichtsausdruck sah sie ihn an. »Was ist?«

»Keine Kondome.« Er zwickte sich in den Nasenrücken. Es hatte keinen Sinn, darüber zu sprechen, wann er das letzte verbraucht hatte. Und ohne würde er es nicht noch einmal riskieren.

Ein Lächeln hob ihre Mundwinkel, während sie seinen Oberschenkel streichelte. »Ich nehme die Pille.«

»Wirklich?«

»Diesmal gibt es keine Unfälle.«

Er rollte sich auf die Seite und legte ihr die Hand auf den Bauch. »Bist du sicher?«

Ihr Blick stellte sich wieder scharf. »Und ob. Und ich bin … sehr wählerisch, du brauchst dir also auch sonst keine Sorgen zu machen.«

»Ich auch.«

Sie zögerte, und er wusste, dass sie einen Punkt erreicht hatten, bei dem Vertrauen vonnöten war.

»Ich kann zwar ein Arsch sein, aber ein Lügner bin ich nicht.«

Das brachte sie zum Lachen. Sie legte sich auf ihn, und ihre nackten Brüste pressten sich gegen seine Brust. Reflexartig legte er ihr die Hände um den Po. »Hör auf zu reden.«

Lachend rollte Brody sie auf den Rücken und bedeckte ihren Körper mit seinem. Er küsste sie und ließ sich Zeit, um ihren Körper zu streicheln und zu erkunden.

Er versuchte, langsam zu machen, doch als sie ihre Beine öffnete, brauchte er keine weitere Aufforderung mehr. Er legte sich dazwischen und drang in sie ein. Sie war so eng. Feucht.

Und beinahe wäre er augenblicklich gekommen. Aber er wartete, bis sie sich dehnte und ihn ganz aufnahm. Sie hatte gesagt, dass sie wählerisch gewesen war, und die Enge war mehr als genug Bestätigung dafür. Vielleicht würde er sie fragen, wenn sie sich besser kannten, aber im Moment war ihm nur wichtig, sich in ihr zu bewegen und es auszukosten. Es sollte perfekt für sie sein.

Sie stöhnte, strich ihm mit den Händen über den Rücken und umfasste sein Gesäß. »Wenn du noch langsamer machst, trifft mich der Schlag.«

Diesmal lachte er nicht, sondern gab dem eigenen Bedürfnis nach. Immer schneller wurden seine Stöße, während ein feiner Schweißfilm beide bedeckte. Als sie seinen Namen stöhnte und ihr Körper sich unter ihm verkrampfte, gab er alle Beherrschung auf und kam.

Jos Herz hämmerte in ihrer Brust. Brody lag auf ihr, den Kopf in ihrer Halsbeuge vergraben. Sein Atem war warm und ging schwer. Ihr Körper war entspannt, ihre Sinne gesättigt. Sie wagte kaum, darüber nachzudenken, was sie getan hatten. In Gefühlsdingen war sie nie ein Risiko eingegangen – nur wegen ihm. Und hier war sie nun und ging das größte Risiko überhaupt ein.

Sie zeichnete Kreise auf seinen Rücken und fragte sich, ob er wohl bald zur zweiten Runde bereit sein würde.

Als hätte er ihre Gedanken gelesen, sagte Brody: »Mädel, du hast mich fertiggemacht.« Lachend rollte er sich von ihr herunter und auf die Seite.

»Gut zu wissen, dass ich es draufhabe.«

Er legte sich auf den Rücken und schloss die Augen. »Kein Zweifel. Du hast es drauf.«

Neckend sagte sie: »Du bist auch nicht so übel.«

Er öffnete ein Auge und sah sie an. »Nicht so übel?«

Jo stieg die Röte ins Gesicht. »Na schön, sehr, sehr gut.«

Er schüttelte den Kopf. »Ein anspruchsvolles Publikum.«

Im Überschwang der Leidenschaft hatte sie keinerlei Scham empfunden oder überhaupt viel gedacht. Sie hatte einfach reagiert. Doch jetzt, als das Feuer abkühlte, übernahm die Vernunft wieder die Zügel.

Als sie nicht antwortete, streichelte er ihren flachen Bauch. Seine Miene war ernst. »Es war toll für dich, oder?«

Wenn er sie mit dieser Intensität ansah, fiel es ihr schwer, einen klaren Gedanken zu fassen. »Ja.«

»Ja, was?«, half er ihr weiter.

»Es war toll.«

Zufrieden nickte er. »Schon besser.«

»Werd ja nicht übermütig, Cowboy!«

Er zwinkerte ihr zu. »Ein kluger Mann kennt seine Talente.«

Das unbeschwerte Geplänkel musste gegen die alten Bilder bestehen, die immer noch wie von selbst in ihr aufstiegen. Als sie sich das letzte Mal an ihn gekuschelt hatte, hatte sie geglaubt, einen fehlenden Teil ihrer Seele gefunden zu haben. Diesmal nahm sie das, was zwischen ihnen geschehen war, als etwas Flüchtiges – großartig, aber flüchtig. Und sie würde nicht ihr Herz verlieren.

Sie stützte sich auf die Ellbogen und war sich bewusst, dass ihre Haare jetzt über ihre Brüste fielen. »Ich bin am Verhungern.« Sie wollte sich anziehen und etwas anderes tun, als nackt und verletzlich neben ihm zu liegen. »Ich könnte Nudeln machen. Willst du auch welche?«

Als sie sich aufsetzte, ließ er träge die Finger über ihren Rücken gleiten. »Klingt gut.«

Er hielt ihre Hand fest, als sie Anstalten machte, zum Bettrand zu rutschen. »Jo, ich möchte, dass du vorsichtig bist.«

»Dafür ist es ein bisschen spät.« Seine rauen Fingerspitzen streiften über die Unterseite ihrer Finger, als sie ihm die Hand entzog. Ihre Kleider zusammenzusuchen erwies sich als ein wenig schwieriger. Ihr Shirt lag auf dem Boden, aber ihre Hose war mit der Tagesdecke verknäult. Und ihr Slip … sie hatte keine Ahnung, wo der gelandet war. Sie schnappte sich die Hose und rollte sich seitlich vom Bett herunter, fort von Brody. Nachdem sie die Hose rasch übergezogen hatte, ging sie auf die andere Bettseite und holte ihr Shirt. Sie schlüpfte hinein, ohne sich mit dem BH abzugeben.

»Ich meine, im Allgemeinen.« Sein Gesicht hatte sich verdüstert, wie immer, wenn er im Dienst war.

»Habt ihr eigentlich das zweite Opfer identifiziert?«

»Ja.«

Sie zog die Brauen zusammen und setzte sich auf den Bettrand. »Wieso hast du mir das nicht gesagt?«

»Ich wollte nicht, dass du dich ängstigst.«

Gereiztheit stieg in ihr auf, doch als sie aufstehen wollte, griff er nach ihrer Hand und hielt sie fest.

Sie versuchte, sich ihm zu entwinden, doch er hielt ihre Hand fest. »Ich bin kein Kind, Brody. Ich kann mit schlechten Nachrichten umgehen.«

Brody setzte sich auf. Auf Brust und Unterarmen hatte er hellbraunes Haar. Um das rechte Knie zog sich eine C-förmige Narbe, und auf dem rechten Bizeps trug er eine Tätowierung der Marines. »Es geht nicht darum, womit du umgehen kannst.«

»Worum dann?«

»Es ist meine Ermittlung. Ich gebe nur weiter, was ich muss.« Seine Lippen wurden schmal.

Er würde in diesem Punkt keine Kompromisse machen, das wusste sie. Sie konnte es entweder zum Problem machen oder akzeptieren, dass der Fall für Brody erste Priorität hatte. »Wer war es?«

»Wie ich dir schon früher gesagt habe. Eine junge Prostituierte.«

»Wie hieß sie?«

Die Frage überraschte ihn. Und sie begriff, weshalb. Die meisten Leute fragten nicht weiter, wenn sie das Wort »Prostituierte« hörten. Aber Jo hatte schon mit vielen dieser Mädchen zu tun gehabt.

»Hanna Metcalf.«

Sie legte den Kopf schräg. »Blond. Schlank. Mochte gerne lila?«

Sein Blick wurde durchdringend. »Ja. Woher weißt du das?«

»Sie kam manchmal zu einer Gruppe, die ich montagabends leite. Ich habe sie schon eine Weile nicht mehr gesehen, aber das ist nicht weiter ungewöhnlich. Diese Mädchen kommen und gehen.«

»Du kanntest Hanna und warst an der Suche nach Christa beteiligt.«

»Ja.«

Er fluchte leise. »Das gefällt mir gar nicht, Jo.«

»Er ist irgendwo da draußen und kommt immer näher.«

»Ja.« Er stand auf und zog sich an. »Was kannst du mir über Hanna erzählen? Ihr Onkel wusste nicht viel.«

Jo schüttelte den Kopf, als die Trauer um das verstorbene Mädchen in ihr aufstieg. »Sie ist von zu Hause weggelaufen. Dieser Onkel, mit dem du gesprochen hast, war der Grund dafür. Sie kam zwar nicht regelmäßig, aber wenn sie da war, fiel mir auf, dass sie alles wörtlich nahm. Wenn sie nervös war, katalogisierte sie Fakten. Vermutlich eine milde Form des Asperger-Syndroms.«

»Hat sie je mit dir über ihre Kunden gesprochen?«

»Keines der Mädchen redet in der Kirche über die Arbeit. Das ist ihre Gelegenheit, mal alles hinter sich zu lassen. Die Chance, Jugendliche zu sein.«

»Diese Mädchen im Sportcenter. Haben von ihnen welche Hanna gekannt?«

»Klar.«

»Könnte ich mit ihnen sprechen?«

»Nächsten Montag findet ein Treffen statt.«

»Vorher kannst du sie nicht kontaktieren?«

»Ich könnte es versuchen. Aber das ist, als wollte man Katzen zusammentreiben. Die Mädchen kommen und gehen, aus den verschiedensten Gründen. Allerdings gibt es einen festen Kern, der immer dabei ist. Von denen könnte ich ein paar anrufen.«

»Okay.« Seine Muskeln spannten sich, als sein Geist auf Hochtouren arbeitete. »Besteht die Möglichkeit, dass du vorerst bei deiner Mutter oder deiner Schwester wohnst?«

»Ich gehe nicht von meinem Haus weg.«

»Du vermutest doch schon, dass Dayton hier war.«

»Gleich morgen früh rufe ich eine Sicherheitsfirma an. Ich lasse mir eine Alarmanlage einbauen.«

»Ich kann meine Beziehungen spielen lassen, dann geht es schneller.«

»Danke.«

»Es wäre besser, wenn du mit jemandem zusammenwohnen würdest.«

Sie schüttelte den Kopf. »Nicht mit meiner Mutter oder meiner Schwester.«

»Ich will nicht, dass du alleine hierbleibst.«

»Ich bin dir zwar dankbar für deine Hilfe, Brody, aber du bist nicht mein Chef.«

»Jo.« Es klang bedrohlich.

»Nichts Jo. Ich passe schon lange selbst auf mich auf und bin immer sehr gut klargekommen.«

»Jo«, sagte er und zögerte. »Du bedeutest mir etwas.«

Sie schüttelte den Kopf. »Lass das.«

»Was soll ich lassen?«

»Das, was passiert ist, zu etwas Persönlichem zu machen.« Das mochte es vielleicht für den Bruchteil einer Sekunde gewesen sein, aber dieser Moment war vorbei.

»Mir kam es ziemlich persönlich vor, Jo.« Er steckte das Hemd in den Hosenbund und musterte sie, als wäre sie die Hauptverdächtige in einer Mordermittlung.

»Machen wir uns nichts vor, Brody. Das hier ist nicht für immer. Es war für heute. Es war toll. Bei mir war es weiß Gott lange her, und ich hatte ganz vergessen, wie schön es ist, einen Mann zu berühren. Aber wir wissen doch beide, dass das zwischen uns nur mit dem Baby von Dauer gewesen wäre. Lass es uns als das genießen, was es war.«

Sein Stirnrunzeln vertiefte die Linien in seinem Gesicht. »Als schnelle Nummer?«

Ein Schauer ließ sie frösteln und nahm die letzte Glut mit. »Bei dir klingt das billig.«

»Nein, bei dir klingt es billig.«

Sie verschränkte die Arme vor der Brust. »Letztes Mal wolltest du nichts Dauerhaftes.«

»Inzwischen bin ich sechsunddreißig. Ich habe mich verändert.«

»Was meinst du damit?«

»Ich wollte dich schon, als ich dich an dieser Kletterwand gesehen habe. Hab mehr an dich gedacht, als gut für mich war.« Einen Moment wirkte sein Gesicht angespannt. »Ich dachte, wir könnten es vielleicht versuchen.«

»Es versuchen?«

»Im Moment gibt es keine Garantie auf etwas Dauerhaftes. Das verstehe ich. Aber ich mag dich. Ich respektiere dich. Wieso können wir nicht einfach abwarten, was daraus wird?«

Sie schüttelte den Kopf. »Brody, ich glaube nicht, dass das klug ist.«

Er trat einen Schritt auf sie zu, wobei er sich zu seiner vollen Körpergröße aufrichtete. »Also ich fand ja immer, dass du mir zwar bei der Bücherintelligenz überlegen bist, ich dich aber bei der Alltagsintelligenz in die Tasche stecke.«

»Bei dir hört sich das an, als wäre ich eine weltfremde Streberin.«

Er fasste nach dem Saum ihres Shirts und drehte den weichen Stoff zwischen Daumen und Zeigefinger. »Ich glaube, du hast die Nase zu viel in Bücher gesteckt und bist ein bisschen übervorsichtig.«

»Übervorsichtig? Ja, da hast du recht. Was dich angeht, bin ich übervorsichtig. Ich will dich nicht anlügen. Das letzte Mal war zu heftig für mich, Brody. Ich will nicht noch einmal so verletzt werden.«

Er zog sie ein bisschen näher zu sich heran. »Ich will dich nicht verletzen.«

»Das wolltest du schon damals nicht, denke ich. Du warst nur du. Genau, wie du mir auch nichts von Hanna erzählt hast. Für dich kommt die Arbeit an erster Stelle. Und das ist in Ordnung so.«

»Du verwechselst mich mit dem Einundzwanzigjährigen.«

»Dieser Junge war nicht durch und durch schlecht. Er hat mich geheiratet, als ein anderer mich womöglich hätte sitzen lassen. Er hat sein Kind nie verleugnet. Er ist zu den Marines gegangen, um für das Kind sorgen zu können. Na schön, manchmal war sein Verhalten beschissen, aber immerhin hat er sich dem Problem gestellt.«

Er hob die Hände. »Hör sofort auf damit.«

»Womit?«

»Hör auf, so viel über die Vergangenheit nachzudenken. Hier geht es um die Gegenwart. Nicht um gestern oder morgen, und im Moment will ich, dass du in Sicherheit bist.«

Sie zog die Augenbrauen hoch. »Ich werde meine Meinung nicht ändern, Brody.«

Er lächelte verschmitzt. »Erst mal würde ich einfach gern zusammen etwas essen. Ich habe Hunger. So viel Verpflichtung ist okay, oder?«

»Klar.« Sie musterte ihn sekundenlang, bevor sie sich von ihm löste und sich fragte, ob sie gerade hereingelegt worden war.

Sadie schüttelte die Benommenheit der Medikamente ab, die dieses Schwein ihr verabreicht hatte. Er wollte, dass sie ruhig und fügsam war, und hatte ihr Tabletten und Whisky aufgezwungen, bis sie zu betäubt war, um Widerstand zu leisten. Auf der Straße hatte sie reichlich Hässliches gesehen, doch sie befürchtete, dass ihr das Schlimmste erst noch bevorstand.

Sie griff nach der Kette, die sie mit dem Bein an einen Haken fesselte, der in den Holzboden eingelassen war, und zog fest daran, aber die Kette gab nicht nach. Auf der anderen Seite des Zimmers sickerte das Mondlicht durch einen Vorhang herein. Nach der Helligkeit des nächtlichen Himmels zu schließen, befanden sie sich weitab von jeder Stadt.

Draußen näherten sich Schritte. Ihr Herz setzte kurz aus, und neue Furcht stieg in ihr auf. Sie legte sich zurück, schloss die Augen und versuchte, ruhig zu atmen, so als würde sie schlafen. *Lass mich in Ruhe. Lass mich in Ruhe.*

Die Schritte kamen auf ihre Tür zu, und sie hörte, wie ein

Handy klingelte. Die Schritte hörten auf. Er fluchte, zögerte kurz und meldete sich dann mit einem freundlichen »Hallo«.

Sadie öffnete die Augen und sah den Schatten seiner Füße vor der Türritze, wo er stand.

Der Mann dort draußen veränderte mehrmals seine Haltung, und sie hörte ihn reden. »Ich freue mich darauf. Und passt es Ihnen morgen?« Wieder eine Pause, dann ein freundliches »Wunderbar. Bis dann.«

Sein Handy schnappte zu, und wenige Sekunden darauf drehte sich der Schlüssel im Türschloss. Sie drückte den Rücken in die Ecke, hielt den Atem an und lag so ruhig und reglos da, wie sie konnte. Doch ihre Gedanken überschlugen sich, und ihr Herz klopfte wie wild.

In dem Licht hinter der Tür, das auf sein Gesicht fiel, sah sie die dunklen Stoppeln auf seinem Kinn und das dichte Haar, das ihm ins Gesicht fiel, als er, den Blick nach unten gewandt, nach der Kette um ihren Fußknöchel griff und das Schloss öffnete. Er gab ihr einen Klaps auf das Hinterteil. »Aufwachen, Prinzessin. Wird Zeit, dass wir die Sache über die Bühne bringen.«

Zuerst rührte sie sich nicht und hoffte immer noch wider alle Vernunft, dass er wieder gehen würde. Doch er packte sie am Arm, quetschte ihn zwischen den schwieligen Fingern und zerrte sie auf die Beine. Gezwungen, die Augen zu öffnen, sah sie ihn verschwommen vor sich stehen.

Er grinste und packte ihr Gesicht grob mit beiden Händen. »Zeit zum Spielen. Zeit zum Spielen.«

»Was wollen Sie? Geht es um die Lieferung an Daddy, die ich letzte Woche übernommen habe?«

Er schmunzelte. »Nein. Das hier hat nichts mit irgendeinem von den Leuten zu tun, die du kennst.«

»Wieso dann?«

»Es ist mein Ding.«

Sie starrte in die entschlossenen, dunklen Augen. »Sie haben nach Jo gefragt.«

»Ja.«

»Woher kennen Sie sie?«

»Sie ist meine Schwester.«

»Niemals.«

»Glaub es ruhig.«

Sie sah ihm lange in die dunklen Augen. »Sie brauchen das nicht zu tun.«

Ohne ihr zu antworten, hob er sie auf und trug sie hinaus. Der Himmel war klar, die Sterne hell. Sie hatte recht gehabt mit ihrer Vermutung, dass sie sich mitten im Nirgendwo befanden. Wegen der Medikamente schien sich alles zu drehen, und sie dachte, sie würde sich übergeben müssen.

»Bitte lassen Sie mich runter.«

Schweigend trug er sie eine kurze Strecke, bevor er sie in den Kofferraum legte. Er lächelte sie an, dann schlug er den Deckel zu und schloss sie in der Dunkelheit ein.

Der faulige Geruch im Kofferraum brachte sie zum Würgen. Die Fahrt verging wie im Nebel. Es rumpelte, Reifen knirschten über Kies, und Erde wurde hochgeschleudert. Sie versuchte, wach zu bleiben, doch die Medikamente taten ihre Wirkung, und sie verlor das Bewusstsein.

Als Sadie erneut aufwachte, drückte ein Gewicht auf ihre Brust und erschwerte ihr das Atmen. Sie zerrte an dem Seil, das ihre Arme an ihre Brust fesselte. Als sie den Kopf hob, begriff sie, dass sie in einem Grab lag und er sie lebendig begrub. Sie schrie, doch die Nacht verschluckte alle Geräusche. In der Ferne heulte ein Kojote.

»Sie brauchen das nicht zu tun! Kommen Sie schon, Mister, bitte! Ganz gleich, was ich falsch gemacht habe, ich mach's wieder gut!« Die kalte, klamme Erde verursachte ihr eine Gänsehaut, und sie wand die Schultern, um die Erde loszuwerden, als wären es tausend Käfer, die auf ihr herumkrabbelten.

Er stieß die Schaufel in einen Erdhügel und lud Erde darauf. Dann drehte er sich um und bedeckte langsam ihren Körper damit. Er hatte es nicht eilig. Er genoss es. »Du kannst zappeln, soviel du willst, das ändert gar nichts. Meine Knoten sitzen fest.«

Diesmal schaufelte er mehr Erde auf ihre Füße und ihre Brust; das Gewicht drückte sie tiefer nach unten und machte das Atmen mühsam. Ihre Nase verstopfte.

Sadie warf den Kopf hin und her. »Mister, Sie brauchen das nicht zu tun. Wenn ich irgendwas falsch gemacht habe, mach ich es wieder gut.«

Er warf die Erde auf ihre Brust und ihr Gesicht. Ihre Nase füllte sich weiter, und sie nieste mehrmals, um die Nasenlöcher freizubekommen.

»Ich wünschte, mein Vater könnte mich jetzt sehen«, sagte er. »Er wäre stolz auf mich.«

Sie spuckte Erde aus. »Es würde ihm nicht gefallen. Ganz sicher nicht.«

Sein Lächeln war sanft. »Doch, er wäre stolz.«

»Jo fände es furchtbar!«

»Ich weiß. Sie würde es nicht verstehen.«

Ein Klumpen Erde traf sie ins Gesicht und landete auf ihren Augen und ihrer Nase. Sie versuchte, die Erde abzuwerfen, aber immer mehr davon fiel auf ihr Gesicht, bis sie kaum noch Luft bekam.

Die Medikamente konnten die Panik nicht dämpfen, die jetzt wie ein Rasiermesser durch sie hindurchschnitt. Als noch mehr Erde sie im Gesicht traf, war ihr letzter Gedanke, dass sie ein Niemand war. Es würde keine Kavallerie kommen. Es gab keine Rettung in letzter Minute. Sie war verloren, für immer.

19

Mittwoch, 17. April, 11:00 Uhr

Eigentlich hätten Luke und Tommy in der Schule sein sollen. Heute fand die Zwischenprüfung in Geschichte statt. Aber nach einem langen, kalten Winter war das warme Wetter allzu verlockend gewesen. Beide sprachen schon länger davon, die Schule zu schwänzen und am Sweeney Lake angeln zu gehen, und als Luke gestern Abend die Wettervorhersage gehört hatte, hatte er beschlossen, dass heute der große Tag sein würde. Heute würden sie blaumachen. Er hatte es Tommy nicht schon am Vorabend gesagt, denn der konnte ein anständiges Geheimnis nicht für sich behalten. Er hatte bis zum Morgen gewartet, als er wusste, dass Tommy seinen Bagel aß und wie immer Cartoon Network schaute.

Heute ist es so weit!

Tommy hatte gelacht, als er die Nachricht gesehen hatte. Er hatte Angst bekommen. War nervös geworden. Beinahe hätte er Nein gesagt, aber dann war Lukes nächste Nachricht gekommen. *Kneifst du?*

Tommy hatte gelacht und gewusst, dass er keinen Rückzieher machen konnte. Schließlich redeten sie schon seit Monaten von diesem Tag. Also hatte er seiner Mom einen Abschiedskuss gegeben, seinen Lunch genommen und hatte das Haus verlassen, so als wollte er den Schulbus nehmen. Luke hatte ihn an der Ecke im Pick-up seines älteren Bruders abgeholt, und sie waren losgefahren, raus aus der Stadt.

Jetzt saßen sie an dem Steg, der in den See hineinragte, und keiner von ihnen hätte sich einen perfekteren Tag vorstellen können.

Tommy warf seine Angelschnur ins Wasser. »Was glaubst du, was die armen Schweine in der Schule jetzt gerade machen?«

Luke schloss die Augen, legte den Kopf nach hinten und ließ sich die Sonne ins Gesicht scheinen. Er hatte seine Angel zwischen die Latten des Piers geklemmt. »Auf die Uhr starren und die Sekunden bis zum Mittagsgong zählen.«

Tommy lachte. »Wenn die uns jetzt sehen könnten.«

Luke knurrte der Magen, als er an das Mittagessen dachte. Die Schulbrote seiner Mutter hatte er bereits aufgegessen und hatte immer noch Hunger. »Wir sollten uns ein paar Burger holen.«

»Verdammt, Mann, wir haben uns doch gerade erst hingesetzt. Wir werden bestimmt bald ein paar Fische fangen.«

Luke richtete sich auf und schaute über die kühle, klare Oberfläche des Sees. »Die werden wir wieder reinwerfen. Essen können wir sie ja schließlich nicht.«

Tommy drehte an der Kurbel seiner Angel. »Du kannst immer nur ans Essen denken.«

Luke zuckte mit den Schultern. »Und an Sex mit René Rogers. Mann, ich würd was drum geben, an ihren Titten zu lutschen.«

Lachend griff Tommy in seine Tasche nach der Dose mit dem Kautabak. »Ich würde auf jeden Fall was dafür bezahlen, diese Titten zu sehen. Glaubst du, die sind echt, oder ist alles ausgestopft?«

»Meine Schwester hat gesagt, sie sind echt.«

»Verdammt.«

»Ja. Ich weiß.«

Tommy zog etwas Tabak aus der silbernen Dose und schob

ihn sich in die Backentasche. Er hielt die Dose Luke hin, der es ihm gleichtat.

Mehrere Minuten vergingen, bevor Tommy seine Angelschnur etwas weiter einholte. Diesmal straffte sie sich. »He, ich hab was gefangen.«

Luke gähnte. »Schnapp dir den Kerl und wirf ihn wieder rein, dann können wir uns was Richtiges zu essen holen.«

Tommy holte die Angelschnur noch weiter ein. Etwas Schweres zog an ihr. »Ja, klar. Bring deinen Hintern hoch und hilf mir.«

Luke dehnte seine Arme, dann griff er nach dem Netz, bereit, einen Fisch aus dem Wasser zu holen.

Die Angel ächzte und bog sich durch, und ein paarmal musste Tommy die Schnur lockerer lassen, weil er befürchtete, sie würde reißen. »Das muss ja ein Wahnsinnsfisch sein.«

Lukes Miene wirkte jetzt etwas weniger gleichgültig. »Ich hab gehört, dass es hier im See Zwanzigpfünder gibt.«

»Cool. So einen fange ich.«

Luke zog sein Handy aus der Gesäßtasche. »Dann mache ich ein Foto und poste es.«

»Klar. Damit jeder Blödmann im County weiß, dass wir geschwänzt haben.«

»Du hast recht. Ich poste es am Samstag.«

Tommys Angelschnur spannte sich, bis sie kurz vor dem Zerreißen war. »Guter Plan.«

Luke beugte sich über den Steg und blickte zum Ende von Tommys Angelschnur, die unter Wasser gezogen wurde, als würde sie an einem Anker hängen. »Verdammt, ist das so was wie das Ungeheuer der Schwarzen Lagune?«

»Scheiße. Du könntest recht haben.«

Luke sah zu, wie Tommy sich abmühte und die Angelschnur sich immer mehr spannte. »Das kann kein Fisch sein.«

»Vielleicht ist es ja ein alter Reifen.«

Tommy runzelte die Stirn. »Ich glaube, ich sehe was.«

Luke starrte auf die Wasseroberfläche und das schwarze Ding, das da von unten emporschwebte. Er legte sich bäuchlings auf den Steg und angelte mit der Hand nach dem Gegenstand. Seine Finger ertasteten nassen Stoff. »Es ist eine Tasche.«

Tommy verzog das Gesicht, während er rückwärtsging und die Tasche näher an den Steg heranzog. »Schau mal, ob du an sie herankommst.«

Luke griff nach vorn, bekam den Stoff zu fassen und zog die klatschnasse Tasche auf den Steg.

Ein Wasserschwall ergoss sich, als Tommy den Angelhaken von der Tasche löste. »Was zum Teufel ist das?«

Lukes Herz klopfte aufgeregt. »Glaubst du, da ist lauter Geld drin oder so?«

»Das wäre der Wahnsinn. Aber sie riecht beschissen.«

»Keiner wirft so eine Tasche in einen See, ohne was verstecken zu wollen.«

»Geklautes Geld zum Beispiel.« Sein Grinsen gefror. »Oder vielleicht eine Leiche.«

Luke lachte. »Ja, klar. Scheiße, Mann, kein Mensch wirft eine Leiche in den Sweeney Lake. Das ist so ungefähr der spießigste See auf der ganzen Welt.«

Tommy presste die Lippen zusammen. »Okay, aber wer würde Geld reinwerfen?«

»Weiß ich nicht. Aber so oder so ist es eine Wahnsinnsgeschichte.«

Tommy legte die Angelrute beiseite und wischte sich die Hände an seinen Jeans ab. »Mach sie auf und lass sehen.«

»Mach du sie doch auf.«

»Ich hab sie gefangen.«

»Und ich hab sie rausgezogen.«

Tommy stieß einen Seufzer aus. »Du bist so ein Weichei.« Er kniete sich hin und griff nach dem Reißverschluss, nur um festzustellen, dass er mit einem Stück Plastik gesichert war.

Luke zog ein Messer aus der Gesäßtasche. »Ziemlich übertrieben.« Mit einer raschen Bewegung durchtrennte er das Plastik mit dem Messer und zog den Reißverschluss auf.

Tommy schaute für einen Sekundenbruchteil in die Tasche und wich zurück. »Scheiße!«

Luke beugte sich über seine Schulter und sah ebenfalls hin. »Verdammt!«

In der Tasche steckte der kopflose, in Plastikfolie eingewickelte Torso einer Frau. Ihre Arme und Beine fehlten, ihre Haut bestand aus einer grau-weißen Textur, und sie ähnelte eher einer Requisite aus einem Horrorfilm als etwas Menschlichem.

Beide Jungen stolperten hastig und sich gegenseitig anrempelnd vom Steg herunter und stürzten auf das trockene Land zu.

Tommys Atem ging so heftig, dass er beinahe hyperventilierte.

Luke drehte sich zur Seite und erbrach die Brote, die er gerade gegessen hatte.

Brody kam nach ein Uhr am Sweeney Lake an. Der unbewaldete Landstrich um den See wimmelte von Streifenwagen mit blinkendem Blaulicht, und der Steg war mit dem gelben Plastikband der Kriminalpolizei abgesperrt.

Er war verärgert gewesen, als man ihn vom Schreibtisch wegholte, wo er den Vormittag hauptsächlich damit verbracht hatte, alles über Dayton zu lesen und dessen Vergangenheit zu recherchieren. Er hatte keinerlei Verbindung zwischen Smith und Dayton gefunden. Die Beweislage gab keine Beziehung zwischen den beiden Mördern her, aber deswegen konnte Dayton trotzdem hochgefährlich sein. Die Austiner Polizei war überzeugt, dass er seine Frau umgebracht hatte, es gab nur keinen Beweis dafür.

Bevor er Jo heute Morgen verlassen hatte, hatte sie ihm versprechen müssen, dass sie ihn anrufen würde, falls sie Dayton sah. Ganz gleich, wie harmlos die Umstände waren. Falls sie ihn sah, sollte sie Brody anrufen.

Brody setzte den Hut auf und ging über das offene Gelände zu Santos hinüber. »Wieso der Anruf?«

Santos kniff die Augen gegen das Sonnenlicht zusammen, das sich im See spiegelte. »Du hast gesagt, du wolltest sämtliche Informationen, die ich zu Dayton finde.«

Hinter Santos hoben ein paar Angestellte einen schwarzen Leichensack auf eine Bahre. »Sie haben Sheila Dayton gefunden.«

Er verzog den Mund zu einem halben Lächeln, in dem keinerlei Humor lag. »Scheint so.«

»Ich habe gehört, alles, was die Jungs gefunden haben, war ein Torso.«

»Mit einem speziellen Tattoo auf dem rechten Schulterblatt. Zwei Schmetterlinge und dazu die Initialen SD.«

»Sheila Dayton.«

»Die DNA muss noch überprüft werden, aber im Moment sieht es ganz danach aus, dass wir sie gefunden haben.«

»Sie galt seit zwei Monaten als vermisst.«

»Ende Februar verschwunden.«

»Hat schon jemand Dayton benachrichtigt?«

Santos schüttelte den Kopf. »Ich habe die lokale Dienststelle gebeten, mit der Benachrichtigung noch zu warten. Hab mir gedacht, dass wir vielleicht dabei sein wollen.«

Brody ballte die rechte Hand wie vor einem Faustschlag. »Ich will dabei sein.«

»Dachte ich mir.«

Mit Santos im Schlepptau, der ihm in seinem eigenen SUV folgte, fuhr Brody zu Daytons Praxis. Schon seit dem Vorabend brannte er darauf, sich den Kerl vorzuknöpfen. Doch so gerne er auch Hackfleisch aus ihm gemacht hätte, er würde ruhig bleiben. Das schuldete er Jo und auch Sheila Dayton.

Er und Santos stiegen aus und betraten das Ärztehaus. Daytons Praxisräume befanden sich im dritten Stock, und bald standen sie bei ihm in der Praxis und zeigten der Sprechstundenhilfe ihre Dienstmarken vor.

Schnell kam Dayton aus einem Untersuchungszimmer. Er trug eine Anzughose, ein weißes Herrenhemd mit hochgekrempelten Ärmeln und eine gelockerte rote Krawatte. »Ranger. Ich kann nicht behaupten, dass ich mich freue, Sie zu sehen. Mein Gefühl sagt mir, dass Sie keine guten Nachrichten bringen.«

»Wieso glauben Sie das?«

»Die Ranger kommen nie einfach so zu Besuch.«

»Können wir irgendwo ungestört sprechen?«, fragte Brody.

Dayton zog besorgt die Brauen zusammen. »Im Besprechungszimmer.«

Unter den aufmerksamen Blicken der Sprechstundenhilfe folgten Brody und Santos Dayton in ein kleines Beratungszimmer. Es war genauso luxuriös wie der Rest der Praxis und enthielt einen langen Konferenztisch aus Mahagoniholz, um den zwölf Polsterstühle standen. Die rückwärtige Wand wurde von einem Flachbildfernseher dominiert, und auf dem schimmernden Buffetschrank darunter standen eine Karaffe und Gläser aus Kristallglas.

»Setzen wir uns«, sagte Brody. Er beobachtete Daytons Körpersprache und suchte nach den grundlegendsten Anzeichen der Täuschung – nervös verkrampfte Finger, ein ausweichender Blick, Schweiß oder beschleunigter Atem. Er konnte nichts von alldem entdecken. Dayton war ruhig und gefasst.

Daytons Miene wurde grimmig. »Ich stehe lieber.«

Hätte es sich um jemand anderen gehandelt, wäre Brody mit ihm oder ihr ein wenig nachsichtiger umgegangen. Die Nachricht, die er überbringen musste, war starker Tobak. Aber dieser Hurensohn war zu weit gegangen, als er ein perverses Interesse an Jo gezeigt hatte.

Brody machte es kurz. »Wir haben heute im Sweeney Lake den Torso einer Leiche gefunden. Kein Kopf. Weder Arme noch Beine. Aber die Leiche weist ein Schmetterlingstattoo auf, das genau dem Ihrer Frau entspricht.«

Dayton blinzelte und schloss die Augen. Seine Hände ballten sich zu Fäusten, als müsste er mühsam um Fassung ringen. Dann begegnete er Brodys Blick. »Sie haben nichts als ein Tattoo?«

»Der Gerichtsmediziner führt heute einen DNA-Test durch, und wir dürften schon bald ein eindeutiges Ergebnis haben. Aber das Tattoo ist praktisch unverwechselbar.«

Dayton zog sich einen Stuhl heran, setzte sich und vergrub das Gesicht in den Händen. »Ich war mir ganz sicher, dass man sie lebend finden würde. Ich dachte, sie wäre weggelaufen, wie sie es früher immer gemacht hat.«

Brody hatte in seinen drei Jahren als Ranger und DPS-Officer viele Tränen gesehen. Einige waren ihm zu Herzen gegangen. Andere hatten ihn kaltgelassen. Daytons Tränen weckten keinen Funken Gefühl bei ihm. »Wann haben Sie Ihre Frau zum letzten Mal gesehen?«, fragte Brody.

Zuerst schien es, als hätte Dayton ihn gar nicht gehört, doch er zog ein Taschentuch aus der Hosentasche und wischte sich die Tränen ab. »Ich weiß ja, dass Sie diese Fragen stellen müssen. Sie wollen Sheila nur helfen. Aber im Moment bin ich kaum in der Lage, einen klaren Gedanken zu fassen.«

»Sie werden sich zusammenreißen müssen, Dayton.«

Mit geröteten Augen schaute er Brody an. »Wie oft muss ich diese Fragen denn noch beantworten? Ich kann gar nicht mehr zählen, wie oft ich schon mit der Polizei geredet habe.«

»Ich werde weiter Fragen stellen, bis der Mörder dingfest gemacht ist.«

»Ich habe den Cops doch von ihrem geheimnisvollen Liebhaber erzählt. Nach dem sollten Sie suchen.«

Santos zog einen Notizblock aus der Brusttasche und blätterte durch seine Aufzeichnungen. »Ihnen zufolge war der Mann ein Obdachloser. Über einen Meter fünfundachtzig groß. Ende zwanzig.« Santos blickte von seinen Notizen auf. »Die Polizei von Austin hat niemanden gefunden, auf den diese Beschreibung passt.«

»Das heißt noch lange nicht, dass er nicht da draußen herumläuft.« In den Worten lag keine Spur von Frustration oder Zorn, so als wären sie schon allzu oft einstudiert und ausgesprochen worden.

Brody schüttelte den Kopf und verschränkte die Arme vor der Brust. »Wäre schön gewesen, ihn zu finden.«

»Wäre schön gewesen, meine Frau lebend wiederzufinden«, blaffte Dayton. »Sie beide haben mir jetzt die Nachricht von ihrem Tod überbracht, okay. Aber ich bin nicht bereit, mich noch einmal durch die Mangel drehen zu lassen. Nicht heute. Nicht jetzt. Ich muss trauern.«

Brody applaudierte. »Das war eine prächtige Vorstellung, Dr. Dayton. Diese Hollywoodschauspieler sind nichts gegen Sie.«

Daytons Augen verengten sich. »Ihr Tonfall gefällt mir nicht, Ranger Winchester.«

»Das ist bedauerlich, er wird nämlich noch sehr viel unfreundlicher werden. Ich werde erst aufhören, wenn ich bewiesen habe, dass Sie Ihre Frau umgebracht haben.«

Dayton hob das Kinn und kniff die Augen zusammen. »Ich muss meinen Anwalt anrufen.«

»Soweit ich weiß, wollte er Ihren Fall nicht übernehmen. Das Gutachten über Sie hat ihm nicht gefallen. Aber da draußen gibt es jede Menge Anwälte, die nicht so eigen sind, wenn es darum geht, wen sie vertreten.«

Bei dem Wort »Gutachten« weiteten sich Daytons Augen ein wenig. »Ich weiß doch, wie die Polizei arbeitet. Sie picken sich einen Verdächtigen heraus und preschen dann mit Scheuklappen vor.«

Brody ließ nicht locker. »Es ist nur eine Frage der Zeit, bevor ich nachweise, dass Sie schuldig sind.«

Daytons Gesicht verfinsterte sich. »Sie können nicht beweisen, was nicht wahr ist.«

»Das Gutachten über Sie besagt, dass sie zu kaltblütigem Mord imstande sind.« Natürlich hatte er es nicht gelesen. Jo hätte ihre Schweigepflicht niemals verletzt. Aber er wollte sämtliche Knöpfe drücken, damit Dayton die Kontrolle verlor und sich verriet.

Dayton biss die Zähne zusammen. »Ich lasse mich nicht zum Sündenbock machen, nur weil ich Ihnen nicht in den Kram passe. Und jetzt verlassen Sie bitte das Gebäude.«

Brody lächelte. »Ich habe mit der Gerichtsmedizinerin gesprochen, die vor Ort war. Ihrer Meinung nach hat derjenige, der Sheila Arme und Beine abgeschnitten hat, eine Metallsäge verwendet. Das Sägeblatt kann nicht besonders scharf gewesen sein, weil es jede Menge von ihrer Haut mitgenommen hat. Der Kopf wurde ihrer Meinung nach mit einer Axt abgetrennt.« Brody schüttelte den Kopf. »Eine Riesenschweinerei.«

Daytons Gesicht verkrampfte sich. »Herrgott, Mann, kennen Sie denn keinerlei Skrupel?«

Brody löste die vor der Brust verschränkten Arme und ließ geistesabwesend die Hand zu seiner Gürtelschlaufe gleiten, nur wenige Zentimeter von der Waffe entfernt. »Bei Männern, die Frauen zerhacken, kenne ich kein Gewissen.«

Einen Augenblick entgleiste Daytons beherrschte Miene und enthüllte Wut und Hass. »Raus.«

Brody lächelte. »Wir sehen uns wieder.«

Santos schob seinen Notizblock zurück in die Tasche, sein Gesicht eine Maske kontrollierten Zorns. »Ich weiß ja nicht, wie es Ihnen geht, Ranger Winchester, aber ich freue mich schon darauf, diesen Killer zu schnappen. Diese Art von Jagd bringt mich richtig in Fahrt.«

Brody lächelte. »Ich rieche Blut.«

Dayton straffte sich. »Falls Sie glauben, Sie könnten mich einschüchtern, haben Sie sich geirrt. In einer Stunde habe ich mit meinem Anwalt gesprochen. Ich werde Sie beide wegen Amtsmissbrauchs verklagen.«

Die beiden Ranger lachten nur und wandten sich zum Gehen.

Brody blieb stehen, drehte sich um und ging noch einmal zu Dayton zurück. Er sprach so leise, dass nicht einmal Santos ihn verstehen konnte. »Wenn ich noch einmal höre, dass Sie in die Nähe von Jo Granger oder jemanden von ihrer Familie kommen, mache ich Sie fertig.«

In Daytons Blick spiegelte sich stählerne Härte. »Was hat die hübsche kleine Lügnerin denn jetzt schon wieder über mich erzählt?«

Brody entblößte die Zähne zu einem Zähnefletschen. »Ich warne Sie kein zweites Mal.«

Candace' Hand zitterte, als sie die Zigarette zum Mund führte. Sie inhalierte tief, bis der Rauch in ihrer Lunge brannte. Dann blickte sie auf den Brief, der auf dem Küchentisch lag. Der in ordentlicher Handschrift geschriebene Brief war gestern gekommen. Er stammte von einem Anwalt, und sie hatte bei seinem Empfang unterschreiben müssen. Inzwischen bereute sie, den Umschlag je geöffnet zu haben.

Sie stand auf und nahm eine Flasche Whisky aus dem Küchenschrank. Sie schenkte eine Kaffeetasse randvoll ein und nahm dann einen großzügigen Schluck. Mehr als dreißig Jahre lang war sie vor ihrer Vergangenheit geflohen und hatte ihr Bestes getan, um ihre Sünden zu sühnen. Meist war ihr Leben derart ausgefüllt, dass sie am Abend erschöpft ins Bett fiel. Und an den meisten Tagen dachte sie nicht an die Vergangenheit.

Jetzt war die Zeit des Weglaufens vorbei. Die Vergangenheit hatte sie eingeholt.

Nachdem Brody bei Sonnenaufgang gegangen war, hatte Rucker Jo am späten Vormittag wegen ihrer Nachricht vom Vorabend zurückgerufen. Er hatte während Jos Anruf gerade operiert und seine Nachrichten erst am Morgen wieder abgehört. Er war nicht bei ihr im Haus gewesen. Ging es ihr gut? Brauchte sie etwas? Sie hatte ihm von Dayton erzählt und davon, dass sie die Cops gerufen hatte. Er hatte ihr ruhig zugehört und ihr gesagt, dass er sein Handy bis auf Weiteres in der Nähe behalten werde.

Die nächste Nachricht auf ihrem Anrufbeantworter war von Ellie gewesen. Sie war wieder zu Hause, in Sicherheit und stinksauer. »Herrgott, Jo, der erste nette Mann seit Monaten, und du musst es mir vermasseln. Verdammt, halt dich einfach aus meinem Leben raus, okay?«

Jo starrte in den Badezimmerspiegel. Sie zeichnete die Linie ihrer Augenbrauen nach, betrachtete ihre Nase im Profil und blickte in die grünen Augen, von denen ihre Mutter immer gesagt hatte, sie habe sie von ihrem Vater.

»Aber von welchem Vater?«, murmelte sie.

Sie griff nach der Kunststoffhülle für die DNA, nahm das Wattestäbchen heraus und zog es über die Innenseite ihrer Wange. Als sie sicher war, genug Zellen entnommen zu haben, legte sie das Wattestäbchen wieder in die Hülle zurück und steckte es in den Briefumschlag. So oder so, in ein paar Wochen würde sie ihre Antwort haben.

Sie wandte sich vom Spiegel ab, das Kit in der Hand. Wenige Minuten später saß sie im Wagen und fuhr zur Post, wo sie die Probe in den Briefkasten warf. Sie hatte genug Freunde bei der Polizei, um ihre DNA vor Ort und auch schneller testen zu lassen. Aber sie wollte den unvermeidlichen Fragen aus dem Weg gehen, und Gnade ihr Gott, wenn Smith ihr Vater war und das Ergebnis durchsickerte.

Anstatt direkt ins Büro zu fahren, beschloss Jo, ihre Mutter im Salon zu besuchen. Sie redeten schon über eine Woche lang wegen Smith um den heißen Brei herum, und sie bezweifelte, dass sie von ihrer Mutter, die die Geschichte nach Belieben umschrieb, je eine klare Antwort bekommen würde. Trotzdem wollte Jo sie über ihren Entschluss, ihre DNA testen zu lassen, in Kenntnis setzen. Candace würde wütend sein. Sie würde Jo Verrat vorwerfen. Aber die Zeit, um sich gegenseitig etwas vorzumachen, war vorbei.

Jo parkte vor dem Salon. Als sie ausgestiegen war und den Parkplatz überquerte, sah sie, dass im Laden Unruhe herrschte. Im vorderen Eingangsbereich saßen oder standen sieben bis acht Frauen, die alle einen ziemlich ungeduldigen Eindruck machten.

Nach ihrer Erinnerung war die einzige Gelegenheit, bei der Chaos im Salon geherrscht hatte, nach einer Überschwemmung infolge eines Rohrbruchs gewesen. Die Bescherung zu beseitigen, hatte zwei Tage gedauert, aber ihre Mutter hatte einen kühlen Kopf bewahrt und sogar ein Zelt vor dem Laden aufgestellt, in dem sie ihre Stammkundinnen frisierte.

Die Türglocke erklang, als Jo eintrat. Der Platz ihrer Mutter war leer. Stirnrunzelnd ging Jo zum Platz ihrer Schwester.

Ellie drehte noch eine Strähne auf, bevor sie zu Jo kam und leise sagte: »Also, was zum Teufel sollte diese Nachricht gestern Abend?«

»Der Mann, mit dem du ausgegangen bist, ist gefährlich. Halt dich von ihm fern.«

»Ich kann selbst auf mich aufpassen.«

»Ja, ja. Das hast du bereits gesagt.« Die Ungeduld setzte ihr zu. »Wo ist Mom?«

Ellies Gesicht verfinsterte sich. »Sie hat heute Morgen angerufen und gesagt, dass sie krank ist. Wir sind den ganzen Tag auf uns gestellt.«

»Krank?« Jo spielte mit dem Schlüsselbund in ihrer Hand. »Mom ist nie krank.«

»Hey, das weiß ich besser als jeder andere. Wir hatten heute Vormittag alle Hände voll damit zu tun, ihre Termine abzusagen und die zu übernehmen, wo wir niemanden erreicht haben.«

Die Sorge zerrte an Jos Nerven. »Hast du mit ihr gesprochen? Hast du nachgesehen, wie es ihr geht?«

»Ich habe sie heute Morgen angerufen. Sie hat gesagt, sie fühlt sich nicht so gut. Meinte, sie müsste mal einen Tag freinehmen.«

»Hat sie genauer gesagt, was los ist?«

Ellie verdrehte die Augen. »Ich habe ihr keine tausend Fragen gestellt. Alle zwanzig Jahre darf sie mal einen freien Tag haben.«

Ellies Versuch, einen Witz zu machen, konnte Jo nicht zum Lachen bringen. »Ich gehe zu ihr.«

Ellie flüsterte ihrer Kundin etwas ins Ohr, dann gab sie Jo ein Zeichen, ihr nach hinten zu folgen. Als sie allein waren, sagte Ellie: »Wieso hältst du dich nicht einfach raus? Ich bin es leid, dass du immer alles besser weißt. Herrgott, Jo, ich darf mich verabreden und Mom darf mal einen Tag freinehmen, ohne dass du gleich Alarm schlägst, verdammt noch mal.«

Jo war frustriert und ungeduldig. »Ellie, ich habe keine Zeit für lange Debatten darüber, wer von uns recht hat.«

Als Jo sich zum Gehen wandte, verstellte Ellie ihr rasch den Weg. »Was ist zwischen dir und Mom los?«

»Das geht nur uns etwas an.«

»Nicht, wenn du sie so sehr durcheinanderbringst, dass sie nicht zur Arbeit kommt. Dann ist es mein Problem.« Sie senkte die Stimme ein wenig. »Ehrlich gesagt ist sie heute Vormittag wahrscheinlich nicht krank, sondern verkatert. Gestern Abend habe ich bei ihr vorbeigeschaut, und sie hatte schon ein paar Bourbons intus.«

Jo runzelte die Stirn. »Ich dachte, sie hätte das mit dem Trinken unter Kontrolle.«

»Was hast du gesagt, was sie so aufgewühlt hat?«

»Es war nicht meine Absicht, sie aufzuwühlen. Ich hatte ein paar Fragen an sie.«

Ellie schüttelte den Kopf. »Verdammt, Jo, du stiftest in dieser Familie schon Unruhe, seit ich denken kann.«

»Wie bitte?«

»Nie konntest du mal Ruhe geben. Immer hast du für Wirbel

gesorgt. Die Schönheitswettbewerbe waren nicht gut genug für dich. Die Highschool hat dir nicht gereicht. Verdammt, sogar die Teilnahme an der Wahl zur Miss Texas hast du mir vermasselt.«

»Wie habe ich das vermasselt?«

»Das Jahr, in dem du schwanger geworden bist und deine Fehlgeburt hattest. Mom und Dad haben deine Krankenhausrechnung bezahlt. Hast du dich nie gefragt, woher das Geld kam?«

Sie war aufgewühlt und so durcheinander gewesen, dass sie nie gefragt hatte. »Nein.«

»Mein Fonds für die Wettkämpfe. Ich habe in dem Jahr ausgesetzt.«

Bitterkeit stieg in Jo auf und schnürte ihr die Kehle zu. »Ja, ich habe Mist gebaut. Richtig großen. Aber bei dir klingt es, als wäre es eine Einkaufsorgie gewesen. Mein ganzes Leben brach auseinander, und ich habe Hilfe gebraucht.«

Ellie schob das Kinn vor. »Wenn du vernünftiger gewesen wärst, wären wir alle besser dran gewesen.«

Jo hob die Hand. »Ich höre jetzt auf, bevor wir noch etwas sagen, was sich nicht mehr zurücknehmen lässt.«

Ellies Augen verengten sich. »Wieso? Vielleicht ist es an der Zeit, dass du und ich es mal ausfechten.«

»Was denn?«

Ellie zog eine Zigarette aus der Tasche ihres Kittels und zündete sie an. »Dass du auf diese Familie immer herabgesehen hast. Nie waren wir gut genug für dich. Scheiße, es ist, als hättest du nie zu uns gehört.«

Ein harter Klumpen bildete sich in Jos Kehle, und ungeweinte Tränen brannten in ihren Augen. Einen Moment lang starrte sie ihre Schwester an und hatte zu viel Angst, um etwas zu sagen.

Ellies Augen weiteten sich, als würde ihr etwas dämmern. »Jo. Hat das etwas mit Dad zu tun?«

Jo drehte sich um, bevor Ellie noch ihre schlimmsten Befürchtungen aussprach. »Ich muss gehen, Ellie.«

Ellie lief Jo hinterher. »Hör zu, ich weiß, dass ich ein Miststück sein kann, aber was ich gerade gesagt habe, damit habe ich nicht gemeint …«

»Natürlich hast du es gemeint. Du denkst es schon seit Jahren. Ich auch. Und ich weiß, dass Dad es ebenfalls dachte.«

»Mom hat ihre Fehler. Aber bei so etwas würde sie nicht lügen.«

»Wobei? Bei der Frage, wer mein Vater ist?«

»Scheiße. Jo.«

»Das ist eine Sache zwischen Mom und mir.«

»Musst du wirklich in dieses Wespennest stechen? Du bist schließlich kein Kind mehr. Und Dad ist tot. Welchen Unterschied macht es schon?«

Jo verließ das Geschäft und ließ die Tür heftig hinter sich zufallen, als sie auf die Seitengasse und ihren Wagen zuging. Von der Fahrt zum Haus ihrer Mutter, einem einstöckigen Haus im Farmhaus-Stil, bekam sie kaum etwas mit. Das Haus hatten ihre Eltern gekauft, als sie sechs Jahre alt gewesen war. Als sie zwölf war und ihr Vater wegen einer Arbeitsverletzung ohne Rente in den Ruhestand gehen musste, hatte ihre Mutter zwei Jobs gehabt, um das Haus halten zu können. Jo wusste noch, wie sie nachts wach gelegen hatte, während ihre Schwester schlief, und gelauscht hatte, wie ihre Eltern über das knappe Geld redeten. Ihre Mutter war der Fels in der Brandung gewesen und hatte zu ihrem Dad gesagt, sie würden »gemeinsam« einen Weg finden, wie sie es immer getan hatten.

Jo klopfte an der Haustür, und als niemand antwortete, benutzte sie ihren Schlüssel und betrat die Wohnung. »Mom!«

Das Haus war genauso sauber und ordentlich wie der Salon. Auf der Couch lag ein Kunststoffüberwurf und auf den polierten Beistelltischen Spitzendeckchen. An der Wand hingen Fotos von Jo und Ellie. Als Jo sechs und Ellie zwei gewesen war, hatte ihre Mutter viel Geld in ein Familienfoto mit allen Grangers investiert. Sie und Ellie trugen darauf blaue Matrosenkleidchen, ihre Mutter ein grünes Kleid und ihr Vater einen Anzug, den er sich vom Nachbarn geliehen hatte. Ellie saß bei ihrer Mutter auf dem Schoß, Jo bei ihrem Vater.

Ellie sah ganz wie eine Mischung aus ihren Eltern aus, während Jo mit ihrem roten Haar und ihrer blassen Haut herausstach. Sie erinnerte sich noch genau an den Fototermin. Ihre Schwester hatte es genossen, sich herauszuputzen und zu posieren, während sie selbst kaum still sitzen konnte. Tatsächlich sah Jo jetzt, dass sie auf dem Foto den rechten Fuß in dem schwarzen Lackschuh anwinkelte, so als wollte sie von ihrem Platz aufspringen. Ihre Mutter hatte viele Male erzählt, dass Jo gleich nach der Aufnahme aufgestanden war und verkündet hatte, sie wolle gehen. Nur die Aussicht auf zwei zusätzliche Gutenachtgeschichten hatte sie zurücklocken können.

Sie wandte sich von dem Bild ab und ging zum Zimmer ihrer Mutter. Als sie die Schlafzimmertür aufstieß, fand sie ihre Mutter im Bett vor, auf der Seite zusammengerollt.

Jo ging zum Bett und berührte ihre Mutter an der Wange. Sie fühlte sich kalt an. »Mom.«

Zuerst wollte ihre Mutter die Augen nicht öffnen, doch als Jo »Mom!« rief, hob sich matt ein Augenlid.

»Jo?« Sie klang müde und abgeschlagen.

»Mom!«

Jos Besorgnis wuchs, als sie sich neben das Bett kniete. »Mom, was ist denn mit dir?«

Der Blick ihrer Mutter war trüb und benebelt. »Jo?«

»Ja, Mom, ich bin's. Was ist los mit dir?«

Ihre Mutter verzog das Gesicht. »Es tut mir leid, Liebes. Es tut mir leid.«

»Was tut dir leid, Mom?«

Flatternd schlossen sich die Augenlider ihrer Mutter. Jo stand auf und schaute sich auf Tisch und Fußboden nach Tablettenröhrchen und Schnapsflaschen um. Sie hatte schon genug Suizidversuche gesehen, um zu erkennen, wenn sie es mit einem zu tun hatte. Als sie nach dem Telefonhörer griff, sah sie den weißen Umschlag, der zwischen Nachttisch und Bett heruntergefallen war. Sie hob ihn auf und erkannte augenblicklich Smiths Handschrift. Der Brief begann mit den Worten: »Liebste Candy, nicht mehr lange, dann kommen alle deine Lügen ans Licht. Mögest du mit mir in der Hölle verfaulen.« Harvey Smith.

Mit zitternden Händen sah sie sich den Umschlag an. Der Brief war von der Anwaltskanzlei gekommen.

Sie griff nach dem Telefon, das auf dem Nachttisch stand, und nahm den Hörer ab. Kein Wählton. Eine kurze Suche ergab, dass das Kabel aus der Wand herausgerissen worden war. »Verdammt noch mal, Mom!«

Sie fischte ihr Handy aus der Handtasche und wählte den Notruf. Nachdem sie der Zentrale mitgeteilt hatte, was geschehen war, und die Adresse ihrer Mutter durchgegeben hatte, legte sie auf, schleuderte die High Heels weg und schlüpfte aus ihrer Jacke. Sie warf die Decke beiseite und zog den schlaffen Körper ihrer Mutter zu einer sitzenden Position hoch. »Mom, was hast du genommen?« Eine weitere Suche neben dem Bett ergab nichts, aber es wäre typisch für ihre Mutter, eine Flasche wegzuwerfen, bevor die Wirkung eintrat. »Mom!«

Sie hievte ihre Mutter auf die Füße und zerrte und schleifte sie ins Badezimmer. »Mom, du musst aufwachen!«

Jo drückte ihre Mutter gegen den Schminktisch und drehte das kalte Wasser auf. Sie packte ihre Mutter bei den Armen, zog sie in die Duschkabine und hielt ihren Kopf unter das eiskalte Wasser, das Jos Bluse und Haare durchnässte und sie mit den Zähnen klappern ließ. Ihre Mutter hob den Kopf und stöhnte protestierend, als das Wasser ihre Haare und den Schlafanzug durchweichte. Sie hustete und spuckte, ohne jedoch die Augen aufzumachen. »Komm schon, Mom, mach die Augen auf. Nichts ist so schlimm, dass du das hier mitmachen müsstest.«

Der Kopf ihrer Mutter kippte schlaff zur Seite, und Jos Panik wuchs immer mehr. Herrgott, das konnte doch einfach nicht wahr sein.

Von draußen ertönten in der Ferne Sirenen, die immer lauter wurden. Und dann klopfte jemand heftig an die Haustür. Jo ließ ihre Mutter auf den Boden der Duschkabine herunter, stellte das Wasser ab und lief zur Tür, um aufzumachen. »Meine Mutter ist im Badezimmer. Sie hat eine Überdosis genommen.«

Eine große Sanitäterin mit breitem Gesicht und dunklem Haar, das hinten zum Pferdeschwanz gebunden war, sah zu ihrem Partner hinüber, der mit einem Notfallkoffer in der Hand nach oben stürmte. »Wissen Sie, was sie genommen hat?«

»Nein.« Sie lief zum Badezimmer. »Sie nimmt Antidepressiva, seit mein Vater vor ein paar Jahren gestorben ist. Aber ich kann die Flasche nicht finden.«

»Und Sie sind die Tochter?«

»Ja.«

»Sie müssen jetzt beiseitegehen, damit wir unsere Arbeit machen können. Okay?«

Alles, was Jo in den Sinn kam, um zu helfen, war, Fakten hervorzusprudeln. »Sie ist fünfzig Jahre alt. Ihr Blutdruck ist normal, und sie trinkt … manchmal zu viel. Sie ist Raucherin. Arbeitet über sechzig Stunden in der Woche.«

»Wir kümmern uns um sie.«

Jo, die in ihrem Gedankenkarussell gefangen war, rührte sich nicht vom Fleck, während ihr immer weitere triviale Details einfielen. Ihre Mutter nahm vom Eisessen zu. Ihre Lieblingsfarbe war Pink. Früher hatte sie Line Dance getanzt, aber seit dem Tod ihres Vaters nicht mehr.

Die Sanitäterin fühlte ihrer Mutter den Puls. »Ma'am, bitte verlassen Sie jetzt den Raum.«

Jo ging rückwärts aus dem Zimmer und merkte dabei kaum, dass ihre Bluse und ihr Gesicht von der Dusche ganz nass waren. Eisige Kälte kroch ihr in die Glieder, und sie begann, mit den Zähnen zu klappern. Sie schob sich das feuchte Haar aus dem Gesicht und lauschte den Sanitätern, die mit ihrer Mutter beschäftigt waren.

Was hatte Smith gewusst, das so schlimm war, dass es ihre Mutter zu dieser Tat getrieben hatte? Konnten sein Brief und Jos Fragen wirklich etwas derart Dramatisches ausgelöst haben?

Sie ging in die Küche und nahm mit zitternden Händen den Deckel des Abfalleimers ab. Sie wühlte sich durch den Müll und stieß auf eine leere Flasche Scotch, aber ein Tablettenfläschchen fand sie nicht. In ihrer Verzweiflung drehte sie den Abfalleimer um, leerte ihn mitten in der Küche auf dem Fußboden aus und wühlte sich durch Zigarettenschachteln, Joghurtbecher und Reste von Tiefkühlhähnchen. Ganz unten fand sie das Tablettenfläschchen. Es war leer, obwohl es dem Datum der Verschreibung nach beinahe voll hätte sein müssen.

Rasch stopfte sie den Müll in den Abfalleimer zurück und wusch sich die Hände. Als sie mit dem Fläschchen ins Wohnzimmer kam, schoben die Sanitäter ihre Mutter, die auf eine Trage geschnallt war, gerade aus dem Badezimmer. Ihr Gesicht, Mund und Nase mit einer Sauerstoffmaske bedeckt, war so weiß wie das Laken, auf dem sie lag.

Jo lief auf die Sanitäterin zu. »Das hier habe ich in der Küche gefunden.«

Die Frau sah sich das Fläschchen an und steckte es in ihre Kitteltasche. »Gut. Das hilft den Ärzten weiter.«

»Kann ich bei Ihnen mitfahren?«

»Nein, Ma'am. Keine Zivilisten in der Ambulanz.«

»Dann fahre ich Ihnen hinterher.«

»Ja, Ma'am.«

Jo holte ihre Handtasche und das Handy vom Nachttisch ihrer Mutter und rannte zu ihrem Wagen.

Neben dem wartenden Feuerwehrwagen stand ein Polizist. »Ma'am.«

Jo umklammerte ihre Schlüssel. »Ich muss dem Rettungswagen hinterher.«

»Würden Sie mir Ihren Namen nennen?«

»Jo Granger.« Die Lichter der Ambulanz spiegelten sich in ihrer Windschutzscheibe. »Im Krankenhaus können Sie mich alles fragen, was Sie wollen. Aber ich muss dem Wagen hinterher.«

Sein Blick glitt über ihre nassen Haare und die durchweichte Bluse. »Sind Sie fahrtüchtig?«

»Ja. Ja, natürlich.« Erst als sie am Steuer saß und ihr Spiegelbild im Rückspiegel sah, verstand sie die Besorgnis in seiner Stimme. Die feuchten Haare klebten ihr am Kopf, und ihre Wimperntusche war verlaufen. Sie sah völlig durchgeknallt aus.

Brody erfuhr durch einen Anruf der DPS-Streife, dass Dr. Jo Granger einen Notruf wegen ihrer Mutter abgesetzt hatte.

Nachdem er Jo verlassen hatte, hatte er Anweisung gegeben, ihn sofort zu benachrichtigen, sobald ihr Name in irgendeinem Polizeibericht auftauchte, und sei es ein Strafzettel wegen Falschparkens.

Er brauchte kaum zwanzig Minuten, um zum Krankenhaus zu fahren, zu parken und die Notaufnahme zu betreten. Fest und zielstrebig erklangen seine Schritte auf dem gefliesten Fußboden des Eingangsbereichs. Am Empfang blieb er kurz stehen, um sich der diensthabenden Schwester vorzustellen und Mrs Grangers Zustand zu erfragen. Sie schlief friedlich, und ihre Töchter waren bei ihr.

Er entdeckte Jo sofort, als er um die Ecke des Wartezimmers bog, das Mrs Grangers Zimmer am nächsten lag. Jo lehnte an der Wand, die Arme vor der Brust verschränkt, den Kopf zur Seite geneigt, während eine große, blonde Frau zornig und heftig gestikulierend auf sie einredete. Jo dagegen stand ruhig und scheinbar emotionslos da, während sie zuhörte. Er hatte diesen Gesichtsausdruck schon einmal bei ihr gesehen. So hatte sie ausgesehen, als sie ihm gesagt hatte, dass sie schwanger war, woraufhin er ausgeflippt war. Damals hatte er sie für kalt und gefühllos gehalten, aber jetzt begriff er, dass es sich nur um eine Abwehrhaltung handelte.

Beim Näherkommen hörte er die Blonde sagen: »Ich mache dich dafür verantwortlich, Jo. Hättest du die Sache auf sich beruhen lassen, würde es ihr jetzt gut gehen.«

»Wenn ich das getan hätte, Ellie«, sagte Jo mit ausdrucksloser Stimme, »dann wäre sie jetzt tot.«

»Wenn du sie nicht so bedrängt hättest, hätte Mom das nie getan.« Ellies Gesicht verzerrte sich vor Zorn. »Das ist alles deine Schuld.«

Brody trat näher. »Jo.«

Als sie Brodys Stimme hörte, sah Jo hoch. Erleichterung und

Trauer huschten über ihr Gesicht, dann fing sie sich wieder. »Brody. Was machst du denn hier?«

Er hatte nur Augen für Jo. »Es hat sich zu mir herumgesprochen. Ich wollte nachsehen, wie es dir geht.«

Sie schenkte ihm ein schwaches Lächeln. »Mir geht es gut.«

»Jo geht es immer gut«, sagte Ellie. »Es ist unsere Mutter, der es nicht gut geht und die im Krankenhaus liegt.«

Brody richtete einen durchdringenden Blick auf die Blondine. »Ich glaube nicht, dass wir uns schon begegnet sind.«

Jo straffte sich. »Tut mir leid. Das ist meine Schwester, Ellie Granger. Ellie, das ist Sergeant Brody Winchester von den Texas Rangern.«

Ellie verschränkte die Arme vor der Brust. »Es handelt sich um eine Familienangelegenheit, Ranger Winchester. Ich weiß nicht recht, was Sie hierhertreibt, aber ich glaube, Sie gehen jetzt besser.«

Brody rührte sich nicht vom Fleck. »Wenn Sie uns bitte entschuldigen würden, Ms Granger. Ich würde gern mit Ihrer Schwester sprechen.«

Ellie verengte die Augen und sah ihn mit so viel Geringschätzung an, dass er in Rage geriet. »Sie wird hier gebraucht.«

Jo drückte die Fingerspitzen gegen die Schläfen. »Mom ist stabil, Ellie. Ich kann kurz weggehen.«

»Ja, klar, wie immer. Mach doch, was du willst.«

Jo versteifte sich und drehte sich zu ihrer Schwester um. »Halt den Mund, Ellie. Halt den Mund und setz dich zu Mom. Ich komme gleich wieder.« Ellie schien widersprechen zu wollen, und Jos Gesicht verfinsterte sich noch mehr. »Geh.«

Als Ellie wieder ins Krankenzimmer stolziert war, nahm Brody Jo beim Arm und führte sie in ein kleines Wartezimmer. »Kann ich dir einen Kaffee oder etwas zu essen holen?«

»Nein, ich brauche nichts. Und ich kann nicht so lange wegbleiben.«

»Es wird deine Schwester schon nicht umbringen, wenn sie ein oder zwei Minuten warten muss. Erzähl mir, was passiert ist.«

Jo holte Luft, als würde ihr das Kraft geben. »Mom hat versucht, sich umzubringen.«

Brody war Candace Granger erst ein Mal begegnet, und zwar im Krankenhaus, gleich nach Jos Fehlgeburt. Die Beschreibung »angespannt und hochemotional« wurde ihrer einzigen Begegnung nicht annähernd gerecht. Er hatte angeboten, die Krankenhausrechnung zu bezahlen, aber Candace hatte gesagt, er solle aus dem Leben ihrer Tochter verschwinden. In Zukunft werde sie sich um Jo kümmern.

»Hat sie einen Abschiedsbrief hinterlassen?«

»Nein, und ich musste im Abfall herumwühlen, um das Tablettenfläschchen zu finden. Das war kein halbherziger Versuch.«

»Ist es wegen deiner Fragen nach Smith?«

Sie kramte in ihrer Handtasche und zog einen zerknitterten Brief heraus. »Ich hätte besser darauf aufpassen sollen, aber in der Hektik mit Mom und den Sanitätern konnte ich nicht richtig denken.«

Der Brief zitterte in ihrer Hand. Er nahm ihn.

»Es ist ein Brief von Smith. Irgendwie hat er eine Möglichkeit gefunden, meiner Mutter einen Brief zukommen zu lassen.«

Brody nahm den Brief. Sein Zorn wuchs mit jeder Sekunde.

»Das Ganze ist völlig unlogisch«, sagte Jo. »Dad ist seit fünf Jahren tot, und ich wäre nicht die Erste, die dahinterkommt, dass ihr Vater gar nicht ihr Vater ist. Es wäre zwar schwierig gewesen, aber keine Katastrophe.«

Brody wählte seine Worte mit Bedacht. »Vielleicht war da ja mehr zwischen deiner Mutter und Smith.«

»Daran habe ich auch schon gedacht, aber ich weiß es einfach nicht. Falls etwas zwischen ihnen war, hat sie nie ein Wort darüber verloren.« Sie stieß einen Seufzer aus. »Und Mom ist nicht so leicht zu erschüttern. Sie ist zäh wie Leder.« Ihre Hände zitterten, als sie sich durchs Haar fuhr. »Was wusste Smith?«

Ohne einen Gedanken an die Schwestern, Ärzte, ihre Vergangenheit oder an sein zu schnelles Tempo zu verschwenden, nahm Brody Jo in die Arme. Sie wehrte sich nicht, sondern entspannte sich bei der Umarmung und akzeptierte die Berührung ganz unbefangen. »Ich werde der Sache auf den Grund gehen, Jo. Wir werden herausbekommen, wieso deine Mutter das getan hat.«

Sie seufzte. »Das ist nicht dein Problem, Brody. Sondern das von mir, Ellie und Mom.«

Er hielt sie von sich weg und sah ihr in die Augen. »Ich möchte gerne helfen, Jo. Wir stehen das gemeinsam durch.«

Ihre Brauen zogen sich zusammen, als sie ihn forschend ansah. Sie wollte nicht daran glauben.

»Für diesen Satz habe ich zwar lange gebraucht, Jo, aber ich meine es ernst.«

Ihre Augen füllten sich mit Tränen. Sie sagte nichts, sondern ließ sich einfach nur wieder in seine Umarmung sinken.

Er drückte sie fester an sich, wobei seine Gedanken um die Probleme kreisten, in deren Mittelpunkt Jo stand. Dayton. Smiths Lehrling. Und das Geheimnis, das in den Augen ihrer Mutter war.

Die Polizei hatte Sheilas Leiche gefunden.

Dayton blickte auf seine manikürten Finger herab, während

er in der Cafeteria des Krankenhauses vor seinem unberührten Latte saß. Als er sah, wie Ranger Winchester aus dem Aufzug trat und zum Ausgang ging, drehte er den Kopf weg.

Dayton checkte sein Handy und stellte fest, dass der GPS-Tracker in Jos Wagen sie immer noch im Krankenhaus verortete. Gut. Zumindest war sie noch in der Nähe.

Bald würden die Cops ihm die Hölle heißmachen, und es war dumm von ihm, Jo zu folgen. Aber er konnte nicht loslassen.

Alle seine ausgeklügelten Pläne drohten zu scheitern, und er hatte keine Ahnung, wie er das wieder in Ordnung bringen sollte.

Nicht in tausend Jahren hätte er geglaubt, dass man Sheila finden würde. Monatelang hatte er den Mord geplant. Er hatte alles Nötige mit Bargeld in einer anderen Stadt gekauft und sich nach möglichen Orten umgesehen, um die Leiche zu beseitigen. Er war ganz besonders freundlich zu ihr gewesen, vor allem in der Öffentlichkeit.

Und als sie ihren Urlaub in dem teuren Ferienort geplant hatte, hatte er gewusst, dass das seine Chance war. Unter dem Vorwand, die Wände streichen zu müssen, hatte er das Arbeitszimmer mit Plastikfolie ausgelegt und mehrere Eimer cremefarbener Malerfarbe deponiert.

Nachdem sie gepackt und ihre Sachen in den Wagen gebracht hatte, war sie zu ihm gekommen, um ihm zum Abschied einen Kuss zu geben, und er hatte ihr ein Messer in die Brust gestoßen. Die völlige Überraschung und die Angst in ihrem Blick waren Gold wert gewesen. Sie hatte um sich geschlagen und getreten, aber er hatte ihr das Messer immer wieder in die Brust gerammt, bis sie die Augen verdrehte und aufhörte zu atmen.

Mit besonders viel Sorgfalt hatte er ihre Leiche in kleine Stücke gesägt und in dicken Plastikbeuteln verpackt, die er mit

Steinen beschwerte. Er hatte bis Mitternacht gewartet, um auf den Sweeney Lake hinauszurudern und die Plastiksäcke zu versenken, einschließlich der Canvastasche, die ihren Torso enthielt.

Inzwischen war Dayton klar, dass der See eine schlechte Wahl gewesen war. Er hätte sie tief unter die Erde bringen sollen. Wenn er sie nur tief genug vergraben hätte, hätte es keine Zufallsfunde gegeben. Doch die Hybris hatte ihn zum See geführt. Der See. Das wäre der letzte Ort gewesen, an den Sheila gefahren wäre, denn sie hatte das Wasser gehasst. Es gefürchtet. Der Platz für ihre letzte Ruhe war so passend gewesen, dass er nicht hatte widerstehen können.

Mit dem Daumen fuhr Dayton das gesprenkelte Muster des Cafétischs nach. Die Cops hatten zwar eine Leiche, aber keine Verbindung zwischen ihm und dem Tag von Sheilas Verschwinden. Sie konnten so viele Theorien haben, wie sie wollten, ohne Beweise hatten sie gar nichts.

Noch nicht.

Winchester war schlau. Wie ein Hund, der eine Spur aufgenommen hatte, würde er nicht so schnell aufgeben.

Panik stieg in Dayton auf. Er dachte an seine Frau und all den Ärger, den sie ihm gemacht hatte und ihm immer noch machte. Typisch Sheila, nicht das zu tun, was von ihr erwartet wurde. Sie hätte einfach auf dem Grund des verdammten Sees bleiben sollen.

Die Schlampe hatte verdient, was sie bekommen hatte. Würde sie heute gesund und munter hier hereinkommen, würde er sie wieder töten. Seine Finger zitterten, als er sich vorstellte, wie er das Leben aus ihr herausquetschte. Er ballte die Hände zu Fäusten und verlangsamte seinen Atem.

Der Mord an Sheila war die Sache wert gewesen, und wenn er vorsichtig war, würde er ungeschoren davonkommen.

Von nun an würde er sich von Jo Granger fernhalten. So gern er ihr auch weiter gefolgt wäre, sie beobachtet und sie schikaniert hätte, er musste sich zurückziehen. Wenn der Staub sich legte, konnte er sich wieder anpirschen. Sie war arrogant. Sie glaubte, alles besser zu wissen. Genau wie Sheila.

Es würde ein Genuss sein, ihr beim Sterben zuzusehen.

Scott Connors betätigte die Gangschaltung seines Mercedes und wechselte vom zweiten in den dritten Gang, während er auf die City von Austin zufuhr. Fluchend schaltete er in den vierten Gang und ließ den Motor aufheulen. Er war wütend, aufgewühlt und wollte Rache.

Die Gläubiger saßen ihm im Nacken. Da draußen lief ein Gerichtsvollzieher herum, der ihm den Mercedes wegnehmen wollte, und seine Kreditkarten waren beinahe am Limit. Und das Sahnehäubchen auf der ganzen Scheiße war, dass seine Firma ihn gefeuert hatte, und zwar per SMS, eine Stunde, nachdem er heute das Büro verlassen hatte. Die Nachricht seines Chefs war kurz und bündig gewesen. Sie sind gekündigt. Ich lasse Ihnen Ihre Sachen zusenden. Wenn Sie sich noch mal in der Firma blicken lassen, zeige ich Sie wegen Hausfriedensbruch an.

Er hatte erwogen, direkt zurück zum Büro zu fahren und die Sache mit dem Chef zu klären. Der Arsch hatte ja keine Ahnung, unter welchem Druck er im vergangenen Monat gestanden hatte. Nein, er hatte keine tolle Arbeit geleistet, aber Scheiße, er verdiente es nicht, einfach so weggeworfen zu werden.

So groß die Versuchung auch war, im Büro vorbeizuschauen, fuhr er doch weiter. Die Cops im Nacken zu haben konnte er gar nicht gebrauchen. Die lokale Polizei und die Ranger hatten ihn wochenlang nicht in Ruhe gelassen, und sie waren noch nicht fertig mit ihm.

Wie hatte sein Leben nur so schnell den Bach runtergehen können? Noch vor zwei Monaten hatte ihm die Welt gehört. Er hatte alles gehabt. Und jetzt war Christa tot. Der Job war weg. Dee war zwar noch da, aber mittlerweile wurde ihm übel, wenn er sie ansah.

Vor einer roten Ampel verlangsamte er das Tempo und las noch einmal den handgeschriebenen Zettel. *Die Polizei sagt, Dusty weiß, wer Christa umgebracht hat. Groß, rothaarig. Steht an der Ecke Sixth und Congress Street.*

Scott schob das Papier in die Tasche und musterte die Mädchen, die an der Straßenecke standen. Erst Hanna. Jetzt Dusty.

Eine hochgewachsene Afroamerikanerin in Lederrock und rückenfreiem Top näherte sich dem Wagen. »Willst du ein bisschen feiern?«

Er brachte kein Lächeln zustande. »Ein Freund hat mir gesagt, Dusty wäre gut.«

Sie grinste und betrachtete ihn abschätzig. »Hängt ganz davon ab, was du willst.«

Wut und Anspannung setzten ihm zu. »Bist du Dusty?«

Sie lächelte ihn halbherzig an. »Ja, Baby. Ich bin Dusty.«

Scott zog drei Hundertdollarscheine aus der Jackentasche. »Ich hab viel Gutes über dich gehört.«

Ihr Lächeln wurde breiter. »Das klingt jetzt schon besser.«

»Steig ein.«

20

Donnerstag, 18. April, 5:00 Uhr

Jo hatte den größten Teil der Nacht am Bett ihrer Mutter verbracht, während Ellie sich auf den Stuhl in der Zimmerecke gesetzt hatte, wo sie schließlich eingedöst war. Fürs Erste war es den Schwestern gelungen, ihre Auseinandersetzung zu vertagen. Jetzt war Ellie losgezogen, um für beide Kaffee zu holen. Aber es war nur eine Frage der Zeit, wann die nächste Runde begann und beide wieder aus ihrer Ecke kommen würden.

Candace schlug die Augen auf und starrte einen Moment vor sich hin an die Zimmerdecke.

Jo beugte sich auf ihrem Stuhl vor, den Blick auf ihre Mutter gerichtet. »Mom. Mom, kannst du mich hören?«

Ihre Mutter drehte den Kopf zu ihr. Ungeschminkt und unfrisiert sah Candace zehn Jahre älter aus. In Jos Vorstellung war ihre Mutter immer ewig jung gewesen, aber jetzt sah sie, dass die Härten des Lebens ihre Spuren hinterlassen hatten. Sie strich ihrer Mutter übers Haar.

»Jo?«

»Hey«, sagte sie und rang sich ein Lächeln ab. »Du hast uns einen ganz schönen Schrecken eingejagt.«

Ihre Mutter befeuchtete sich die Lippen und schloss die Augen. Ein misslungener Suizidversuch führte oft zu einer Verschlimmerung der Depression. Und zu weiteren Versuchen. »Ich sollte überhaupt nicht hier sein.«

Jo legte ihre Hand auf die ihrer Mutter. »Ich bin froh, dass du hier bist. Es wäre schrecklich, dich zu verlieren.«

Candace schüttelte den Kopf. Tränen liefen ihr über die Wangen. »Du kennst mich nicht richtig.«

Jo wischte die Tränen mit den Fingerspitzen beiseite. »Mom, mach dir jetzt bitte keine Gedanken. Du musst wieder heil und gesund werden, damit wir reden können.«

»Weiß Ellie Bescheid?« Ihre Stimme klang heiser, eine Nebenwirkung des Schlauchs, den man ihr im Krankenhaus in die Speiseröhre eingeführt hatte, um ihr den Magen auszupumpen.

»Ja. Sie wollte Kaffee holen, aber sie wird gleich wieder hier sein. Sie macht sich genauso viele Sorgen wie ich.«

Ihre Mutter schüttelte den Kopf. »Ich wollte nicht, dass ihr beide es erfahrt. Ich wollte gehen.«

Die Hand ihrer Mutter sah neben ihrer eigenen blass und zerbrechlich aus. »Wieso wolltest du uns verlassen? Was kann denn so schlimm sein?«

Candace schluckte und drehte den Kopf weg. »Ich will gehen.«

Jo zog das Laken über ihrer Mutter glatt. »Ich habe Smiths Brief gelesen, Mom. Ich weiß, dass er mit dir Kontakt aufgenommen hat.«

Ihre Mutter, die ihr Gesicht immer noch abgewandt hatte, schloss die Augen. Sie sagte nichts.

»Mom, mir hat er auch Briefe geschickt. Sie sind vor ein paar Tagen angekommen.« Sie drückte die Hände ihrer Mutter. »Falls sich herausstellt, dass er mein leiblicher Vater ist, kann ich das überstehen. Was auch immer du getan hast, hast du getan, um mich zu beschützen, das weiß ich.«

»Smith.« Candace sprach das Wort aus, als wäre es ein Fluch. »Ich bereue den Tag, an dem ich diesen Mann kennengelernt habe.«

Jo setzte sich still ans Bett ihrer Mutter und wartete darauf, dass ihr Schweigen die Geschichte aus ihr herauskitzelte.

Candace stieß einen kleinen Seufzer aus. »Ich war siebzehn, als ich ihn kennenlernte. Er arbeitete als Aushilfslehrer in meiner Highschool. Er war mein Englischlehrer.« Ein bitteres Lächeln spielte um ihre Lippen. »Ich fand ihn so gut aussehend. Fesch. Und diese ganzen trockenen Romane hörten sich bei ihm so romantisch an. Ich musste andauernd an ihn denken. Damals war ich mit deinem Daddy zusammen, aber ich war hingerissen von Smith.«

»Smith muss damals Ende dreißig gewesen sein.«

»Das machte zum Teil seine Anziehungskraft aus. Er war so viel älter und klüger. Gegen ihn waren die Highschooljungs die reinsten Dummköpfe.« Sie schluckte. »Ich sorgte dafür, dass Smith mich bemerkte. Im Unterricht stellte ich viele Fragen, und ich bot immer meine Hilfe an. Das gefiel ihm.«

»Wie lange ging das so?«

»Mehrere Monate. Er war von Oktober bis April an der Schule. Deinem Daddy fiel auf, wie viel ich über Smith redete. Er war im Footballteam. Ein großer, kräftiger Junge. Stark wie ein Ochse. Nicht viel Verstand, jedenfalls glaubte ich das. Aber er war viel klüger, als ich dachte. Als Cody sagte, dass Smith gefährlich war, wollte ich weder auf ihn noch auf meine Freunde hören. Ich wollte, was in meinen Augen ein richtiger erwachsener Mann war.«

»Smith.«

»Ja. Ich hörte Smith mit einem anderen Lehrer über eine Party reden, die bei ihm stattfand. Ich fragte meine Eltern, ob ich hingehen dürfe. Natürlich sagten sie Nein. Ich stritt mich mit Ihnen. Sie verboten es mir. Für einen aufsässigen Teenager ist nichts so interessant wie etwas Verbotenes.« Sie befeuchtete sich die Lippen, als wären sie ausgetrocknet.

Jo ging zu dem Plastikkanister, der neben dem Bett stand, und goss Wasser in einen Becher. Sie stellte einen Strohhalm hinein und hielt ihn ihrer Mutter an die Lippen. Candace trank lange.

Jo stellte den Becher beiseite und lehnte sich zurück, und ihre Mutter sprach weiter. »Ich schlich mich von zu Hause weg. Mit meinen siebzehn Jahren kam ich mir völlig erwachsen vor. Ich glaubte, ich wüsste, wie es auf der Welt zuging.«

Siebzehn. Ein Baby.

»Auf der Party bemerkte er mich sofort. Er beobachtete, wie ich mit anderen Leuten redete … mit Männern. Ich sah damals schon älter aus, als ich war. Als er sich schließlich loseisen konnte, ging er zur Küche. Dort trafen wir uns, und er zog mich nach draußen. Die Nacht war kalt. Und er zog die Jacke aus und legte sie mir um die Schultern.«

»Und dann?«

»Er sagte mir, ich sei schön, und ich ging ihm komplett auf den Leim. Ich sog seine Lügen auf wie eine Verdurstende das Wasser in der Wüste.« Sie schloss die Augen, doch unter ihren Lidern quollen Tränen hervor. »An jenem Abend nahm er mich mit auf sein Zimmer. Ich hatte Angst. Aber er fragte immerzu, ob ich wirklich so erwachsen sei, wie ich behauptete.« Ihre Mutter schluckte. »Am Morgen ging ich und stieg durch mein Fenster zurück in mein Zimmer. Ich habe es nie einer Menschenseele erzählt.«

»Smith ließ es nicht mit dieser einen Nacht bewenden.«

»Nein. In der Schule schaute er ständig zu mir hin. Wenn gerade keiner hinsah, sagte er mir immer wieder, wie hübsch ich sei. Ich habe mich noch ein paarmal heimlich mit ihm getroffen.« Candace räusperte sich. »Ohne jedes Schamgefühl.«

Einen langen Augenblick saß Jo schweigend da und wartete darauf, dass ihre Mutter die Geschichte zu Ende erzählte. Da war noch mehr. Es musste so sein. Schließlich sagte sie, so behutsam sie konnte: »Was ist dann passiert? Wie ist es mit euch ausgegangen?«

Candace schloss die Augen. »Ich bin müde.«

»Mom, bitte erzähl es mir.«

Ihre Mutter drehte das Gesicht von Jo weg. »Nicht jetzt. Ich kann jetzt nicht reden.«

Die Wahrheit war nur ein paar Millimeter weit entfernt und doch außerhalb ihrer Reichweite. »War Smith mein leiblicher Vater?«

Abrupt drehte ihre Mutter wieder den Kopf zu ihr hin. Ihr Blick schien Jo zu verbrennen. »Benutz die Worte ›Vater‹ und ›Smith‹ niemals im gleichen Satz. Dieser Mann war ein Ungeheuer.«

»Was hat er dir angetan?«

»Sei froh, dass er tot ist. Sei froh.«

»Mom, du kannst mir alles erzählen.«

»Ich habe sämtliche Zeitungsartikel über ihn gelesen. Die Leute wollten wissen, wieso er seine Taten begangen hat. Aber in Wirklichkeit hat er nie einen Grund dafür gebraucht. Er brauchte die Angst wie ein Trinker den Schnaps.« Ihre Mutter drückte Jos Hand. »Ich dachte, wenn ich hart arbeitete und dir und deiner Schwester eine gute Mutter und eurem Vater eine gute Frau wäre, könnte ich diese Zeit wiedergutmachen. Aber ich konnte nie so hart arbeiten, um zu vergessen.«

Weinend rollte ihre Mutter sich auf der Seite zusammen. Was war nur geschehen? Was hatte Smith ihrer Mutter angetan? So gerne Jo auch weiter nach Antworten geforscht hätte, wusste sie doch, hier und jetzt würde sie sie nicht bekommen. Bald, sagte sie sich. Bald würde ihre Mutter ihre schrecklichen Geheimnisse enthüllen. »Schon gut, Mom.«

Jo küsste ihre Mutter auf den Scheitel und ließ sie schlafen.

Sie verließ das Zimmer, setzte sich in den Wartebereich und vergrub das Gesicht in den Händen. Ihre Mutter hatte es zwar nicht gesagt, aber sie wusste es. Smith war ihr Vater.

Sich ordentlich auszuschlafen, hatte Dayton beruhigt. Inzwischen war ihm klar, wie sehr seine Nerven wegen der Nachricht von Sheilas Tod blank gelegen hatten. Aber an diesem Morgen fühlte er sich wie neugeboren. Als könnte er die Welt aus den Angeln heben.

In Laufkleidung durchquerte er die Küche und betrat die Garage. Er näherte sich gerade seinem Wagen, als er hinter sich Schritte hörte.

Er drehte sich um, und das *Plopp, Plopp, Plopp* einer schallgedämpften Pistole zerfetzte ihm die Brust. Einen Moment lang starrte Dayton den Mann sprachlos an, während sich auf seinem weißen Hemd wie eine rote Blume ein Blutfleck ausbreitete.

Er taumelte gegen den Wagen zurück. »He, was soll das?«

»Ich mag's nicht, wenn jemand wildert.«

Dayton schwankte seitwärts und glitt neben seinem Wagen zu Boden. Aus den Schusswunden in seiner Brust quoll Blut, das sich auf dem Fußboden sammelte.

Der Mann betrachtete seine Waffe. »Die 22er mochte ich schon immer. Sie ist nicht teuer, lässt sich gut verstecken und ist nicht zu ausgefallen. Nur niedrige Kaliber werden wie ein Pingpongball im Körperinneren hin und her geworfen, zerfetzen die Brust und zertrümmern die Knochen. Ein gutes Kaliber.«

Luftblasen blubberten aus Daytons Mund, während er nach Luft rang. Er ertrank in seinem eigenen Blut. Genau wie Sheila.

»Es wird bald vorbei sein.« Der Mann steckte die Waffe wieder in die Jackentasche. »Und Sie werden Jo Granger nicht umbringen.«

Dayton rollte sich auf die Seite. Er wollte sich über den asphaltierten Garagenboden ziehen, bekam dafür aber nicht genug Luft. »Warum?«

Der Mann lächelte. »Sie hatten Jo Granger aufs Korn genommen. Und Sie sind schlau genug, um die Justiz auszutricksen. Ich hab gesehen, wie Sie sie anschauen. Sie wollen sie umbringen. So, wie Sie Ihre Frau umgebracht haben.«

Dayton schluckte. »Nein.«

Er lächelte. »Wir sind hier unter uns, Dayton. Kein Grund zu lügen. Sie wollen sie umbringen. Aber das werden Sie nicht tun. Sondern ich.«

Da Brody wusste, dass Jo die ganze Nacht über im Krankenhaus und in Sicherheit sein würde, hatte er sich fast die ganze Nacht Überwachungsvideos von Hannas Straßenecke angesehen. Er war zwar auf Bilder von »Robbie«, aber auf nichts Handfestes gestoßen. Er war fest entschlossen, die Nadel in diesem verfluchten Heuhaufen zu finden.

Im Morgengrauen hatte er eine Pause gemacht, um nach Hause zu gehen, zu duschen und eine Kleinigkeit zu essen, bevor er zu Jo ins Krankenhaus fuhr. Er traf sie im Wartebereich an, allein, die Augen geschlossen und den Kopf nach hinten gegen die Wand gelehnt.

»Jo«, sagte er.

Sofort öffnete sie die Augen und sah ihn an. Sie stand auf, und er zog sie in die Arme. Sie hielt sich an seinem Hemd fest.

»Wie geht es ihr?«

Jo lehnte sich an ihn. »Sie wird wieder gesund. Körperlich.«

Er strich ihr über das Haar und sog den leichten Duft ein. »Hat sie gesagt, wieso sie es getan hat?«

Jo zögerte kurz. »Da war irgendetwas zwischen meiner Mutter und Smith, aber sie will es mir nicht erzählen. Ich habe sie noch einmal gefragt, ob Smith mein Vater war, aber sie antwortet nicht.«

Schweigen breitete sich aus. »Biologie verändert gar nichts, Jo.«

Sie sah ihn forschend an. »Sie kann ein starker Einfluss sein.«

Er strich ihr das Haar aus dem Gesicht. »Jo, du bist ein guter, freundlicher Mensch. Du bist nicht er.«

»Ich weiß.«

»Wirklich?«

»Ja.« Sie seufzte. »Ich will einfach nur das, was noch zum Puzzle fehlt. Mom erzählt mir nicht alles.«

»Was könnte sie noch zurückhalten?«

»Ich weiß es nicht. Aber wahrscheinlich etwas ziemlich Hässliches.«

Es gefiel Brody gar nicht, Jo im Krankenhaus zurückzulassen, doch sie beharrte darauf, es gehe ihr gut und sie müsse mehr Zeit mit ihrer Mutter verbringen.

Jetzt saß er am Schreibtisch und schob eine weitere DVD mit Aufnahmen der Überwachungskamera in das Laufwerk seines Computers. Die Filme stammten aus dem Geschäft, von dem aus man Hannas Straßenecke sah.

Ein dunkler Mercedes hielt an ihrer Ecke, und sie ging auf das Beifahrerfenster zu. Sie lächelte, als der Fahrer sich zu ihr herüberbeugte. Und dann war ihr Lächeln wie weggewischt, und sie trat einen Schritt von der Wagentür zurück. Der Fahrer stieg aus. Er zog sich eine dunkle Kapuze über den Kopf und ging rasch auf Hanna zu. Er zog Geld aus der Hosentasche und versuchte, es ihr in die Hand zu drücken. Ein paar angespannte Sekunden lang standen sie so da, während er seine Arme um ihre geschlungen hatte. Sie nahm das Geld und stieg in den Wagen.

Dann schloss er die Beifahrertür und ging rasch zur Fahrerseite hinüber.

»Dreh dich um, du Hurensohn.« Aus diesem Kamerawinkel hatte Brody das Gesicht des Mannes noch nie gesehen, bevor er mit Hanna weggefahren war.

Er warf die DVD aus, suchte in seinem Stapel und fand die Aufnahme einer Kamera, die an einer Straßenlampe zwei Straßen weiter hing. Er legte die DVD ein und trommelte mit den Fingern auf den Schreibtisch, während er auf das Bild wartete. Dann spulte er bis zu dem Moment vor, in dem die andere Aufnahme aufgehört hatte.

Der Mercedes hielt an einer Straßenlaterne. Und diesmal war das Gesicht des Fahrers zu sehen. Die Kamera hatte ihn in diesem Augenblick im Profil eingefangen.

Die Identität des Mannes war unverkennbar.

Scott Connors.

Sehr schnell stellten Brody und Santos fest, dass Connors am Vortag gekündigt worden war. Während der letzten fünf Wochen hatte er nicht nur beträchtliche Fehlzeiten angesammelt, sondern auch mehrere wichtige Aktiengeschäfte verpatzt.

Bei Connors' Wohnung machte niemand auf. Brody rief den Vermieter an, der versprach, sofort zu kommen.

Minuten später stieg ein großer, schlanker Mann mit weißem Haar die Treppe zu Connors' Wohnung empor, während er an einem Schlüsselbund herumnestelte. »Connors ist mir noch ein paar Monatsmieten schuldig. Er hat immer gesagt: ›Sobald ich verheiratet bin, zahle ich meine Schulden zurück.‹ Aber dann ist dieses Mädchen verschwunden. Ständig hat er beteuert, dass sie wiederkommen würde. Als sie dann tot aufgefunden wurde, hatte er keine Ausreden mehr. Vor zwei Tagen habe ich ihm den Räumungsbefehl geschickt.« Der Vermieter öffnete die Tür. »Eigentlich ist es dann ja wieder meine Wohnung. Also nur zu.«

»Danke, Sir«, sagte Brody.

»Mr Connors«, rief er. »Texas Ranger. Mr Connors, sind Sie hier?«

Keine Antwort.

Santos schüttelte den Kopf. »Da stimmt was nicht.«

»Allerdings.« Brody ging ins Wohnzimmer.

Pizzaschachteln und leere Behälter von chinesischen Schnellrestaurants, über den Couchtisch und den Fußboden im Wohnzimmer verteilt. Ein Küchenmülleimer, der von leeren Bierdosen überquoll. Die Wohnung roch stickig und nach verdorbener Milch.

Brody schaltete die Küchenbeleuchtung ein. Eine große, viereckige Leuchtstoffröhre flackerte, ohne wirklich Licht zu spenden. »Was ist mit den Möbeln passiert?«

»Abgeholt«, sagte der Vermieter. »Alle gemietet.«

Santos rümpfte die Nase. »So schlimm war der Geruch meiner Erinnerung nach letzte Woche nicht.«

Brody sah sich nach dem Vermieter um. »Danke, Sir. Wir kommen jetzt alleine zurecht.«

Der Ältere nickte. »Sagen Sie Bescheid, falls Sie etwas brauchen.«

Nachdem Brody die Tür hinter dem Vermieter geschlossen hatte, sah er Santos an. »Er ist fertig.«

»Alles bricht über ihm zusammen.«

Brody betrat das Wohnzimmer, in dem jetzt nur noch ein alter Fernseher und ein paar Gartenstühle standen. Das Badezimmer sah aus, als wäre es wochenlang nicht mehr geputzt worden.

Die Ranger gingen in das Schlafzimmer und schalteten das Licht ein. Die Einrichtung bestand aus einer Matratze auf dem Fußboden und einer Bodenlampe.

Brody entdeckte auf dem Boden neben dem Bett einen Papierstapel und ging zu ihm hin. Es waren Zeitungsartikel. Sofort erkannte Brody Christas lächelndes Gesicht. Die Schlagzeile über dem Foto lautete: *Seit zwei Wochen vermisst.*

Er zog Gummihandschuhe aus der Gesäßtasche. Nachdem er sie übergezogen hatte, nahm er den zuoberst liegenden Ausschnitt. Auch die nächsten Artikel betrafen Christa. Darunter befanden sich mehrere, bei denen es um Sheila Dayton ging.

»Seine Verlobte verschwindet, und er sammelt Zeitungsartikel über eine Frau, die als vermisst gilt.«

»Hat die lokale Polizei den Kerl überprüft?«

»Ja, und zwar gründlich. Er hat keine Vorstrafen. Und ich weiß, dass die Wohnung durchsucht wurde.« Brody drehte den nächsten Artikel um und sah, dass jemand mit dickem Filzstift über eine Immobilienanzeige *Hanna* geschrieben hatte. »Sieh dir das an. Hanna. Wir haben den Namen gegenüber den Medien nie genannt.«

Santos betrachtete die spärliche Einrichtung. »Er wollte Christa doch wegen ihres Geldes heiraten. Wozu sie also umbringen? Nach ihrem Tod war er aufgeschmissen«, sagte Brody.

»Smith war todkrank. Wenn Robbie beweisen wollte, dass er seines Vaters würdig war, blieb ihm nur noch wenig Zeit. Falls Connors Robbie ist, hat er begriffen, dass er nicht bis zur Hochzeit warten konnte.«

»Er opfert einen Riesenbatzen Geld, um Smith zufriedenzustellen.«

Brody blätterte in den Zeitungsartikeln. Im letzten ging es um Smith und dessen Tod. Der Artikel schilderte Smiths dunkle Vergangenheit und seinen Kampf gegen den Krebs.

»Für Robbie wäre er etwa im richtigen Alter. Körpergröße und Statur passen ebenfalls«, sagte Santos.

»Bis zu welcher Zeitspanne hat die lokale Polizei seine Vergangenheit überprüft?«

»Fünfzehn Jahre.«

»Vielleicht nicht lange genug.« Irgendetwas fühlte sich bei alldem nicht richtig an. »Smith war verteufelt schlau. Er dachte immer ein paar Schritte voraus. Deswegen war es so schwer, ihn zu schnappen. Dass er einen Kerl ausbildet, der einen Stoß belastender Zeitungsartikel liegen lässt, ergibt keinen Sinn. Eigentlich hätte er die Ausbildung seines Nachfolgers besser hinbekommen müssen.«

Brody und Santos trafen Christas Schwester Ester in der Grundschule an, wo sie in der ersten Klasse unterrichtete.

Die Ranger blieben neben ihrem Bronco stehen und warteten, während die Kinder sich draußen versammelten. Ein halbes Dutzend kleiner Jungen lief auf Brody und Santos zu. Der Kleinste drängte sich an seinen Freunden vorbei und blieb vor Brody stehen.

Der Junge sah sich nach seinen Freunden um und sah Brody dann direkt an. »Sind Sie ein Ranger?«

Brody berührte seine Hutkrempe. »Yes, Sir.«

Unter den Jungen wurde aufgeregt geflüstert. »Sind Sie hier, um einen Verbrecher zu verhaften?«

Brody behielt seine stoische Miene bei. »Heute verhafte ich niemanden, Partner. Ich will mich nur umsehen.«

»Da ist ein Fünftklässler, der mir immer das Schulbrot wegnimmt. Ich mag ihn nicht.«

Brody riskierte lieber keinen Blick in Santos' Richtung, um nicht grinsen zu müssen. Er zog die Augenbrauen hoch. »Tatsächlich?«

Der Junge nickte. »Er heißt Colin. Wir dachten, Sie wollen ihn vielleicht verhaften.«

»Ich bin zwar nicht wegen Colin hier, aber«, – er zog einen Notizblock aus der Westentasche – »ich schreibe es mir mal auf.«

»Gut. Er heißt Colin Bainbridge. Er hat rote Haare und ganz viele Sommersprossen.«

»Ist notiert.«

Der Junge lächelte. »Danke.«

»Falls ich ihn nicht sehe«, sagte Brody mit strenger Miene, »sag ihm, dass Ranger Brody Winchester sich nach ihm erkundigt hat.« Er gab dem Jungen seine Karte. »Nur für den Fall, dass er dir nicht glaubt.«

Der Junge kniff die Augen zusammen. »Mach ich.«

Ester Bogarts Klassenzimmer war leicht zu finden. Sie schrieb gerade die Aufgabe für die erste Stunde an die Tafel, während die Kinder ihre Bücher und Lunchboxen verstauten.

»Ms Bogart?«

Die Frau drehte sich um, doch ihr Lächeln ließ nach, als sie die Polizei erkannte. Sie kam zur Tür und ging mit ihnen zu einem Lehrerzimmer, wo sie sich ungestört unterhalten konnten. »Es tut mir leid. Viel Zeit habe ich nicht. Es klingelt gleich. Haben Sie Christas Mörder gefunden?«

»Wir sind dabei, Ma'am«, sagte Brody.

Sie legte ihren Radiergummi hin und verschränkte die Arme vor der Brust. »Was wollen Sie wissen?«

Ihrer gelangweilten Stimme war deutlich anzuhören, wie oft man sie schon wegen Christas Verschwinden und ihrer Ermordung behelligt haben musste. »Wann haben Sie Scott Connors das letzte Mal gesehen?«

Überraschung blitzte in ihrem Blick auf. Mit dieser Frage hatte sie nicht gerechnet. »Am Tag von Christas Beerdigung.«

»Sie beide haben die Kirche an dem Tag Arm in Arm verlassen.«

Die Falte auf ihrer Stirn vertiefte sich. »Unser Verlust war von allen Leuten dort der größte. Wir verstanden uns.«

»Ich habe gehört, dass Sie Scott nicht besonders gut leiden konnten, als Christa mit ihm zusammen war.«

»Ich mochte ihn nicht. Ich dachte, er wäre nur hinter ihrem Geld her. Christa hätte am Tag ihrer Hochzeit die Kontrolle über ihren Treuhandfonds erhalten. Es handelt sich um eine beträchtliche Summe. Ich habe ihr geraten, das lieber für sich zu behalten, aber in so etwas war sie nicht gut.« Sie verschränkte die Arme. »Als sie verschwunden ist, war er völlig fertig. Und er und seine Freunde haben die *Wo-ist-Christa?*-Kampagne organisiert. Es war eindeutig, dass er sie liebte. Nach dem Begräbnis konnte er über nichts anderes reden als darüber, ihren Mörder zu finden. Tim und ich haben versucht, mit ihm zu sprechen, aber er wollte uns nicht zuhören.«

»Hat er erwähnt, die Stadt verlassen zu wollen?«

»Nein.« Sie zog die Stirn in Falten. »Wir wollten sogar heute Abend zusammen essen gehen.«

»Tatsächlich?«

Die Röte stieg ihr in die Wangen. »Wir sind sehr gute Freunde. Wir verstehen uns. Wegen Christas Verlust, meine ich. Wir sind befreundet.«

Santos betrachtete sie forschend. »Aber Sie hätten gern, dass mehr daraus wird.«

Die Hände um ihre Oberarme verkrampften sich. »Nein! Ich meine, ich mag ihn zwar, aber ich weiß, dass er meine Schwester geliebt hat.«

Santos veränderte seine Haltung. »Ich habe gehört, dass es vor der Beerdigung Streit zwischen ihnen gab. Er wollte Christa einäschern lassen.«

Sie hob den Kopf. »Ich habe ihn davon überzeugt, dass es besser für Christa ist, wenn sie neben meinen Eltern zur letzten Ruhe gebettet wird.«

»Wie viel Geld haben Sie, jetzt, nachdem Christa tot ist?«, fragte Brody.

»So ist das nicht.« Es klang schneidend, aufgebracht. »Ich kann nicht glauben, dass Sie mir diese Fragen stellen. Ich habe meine Schwester geliebt.«

Brody schüttelte den Kopf. »Ich habe nie etwas anderes behauptet.«

»Worauf wollen Sie dann hinaus?«

»Waren Sie schon mal in Scotts Wohnung?«, fragte Brody.

Sie runzelte die Stirn. »Nein.«

»Wir haben im Schlafzimmer Zeitungsausschnitte gefunden.«

Ihre Hand fuhr zu ihrem schlanken Hals. »Was für Zeitungsausschnitte?«

»Artikel über Christas Verschwinden und welche über Harvey Smith.«

Sie schüttelte den Kopf und presste stirnrunzelnd die Lippen zusammen. »Mir ist nicht ganz klar, worauf Sie hinauswollen.«

»Wir haben es zwar noch nicht an die Medien weitergegeben, aber es gab eine weitere Frau, die genauso begraben wurde wie Christa. Auf Überwachungsvideos ist zu sehen, wie dieses letzte Opfer am Tag seines Verschwindens zu ihm in den Wagen steigt.«

Sie erbleichte. »Nein.«

»Gibt es irgendetwas über Scott, das Sie mir verschwiegen haben?«

»Nein. Ich glaube nicht.«

»Hat er Ihnen je etwas über seine Vergangenheit erzählt?«

»Seine Mutter ist gestorben, als er noch klein war. Christa hat mir erzählt, dass sie versucht hat, mit ihm über seine Kindheit zu reden, aber er war in diesem Punkt wohl immer sehr verschlossen. Er war sehr stolz darauf, alles allein geschafft zu haben.«

Brodys Nackenmuskeln zogen sich zusammen. »Wo ist er, Ms Bogart?«

»Ich weiß es nicht. Wie schon gesagt, ich habe ihn seit der Beerdigung nicht mehr gesehen. Haben Sie bei seiner Arbeitsstelle nachgefragt?«

»Er ist gestern gefeuert worden. Und weder das GPS in seinem Auto noch das in seinem Handy funktioniert.«

Ihre Schultern sackten nach vorn, als wäre die Nachricht zu viel für sie. »Ich weiß es nicht. Ich weiß es nicht. Es hat immer so ausgesehen, als würde er Christa lieben.«

Brody zog seine Visitenkarte aus der Tasche und reichte sie ihr. »Wenn Sie ihn sehen oder mit ihm sprechen, rufen Sie mich sofort an, haben Sie gehört?«

Ester nahm die Karte und spielte nervös damit herum. »Hat er Christa umgebracht?«

Brody legte die Hände an die Hüften. »Ich kann zwar noch nichts mit Bestimmtheit sagen, Ma'am. Aber er steht ganz oben auf der Liste der Leute, mit denen ich reden will.«

Nach zwei Jahren sorgfältiger Planung begann sich jetzt endlich alles für Robbie zu fügen. Smith hatte ihm beigebracht, viele Schritte vorauszudenken, und jetzt zahlte es sich endlich aus.

21

Freitag, 19. April, 9:00 Uhr

Jo gähnte, als sie sich über die Küchenarbeitsplatte beugte, das Kinn in die Hand gestützt, während der Kaffee aus der Maschine tröpfelte. Ihr Kopf hämmerte, und ihre Augen waren gerötet. Sie konnte ihre Kontaktlinsen nicht einsetzen. Die ganze Nacht war sie bei ihrer Mutter gewesen, in der Hoffnung, ihr weitere Informationen zu entlocken. Ein- oder zweimal hatte sie geglaubt, ihre Mutter würde mit ihr reden, doch dann war ihre Schwester wiedergekommen, und ihre Mutter hatte vollkommen dichtgemacht. Ihre Schwester war bis zum frühen Morgen geblieben, als ihre Mutter in einen tiefen Schlaf gefallen war. Auf das Drängen der Krankenschwestern waren Jo und Ellie kurz vor Sonnenaufgang gegangen.

Die Kaffeemaschine hörte auf zu gurgeln, und Jo goss sich eine Tasse ein, in der Hoffnung, das Koffein würde sie irgendwie durch den Tag bringen. Sie würde den Kaffee trinken. Duschen. Anschließend musste sie im Büro ein paar Stunden Papierkram erledigen. Termine verlegen. Besprechungen verschieben. Wenn sie sich beeilte, konnte sie um zwölf oder ein Uhr wieder ins Krankenhaus fahren.

Es klingelte. Verärgert über die unerwartete Störung, trank sie noch einen Schluck Kaffee, stellte die Tasse hin und ging zur Tür. Als sie durch den Spion blickte, sah sie ihre Schwester auf der Veranda stehen.

Jo seufzte. Bevor sie mit ihrer Schwester in die zweite Runde ging, brauchte sie Kaffee. Sie entriegelte die Tür und öffnete. »Geht es Mom gut?«

»Ich hab gerade im Krankenhaus angerufen. Sie schläft friedlich.« Ihre Schwester kam herein, als würde ihr die Wohnung gehören. »Hier riecht es nach Kaffee.«

»Ich habe gerade eine Kanne gemacht. Möchtest du eine Tasse?«

»Oh Gott, ja. Aber ich kann nicht lange bleiben. Ich muss zum Salon fahren und dort alles vorbereiten.« Ellie folgte Jo in die Küche.

»Kannst du das Geschäft alleine managen?«

»Mit geschlossenen Augen. Schließlich arbeite ich schon seit meinem zwölften Lebensjahr dort. Ich würde ja wieder ins Krankenhaus fahren, aber ich weiß, dass Mom besser schlafen kann, wenn der Salon versorgt ist.«

Jo goss Ellie eine Tasse Kaffee ein und reichte sie ihr. Dann holte sie Zucker aus dem Küchenschrank und Milch aus dem Kühlschrank. Ellie trank ihren Kaffee gern süß und mit viel Milch.

Während ihre Schwester Milch und Zucker in ihre Tasse schüttete, nippte Jo an ihrem eigenen Kaffee. In den frühen Morgenstunden hatte zwischen Jo und Ellie ein angespannter Waffenstillstand geherrscht, aber sie vermutete, dass Ellie hier war, um die Auseinandersetzung zu Ende zu führen.

Ellie nahm einen tiefen Schluck. »Gestern war ich ein Miststück. Ich hatte schreckliche Angst um Mom und war immer noch wütend wegen all dem, was du über Aaron gesagt hast.«

Eine tiefe Müdigkeit legte sich auf Jos Schultern. »Ich wollte dich nur vor ihm schützen.«

Stirnrunzelnd blickte Ellie in ihre Tasse. »Seit unserem Gespräch habe ich ein paarmal bei ihm angerufen, aber er hat nicht abgenommen. Ich habe Nachforschungen angestellt. War nicht weiter schwierig. Die Sache mit seiner Frau kann man überall nachlesen.«

»Er ist kein guter Mensch, Ellie.«

»Inzwischen komme ich mir echt blöd vor, Jo. Und wenn ich an unser Date zurückdenke, wird mir klar, dass er irgendwie unheimlich war. Ich habe es ignoriert. Blöde Angewohnheit von mir.«

»Was hat er gesagt?«

»Er hat über seine Frau hergezogen, aber das tun ja viele Männer.« Sie nippte an ihrem Kaffee. »Aber dann hat er gesagt, er hofft, dass sie glücklich ist, wo sie auch ist. Vielleicht nahe am Wasser, weil sie das Wasser liebt.«

Jo wusste aus Sheilas Akte, dass sie Wasser gehasst hatte. Sie konnte nicht schwimmen und hatte sich davor gefürchtet. Und doch hatte man sie in einem Gewässer gefunden. »Es tut mir leid.«

Ellie stieß einen Seufzer aus, als würde sie einen Traum loslassen. »Was ist da zwischen dir und Mom los? Und bitte, Jo, lüg mich nicht an. Ich weiß, dass da irgendwas zwischen euch beiden schwelt.«

»Ganz ehrlich, Ellie, ich weiß es nicht genau.« Sie dachte an Smiths Brief und fragte sich, ob er ihn geschrieben oder ob Robbie noch eine Fälschung angefertigt hatte.

»Verdammt, Jo, ich kann's nicht leiden, bei dieser Sache ausgeschlossen zu werden.«

»Sobald ich die ganze Geschichte kenne, unterhalten wir uns zu dritt.«

Heftig stellte Ellie die Tasse ab. Kaffee spritzte ihr auf die Hände. »Mom hat gestern versucht, sich umzubringen. Mom, der Fels in der Brandung, bröckelt. Du musst doch wissen, was los ist.«

»Ich dachte, ich wüsste es, aber ich kenne nicht die ganze Geschichte.«

»Wenn es ein richtiges Problem gäbe, würde Mom dir davon erzählen. Mit dir hat sie doch immer über Geldangelegenheiten geredet, über Daddys Grundstück … über die wichtigen Dinge. Unsere Gespräche gehen nicht über Dauerwellen und Haarfarben hinaus. Aber ihr zwei. Da war immer so was wie gegenseitiger Respekt. Du treibst sie vielleicht in den Wahnsinn, aber sie respektiert dich.«

Jo holte ein Papiertuch und reichte es Ellie.

»Du bist ihr ähnlicher, als dir bewusst ist. Ich bin wie Daddy. Mich kann man leicht hinters Licht führen. Aber dich und Mom nicht.«

Jo seufzte. »Wenn Mom sich öffnet …«

Ellie schüttelte den Kopf. »Du schließt mich aus, wie immer. Die wichtigen Dinge für Jo. Die unwichtigen für Ellie. Ich bin nicht dumm, weißt du.«

»Das habe ich auch nie behauptet.«

»Nicht mit Worten, aber mit Taten. Ich kann mit dem fertig werden, was Mom durchmacht.«

»Ich weiß nicht genau, was es ist.«

Bunte Armreifen klimperten an Ellies Handgelenken, als sie sich mit den Fingern durchs Haar fuhr. »Ich habe zwar vielleicht keinen gewaltigen IQ, aber als Kind habe ich einiges mitbekommen.«

Jo schwieg, weil sie nicht sicher war, ob sie etwas sagen konnte, ohne ihre Gefühle zu verraten.

»Ich weiß, dass Mom wollte, dass du an Schönheitswettbewerben teilnimmst und dass du es gehasst hast. Ich weiß, dass du immer mit Dad über Bücher oder das, was du gelernt hattest, reden wolltest. Er hat zwar immer geduldig zugehört. Aber er hat es nie richtig verstanden. Er hat *dich* nie verstanden.«

»Die Schönheitswettbewerbe waren in Moms Augen das Ticket zum Erfolg. Und Dad war einfach müde nach seinem langen Arbeitstag.«

»Es war nicht nur das, und das weißt du. Sie hat dich nicht zu Schönheitswettbewerben gedrängt, weil es die Eintrittskarte zum Erfolg war. Es war, als wollte sie dich formen, aus einem klugen Kind eine Schönheitskönigin machen.« Sie schüttelte den Kopf. »Es tut mir leid, dass ich gesagt habe, du würdest nicht zu uns gehören. Du gehörst eindeutig zu uns.«

»Danke.«

»Ich habe mir vorzustellen versucht, wie es für mich gewesen wäre, wenn unsere Eltern wie du gewesen wären.«

»Wie ich?«

»Ein Kopfmensch.« Sie zog die Brauen hoch, als Jo die Stirn runzelte. »Was denn? Es stimmt doch. Du liest lieber ein Buch, als dir die Haare machen zu lassen. Himmel, ich will gar nicht wissen, wie es wäre, wenn ich dauernd lernen müsste.«

Das zweifelhafte Kompliment ihrer Schwester brachte Jo zum Lächeln.

»Ich bin zwar nicht so schlau wie du, Jo, aber ich bin nicht blöd. Mir ist klar, dass du nie richtig in die Familie gepasst hast.«Sie zögerte. »Ist Dad dein leiblicher Vater? Ist es das?«

Jo schwieg, weil sie Angst hatte, ihr Gesicht würde ihre Befürchtungen widerspiegeln.

Ellie seufzte. »Es ist ja nicht das erste Mal, dass ich so etwas denke. Zwischen ihrer Hochzeit und deiner Geburt liegen nur sieben Monate.«

Jo verschränkte die Arme vor der Brust. »Wir sollten dieses Gespräch nicht ohne Mom führen.«

Ellie stemmte die Hände in ihre schmalen Hüften. »Kannst du nicht mal kurz die Psychologin außen vor lassen und es mir sagen?«

»Ich kann nicht über etwas reden, was ich nicht weiß. Mom hütet ein Geheimnis, aber ich weiß nicht genau, was es ist. Ich schwöre dir, ich weiß es nicht.«

Die Anspannung in Ellies Körper ließ nach. »Ich glaube einfach nicht, dass sie wegen eines Vaterschaftstests derart in Panik geraten würde. Selbst wenn Dad noch leben würde, hätte sie es irgendwie geschafft, sich herauszureden. Sie konnte ihm alles weismachen.«

»Das, womit sie jetzt zu tun hat, lässt sich nicht so leicht abtun.«

Ellie nickte. »Wir schaffen das gemeinsam. Wir beide werden Mom helfen.«

Jo lächelte. »Fürs Erste sollten wir sie vielleicht nicht so bedrängen. Aber wir müssen sie darin bestärken, mit uns zu reden.«

»Ich hab verstanden.« Ellie zeigte mit einem manikürten Finger auf Jo. »Aber schließ mich nicht aus, Jo. Lass mich dir und Mom helfen. Was auch immer da los ist, wir haben schließlich nur einander.«

»Ich weiß. Ich weiß. Und wenn Mom bereit ist, zu erzählen, was sie dazu getrieben hat, werde ich sie ermuntern, uns beide einzuweihen.«

»Danke.« Ellie umarmte Jo. »Ich muss jetzt in den Salon. Um die Mittagszeit will ich wieder ins Krankenhaus fahren.«

»Ich auch.« Jo drückte Ellie fest an sich.

»Bis dann also?«

»Ja.«

»Okay.«

Jo brachte ihre Schwester zur Tür, umarmte sie noch einmal zum Abschied und sah zu, wie Ellie zu ihrem Wagen ging. Sie winkte ihr nach und schloss die Haustür.

Sie war gerade in die Küche zurückgekehrt, hatte ihren Kaffee ausgetrunken, Ellies restlichen Kaffee in den Ausguss geschüttet und wischte nun die Küchenarbeitsplatte sauber, als es an der Tür klingelte. *Ellie. Was hast du vergessen?* Rasch sah Jo sich nach Ellies strassbesetzter Handtasche, ihrer Brille oder dem Portemonnaie um, konnte aber nichts entdecken.

Jo lief zur Haustür, um Ellie schnell abzufertigen, damit sie unter die Dusche gehen konnte. Ihre Muskeln schmerzten, und ihr Kopf hämmerte. Sie machte die Tür auf.

Sofort hüllte ein übel riechender Nebel sie ein. Sie kniff die Augen zusammen und rieb sie, weil sie brannten. Sie hustete, stolperte rückwärts und starrte durch den Nebel, der ihr die Sicht nahm, zu der Person an der Tür.

Starke Arme packten sie. Die Haustür fiel zu, sodass sie mit ihrem Angreifer in der Wohnung gefangen war. Der Spray blendete Jo und ließ ihre Augen brennen, und sie trat und schlug blindlings um sich. Ein- oder zweimal hörte sie ein Stöhnen, doch ihr Angreifer erholte sich wieder.

Er schlug ihr so heftig ins Gesicht, dass sie rückwärts gegen die Wand taumelte. Aus einer Wunde an ihrer Lippe sickerte Blut.

Er riss sie nach vorn, und als sie den Mund zum Schreien öffnete, drückte er ihr einen mit Chloroform getränkten Lappen ins Gesicht. Sie zerkratzte ihm die Hände, und er stöhnte auf, drückte ihr den Lappen nur umso fester ins Gesicht. Der chemische Gestank stieg ihr in die Nase, und im Nu wurde ihr schwindlig. Alles wurde dunkel.

Brodys Handy summte, und er nahm beim zweiten Klingeln ab. »Winchester.«

»Officer Raynor vom DPS. Ich habe Anweisung, Sie zu kontaktieren, falls uns Dayton über den Weg läuft.«

Brody blickte auf die Armbanduhr. Ein Uhr. »Das ist richtig. Was hat er gemacht?«

»Er wurde umgebracht.«

Brody erstarrte. »Sagen Sie das noch mal.«

»Dayton wurde tot in seiner Garage aufgefunden. Man hat ihm dreimal in die Brust geschossen.«

Mit dieser Nachricht hatte er zuallerletzt gerechnet. »Wann hat man ihn gefunden?«

»Vor drei Stunden. Der Assistent der Gerichtsmedizin hat die Leiche bereits für den Transport freigegeben. In einer Stunde sollte sie bei der Gerichtsmedizin ankommen.«

Brody massierte sich den Nacken, verärgert darüber, dass es so lange gedauert hatte, bis man ihn benachrichtigt hatte.

»Irgendwelche Zeugen?«

»Nein. Einem Nachbarn ist aufgefallen, dass das Garagentor offen stand. Er ist der Sache nachgegangen und hat Dayton tot aufgefunden.«

»Danke.« Brody legte auf und wählte sofort Santos' Nummer. Er schilderte, was geschehen war, und bat Santos, sich eine Liste von Daytons Telefonverbindungen zu besorgen.

»Ist so gut wie erledigt.«

Brody beugte sich auf seinem Stuhl vor, während in seinem Hinterkopf eine Theorie Gestalt annahm. »Achte besonders auf Anrufe bei Connors.«

»Connors?«

»Dayton hat Jo gestalkt.«

»Und Smiths Lehrling, alias Connors, hat es nicht gefallen, dass Dayton sie aufs Korn genommen hat.«

»Meiner Meinung nach ist Robbie oder besser gesagt Connors irgendwie der Meinung, er würde Smiths Vermächtnis schützen, indem er Jo beschützt.«

»Robbie, alias Connors, erschießt Dayton.«

»Passt.« Wieder rieb Brody sich den Nacken. »Aber beschränk dich bei deiner Suche nicht auf Connors. Ich will von jeder Verbindung zwischen Dayton und jedem beliebigen Menschen wissen, die irgendwie seltsam ist.«

»Ich melde mich gleich wieder.«

Die nächste halbe Stunde verbrachte Brody damit, herumzutelefonieren, um Connors aufzuspüren, aber je mehr Leute er anrief, desto mehr nahm sein Frust zu. Connors war wie vom Erdboden verschluckt. Er hatte weder sein Handy benutzt noch gab es irgendwelche Aktivität auf seinem Kreditkartenkonto. Ein Versuch, sein Handy zu lokalisieren, schlug fehl. Connors hatte es abgeschaltet.

Nachdem Brody aufgelegt hatte, wählte er Jos Handynummer. Sofort sprang der Anrufbeantworter an. Ohne Zweifel war sie im Krankenhaus. Er überlegte, hinzufahren, beschloss dann jedoch, noch ein paar Stunden zu warten. Sein Anblick würde Candace Grangers Blutdruck in die Höhe schnellen lassen.

Kurz nach drei Uhr klopfte April an Brodys Tür. »Ihre Zeichnung ist fertig.«

Er schüttelte den Kopf, verärgert, weil er seine Anfrage zum Alterungsprozess völlig vergessen hatte, stand von seinem Stuhl auf und kam um den Schreibtisch herum.

April schlug eine Mappe mit Computerausdrucken auf. »Ich habe alle möglichen Variablen einfließen lassen. In zwanzig Jahren kann ein Mensch sich stark verändern, je nach seinen Gewohnheiten.«

»Gehen wir davon aus, dass er Disziplin gehalten hat und immer noch schlank und durchtrainiert ist. Vermutlich hat sein Mentor ihm diese Lebensweise eingeimpft, da erscheint es logisch, dass er bei seinen Gewohnheiten geblieben ist.«

Sie blätterte mehrere Seiten weiter. »Hier ist Ihr Robbie,

unter der Voraussetzung, dass er gesund gelebt und keine größeren plastischen Operationen hinter sich hat.«

Brody betrachtete das Bild. Er erkannte den Mann sofort. »Scheiße.«

Jos Kopf fühlte sich an, als wäre er voller Watte, und ihr Mund war so trocken, dass es schien, als wäre ihre Zunge angeschwollen. Sie holte Luft und versuchte, den Kopf zu heben, doch schon bei der leichtesten Bewegung hämmerte ihr der Schädel.

Stöhnend rollte sie sich auf die Seite und stellte fest, dass sie auf dem feuchten Erdboden lag. Als sie die Augen öffnete, füllte frisch aufgeworfene Erde ihr ganzes Gesichtsfeld aus.

Aufgeworfene Erde. Sofort dachte sie an Christa. Und Hanna. Lebendig begraben.

Ihr Puls ging schneller, und sie drängte die Schmerzen zurück und zwang sich in eine sitzende Position hoch. Die Sonne brannte hell und heiß am kargen Horizont. Das Gelände um sie herum war von Gebüsch und niedrigen Bäumen bedeckt. Grillen zirpten. Ein Kojote heulte. Offenbar befand sie sich meilenweit entfernt von jeder befestigten Siedlung.

Als sie sich bewegte, hörte sie das Klirren einer Kette und spürte Metall, das gegen ihre Haut drückte. Um ihren Knöchel lag eine Fußfessel, deren Kette an einem Baum befestigt war.

Panik stieg in Jo auf, sie griff nach der Fußfessel und versuchte, ihren Knöchel daraus zu befreien. Die Fessel saß fest, und sie schürfte sich bei dem Versuch die Fingerspitzen auf und brach sich Nägel ab. Sie riss an der Kette, doch ohne Erfolg.

»Hilfe!«, schrie sie, wobei sie bei jeder Silbe das Gefühl hatte, der Schädel müsse ihr platzen.

In der Ferne rief eine Eule. Aber kein menschliches Wesen antwortete ihr. Sie war allein. Angekettet.

Brody, Santos und ein Dutzend DPS-Officer trafen sich vor dem einstöckigen Farmhaus, das am Ende der Sackgasse lag. Während das Blaulicht hinter ihnen blinkte, näherten sich die Ranger mit gezogenen Pistolen dem Haus mit dem ordentlich gemähten Rasen.

Brody klopfte an der Tür, und als niemand antwortete, befahl er den Uniformierten, die Tür mit dem Rammbock zu öffnen.

Im Haus drückte er den Lichtschalter, stellte jedoch fest, dass das Licht nicht funktionierte. Mit der Taschenlampe leuchtete er in dem Wohnzimmer herum, das mit einem hübschen, modernen Sofa, zwei Sesseln und einem Fernseher eingerichtet war. Vor etwas, das eine Terrassentür zu sein schien, hingen Vorhänge, und der Flauschteppich sah weich und glatt aus, als wäre er gesaugt worden.

Mit gezückten Taschenlampen und gezogenen Waffen betraten die Cops das Haus und durchsuchten sämtliche Zimmer und Schränke. Alle paar Sekunden schrie jemand »Sauber!«

Schließlich rief ein Polizist: »Hab den Sicherungskasten gefunden!« Der Schutzschalter klickte, und das Licht im Zimmer ging an.

Brody trat zurück und sah sich in dem Raum um, der ebenso sauber und ordentlich wie der Rasen war. Auf dem Sims über dem ausgefegten Kamin stand eine Reihe Fotos. Alle zeigten Robbie und Smith. Die Fotos waren chronologisch geordnet, das letzte Bild war vor über zehn Jahren entstanden, kurz vor dem Zerwürfnis der beiden.

Auf dem Beistelltisch stand ein anderes Foto. Als er es erblickte, wurde Brody von heftigem Zorn gepackt. Jo, die auf dem Bild ein *Wo-ist-Christa?*-T-Shirt trug, stand neben Robbie, auch bekannt als Tim Neumann.

Santos blieb hinter Brody stehen. »Was zum Teufel hat er mit Jo vor?«

Brody holte sein Handy aus der Hosentasche und wählte die Nummer der Zentrale. »Schicken Sie Polizisten zu Jo Granger, und falls Sie sie nicht zu Hause antreffen, fahren Sie zu ihrer Praxis oder allen anderen Orten, an denen sie sich herumtreiben könnte. Keiner ruht, ehe man sie gefunden hat.«

Brody betrachtete das Bild genauer. Jo lächelte in die Kamera, während Tim sie ansah. Der Lehrling und die Tochter des Meisters. Er dachte an die gefälschten Briefe, die auf Jos Veranda gelegen hatten. Sie waren auf Fingerabdrücke untersucht worden, aber sauber gewesen, während die Schachtel mit den Karten, die der Anwalt aufbewahrt hatte, voll von Smiths Fingerabdrücken gewesen war. Robbie hatte viel Mühe auf sich genommen, um mit Jo zu kommunizieren.

Sein Magen krampfte sich zusammen. »Wie könnte man seinen Meister besser übertreffen als dadurch, dass man dessen Tochter tötet?«

Brodys Telefon klingelte. »Sergeant Winchester.« Während er der Stimme am anderen Ende der Leitung lauschte, verfinsterte sich sein Gesicht immer mehr. »Was soll das heißen, ihre Tür steht offen? Hören Sie sich bei den Nachbarn um. Besorgen Sie mir Zeugen.«

Er klappte das Handy zusammen und warf Santos einen grimmigen Blick zu. »Jos Nachbar hat entdeckt, dass ihre Haustür offen steht und die Katzen sich draußen herumtreiben.«

Gefolgt von Santos, hastete Brody zu seinem Wagen und stieg ein. Er umklammerte das Lenkrad, ließ den Motor an und trat aufs Gas. Staub und Kies wurden aufgewirbelt. »Sie lässt diese Katzen nie raus. Sie muss in Schwierigkeiten stecken.« Er schüttelte den Kopf. »Es ist Robbie. Tim. Oder welchen verdammten Namen er auch immer benutzt. Smiths Lehrling hat sich Jo geholt.«

Santos fluchte. »In seiner Vorstellung die höchste Beute?«

»Er hat sich immer nach Harveys Anerkennung gesehnt. Vielleicht denkt er, wenn er Vater und Tochter wiedervereint, wird er sie endlich bekommen.« Brody nahm sein Handy auf und wählte eine weitere Nummer.

»Wo zum Teufel hat er sie hingebracht? Wir haben seine Immobilien in der Datenbank abgefragt, und das Haus hier wurde als einziges ausgespuckt.«

»Er ist Immobilienmakler und hat Zugang zu Dutzenden von Grundstücken.«

»Jede Wette, dass es ein ganz besonderer Ort ist. Einer, an dem er eine Verbindung zu Smith hat.«

Die Verzweiflung setzte Brody zu. Es gab so viele Puzzlestücke, und sie hatten so wenig Zeit. »Ich weiß es nicht. Aber vielleicht weiß es jemand anders.«

22

Freitag, 19. April, 17:00 Uhr

Brody atmete heftig aus, als er auf die Schwesternstation des Krankenhauses zuging. In den letzten zwei Stunden hatte er Jo immer wieder angerufen, ohne dass sie abgenommen hatte. Deshalb war er ins Krankenhaus gefahren, um Antworten zu bekommen. An der Schwesternstation zeigte er seine Dienstmarke vor, erhielt Candaces Zimmernummer und klopfte kurz an. Als er ein vernehmliches »Herein« hörte, trat er ein und fand Ellie an Candaces Bett vor.

Die Candace, an die er sich erinnerte, war eine furchteinflößende Frau gewesen. Sie war stahlhart gewesen und hatte Brody geschworen, sie würde ihm bei lebendigem Leib die Haut abziehen, falls er noch einmal in Jos Nähe kam. Er hatte sich zurückgezogen und erwartet, mit Jo reden zu können, sobald es ihr besser ging. Candace hatte dafür gesorgt, dass es dazu nicht kam.

Die Frau, die er jetzt vor sich sah, war nicht die, die sich ihm vor vierzehn Jahren in den Weg gestellt hatte. Ohne Make-up und mit an den Kopf geklatschtem Haar sah sie gebrochen und Jahre älter aus, als sie war.

Er unterdrückte sämtliche Vorbehalte, die er Candy gegenüber noch haben mochte, und nahm den Hut ab. »Mrs Granger, ich bin …«

Sie richtete sich ein wenig auf. »Ich weiß, wer Sie sind. Sie sehen noch genauso aus wie früher.«

Ellie stand auf. »Sie sind Brody Winchester. Jos Ex.«
»Stimmt.«
»Was wollen Sie, Mr Winchester?«, fragte Candace.
Er sah sie an. »Ich bin auf der Suche nach Jo.«
»Sie ist nicht hier. Sie war den ganzen Tag noch nicht hier. Ich dachte, Sie hätten sie vielleicht zu einem anderen Fall geholt.«
Sein Magen zog sich zusammen. »Sie war nicht mit mir zusammen, und bei der Arbeit war sie auch nicht.«
Ellie ballte die Fäuste. »Es ist nicht Jos Art, einfach blauzumachen. Sie ruft immer an. In diesem Punkt ist sie geradezu zwanghaft. Was ist passiert?«
»Genau das will ich herausfinden.« Er blickte wieder zurück zu Candace. »Sie müssen mir sagen, was Sie über Smith wissen.«
Die ältere Frau senkte den Blick. »Ich weiß nicht, wovon Sie reden.«
Brody fluchte. Er wusste, für sanftes Zureden und Händchenhalten war keine Zeit mehr. »Smith hatte einen Lehrling. Einen Jungen namens Robbie, der, wie wir glauben, jetzt den Namen Tim Neumann führt.«
Candace presste die Lippen zusammen. »Diesen Namen kenne ich nicht.«
Brody trat auf das Bett zu und sah auf sie hinab. »Ich glaube, dass Robbie Jo gekidnappt hat.«
Die Augen der alten Frau weiteten sich und füllten sich mit Tränen. »Wieso sollte er sich für Jo interessieren?«
»Weil Smith glaubte, sie wäre seine Tochter.«
Ellie legte ihrer Mutter die Hand auf die Schulter. »Es wird Zeit, mit dem Versteckspiel aufzuhören, Mama. Sag uns, was du weißt.«
Candace' gequälter Blick glitt zu ihrer Tochter. Ihre Finger

krampften sich so fest um das Bettlaken, dass die Knöchel weiß hervortraten. »Du wirst mich hassen, Ellie.«

Ellie setzte sich auf den Stuhl neben das Bett, um ihrer Mutter in die Augen sehen zu können. »Ich werde dich nicht hassen, Mom. Aber du musst reden. Ist es, weil Smith Jos richtiger Vater ist?«

Candace schloss die Augen. »Nein. Das ist es nicht.«

»Was dann, Mama?«

»Ich war siebzehn, als ich Smith kennenlernte. Für mich war er der wunderbarste Mann auf der ganzen Welt. Er hörte mir zu. Er sagte mir, ich sei schön. Wir fingen an, uns heimlich zu treffen.«

»Und du warst damals schon mit Daddy zusammen?«

»Ja. Ich dachte, ich würde Cody lieben, bis ich Smith traf. Neben ihm erschien mir euer Daddy kleinstädtisch und schlicht.«

Ellie runzelte die Stirn, schwieg jedoch.

»Ich bin zu Smith in den Wagen gestiegen, im Glauben, mir stünde ein großes Abenteuer bevor.« Sie schüttelte den Kopf. »Aber es war kein Abenteuer, sondern eine Horrorshow.«

»Was ist passiert?«, fragte Brody.

»Wir sind eine halbe Stunde lang aus Austin herausgefahren, ins Hill Country. Viele Abzweigungen. Er fuhr mit mir zu einer Wiese mit lauter Bluebonnets. Smith sagte ständig, wie sehr er Bluebonnets mochte.« Ihr Kinn begann zu zittern. »Ich sehe die Straßenschilder bis heute noch vor mir. Bei dem, was er mir zeigte, wurde mir schlecht.«

»Was war es?«

»Eine Frau. Er hatte sie gefesselt und sie gezwungen, sich in ein Erdloch zu legen. Er erzählte mir, dass er immer schon davon geträumt hatte, eine Frau lebendig zu begraben. Er wollte diesen Traum mit mir teilen, weil er mich liebte.« Sie kniff fest die Augen zusammen, wie um die Erinnerung auszuschließen.

»Was ist dann passiert?«, fragte Brody.

Ellie drückte die Hand ihrer Mutter fester. »Mom, bitte erzähl.«

»Ich war völlig verstört. Ich habe mich gleich dort übergeben. Das Mädchen warf sich hin und her und versuchte zu schreien. Da war so viel Angst in ihren Augen.« Sie schüttelte den Kopf. Smith hat sie und mich einfach ausgelacht. Er nahm die Schaufel und bedeckte die Frau mit Erde.«

»Hat er sie begraben?«, fragte Brody.

Candace schüttelte den Kopf. »Gott helfe mir, ich weiß es nicht. Ich bin zu dem Pick-up gerannt und habe den Motor angelassen. Ich bin rückwärts dort rausgefahren. Smith brüllte und rannte hinter mir her. Ich fuhr, so schnell ich konnte. In der Stadt ließ ich den Wagen stehen und lief zur Wohnung eures Daddys. Er sah, wie viel Angst ich hatte, und nahm mich sofort in die Arme. Ich hatte mich ihm gegenüber wochenlang so grässlich benommen, aber er hat mich umarmt und mir gesagt, alles würde wieder gut werden. Es tat mir so leid, wie schlecht ich über ihn gedacht hatte.«

»Und Sie haben Granger bald darauf geheiratet?«

Sie befeuchtete sich die ausgetrockneten Lippen. »Ein paar Tage später.«

»Als du Daddy geheiratet hast, warst du mit Jo schwanger«, sagte Ellie.

»Ja.« Candace sah Ellie an. »Ich habe eurem Daddy die Wahrheit über das Baby gesagt. Ich habe ihn niemals angelogen. Aber er sagte, er würde mich trotzdem heiraten. Da habe ich begriffen, was für einen guten Mann ich in ihm hatte. Ich war so ein Dummkopf gewesen. Wir haben uns geschworen, Jo nie etwas von ihrem richtigen Vater zu erzählen.«

»Was war mit dem Mädchen in dem Grab?«, fragte Brody.

»Cody meinte, wir müssten zurückfahren und nachsehen. Er

trommelte ein paar aus seiner Fußballmannschaft zusammen, und wir fuhren alle noch am selben Abend dorthin. Wir fanden zwar die Grube, aber kein Mädchen. Ich habe gebetet, dass sie entkommen ist.« Sie schloss die Augen. »Ich sehe sie immer noch vor mir.«

Brody dachte an die nicht identifizierte Frau, die man zusammen mit den anderen gefunden hatte. Sie hatte über dreißig Jahre in der Erde gelegen. »Wissen Sie, wie die Frau in der Erde hieß?«

»Delores Jones. Sie lebte in der Stadt. Arbeitete in einer Bar.«

Delores. Von ihr war in dem Brief die Rede gewesen. »Und Smith?«

»Ich habe ihn nie mehr wiedergesehen. Bis zu dem Schönheitswettbewerb, als Jo zwölf war. Als ich ihn gesehen habe, ist mir beinahe schlecht geworden. Ich bin rausgerannt, und als ich wieder zurückkam, war er fort.«

»Wo war das Grundstück, zu dem Smith damals mit Ihnen gefahren ist?«

In allen Einzelheiten beschrieb sie ihm dem Weg. »Ich habe versucht zu vergessen, wo dieser schreckliche Ort lag, aber ich konnte es nicht.«

»Ihr Gedächtnis wird Jo möglicherweise das Leben retten.«

Jo wusste nicht genau, wie lange sie schon auf dem trockenen Erdboden lag, aber es mussten wohl Stunden sein. Ihre Haut war kalt, und sie hatte begonnen zu zittern. Sie hatte so oft an ihrer Fußfessel gerissen, dass die Haut am Knöchel wundgescheuert war.

In der Ferne war ein Motorengeräusch zu hören, dann tauchten Scheinwerfer vor ihr auf. Sie rappelte sich hoch, riss an der Kette und zuckte vor Schmerz zusammen, als das Metall über ihren wunden Knöchel scheuerte.

Gemächlich fuhr der Pick-up die Straße entlang, als hätte der Fahrer alle Zeit der Welt. Das Fahrzeug kam vor ihr zum Stehen, und sie verzog das Gesicht, als ihre Augen sich an den grellen Schein gewöhnten, der ihre Umgebung erhellte.

Der Fahrer ließ den Motor laufen und stieg aus. Sie sah nur seine Silhouette, sein Gesicht konnte sie nicht erkennen. Sie beschattete die Augen mit der Hand, um an dem hellen Licht vorbeizusehen.

»Tim?«, fragte sie.

Er kam nach vorne ins Licht. »Hallo, Jo.«

Sie nahm die Schultern zurück und bemühte sich, gefasst zu wirken. Gefasst. Sie war an einen Baum gefesselt. Mitten in Texas, mit einem Wahnsinnigen, und trotzdem hielt sie noch an ihrer Selbstbeherrschung fest. »Tim, wieso tun Sie das? Helfen Sie mir, es zu verstehen.«

Tim warf Jo einen Schlüsselbund hin. »Schließ die Fußfessel auf.«

Sie sah zu den Schlüsseln hin, die wenige Zentimeter von ihren Fingerspitzen im Schmutz lagen, dann zu dem Grab, das jetzt von den Scheinwerfern erhellt wurde. Ihr Herz pochte wie wild. »Damit Sie mich zu dem Grab zerren können? Nein, Tim, ich helfe Ihnen nicht.«

Ein Lächeln zuckte um seinen Mund, als hätte er mit Widerstand gerechnet oder sogar darauf gehofft. »Wir können es auf die leichte oder auf die harte Tour machen. Aber ganz gleich, wie, die Fußfessel wird aufgeschlossen.«

Sie erhaschte die Schlüssel und schleuderte sie in den dunklen Wald. »Dann wird es die harte Tour sein. Ich helfe Ihnen nicht.«

Er kam zu ihr herüber, packte sie um den Hals und presste sie auf den harten Boden. Die Luft wich aus ihren Lungen, und ihr Kopf prallte gegen eine harte Wurzel. Er drückte so fest zu, dass sie nur noch blinzeln konnte, während sie nach oben griff und versuchte, seine Finger von ihrem Hals zu lösen. Sie hustete und würgte, um Luft zu bekommen, doch er ließ nicht locker.

Er drückte noch fester zu und lachte, als ihre Augäpfel hervortraten. »Ich habe Harvey immer gesagt, wie dumm es von ihm war, dich zu lieben. Ich habe ihm gesagt, dass er kein besseres Kind als mich bekommen würde. Aber das hat ihn nie daran gehindert, ständig von seinem perfekten kleinen Mädchen zu reden. Jo hat lauter As bekommen. Jo hat die Zulassung fürs College bekommen. Jo macht ihren Master.«

Jos Sicht verschwamm, sie spürte, wie sie das Bewusstsein verlor.

»Ich habe ihm gesagt, er soll dich doch besuchen, aber er hatte zu viel Angst. Er meinte immer, im Umgang mit Frauen sei er nicht gut. Es sei nur eine Frage der Zeit, bevor er auf dich losgehen würde. Aber sein größter Wunsch war, mit dir zusammen zu sein.«

Sie rang nach Luft.

»Nun, das ist meine Chance, Harvey zu geben, was er sich immer gewünscht hat. Die Ewigkeit, zusammen mit seiner kleinen Jo. Und dann wird er endlich begreifen, dass ich das beste Kind war.«

Sekunden später wurde sie ohnmächtig.

Während Santos den Funk abhörte, fuhr Brody, als wäre ihm der Teufel auf den Fersen. Sie hatten sämtliche verfügbaren Polizeikräfte als Verstärkung angefordert.

Erde wurde hochgeschleudert, als der Wagen vom Highway abfuhr und auf eine Landstraße jagte. Candace' Wegbeschreibung war beängstigend eindeutig gewesen.

»Du setzt gerade alles auf eine Karte«, sagte Santos.

Brody umfasste das Lenkrad fester. »Es ist die einzige, die ich habe.«

»Herrgott, hoffentlich liegst du richtig.«

Santos' Telefon klingelte, und er nahm den Anruf sofort an. »Santos.« Und dann, nach einer kurzen Pause: »Scheiße. Ja, ich sage es ihm.«

»Was ist los?«

»Die Polizei hat Connors gefunden. Erschossen, in einem zwielichtigen Motel, zusammen mit einer Prostituierten.«

»Verdammt.« Brody wollte sich lieber nicht vorstellen, was die Folgen sein würden, falls er sich irrte oder zu spät kam.

Als Jo aufwachte, holte sie tief Luft. Sie lag auf dem Rücken, und ihre Kehle schmerzte, als sie in der Dunkelheit nach Tim Ausschau hielt. Reflexartig wollte sie nach der Fußfessel greifen, die eng um ihren Knöchel lag. Aber ein dickes Seil, das um ihren Rumpf und ihre Hände geschlungen war, machte es ihr unmöglich, die Arme zu bewegen. Sie spannte die Rumpfmuskulatur heftig an, um sich aufzusetzen. Sie schaffte es mehrere Zentimeter nach oben, bevor Tim sie lächelnd auf den Boden zurückstieß. »Jo, du willst doch wohl noch nicht gehen. Es geht gerade erst los.«

Panik schnürte ihr die Luft ab, als sie sich umsah und begriff, dass sie jetzt im Grab lag. »Tim, tu das nicht. Bitte tu es nicht.«

Er kniete sich neben das Grab und ließ eine Handvoll Erde auf ihren Bauch herunterrieseln. Sie zuckte zusammen.

»Aber das ist das, wovon ich schon so lange, lange träume. Harvey hat dich so sehr geliebt, aber er fürchtete, du würdest nichts von ihm wissen wollen, wenn er mit dir Kontakt aufnehmen würde. Er wollte nicht, dass sein kleines Mädchen ihn ansah, als wäre er ein Monster.«

»Harvey war mein Vater.«

»Ja. Er war sehr stolz auf deine Leistungen.«

Ihr hämmernder Puls übertönte beinahe seine Worte. »Und du bist sein Sohn.«

Er zog die Stirn in Falten. »Nicht sein richtiger Sohn. Pflegesohn.«

»Aber er hat dich geliebt.«

»Nicht so wie dich. Egal, wie sehr ich mich anstrengte und wie viel Mühe ich mir gab, zwischen uns gab es nie dieses biologische Band, das ihr beide hattet.« Er nahm sich eine weitere Handvoll Erde und streute sie auf ihren Körper. »Wusstest du, dass wir uns vor zwanzig Jahren sogar mal getroffen haben? Harvey hat deine Mutter zufällig in einer Drogerie gesehen. Sie wollte gerade Haarspray kaufen. Wir sind ihr gefolgt, zu einem Hotel in der Nähe. Er war gleichzeitig wütend und aufgeregt. Ich wusste nicht genau, was er vorhatte, und dann hat er gesehen, wie du auf die Bühne gekommen bist, in diesem blauen Glitzerkleid und mit toupierten Haaren. Er war hin und weg von dir. Er meinte, du wärst seiner Mutter aus dem Gesicht geschnitten.«

Bring ihn dazu weiterzureden. Bring ihn dazu weiterzureden. Vielleicht konnte sie ja eine Beziehung zu ihm herstellen und zu ihm durchdringen. »Erzähl mir davon.«

Er schöpfte noch mehr Erde, behielt sie jedoch in der Hand. »Du bist auf dieser Bühne herumgelaufen und warst ganz wacklig auf den hohen Absätzen. Ein jämmerlicher Anblick. Ich hab gekichert, und Harvey hat mir einen heftigen Stoß in die Rippen versetzt.«

Jo hatte nur noch verschwommene Erinnerungen an jenen Tag. Sie war über die Teilnahme an dem Schönheitswettbewerb alles andere als froh gewesen und hatte nicht viel wahrgenommen. »Meine Mutter war unzufrieden mit mir.«

»Als du diesen brennenden Stab in die Luft geworfen hast, war sie richtig glücklich. Da ist sie aufgestanden und hat geklatscht.«

Jo versuchte, eine Beziehung zu Tim herzustellen, damit er sie als menschliches Wesen und nicht als Objekt sah. »Ich war als Kandidatin eine Katastrophe, und sie wollte, dass ich die Beste war.«

»Harvey hat sich darüber gefreut, wie schlecht du abgeschnitten hast. Er meinte, du seist für ein Leben als Intellektuelle geschaffen, so wie er.«

»Ich kann mich gar nicht daran erinnern, euch beide dort gesehen zu haben.«

»Wir mussten vorsichtig sein. Harvey wollte keinen Ärger. Er sah deine Mutter und nannte sie seinen gescheiterten Lehrling.« Er schüttelte den Kopf. »Als wir gerade gehen wollten, brachte irgendetwas sie dazu, sich umzudrehen. Ich dachte, sie würde in Ohnmacht fallen, als sie Harvey sah. Wir sind dann sofort gegangen.«

Seine Aufgeschlossenheit gab Jo Hoffnung, eine Beziehung herstellen zu können.

»Bis vor Kurzem wusste ich gar nicht, dass meine Mutter Harvey kannte. Hat er je über sie gesprochen?«

Tim ließ ein wenig Erde auf ihren Bauch rieseln. Ihre Muskeln zogen sich zusammen, was ihm ein Lächeln entlockte. »Nicht besonders viel. Er hatte Fotos von ihr, die er sich manchmal angesehen hat. Ich habe sie mir angeschaut, wenn er nicht zu Hause war. Nach dem Wettbewerb hatte er auch Bilder von dir.«

Sie drehte die Hände in den Fesseln, erreichte jedoch nur, dass das Seil noch tiefer in ihre Haut schnitt. »Wie hast du Harvey kennengelernt?«

Tims Körperhaltung hatte sich entspannt, das Gespräch war

ihm recht. »Harvey trat in das Leben meiner Mutter, als sie Ende zwanzig war. Sie hat sich viele Male an ihn verkauft. Und dann hat er sie umgebracht.«

»Wie alt warst du da?«

»Zwölf.« Tim sah zum Mond hoch. »Der Tag, an dem sie gestorben ist, war der beste Tag meines Lebens. Harvey hat mich aus einem elenden Dasein gerettet. Ohne ihn wäre ich wahrscheinlich nicht mehr am Leben.«

»Er wurde zu deinem Vater.«

»Zu mehr als einem Vater. Zu meinem Vorbild. Meinem Schöpfer.« Aus seiner geballten Faust rieselte Erde neben ihr Grab. »Er hat mich aus der Pflegefamilie geholt. Er wusste, dass ich einen richtigen, beständigen Elternteil brauchte.«

Harvey Smith hatte einen sanften Anteil gehabt. Das Böse hatte die Fähigkeit zur Freundlichkeit gehabt, wenn es ihm passte. »Hat er dich adoptiert?«

»Nein. Nicht offiziell. Aber es hätte keinen besseren Vater geben können als ihn.« Auf seinem Gesicht zeichnete sich Wehmut ab, als er noch mehr Erde aufhob. »Er hat oft gesagt, dass er sich einen Sohn nach seinem Ebenbild wünschte.«

»Man merkt, dass du gebildet bist. Du bist klug.«

»Harvey hat mich zu Hause unterrichtet. Er hielt nichts von Schulen. In seinen Augen waren sie Gefängnisse. Ich erhielt eine bessere Bildung, als ich sie in der Schule hätte bekommen können. Er hatte Geduld.«

»Viele Schulen, in denen er Aushilfslehrer war, haben ihm die besten Beurteilungen gegeben.«

»Er war ein begnadeter Lehrer.«

»Als ich mich mit ihm unterhalten habe, hat er dich Robbie genannt.«

Tims Augen leuchteten auf. »Den Namen habe ich schon lange nicht mehr gehört. Schön, ihn wieder zu hören.«

Wo sie ihre Hände hin und her gedreht hatte, blutete die geschundene Haut.

»Er träumte davon, dass wir beide uns kennenlernen. Deswegen hat er dich in diesen Fall hineingezogen. Er fand, dass wir uns endlich treffen mussten.«

»Er wusste nicht, dass du schon Kontakt mit mir aufgenommen hattest – dass du mich überredet hattest, an der *Wo-ist-Christa?*-Suche teilzunehmen.«

»Er wusste vieles nicht. Er wusste auch nicht, dass ich dir dein Haus verkauft habe. Ich habe einen Schlüssel behalten. Ich war in deinem Haus, als Dayton draußen herumgeschnüffelt hat. Er hat mich nicht gesehen. Mir fiel ein, dass du von jemandem erzählt hattest, der dich belästigt. Aber ich habe mich um ihn gekümmert.«

Als sie ihn nur anstarrte, unfähig, etwas zu sagen, fügte er hinzu: »Ich habe ihn getötet. Nichts Aufwändiges. Dafür war keine Zeit. Drei Kugeln in die Brust.«

Sie bemühte sich, gefasst zu bleiben, was ihr zunehmend schwerfiel. »Es hätte Harvey gefallen, dass du auf mich aufpasst.«

»Ich weiß. Es wäre furchtbar für ihn gewesen, wenn dieser Dayton dich in die Finger bekommen hätte.«

»Wann hat Harvey herausgefunden, dass du wieder da warst?«

»Als er die Kleinanzeige in der Zeitung gesehen hat. Ich wusste, dass er sie gelesen hatte, als er dich und die Polizei geschickt hat, um nach Christa zu suchen. Ich wusste, er hatte begriffen, dass ich den Schritt endlich getan hatte.«

»Den Schritt?«

»Dass ich getötet hatte. Zum Mann geworden war. Vor zehn Jahren hat er mir die Gelegenheit dazu gegeben, und ich habe es nicht über mich gebracht.«

Frauen umzubringen war ein Initiationsritus für die beiden. Jo schluckte ihre Wut und ihre Angst hinunter. »Christa war für dich die Erste?«

»Ja. Deswegen konnte ich sie nicht sofort töten. Nachdem ich sie entführt hatte, brauchte ich ein wenig Zeit, um mich zu überwinden.«

»Warum hast du die Suche organisiert?«

Er verzog die Lippen zu einem Lächeln. »Wie hätte ich besser untertauchen und gleichzeitig sichtbar bleiben können? Und hören, was die Cops wussten oder auch nicht. Und Scott. Je besser ich ihn kennenlernte, desto klarer wurde mir, dass er mir nützen würde.«

»Was meinst du damit?«

Die Kälte des Erdbodens kroch in ihr hoch. Inzwischen hatten Brody und die anderen bestimmt gemerkt, dass sie verschwunden war. Aber sie waren hinter dem falschen Mann her. »Wo ist Scott?«

»Er liegt tot in einem Motel in Austin.«

»Ich verstehe nicht.«

»Ich habe ihm erzählt, eine Prostituierte hätte Informationen über Christas Mörder. Ich habe ihm gesagt, er solle sie abholen und dann zu mir kommen. Sobald sie da waren – *Plopp, Plopp,* Problem gelöst.« Er schüttelte den Kopf. »Die Cops werden Tage brauchen, um ihn zu finden.«

Jo unterdrückte ihre Panik. »Du hast ihn hereingelegt.«

»Es war ein Kinderspiel.«

Bring ihn dazu, weiterzureden. Bau eine Beziehung zu ihm auf. Finde einen Weg aus diesem Schlamassel. »Als Harvey über dich gesprochen hat, klang seine Stimme stolz«, log sie. »Er hat gesagt, es gebe keinen Klügeren als seinen Robbie.«

»Wirklich?« Er schwieg kurz, und seine Augen schimmerten. »Schön, dass am Ende wenigstens das da war.« Er sah auf, und der Schmerz in seinem Blick erinnerte sie an viele Patienten, die sie behandelt hatte. »Weißt du, wir haben elf Jahre zusammengelebt. Ich dachte, er würde mich bedingungslos lieben. Aber als ich ihn dieses eine Mal enttäuscht habe, hat er mich weggeworfen, als wäre ich ein Nichts.«

Jo hätte am liebsten geflucht und geschrien, behielt jedoch einen ruhigen Tonfall bei. »Das muss schlimm für dich gewesen sein.«

»Ich war todunglücklich.«

»Was hast du gemacht?«

»Mich angepasst, so wie er es mir beigebracht hat. Ich habe mich selbst neu erfunden. Ich wollte töten, um ihm zu beweisen, dass ich es konnte, aber es ging nicht. Und dann wurde er verhaftet. Nach seiner Verurteilung kam ich nach Austin. Ich habe um den Mut zum Töten gebetet, aber ich brachte es nicht über mich. Erst als ich hörte, dass er krank war, wusste ich, dass ich handeln musste. Mir lief die Zeit davon.«

Die Furcht schnürte ihr die Kehle zu. »Und Hanna?«

»Arme kleine Hanna. Verwirrt bis zum Ende. Weißt du, dass ich Scott einreden konnte, sie hätte Informationen über Christa? Er hat sie mit meinem Wagen aufgelesen. Direkt vor den Überwachungskameras. Er ist mit ihr in ein Motel gefahren, stellte dann aber fest, dass sie nicht viel wusste. Ich habe ihn zu Dusty geschickt, Hannas Freundin. In der Zeit, als ich mich mit Hanna getroffen habe, waren die beiden Mädchen ständig zusammen. War nur vernünftig, zwei Risiken auf einmal zu beseitigen.«

Sie schluckte ihre Tränen hinunter. »Gab es noch andere?«

»Ich glaube, bis jetzt vermisst noch keiner die arme Sadie.«

Jo schnürte sich die Kehle zusammen. »Ich kenne ein Mädchen, das Sadie heißt.«

»Ich weiß. Passt doch, dass ich meine Opfer in deiner Nähe suche. Macht das Ganze zu einem Familienunternehmen.«

»Du hast die Mädchen aus meiner Gruppe umgebracht?«

»Christa hast du zwar nicht gekannt, aber ich fand es ganz passend, dass du bei der Suche nach ihr mitmachst.« Er beugte sich vor. »Willst du wissen, wo Sadie ist?«

Tränen stiegen Jo in die Augen. Sie wollte es nicht wissen. Aber um Sadies willen musste sie ihn fragen.

Er grinste. »Ist das ein Ja oder ein Nein?«

»Ja«, flüsterte sie.

Tim stand auf und ging ein paar Meter nach rechts. Er scharrte die Erde weg, bis im Mondlicht bleiche Haut sichtbar wurde. Schon bald hatte er Sadies Gesicht freigelegt.

Jo schüttelte den Kopf, die Tränen liefen ihr über die Wangen. »Sie war erst siebzehn.«

Tim kam wieder zu ihr zurück. »Sie war schwer zu überreden. Willst du wissen, wie ich sie in meinen Wagen gekriegt habe?« Als Jo nicht antwortete, lächelte er. »Ich habe ihr gesagt, du hättest mich geschickt. Du hättest gesagt, sie könnte mir bei der Suche nach meiner verschwundenen Schwester helfen.«

Jo war sterbenselend zumute. Doch auch wenn sie sich gern der Trauer hingegeben hätte, ließ sie das nicht zu. »Tim, du brauchst das nicht zu tun. Wirklich nicht. Es gibt einen Grund dafür, dass Harvey sich all die Jahre von mir ferngehalten hat. Er will nicht, dass ich ihm folge.«

»Du irrst dich, Jo. Du irrst dich vollkommen.«

Eine seltsame Zufriedenheit glomm in seinem Blick, als er sie anstarrte. Er stand auf, griff nach der Schaufel, belud sie und kippte die Erde auf ihre Beine.

Sie zuckte zurück. »Tim … Robbie, tu das nicht! Rede mit mir.«

»Ich bin froh, dass wir die Zeit zum Reden hatten, Jo. Wirklich. Aber jetzt ist die Zeit für Worte vorbei.«

Er schaufelte noch mehr Erde auf ihre Brust. Diesmal verlor sie die Fassung und schrie.

»Schrei nur, Jo. Niemand wird dich hören. Außer Sadie, und … na ja, die wird nicht mehr viel ausrichten können.«

Brody und Santos kamen bei dem mobilen Wohnhaus an, das am Ende der Landstraße stand. Die Behausung stand etwas abseits an einem Feldweg, knapp zwei Kilometer von der Route 12 entfernt. Das Haus war erleuchtet, als er und die anderen Polizisten parkten und es mit gezogenen Waffen einkreisten. Brody winkte den DPS-Polizisten, sich links und rechts vom Haus zu postieren, während er und Santos gegen die Eingangstür hämmerten.

Brody hatte nicht wirklich damit gerechnet, dass jemand öffnete. Er drehte am Türknauf, und als er feststellte, dass die Tür abgeschlossen war, warf er sich mit der Schulter dagegen. Heftiger Schmerz durchzuckte ihn, als das Holz splitterte. Noch einmal warf er sich gegen die Tür, und diesmal flog sie auf.

Eine Durchsuchung des Hauses ergab nichts. Kein Tim. Keine Jo. Draußen fanden sie nur unweit den roten Pick-up, zusammen mit zwei weiteren, gut erhaltenen älteren Wagen.

»Kein GPS in den Autos«, sagte Santos.

»Nein.« Brody sah sich auf dem Gelände um, das das Haus umgab. »Er begräbt seine Opfer, wie Harvey.«

»Die anderen Leichen lagen abseits des Grundstücks, fern von seinem Haus.«

Die Angst machte Brody zu schaffen. »Jede Wette, dass er hier ist. Er will Jo für immer in seiner Nähe haben.«

Sie gingen durch das Haus und verließen es durch die Hintertür. Die anderen Polizisten hatten das Haus umzingelt.

Auf dem dunklen Gelände konnte Brody in der Ferne Scheinwerfer ausmachen. »Er ist da draußen. Einen knappen Kilometer von uns entfernt.«

Zuerst erwog Brody, hinzufahren, aber wenn sie sich mit dem Auto näherten, würde das Tim womöglich warnen und ihm die Zeit geben, Jo umzubringen. Er sah Santos an, und die beiden rannten über den vom Vollmond erhellten Weg los.

Je länger sie liefen, desto mehr verengte sich der Pfad, und Zweige kratzten über Brodys Arme und Beine. Als sie sich durch das Gebüsch gekämpft hatten, sahen sie Tim vor sich, eine Schaufel voller Erde in der Hand. Scheiße.

Brody zielte mit der Waffe. »Weg von ihr!«

Tim musterte Brody, dann hob er die Schaufel, als wollte er sie auf Jos Kopf niedersausen lassen.

Der Erdhügel neben ihm bewegte sich.

Brody schoss, und die Kugel traf Tim unterhalb des rechten Arms. Der Aufprall riss ihn zur Seite und brachte ihn ins Taumeln, ohne dass er die Schaufel fallen ließ. Er richtete sich auf und torkelte vorwärts, als wollte er Jo in einem letzten Kraftakt umbringen. Brody schoss noch einmal, dann ein drittes Mal. Beide Kugeln trafen Tim in die Brust und streckten ihn zu Boden.

»Gib mir Deckung!«, schrie Brody zu Santos hinüber, steckte die Waffe ein, rannte zu dem Erdhügel und fiel auf die Knie. Mit den Händen schaufelte er wie wild das Erdreich von Jos Gesicht weg.

»Jo! Jo!« Er befreite ihren Mund und ihre Nase von der Erde, damit sie atmen konnte. »Lass die Augen geschlossen. Da ist noch zu viel Erde. Hol einfach nur Luft.«

Sie atmete tief ein und schrie.

Er brauchte mehrere Minuten, um sie auszugraben. Als er Jo schließlich aus dem Loch zog, klammerte sie sich an ihn.

»Ich weiß, Baby. Ich weiß.« Er zog ein Taschentuch aus der Hosentasche und wischte ihr den Schmutz aus dem Gesicht. »Du bist jetzt in Sicherheit.«

Mehrere Sekunden vergingen, dann schlug Jo endlich die Augen auf. Sie legte eine erdverkrustete Hand an sein Gesicht und küsste ihn.

Er schlang ihr den Arm um die Taille und zog sie an sich. »Alles ist gut, Baby. Alles ist gut.«

Epilog

Fünf Monate später

»Gott, ich hab solchen Hunger«, sagte Pepper.

Jo blickte von dem Anzündeholz auf, das kurz gequalmt hatte und dann wieder erloschen war. Sie hatte versucht, mit den Zündsteinen Funken zu schlagen und vorübergehend geglaubt, sie hätte gewonnen. Aber dann war das Feuer wieder ausgegangen.

Warum zum Teufel stand sie mit einer Meute gereizter, hungriger Mädchen im Wald und versuchte, Feuer zu machen? Weil sie eine scheinbar todsichere Wette verloren hatte.

Es war eine ganz einfache Wette gewesen. Wenn alle Mädchen der Gruppe mindestens ein B bekamen, würde sie mit ihnen zelten gehen. Jo war sich ganz sicher gewesen, dabei keinerlei Risiko einzugehen. Aber sie hatten alle ein B bekommen. Ein paar zwar nur knapp, aber alle hatten es geschafft.

Und deshalb stand sie jetzt hier mitten im Nirgendwo und versuchte, ein Lagerfeuer anzuzünden, damit sie die mitgebrachten Würstchen grillen konnten.

»Das Feuer wird brennen, und wir können schon bald essen.«

Pepper schüttelte den Kopf. »Wenn dieser Ranger hier wäre, hätten wir jetzt ein Feuer.«

»Der arbeitet.« In Wahrheit hatte Jo es nicht übers Herz gebracht, ihn zu fragen, ob er mitkommen wollte. Zelten mit einem halben Dutzend Mädchen, die es faustdick hinter den

Ohren hatten, war schon für sie eine Herausforderung, und sie hatte ihn nicht darum bitten wollen, eines seiner seltenen freien Wochenenden zu opfern. Hinzu kam, dass die Cowboys gegen die Steelers spielten. Nein, das wäre zu viel verlangt gewesen.

»Wirklich schade«, sagte Pepper. »Ich wette, er hätte das Feuer anzünden können.«

Amber nickte. »Ich hab ganz schön Hunger, Jo.« Abschätzend betrachtete sie den Horizont. »Im Fernsehen wirkt Zelten viel lustiger, wenn man auf dem Sofa sitzt und Chips isst.«

Jos Magen knurrte. »He, ich werde dieses Feuer in Gang bringen, und dann essen wir. Bald.«

»Wann ist bald?«, fragte Pepper.

»Jede Minute.«

Amber und die anderen Mädchen murrten und kramten in einer Provianttasche, die Jo gepackt hatte. Trotz ihres momentanen Gemaules hatten sie einen wunderbaren Tag hinter sich. Die Wanderung durch das Hügelland war großartig gewesen. Sie hatten Wildtiere gesehen. Etliche Mädchen hatten Blumen gepflückt. Sie hatten Spaß gehabt und etwas Seltenes und Kostbares getan: Sie hatten sich wie Jugendliche benommen.

Alle Mädchen des Frühjahrskurses hatten ihre Babys bekommen. Einige hatten sich entschieden, das Kind zu behalten, während Amber und Pepper beschlossen hatten, ihre Kinder zur Adoption freizugeben. Beide Prozesse waren voller schwerer, emotionaler Entscheidungen gewesen, die oft bei ihren Gruppenterminen zur Sprache kamen. Aber alle würden es schaffen und weiterkommen. Und das war in Jos Augen ein Sieg.

Irgendwo war ein Knirschen zu hören, und Pepper richtete sich auf. »Ich hab im Wald etwas gehört.«

Amber sah ebenfalls hoch. »Glaubst du, es ist ein Bär?«

Jo schlug die Zündsteine ein letztes Mal aneinander und stand frustriert auf. Zwar war die Gegend angeblich ungefährlich für einen Ausflug mit den Mädchen, aber »ungefährlich« war etwas, das sie nie mehr als selbstverständlich hinnehmen würde. Sie griff nach ihrem Handy, das in der Gesäßtasche steckte. Wenn es Ärger gab, würde sie sofort die Polizei rufen.

Die Schritte auf dem Weg wurden immer vernehmlicher. Die Mädchen drängten sich um Jo zusammen, und sie umklammerte ihr Handy.

»Wer ist da?«, rief sie.

»Jo, wo zum Teufel bist du?« Brodys Stimme war laut, tief, und Erleichterung war darin zu hören. Er trat aus dem Wald heraus, musterte Jo und ihre Mädchen und erfasste mit einem Blick den nicht angezündeten Holzstoß und die rohen Würstchen. »Ihr Mädels seid nicht gerade leicht zu finden.«

Sie ließ die angehaltene Luft entweichen und lief zu ihm hinüber. Ohne auf das Gekicher der Mädchen zu achten, küsste sie ihn auf den Mund. »Was machst du hier?«

»Im Haus war es viel zu still. Ich dachte, ich gehe euch suchen.«

»Du hättest nicht kommen müssen. Wir haben alles im Griff.«

Er gab ihr noch einen Kuss und sah die Mädchen an. »Ich wette, sie hat Schwierigkeiten, das Feuer in Gang zu bringen.«

Die Mädchen lachten. Amber verschränkte die Arme vor der Brust. »Retten Sie uns, Ranger! Sie lässt uns hier verhungern.«

Er drückte Jos Schulter und ging an ihr vorbei zu dem Holzstoß, kniete sich hin, zog Streichhölzer aus der Hosentasche und zündete ein Feuer an.

»Das ist geschummelt«, sagte Jo.

»Ich nehme das, was funktioniert, Ma'am.« Rasch begannen die Flammen zu tanzen und leckten über das Holz, aus dem Jo sorgfältig eine Pyramide errichtet hatte. »Allerdings muss ich sagen, dass du da einen ganz hübschen Holzstoß aufgeschichtet hast.«

Als das Feuer heller brannte, versammelten sich die Mädchen, und Brody zeigte ihnen, wie man den richtigen Stock fand und die Würstchen aufspießte. Bald standen die Mädchen um das Feuer und grillten.

Jo verschränkte die Arme vor der Brust, und ihr wurde klar, dass dies einer dieser seltenen Momente im Leben war, in dem einfach alles passte und das Leben sich perfekt anfühlte. Sie war hier. Am Leben. Mit Brody. Und jetzt, da Harvey und Robbie tot waren, gab es auf der Welt zwei Monster weniger.

Nachdem Brody sie aus dem Grab befreit hatte, hatten die Cops das Gelände gesichert. Sie hatten Sadies Leiche ausgegraben und sie fortgebracht. Sadies Vater hatte die Herausgabe der Leiche beantragt und sie einäschern lassen. Später war Brody auf Aufnahmen der Überwachungskamera gestoßen, auf denen Sadie zu Tim in den Wagen stieg. In den folgenden drei Tagen war die Gegend mit dem Bodenradar nach Leichen abgesucht worden. Man hatte keine gefunden.

Doch auf Grundlage von Candace Grangers Zeugenaussage hatte der Gerichtsmediziner Delores Jones' Schwester eine DNA-Probe entnommen. Die mitochondriale DNA hatte bestätigt, dass es sich bei der nicht identifizierten Leiche neben der Scheune tatsächlich um Delores handelte, das gefesselte Mädchen, das Candace vor über dreißig Jahren gesehen hatte. Die Polizei ging davon aus, dass Smith nach Candace' Flucht das Mädchen zu dem anderen Ort gebracht und sie dort lebendig begraben hatte, bevor er von dort geflohen war.

Jo hatte ihrer Mutter einen guten Anwalt besorgt, doch diese hatte keinen Deal gewollt. Sie war froh darüber, dass ihr dunkles Geheimnis ans Licht gekommen war, und hatte die Beihilfe zum Mord gestanden.

Da Candace zur Tatzeit noch siebzehn gewesen war, hatte der Richter sie nach dem Jugendstrafrecht verurteilt. Sie hatte fünf Jahre auf Bewährung bekommen.

Rein äußerlich schien es Candace gut zu gehen. Sie war wieder im Salon und arbeitete viel zu viel, wie sie es während Jos ganzen Lebens getan hatte. Doch inzwischen sah Jo in ihr keine Frau mehr, die von der Sehnsucht nach Erfolg getrieben wurde, sondern eine Frau, die vor einer schlimmen Vergangenheit floh.

So gern Jo sich auch einreden wollte, dass die Vergangenheit vergangen war, konnte sie doch nicht loslassen. Hier im Freien kehrten die Erinnerungen an die Nacht wieder, in der sie in dem Erdloch gelegen hatte, während die Erde auf ihr Gesicht drückte, ihr die Nase und den Mund verstopfte und ihr den Atem nahm.

Brody legte ihr die Hand auf die Schulter und riss sie aus ihrer Trance. »Wo warst du denn?«

Sie lächelte und verscheuchte die düsteren Gedanken. »Ich hab nur dir und den Mädchen zugeschaut.«

Er schüttelte den Kopf. »Du bist uns schon vor ein paar Minuten entglitten.« Er zog sie an sich, und sie schmiegte sich an ihn. Er roch nach Erde und nach Himmel. »Er ist tot, Jo. Er kann dir nie wieder wehtun.«

Brodys Stärke schützte sie vor den Gespenstern. »Ich weiß.«

Er drückte sie noch fester an sich. »Ich meine es ernst, Jo. Solange ich auf dich aufpasse, wird dir nichts passieren.«

Sie löste sich von ihm, lächelte und küsste ihn. »Ich weiß. Ich weiß.«

Er strich ihr das Haar aus dem Gesicht. »Heirate mich.«

Einen Augenblick starrte sie ihn nur an. »Was?«

»Heirate mich. Noch einmal. Lass es uns diesmal richtig angehen. Kirche. Familie.« Er sah zu der Horde Mädchen hinüber, die jetzt mit breitem Grinsen zu ihnen herübersahen. »Freunde.«

Sie schüttelte den Kopf. Sie hatte sich geschworen, nie von Ehe zu reden. Sie war froh, ihn zu haben, und hatte keinen Käfig um ihn errichten wollen. »So, wie es ist, ist es doch gut, Brody.«

»Und es wird noch besser werden. Wir sind schließlich keine Kinder mehr.«

»Bist du dir sicher?«

»Ganz sicher.«

Tränen stiegen ihr in die Augen, dann küsste sie ihn. »Ja.«

Lachend zog er sie an sich. Kreischend drängten sich die Mädchen um sie zusammen, und Brody zog einen Ring aus der Tasche und steckte ihn Jo an den Finger. »Diesmal machen wir es richtig.«